陕西省社会科学基金项目（2020H023）
西安培华学院学术文库

当代陕西小说研究
——以作家主体性建构为中心

仵 埂 著

陕西新华出版 陕西人民出版社

图书在版编目(CIP)数据

当代陕西小说研究:以作家主体性建构为中心 /
仵埂著． --西安：陕西人民出版社，2024.
--ISBN 978-7-224-15469-6

Ⅰ.I207.42

中国国家版本馆 CIP 数据核字第 2024PQ0366 号

策划编辑：张孔明
责任编辑：姜一慧
整体设计：李渊博

当代陕西小说研究
——以作家主体性建构为中心

作　　者	仵　埂
出版发行	陕西人民出版社
	（西安北大街 147 号　邮编：710003）
印　　刷	西安市建明工贸有限责任公司
开　　本	787 毫米×1092 毫米　1/16
印　　张	24.25
字　　数	350 千字
版　　次	2025 年 6 月第 1 版
印　　次	2025 年 6 月第 1 次印刷
书　　号	ISBN 978-7-224-15469-6
定　　价	62.00 元

自　序

小说这种文体,在整个文学学科中,算是体量最重最大的一个。小说对我而言,可以说是持续性地与我的命运扭结了一生,说是血肉般的因缘,一点儿也不为过。我的成长里,无疑渗透着小说叙事所昭示给我的多种精神要素。那种不同的人生故事,不同的生活形态,那种别样的精神或欲望追求,那种难以言明的隐秘气息,无不悄然地进入我少年的心灵里。这使我在那个年龄段显得多思而忧郁,且无法向他人道及。我对外部世界朦胧又强烈的向往,除了一年中有一次两次母亲带着我到西安探望父亲,从而获得一些外在直感而外,就只有通过小说,庶几感知到天下不同于我老家富平王寮的那个村庄,人也不同于老家的那些人,于是便破命要走出去,就像《人生》的高加林执意要走出去一样,其内在动机和动力是如此执着和强烈。

我的小说阅读生涯,从小学识字后开始看"娃娃书"算起,伴随年龄增加,依次是《三侠五义》《三国演义》《春秋列国志》等,再到以"三红一创"为代表的红色小说,下来就是外国十九世纪的批判现实主义小说,如列夫·托尔斯泰、巴尔扎克、陀思妥耶夫斯基、司汤达、雨果等等。幸运的是,我在"文革"期间尚且能读到外国作品,多亏了陕西省歌舞剧院的图书馆,父亲每每探亲回来,带给我的礼物就是三五本小说。再次幸运降临,则是我的大学生涯,读的竟还是中文,本也可能被录取到政法或者历史、政治专业。这样,阅读小说成为我的主业。大学毕业后,我从阅读开始走向研究。第一篇评论文章写于1988年,发表于当年的《小说评论》第3期。就这样一路走来，边读边写，半个多世纪就这样过去了。小说与我，不正像是农人与土地的关系？耕耘收获，循环往复。这本论集，正是我在陕西这块小说大地上耕耘的结果。

论集里收录了我所写陕西小说家的部分评论，涵盖了大部分重要作家，但还是有一些令人遗憾的缺漏，比如，叶广芩的小说评论。本要补写，但直到集子出版之际，因各种俗事耽搁而未能成稿。尽管我是那样喜欢她的中篇小说连缀而成的《采桑子》和《状元媒》，但终归未能了却心愿。当然，还有其他一些在我的观察视野内的作家，也未能一一做一评述。完备之美，也只好容后弥补了。

书名为《当代陕西小说研究——以作家主体性建构为中心》。这个题目，主要着眼于创作中的主体性建构。我对小说的理解是这样，一个作家笔下所还原的生活世界，更多是自己心灵的建构，是自己眼睛所观察身体所感知的世界。当然有客观存在的要义，但人的社会性存在与物理事实的存在绝不相同，作家只能从自己的一隅来认知看取生活世界，这使他不得不运用自己的主体生命之光，来获取客观生活世界的样貌。所以说，客观社会存在的样子，是通过无数个作家的主体建构而形成的。于是，读者看到了各式各样的人生，各式各样的生命存在样态。一个作家的成功，就是他如何运用主体意识，将上天赋予的内心深处最为隐秘的感知表达出来，他的表达里，也正含有自我极为擅长的感知和观察。因之，他在他所是的那个向度上，总是能呼风唤雨，惊天地，泣鬼神，以此唤起读者的共情和认同。正是在这个意义上，创作主体在表达外部世界的同时，也在表达并进行着自我建构。

这本研究论集，也是我所主持的陕西省社会科学基金项目（2020H023）的最终成果，项目为《中国文学理论四十年"主体性"问题的生成与演进》。我的研究，正是从主体性着眼，来探讨小说发展演进之走向。

这本论集的出版，还有赖于西安培华学院的推动，它被列入学院的学术文库，给予了出版资助，这才使它得以顺利面世。

本书责编姜一慧女士，为出版前后奔忙，精心校对，付出了辛苦与努力。她的工作热情令人难忘。也要谢谢孔明老友，是他牵线搭桥，将此书推荐给了出版社。

　　该论集在写作中，错误和遗漏在所难免，恳望专家读者不吝赐教。

　　以上文字，权且为序。

作　者

2024 年 11 月 10 日于西安小寨

目录

I. 当代陕西文学传统的形成

乡村传统伦理与阶级意识的博弈
　　——论柳青的中篇小说《狠透铁》/ 003
世纪之变的文化探询
　　——从陈忠实的《〈白鹿原〉创作手记》重解《白鹿原》/ 016
追寻与受难
　　——读路遥的《平凡的世界》/ 027
贾平凹：乡土传统的两种想象和叙事 / 042
高建群小说风格论 / 054
杨争光小说论 / 080

II. 人伦诗意与现实困境

陈彦财富伦理与传统价值的冲突与较量
　　——陈彦长篇小说《西京故事》人物谱系分析 / 093

一个作家的光荣梦想
　　——红柯印象、创作及其意义 / 104
冯积岐人伦诗意的深切召唤
　　——评冯积岐长篇小说《非常时期》/ 109
反讽笔调下的日常性荒诞
　　——方英文长篇小说《群山绝响》读后 / 113
一个再造的理想君子国
　　——马玉琛长篇小说《羽梵》解读 / 119
在两难处境里抒写人性之光
　　——吴克敬中篇小说简论 / 135

Ⅲ.
都市牧歌与
历史回眸

小说结构与人的观念
　　——弋舟小说漫谈 / 145
家园：城镇化进程中的丧失与寻觅
　　——王海长篇小说《回家》解读 / 151
冷峻的笔触与热切的深爱
　　——安黎长篇小说《时间的面孔》简评 / 160
在优雅隽永的情感流韵里徜徉
　　——邢小利长篇小说《午后》略论 / 163
阴郁日子里的亮光
　　——评高鸿《沉重的房子》/ 176
侯波小说创作简论 / 183

历史车轮碾压下呻吟的个人命运
——读张兴海的《风雅三曹建安骨》/ 190

江湖侠义小说的叙事伦理与审美特征
——论贺绪林的"关中枭雄系列"/ 208

Ⅳ.
传统伦理与
主体意识

一个村庄的存在真相
——吕学敏长篇小说《腿林》分析 / 217

在革命底色中复活的儒家伦理
——论关中牛《大戏坊》的主题建构 / 223

觉醒了的人格尊严
——评云岗的中篇小说《请神容易送神难》/ 242

一个乡绅在仁爱忠孝的自化里超越与完善
——刘明琪长篇小说《五狼关》略论 / 248

无情历史中绽放的人伦诗意
——简评同阳洲的《生存壮歌》/ 252

生命跋涉之途的亮光
——简论杨晓景的《奔跑的叶子》/ 258

传统伦理的诗意绽放
——论严步青长篇《龙尾堡》的思想资源 / 264

在真纯之爱映照下暗淡的赫赫权势
——王冰《玉蔷薇》之我见 / 277

精粹的土疙瘩
　　——评黄建国短篇集《蔫头耷脑的太阳》/ 288
跳跃在都市生活里的诗性精灵
　　——论陈毓的小小说创作 / 292
采间巷之故事，绘一时之人情
　　——从通俗小说之演变看李印功的《野女镇》/ 297

V.
小说流变与
理论探微

陕西短篇小说60年之流变 / 315
陕军小说创作方阵扫描 / 326
2015—2016年陕西文学创作掠影 / 336
小说的生成、叙事及边界
　　——关于小说与冯积岐的对话 / 340
小说艺术向我们打开的视界 / 359
文学创作的个性气质与审美境界
　　——从大学教育看文学创作素养之养成 / 372

I.
当代陕西文学传统的形成

乡村传统伦理与阶级意识的博弈

——论柳青的中篇小说《狠透铁》

柳青无愧于一位优秀的现实主义作家。当我强调这一点时，意在表达现实主义作家身上那些受人尊重的特质，这就是，当他观察体验到现实与自己原先的政治理念不一致时，他不会断然排斥现实，让现实为理念让道，而是会认真对待这些与自己理念构成尖锐冲突的生活事实，尊重鲜活的生活，会在作品里呈现出这种现实的样态，甚或不惜与自己原有的政治理念主张产生冲突。真正尊重现实的作家，虽然受到一定历史时期政治文化氛围的统辖和制约，但是他总会在一定程度上尊重自己的内心直觉，会直面自我观察体验到的现实，尽管这一现实常常会与观念的要求相抵牾。他的笔下，总会有意无意地流露出现实生活中的"暗面"，他绝不无视自己的眼睛所看到的事相，不会闭目塞听，写出完全意识形态统摄下的对生活诠释的文字。尽管大的时代政治背景，具有强大的规约性和强制力，优秀的现实主义作品，却总能折射出那个时代的丰富信息。固然，严酷的规约使其作品无不打上那个时代的标准化烙印，但是，正因为他用面对生活本身的勇气，抵御了简单图解生活的倾向，拒绝了将小说等同于口号和宣传，捍卫了小说艺术的尊严，所以，他的作品即使放在大的历史时空下，以大历史尺度衡量，依然价值丰盈。柳青的作品正是如此，半个世纪之后，我们还是能从其作品里见出历史的特异风貌，见出有温度的人物和令后人唏嘘的故事。

一

柳青虔诚地面向生活的姿态，以14年的岁月，留下了他躬行实践的深深足迹。为了创作而有意去过另一种生活，这一点大约在中外文学史上所少见，所以也就更为稀贵。1952年9月，柳青就搬到了长安县（今西安市长安区），一住就是14年，直到"文革"开始。

柳青全程亲历了中国农村的巨大变动。20世纪50年代，中国可谓是一个翻天覆地的时代，这个时代，几千年的社会格局被打破，富有者被夺取土地、牲畜和财物，贫穷者从底层翻身上位，成为乡村的领导者。这样的时代，中国几千年未曾有过，即使在王朝更替政权易手的动荡年月。战争是所有灾难的直接原因，这些灾难也仅仅是权力变换所酿就的，等到新王朝建立，社会结构又循环如初，原有秩序恢复如常，上个朝代的政治经济文化形态原封保留。真应了那句"天不变，道亦不变"的传统文化自信。但是，在20世纪50年代，这个"道"却翻了个过儿，乡村秩序从头再造。那么，几千年儒家伦理下乡村秩序所形成的运行规则，与新的社会结构，也即是互助组、合作社之间，构成了什么样的状态？是隐伏性的对抗，还是接纳性的磨合？或者说，在看不见的生活战线上进行角力缠斗？在这一过程中，发生了哪些事情？出了哪些状况？这是研究者须认真研究的问题。能不能简单地下断语说，政权的更替就意味着一切理所当然地得到了改变？或者说，一切问题迎刃而解？

显然不是这样。柳青敏感地感受到传统社会与新体制之间的冲突，尽管他完全站在新体制的立场上，但还是因了强大的传统力量的对抗而不安。他观察到的问题是，底层贫穷农民的代表，被推上乡村政治舞台之后，并不能一下子完全适应这一新角色，往往还需要一个成长的过程，经过磨砺，才能真正获得管理乡村的能力。柳青深刻意识到了中国传统社会的强大力量，或者说，意识到了传统社会长期积淀而成的乡村文化权威的存在。地主富农作为被打倒被专政的对象，其曾经的统治地位被颠覆,而被置于社会权力的控制和打压之下,但是由其所代表的乡村士绅文化所构成的隐性力量,却并不见得就同时退出乡村舞台。其表现形态是,尽管作为头面人物的地主富农不能在乡村秩序的构建里起到任何直接性作用,但是中农和上中农却自然地跳上乡村舞台,很可能成为事实上乡村政权的掌控者。他们在经济上富有,政治上未臭,文化上通达,还被作为团结的对象,同时也是乡村社会民众艳羡的目标,他们自然成为构建乡村社会的一股势力。这一势力,并非外力推动而形成,而是长期以来由乡村文化传统威权自然形成。柳青女儿刘可风在《柳青传》里记载了柳青的看法:一些穷苦人,"解放前他的日子过得很可怜,现在依然可怜……什么原因造成的?(柳青)已经形成了比较完整的看法"①。这些想法,后来在《狠透铁》和《创业史》里,都有所表现。《狠透铁》这部中篇长达4万余字,是柳青在强烈的现实刺激下写成的。现实的触发使他坐立不安,他对乡村政权建设具有强烈的使命感,但他看到的现实却是,乡村政权建设中,因为高级社的急速发展,出现了一系列令人忧虑的问题,共产党所依靠的底层穷人,无法在高级社这样的大格局中顺利行使领导权,无法很好地驾驭和领导生产队。尽管这些人品德好,拥护共产党,热爱新社会,但在新的急剧变革中,还无法适应这种变化,无法从领导十几户的初级社状态,一下子就过渡到驾驭七八十户组成的高级合作社,因而呈现出困窘的局面。"共产党所依靠的贫下中农,他们的管理能力没有经过锻炼,没有提高到适应管理这么多人、这么大社的水平。他们都是穷人,一般没有文化,而一些上中农,大多殷实富有,也有经营能力。"② 正是这样一批中农上中农,成为大社里呼风唤雨的人。柳青通过小说,要回答的正是这样一个问题,他曾经对周围亲近的人说,"这篇小说是我对高级社一哄而起的控诉"③。

---

① 刘可风:《柳青传》,人民文学出版社2016年版,第205—206页。
② 刘可风:《柳青传》,人民文学出版社2016年版,第206页。
③ 刘可风:《柳青传》,人民文学出版社2016年版,第207页。

二

　　《狠透铁》写一个叫水渠村的生产队,队长叫"狠透铁",这是村里人送给他的绰号。他干活的狠劲令人咋舌,"要是拿起铁锨和馒头,唑两唑手干起活来,水渠村没有一个小伙子比得过他"①。狠透铁是穷苦人出身,从小熬长工。1949年新中国一成立,他第一个和地方工作组接头,开始组织起农会,当农会小组长;后来当人民代表。1954年春天,以他为首,成立起11户的初级合作社。但是,当1955年成立高级社后,这个11户穷人社,呼啦啦一下子涌进来50多户,这样大的摊子,狠透铁"自己吃了许多苦头","却给人民办不好事情"。"他羡慕那些头脑聪明的人,羡慕拿起报纸念出声音的人,羡慕在大社开会的时候,虽然困难却也低头在本本上写着什么的人。他恨自己脑筋迟钝,没有能耐。"②大社工作头绪多,他常常忙得丢东落西,狠劲用拳头砸自己的脑袋。就这样,还常常耽误了重要的事情,忘记了种洋芋的事情,忘记了将三包合同交给会计。最要命的是,队上的红马得病,他拿着药方去买药,结果回到家被老伴咄呐抱怨,"愣吵愣吵",竟"被老伴咄呐得脑筋错乱了,腰里装着红马的药方子,脑筋里只知道'有事',到底有啥事,开始模糊起来了"③。后来被老伴拉上去了大女儿家看望外孙满月,把红马买药的事完全忘掉了。等到第二日回来,红马死了。他好像被谁"当头抢了一棒,栽倒地下。他呜呜咽咽地哭了,哭声凄惨"。因这个事件,狠透铁不能再担任生产队长了。副队长王以信升任了队长。王以信的户族叔叔王学礼,担任了副队长。

　　这是小说故事的开端背景。王以信是一个上中农,但却是有个能耐的人,在村里很有势力,许多人乐意听他的,狠透铁也担心整不赢他。

---

①② 见柳青中篇小说《狠透铁》,转引自《柳青文集》第4卷,人民文学出版社2005年版,第179页。

③　见柳青中篇小说《狠透铁》,转引自《柳青文集》第4卷,人民文学出版社2005年版,第182页。

在狠透铁当队长的时候，他是副队长。他看见狠透铁丢东落西，从不提醒。狠透铁有难以抉择的事情，征求他的意见，他从来都是一句话：你是队长，你看么。等他当了队长，"几乎一下子变了另一个人，起早贪黑地奔波，饲养上、副业上、保管上，样样项项理料得井井有序"①，赢得了一片赞誉。他很会俘获人心，一切都在为水渠村人的利益考虑，"尽嗓门愣吵愣吵"，他企图瞒产，提高水渠村的劳动日报酬，他知道群众最在意的是自己锅里饭的稀稠，他"把群众落后的因素当作资本，尽量迷惑、利用农民的自私、本位、不顾大局的一面。他到大社去，又把自己装作群众的代表"②。这样一个人物，一时间赢得了群众的信任，与狠透铁一比，大伙觉得老队长差远了，不会说话，不会为群众争利益，不会安排生产项目，不会周旋事情，等等。在故事的前半部分，狠透铁处于受委屈的状态下，一心为了水渠村好，却得不到大家的同情和理解，更多是被孤立和冷漠。故事的后半部分，主要是表现狠透铁作为监察委员，与王以信的斗争。王以信在粮食入仓时，没有叫上监察委员，自己伙同几个队委把粮食放在了王学礼家，并且做了手脚，在王学礼的楼上堆放了大量的粮食，企图悄悄私分。这一行为，被来娃他妈发现，并且传扬了出去。当然，这一事件最终暴露，王以信被处理，狠透铁重新获得大家的信任。

柳青认为，像狠透铁这样的贫农，他眼下的能力也只是管理初级社十余户人家，再大就超出了他的能力范围。若要管理一个五十来户的大社，非得经历一段时间的磨炼不可。但现实的发展往往超出人们的想象，铺天盖地而来的"大跃进"浪潮，一下子将他推到了大社的舞台上。于是，狠透铁不适应了，手足无措，露了怯，下了台。这是柳青构思创作《狠透铁》的初衷。他惋惜狠透铁这样的农村基层干部，他看到的现实是，狠透铁斗不过王以信。他担心，农村的基层政权最终会被王

---

① 见柳青中篇小说《狠透铁》，转引自《柳青文集》第4卷，人民文学出版社2005年版，第186页。
② 见柳青中篇小说《狠透铁》，转引自《柳青文集》第4卷，人民文学出版社2005年版，第198页。

以信这样的人掌控。

《狠透铁》创作的时间开始于1957年，初稿写成于1958年3月，小说的题目下面有一行字——"1957年纪事"。这一年，正是高级社成立一年多时间，柳青固执地坚持保留"1957年纪事"这样一行带有说明意味的小说注释[①]，正好反映出柳青创作的意图，表达了自己对冒进高级社的委婉含蓄的批评。小说发表后，引起很大反响，也有人批评柳青"对社会主义描写得有点阴暗"。到"文革"时，他被批为"大毒草"，认为"将合作化道路描写得一团漆黑"。这部作品，创作于柳青写作《创业史》的间隙。《创业史》开笔于1954年春，1959年4月在《延河》月刊连载。能够暂时搁置柳青认为宏阔的倾注自我生命心血的《创业史》而开笔另一篇小说，实属关系重大。这就是他所忧虑的问题：在共产党的天下，农村基层中最终起主导力量的是哪种人？柳青眼里，理想者应该是狠透铁这样的穷苦人。但是，在现实生活中，即使党能够一时将狠透铁扶上马，但是，若让他能长期有效地在村庄行使权力，却并不是一件简单的事情。因为他们本身的文化素养和个人能力的局限，不能一下子解决，而政权会被王以信这样的上中农所掌控。而我们的政策却不能给狠透铁一个从容历练的时间机会，一下子从初级社跳到高级社，几年时间瞬时完成，跑步进入共产主义，没有给农村干部留下成长发展和锻炼的机会。当狠透铁不能胜任一个50多户人的管理职能时，权力就自然地落到了在村庄中具有传统文化权威的上中农王以信身上。

三

狠透铁是共产党在水渠村依靠的对象，他忠诚、踏实、勤勉、顽强，为了大伙儿的事情，操心操劳，鞠躬尽瘁。但是，他没文化，少条理，缺能耐，他也曾对自己有过仔细的盘算：先领导着十几户穷兄弟们干，慢慢发展壮大，自己的能力也慢慢就锻炼出来了。王以信那样的富

---

① 刘可风：《柳青传》，人民文学出版社2016年版，第207页。

裕中农，他预备放到最后再说。这人说话做事都很强势，他一入社，一部分上中农就会以他为中心，扭成一个疙瘩，和他为难。但形势完全打破了他的设想，却让王以信得了手。这些问题，也被真正具有共产主义信仰的柳青所抓住所感受到。甚或觉得，贫下中农在农村实际拥有权力也颇艰难，难在什么地方呢？难就难在贫下中农身上的传统文化承载极其薄弱，尽管新政权赋予其主宰乡村生活的权力，但是，传统的乡村秩序，不仅体现在上中农身上，也体现在他们身上，他们必须学会依照传统伦理行事，才能获得乡村社会的认可。而仅仅依靠权力弹压是不够的。小说里的一个关键情节，是来娃他妈的逆转，因为她是发现王以信偷偷藏粮的见证者。但是来娃他妈却受制于"逆鬼"儿子来娃，来娃是个蛮性子人，因为共产党的新婚姻法使他的媳妇退了婚，于是与共产党结了仇，也就不大喜欢狠透铁而亲近王以信。他妈把自己看见的秘密传播开来，得罪了王以信，让他愤怒，他用暴力让他妈闭了嘴。来娃妈反水，一口咬定自己那天什么都没有看到。怎样打开来娃妈的嘴，关键是怎样扭转来娃对狠透铁的看法。狠透铁想不出什么好主意，还是乡党委高书记为他出招，让他给来娃介绍外村一个离过婚的女人，来娃一下子发生变化，王以信的计谋被来娃妈揭穿，整个事件水落石出。我要说的是，乡村社会的运行，不是狠透铁成了监察委员，于是一切人理所当然地配合他的工作，而是他须得有大家乐意配合他的德行才行，这些乡村社会的人文生态，构成一种力量，推动着事物的运行。狠透铁不是依靠自己的权威，而是依靠族亲伦理，设身处地为来娃这个乡亲谋划个人的福祉，这才逐渐在整个水渠村站住脚。这一点，狠透铁想不到，他是通过高书记的点化才意识到的，但王以信却能想到，他一开始就能拉住来娃，失去来娃后，他为自己的大意十分后悔。王以信身上自然承载着乡村社会运行的秘密。尽管小说里不得不把他赶下台，把他定为漏化富农，但是在现实里，他往往是一个在新制度下变形了的成功者，王以信如此，郭振山（《创业史》人物）亦如是。这是儒家传统思想在乡村社会的隐形存在和抗争。

传统秩序有着强大的再生能力，暗暗地抵御着这种破坏，同时，以一种奇特的方式在修复被破坏了的基本伦理。所以，乡村社会在运行中，始终彰显着一种不变的原则，这就是血缘亲情下的"仁和"精神。无非是这种原则隐伏在生活的深处，暗流涌动，推动着事物的走向。比如，基本伦理所要彰显的是做人做事之法、为人处世之道，它在一代又一代人身上传递承载。传统文化以韧性的力量渗透在生活的各个毛细血管里，与阶级意识对抗着。在《狠透铁》里，王以信以和善仁义的面目出现，与村民和平相处，与新制度的阶级划分形成对峙。而狠透铁呢，村民对他的污名化称呼是"搜事"，就是给人找碴。在村民的眼里，狠透铁总是想把哪个人整一下，实际上，狠透铁的"搜事"，就是在20世纪50年代一次又一次的运动中打头阵，找出对立阶级的破绽，从而为运动树立起对立面和靶子。这是当时特定氛围里群众对狠透铁的一种看法。这样一种人，在乡村社会极为普遍。我老家在富平县王寮乡，老家那个村庄里有一个贫协主席，处境与狠透铁极为相似，村子里人给他取的绰号是"尖梢梢""运动红"，讽刺他总是往上爬往上钻，运动一来就成了红人，村里人很少有人愿意跟他交往，到20世纪60年代还是一贫如洗，祖母当年就以他为反面教材教育我。

　　王以信与狠透铁展开的另一对抗原则，是到底村民的利益为大还是国家的利益为大？王以信常常会站在村民的利益上，对抗国家的粮食征收政策，这也是他最能号召群众的法宝，更多从宗亲本位出发。而狠透铁更多是站在国家的利益高度，赞成小利益服从大原则，牺牲村社利益服从国家要求。所以，王以信在藏起粮食为私分行为暴露时，却找出一个极为正当且能赢得群众理解的理由，这就是他将好的粮食藏起来，为群众私分，而给交公粮的部分，掺杂了"出芽麦子"。小说提供的细节是王以信藏起部分粮食，是为了个人的私利企图私分，这当然失去了哪怕是最落后群众的道义信任，假如他藏起粮食的确是为了群众私分好麦子，这样的矛盾将是一个难题，狠透铁又该如何应对？事实上，这样的事情在农业社极为普遍。我老家所在的生产队，当年一个队长为群众私分粮食而被批斗，他被批斗了，但是救了一村子人，度过了最艰难的三年困难时期。乡村伦理原则对抗国家意识形态，血缘亲情并没有因阶级划分而完全失去效力。

数千年之传统秩序规范,被阶级属性划分下的等差关系替代,历史上占有统治地位的乡村士绅被打翻,接受原来处于下位的穷棒子们的指使。在这样的态势下,镇反的高压、工商业改造、"三反""五反"、反右、"四清"等等运动接二连三,处于社会下层的乡村,在这疾风暴雨般的运动中,传统乡村文化惯性和乡村社会秩序,面对一个完全陌生的运行体系,即从私有化过渡到公有化形态这一天翻地覆,怎样在转型中艰难地抵御、弥合和再生?我想从柳青在《狠透铁》中的忧思里,反向探索这一问题。

四

柳青无疑是一个具有坚定共产主义信仰的作家,但同时又是一个对党在一定时期政策持有不同政见的共产党人。他出生在陕北吴堡县寺沟村,在他出生之际,遭遇了一次匪患,在土匪的暴力抢劫中,三岁的小哥哥被打死,大哥二哥被打伤,父亲刘仲喜跳墙逃跑摔折了腰。几天之后,母亲生下他,此时是1916年农历六月初三。在这样的处境中,他差点被遗弃,后又差点被送人。父亲原先苦心经营挣得一点钱,投到一个商人薛敬修的字号里,没想到被骗了个精光。伤愈后告官又输了官司,县衙让父亲跪着,让被告坐着,因为被告考取过功名,是读书人。这个刺激父亲终身不忘,从此下定决心,一定要让儿子读书。父亲后来认准两件事:修水地,栽树。领着儿子们搬石头、修水槽、栽枣树,过了数年,父亲又发家了,不仅供老大上学,还买进了一些土地。大哥刘绍华后来考上北京大学,成为吴堡县第一个考上大学的人。柳青原名刘蕴华,也被送去上学,后来深受大哥刘绍华的影响。1927年大革命之后,因国共合作破裂,刘绍华避难逃回陕北,1928年带着刘蕴华来到米脂县城,把他领上革命之路。后来柳青又上了具有强烈进步色彩的绥德师范,深受革命熏陶。大哥到西安高中任教,1934年又让他到西安看病并继续读书。大哥对小弟柳青有着美好的设想,自己独身节俭,攒下

3000元给他，希望他读好英语和数理化，然后到西洋留学，做一名学者。但此时柳青已经有了自己成熟的想法，他热衷于阅读革命书籍和小说，并且于1936年12月加入中国共产党。他不愿接受大哥为自己安排的前途，开始与大哥产生矛盾，令大哥非常伤心。柳青最终毅然走向革命道路。编刊物，走延安，去敌后根据地，参加各种社会活动，从抗日战争走到解放战争，成为一个成熟而又忠诚的党的作家。从柳青的生平里，我们可以看到一个热忱追求进步、投身革命事业的鲜明形象。①

正因为如此，柳青对农村的社会主义改造，抱有发自内心的热情。他认为这是一场翻天覆地的变革，假如自己身处局外，没有亲历，将会一生遗憾。于是，1952年他到长安县体验生活，践行他的人生理想和实现他以创作来表达这场变革的梦想，一蹲14年。这一时期，他充满激情，全身心投入互助组和初级社运动。他在参与整个农村变革的同时，也警惕自身陷入生活本身，而失去一个观察者的视点。因之，与乡村生活保持着一定距离。他始终以一个观察者的眼光，感受农村这一时期发生的林林总总的变化。他以一个共产党人的忠诚和热望，记录乡村社会变革的进程，对乡村社会存在的问题，进行思索和研究。他不仅是一个作家，还成了一个乡村问题的研究者。1961年，柳青因为几年来牲畜的大量死亡，特意撰写了《牲畜饲养管理三字经》，通俗易懂，好学好记，深受群众欢迎。在《陕西日报》发表后，被上海一家出版社印成小册子推向全国。这期间，他正在写作《创业史》，一个大作家，腾出时间写这样的"三字经"，可见其对农村生活倾注的深情。作为一个共产党人，柳青在《狠透铁》中，表现出"形势一片大好"下的暗影，同时又对此做了乐观性处理和理想化回答。正因为柳青在农村长大，原有的生活背景和深入长安农村的经验，使他敏感的神经，无法忽略农村权力运作中的深层的问题，无法忽略农村中实际存在的传统文化构成的乡村伦理秩序。这种伦理以隐性方式，影响着乡村社会生活的构建。作家尖锐的

---

① 这部分关于柳青生平的论述，引自柳青女儿刘可风《柳青传》第一章、第二章、第三章相关内容，人民文学出版社2016年版。

问题意识构成了他的忧思。刚刚翻身的穷苦人，难以胜任其在公众生活和事务中担当的责任，难以从容地站在社会舞台上，形成令人敬重的当然权威。他们缺少文化，缺乏处理人际关系的能力，甚至在播种收割的经验运行中，也缺乏让人服膺的统筹能力。要让公众从心底接纳这样的领导者，还有待一个长长的过程。

狠透铁身上缺乏的哪些东西，是能在乡村建立起令人心底服膺的威信的要素？我想就是以儒家的立身处世之道构成的宗法社会威权，这个威权的根底就是依照乡约规矩修身之道修炼成的正直人格：尊老爱幼，谦逊和善，友爱相邻，救危扶困，等等。这些要素里，蕴含了儒家的基本思想。它们在乡村社会生长了几千年，成为乡村人际关系的标尺，以此衡量一个人的高低短长，是值得信赖的人，还是让人鄙弃的怀疑的人。新的社会结构，打破了原有的生产单元，将一家一户生产变为整个村庄生产核算，人和人的关系也发生剧烈变动，血缘亲情的家族制度，变为"亲不亲，阶级分"的新社会伦理。这种新社会伦理，按其理论的彻底性而言，的确是应该全村人一个食堂吃饭的，因为生产方式是全村人一起耕作，一起过日子。但是人民公社大食堂失败后，其分裂形态是村子里生产活动在一起，却保留了旧有的生活方式——以家庭为单位的生活形态。"家"不得不存在了。家的存在，构成新社会伦理的最后障碍，以彻底性而言，只有彻底消除了这种以家为单位的生活形态，才能从根本上改变原有的以家为依托的意识形态。所以，当初级合作社建立的时候，它更多具有互助性质，还没有完全打破这种以家为核算单位的耕作分配生活模式。当家本身存在的时候，以家作为考量和运行的生活单位，自然会演化出代表这种形态的劳作方式与文化形态，这种亲情血缘的纽带，实际上成为乡村社会运行的深层秘密。故在表层上是社会主义权力运作，其下涌动的却是以家为本的宗法社会制度。

有意味的是，在"大跃进"时期的社会主义改造，一度曾经从互助组初级社，到高级社，还差点"跃进"到以大队、公社为核算单位，就是说，在一个大公社内进行统一劳动核算，这样，就从根本上打破了宗法单位的残留。因为在事实上，所谓的以队为单位，是以自然村落而划分，而自然村落的形成，多是由一个或数个大姓构成，宗法社会还在暗处起着作用。将多个生产队合为一个核算单位，两种力量一直在较量。很多时候，国家权力所推动的"一大二公"设想，遭到普遍的抵抗。大社若形成，当然会瓦解宗法社会的根基，但是带来的最大问题是，没有人会真正关心生产，没有人会真正为百姓操心，因为劳动果实的分配权远离自己的掌控，自己也决定不了劳动付出和分配之间的关系。因之，铺张浪费、消极怠工、效率低下迅速蔓延，危机也相伴产生。这种危机，足以影响整个运动的成果，或者说，足以使公社化道路崩塌，这才使这种"跃进"戛然而止。

五

在水渠村，高级社运行之后，传统乡村秩序是否存续？本文以《狠透铁》作为分析样本，提出的问题是，水渠村这样一个共产党领导的村庄，实行以阶级区分作为统治手段之后，以儒家思想作为核心的原有乡间秩序，是以什么样的形态呈现在农业合作化的村庄里，它对农业合作化的发展产生了哪些影响？是消解或对抗，还是融合或转化？柳青的创作中，或隐或显都涉及这一问题，特别是在中篇小说《狠透铁》里，这一意识更为明晰而尖锐。本文认为，在特定的时代背景下，柳青从现实生活出发，敏锐地感到了这一对抗，感到了新的社会形态与原有乡村秩序之间的不融合性，感到了以上中农为代表的这个群体，实际上承继着原有的文化传统，在一定时期，他们成了事实上的乡村政权的主宰者，也即是说，儒家的社会秩序安排，在暗暗地以一种变身的方式，改造和融合新的变迁，并将自己的秩序原则注入这一新事物之中，构成一种潜在的深刻的隐性影响。乡村社会以家作为基本生活单元，合作社将以宗族为主的自然村落作为基本生产单位，这些根基没有动摇时，儒家的文化思想事实在起着作用，艰难地弥合着乡村因阶级划分而导致的人与人之间的强烈对峙和分裂。这种曾被批为"小农意识"的乡村传统文化，在对抗国家主义的改造；这种对本族亲缘的私下关怀在对抗大集体的

"一大二公";这种仁和亲善的乡绅意识,弥合因倡导阶级对立而构成的裂痕鸿沟。在小说里,王以信顺利跳上水渠村舞台,实则是水渠村的文化传统在起作用,尽管柳青不得不写出他的失败,但同时我们看到的是,王以信是在公社党委书记的直接干预下失败的,而在现实生活里,王以信却是胜利者,或者说是儒家乡村社会传统的隐性胜利,这一历史意识的复杂融合与变形,还很少被人重视和研究。

世纪之变的文化探询

——从陈忠实的《〈白鹿原〉创作手记》重解《白鹿原》

我把《白鹿原》的问世①，看作一件大事！这是因为，在半个世纪以来的中国文学发展格局里，它所拥有的无法替代的里程碑式的价值和意义，它所揭示与所开创的道路，它所追寻的对时代命题的回答以及对未来的指向，和它所关涉的我们无法回避的文化存在，是其他作品难以企及的。

一

初读《白鹿原》时，我一度惊讶于这部大著所达到的辉煌高度，仿佛是一座飞来的奇峰，奇迹一般地铺展在陈忠实笔下。《白鹿原》所展现的广阔而厚重的社会历史，其重构 20 世纪上半叶中国社会组织的再现能力，其审视人的文化存在的巨大穿透力量，此外，主人公白嘉轩身上所承载的浸透着儒家文化血脉的人格风貌，以及鹿子霖、田小娥和黑娃所代表的另一原欲所构成的叛逆性力量，所有这些，昭示着这部大作的杰出属性。它的杰出，使我们忍不住回过头来，对这部杰作的创造者生出由衷的敬意，并且对作家的创作经历及《白鹿原》的孕育过程的神秘色彩充满好奇，不由得对作家的生活、创作心理及写作理念再次凝视，重新打量。《白鹿原》的诞生，其中必有一些发人深省、耐人寻思

---

① 长篇小说《白鹿原》，陈忠实著，1993 年 6 月由人民文学出版社出版发行。

的缘由,探索这些缘由的欲望,一直隐伏于心。《〈白鹿原〉创作手记》(以下简称《创作手记》)的出版①,为人们解读研究《白鹿原》创作的背景及各种因缘,探索研究陈忠实的创作思想,打开了一扇窗户。

1993年,《白鹿原》问世的时候,中国社会刚刚确定了市场经济的位置,大转型轰轰烈烈开始,商潮汹涌澎湃。在知识分子群体中,也在发生剧烈的观念裂变,人心浮动;在个体的思想意识中,普遍生发着强烈的内在冲突。许多大学教师,竟也因其收入微薄而主动放弃教职,下海搏击商潮去了。"造导弹的不如卖茶叶蛋的",这就是对那个时期一个生动的注释。既有的生存秩序被打破了,一些生存在原有框架里、长期构成的既成观念,顿时遭到颠覆。困惑——成为那个时期普遍性的情绪表达。

再往前追溯,20世纪80年代,是一个大变动的时代。陈忠实在《创作手记》里谈到自己精神世界的变化时,表达了自我困惑性的心理冲突,他说,在荧屏上看到了胡耀邦穿上了西装,脑海里却出现了毛泽东一代领导人一律中山装的画面;看到了灞桥古镇上逢集日,"牵牛拉羊挑担推车卖货的男女农民之中,突然有三四个穿喇叭裤披长发的男孩女孩,旁若无人地晃悠,竟然引得整条街上的行人驻足观赏";被朋友带去看摇摆舞,那些"绷紧屁股更绷紧胸部的妙龄女子疯狂扭摆肢体时",作者脑子里浮现出"忠字舞"的场面;看到"县长给全县第一个万元户披红戴花的电视画面",叠加而来的是柳青笔下"为农业社换稻种的梁生宝和真人王家斌"②。所有这些现实的对抗和冲突,在作者心里引发出一系列的强烈冲撞,这种冲撞,带来的心理变化,作者称为自我剥离,也就是将自己原有的早已形成的固化的观念意识不断颠覆,实质是不断深化的思想解放。在我看来,这些现实中剧烈冲突的生活视像,推动并驱使作者去强有力地追寻在表层之下那些不动的东西,陈忠实在不断面向自己追问:在这种剧烈动荡的大时代之下,哪些东西漂

---

① 陈忠实:《〈白鹿原〉创作手记》,上海文艺出版社2009年8月第1版。
② 陈忠实:《〈白鹿原〉创作手记》,上海文艺出版社2009年版,第102页。

浮在事物的表层，哪些东西沉潜在水面之下，如同冰山？

二

引起作家这样强烈追寻愿望的恰恰是现实关怀，现实的精神困顿。陈忠实在叙述自己参与的1982年的分田到户工作时，这样描述：有一天晚上，忽然想起在30年前，柳青一家人从北京迁到陕西，他直接参与的农业合作化运动，正是动员农民，放弃单家独户的生产方式，让大家走共同富裕的集体化道路。而今天自己所干的恰是自己敬重的柳青所干的事情的反面，又要将土地重新分回各家各户去，两相碰撞，自己忽然"惊诧得差点从自行车上翻跌下来"，"一个太大的惊叹号横在我的心里"。① 惊的不是作家对分田到户的疑虑，惊的是历史吊诡式的颠倒横变，这种历史沧桑导引着作者去追寻。这道原上的先民们，也伴随着历史沧桑的变化，伴随着王朝兴衰的动荡，一代又一代繁衍生息。王朝兴衰更替的动荡变化，在原上的子民们看来，似乎是一个遥远的传说，他们还得过自己的日子，他们的耕作方式没有变化，他们的组织方式没有变化，他们的文化心理结构也没有变化，浸润着他们日常生活的法典——宗族祠堂里的《乡约》更没有变化，上层皇位的更替，并不影响下层的稳态结构。这是陈忠实在沉思白鹿原先民们的观念意识时，所感知寻找到的东西。正是20世纪50年代的"拉牛入社"和20世纪80年代的"分田到户"，刺激着作者追寻，追寻这道原上曾有的恒久不变的社会生活事象，这是"白鹿原"这个意象产生的大背景。在作家开始创作《白鹿原》时，"整个世界已经删简到只剩下一个白鹿原，横在我眼前，也横在我的心中；这个地理概念上的古老的原，又具象为一个名叫白嘉轩的人。这个人就是这个原，这个原就是这个人"②。这道原承载的是千年儒家文化的历史沉积，即使从宋代大儒吕大临创造中国第一部教化

---

① 陈忠实：《〈白鹿原〉创作手记》，上海文艺出版社2009年版，第91页。
② 陈忠实：《〈白鹿原〉创作手记》，上海文艺出版社2009年版，第80页。

民众的乡约开始，也具有千年历史了。正因为如此，才有白鹿原上的动荡变化和不变的白嘉轩，还有那股弥散在白鹿原角角落落的《乡约》的魂魄气息。

在这种结构里，深邃敏锐的陈忠实，在个人的体验感知中透出意识深处的不安，或者是犹疑。白嘉轩代表的儒家传统，在社会的现实层面，遭遇着前所未有的挑战，国民党大旗上映现着三民主义，共产党大旗上书写着共产主义，无论这两个主义的论争如何，显在的事实是这两个主义，同时在挑战着儒家传统，以此构成白鹿原人在价值选择上的断裂；白鹿原新式学校里走出的学子们，也在否弃着原有的价值观念和思想意识，宗庙祠堂构成的权威被瓦解的命运阴云已经笼罩在头顶，白嘉轩对于走出白鹿原的人，已经失去了威慑的能力。这个时代，在城市中正在生成着一个中国传统里从没有过的群体，我们把它称作工人阶级，也同时在生成着商业文明，商业文明构成的市民文化正在崛起，一个新的结构方式正在呈现。农村的大变动还没有开始，但已是山雨欲来。

三

这个在传统里成长起来的腰杆挺得又硬又直的白嘉轩，已经成为被攻击的对象，既被前期黑娃所代表的农协所揪斗，又被变身为土匪的黑娃兄弟们抢劫并打断了腰。但是，动荡下的乡村社会结构和意识形态，此刻都还没有从根子上发生颠覆性毁坏。不管是作为农协领导者的黑娃还是作为土匪的黑娃，他动摇的都是现存秩序和权威，是扎根在白鹿原上且长得"又直又硬"的乡绅典范白嘉轩。黑娃与白嘉轩的对抗蓄满了历史的玄机，假若你细细地屏气凝望，其黑魆魆的望不到底的历史纵深感让人眩晕。在20世纪的中国，不管是政治经济问题还是历史文化传统，二人所代表的诉求在历史天幕上都会映现。所以说黑娃是一个很有深度的人物形象，不是指他自己的思想深度，而是他自身所呈现的压抑不住的原欲，在现实的文化形塑之下，构成抗争，一种从人性深处的缝隙里流淌出来的对既有秩序的破坏愿望。面对白嘉轩，他本能地感到压抑，这个在白鹿原上让村民们敬重仰视的乡绅，在黑娃的感觉里是浑身不舒服，作家精彩地写到了黑娃打断白嘉轩腰杆的因由。白嘉轩给他买来笔墨纸砚让他上学，他逃学，给父亲鹿三说，"我嫌嘉轩叔的腰挺得太硬太直"。父亲让他顶工，他非要跟人去渭北熬活而不愿走进白家，还是那句话，"我嫌嘉轩叔的腰挺得太硬太直我害怕"。① 在黑娃的精神世界里，白嘉轩构成他梦魇一般的无形压抑，这是一种无上威权的精神统治力，所以，打破这种权威，能够舒缓他的心理，能够获得颠覆性的快慰。

黑娃这个人物的深度，还在于他个体生命的大起大落中展现出的深刻意味。开始他组织农民协会，批斗白嘉轩、鹿子霖，后来又当了土匪，向白嘉轩、鹿子霖复仇，再后来，又拜朱先生为师"学做好人"，还要带着媳妇玉凤回白鹿村祭拜祖宗祠堂。黑娃的归根寻祖，表达着白鹿原上流淌在村社乡民之中的儒家文化之深沉力量，国共两党虽有着数十年的征战争斗，但是在扬弃旧传统走向现代性这一路途上，则是一致的。传统被反复荡涤，儒家香火，如沉潜在海面下的洋流，唯余白嘉轩、朱先生苦苦支撑。

四

在大革命的浴火中，乡约碑文被打碎，白嘉轩诚笃地守护着乡约所具有的价值范式，坚持将其修复，坚持召集村民按老规矩到祠堂诵读乡约。这座祠堂，上演着因违反族规而遭受刺刷惩罚的田小娥、白孝文事件，也上演着鹿黑娃们揪斗白嘉轩、鹿子霖的大戏，还上演着田福贤惩罚农协会员摔死贺老大的惨剧。祠堂这个舞台承载着什么？黑娃的最终回归，祭拜祠堂，令白嘉轩对它的意义充满自信，他在黑娃离开白鹿村的当天晚上，在上房里对孝武说："凡是生在白鹿村炕脚地上的任何人，

---

① 陈忠实：《白鹿原》，人民文学出版社1993年版，第246页。

只要是人，迟早都要跪倒在祠堂里头的。"① 白嘉轩对"人"的理解多么合乎孔子对"人"的定义，孔子说："人而不仁，如礼何？人而不仁，如乐何？"② 孔子的意思是说，只要是人，总是要为仁的。仁是做人的根本。那什么是孔子眼里的仁呢？"克己复礼为仁。一日克己复礼，天下归仁焉。"克己也即是控制自我的原欲，所以他又接着说："为仁由己，而由人乎哉？"③ 能否做到对自我原欲的控制，全在自身，岂能是在他人？这是孔子所讲的内在修养与内在自觉。黑娃在县保安大队期间，有一个大的转变和回归，作家细腻地写到黑娃与玉凤的结合带给他的影响，即使在洞房花烛夜，却也"完全是和平恬静的温馨，令人摇魂动魄，却不至于疯狂。黑娃不知不觉地变得温柔斯文谨慎起来，像一个粗莽大汉掬着一只丝线荷包，爱不释手又怕揉皱了"④，完全没有了与田小娥初次相拥时的癫狂和烈火熊熊。这是一种回归。还有另一个回归者，这就是白孝文，他成为营长之后，仿佛是洗刷了往日的耻辱，带着太太一起回到白鹿原上来，可算是衣锦还乡，荣归故里。但是在傍晚时分返回县城的路上，他踏出村庄后凝望故乡，五味杂陈，说谁走不出这原，谁一辈子都没出息。在《创作手记》里，陈忠实也忍不住为自己所写出的白嘉轩和白孝文的这两句话自得，这的确是极为精彩的人物心声，白嘉轩因为自己的坚守，而看到了曾为土匪的黑娃终于拜倒在祠堂里；白孝文因为自己的苦厄而走出，也因为走出而获得新的人生感受。这两句经典的话语里，埋藏着现代性与古老传统的尖锐冲突，这种冲突，其实正是现实冲突在艺术里的回响。

在《创作手记》里，作家陈述了在创作《白鹿原》之前的准备工作，他在长安、蓝田等地，下大功夫翻阅县志、收集资料，也在白鹿原上访问老者，寻找历史踪迹。在翻阅县志时，《贞妇烈女卷》留给他强烈的冲击，他看到大量的整整齐齐排列的密密麻麻的女人名字，这些人

---

① 陈忠实：《白鹿原》，人民文学出版社1993年版，第524页。
② 见孔子《论语·八佾》第三。
③ 见孔子《论语·颜渊》第十二。
④ 陈忠实：《白鹿原》，人民文学出版社1993年版，第517页。

以她们的寡居岁月和失去的青春换来了书卷上的这一行字。字里行间，作家仿佛听到了她们痛苦的呻吟和惨烈的呼叫，在写完"田小娥被公公鹿三用梭镖钢刀从后心捅杀的一瞬，我突然眼前一黑搁下钢笔"。仿佛是对田小娥的纪念，作者"顺手在一绺纸条上写下'生的痛苦，活的痛苦，死的痛苦'"。① 在田小娥身上，作者竟然倾注了那么多的哀痛！正是在这些贞妇烈女的尸骨里，站出一个以荡妇形象出现的反叛者，其实，如同作者所敏锐感觉到的一样，在民间广为流传的各种各样的荤段子酸故事里，这种东西也在以变形的方式呈现，构成文化压抑下的精神宣泄和无意识对抗。这是田小娥这个人物形象产生的深厚基础。这些民间故事里无疑隐含着挑战和嘲弄，尽管个人化的抗争，从来没有停止，但其结局，大都是以失败告终，更有因超出规矩而招致的惨烈惩罚。"作为个人，都无力对抗以《乡约》为道德审判的铁律"②。田小娥身上，有着作家巨大的情感投入，亦包含着他的深长思考。

五

这也算是从正史里逸出的另一气息，是被压抑的生命力的宣泄。所以，白嘉轩有两种不同的力量与他博弈，一个是在同一范畴内的对手鹿子霖，另一个则是化外之徒黑娃。化外之徒终归教化，这是儒家传统的一大胜利。而鹿兆鹏、鹿兆海，则完全不在这个系统内，白孝文也从理想的承继者到偏离大道走出白鹿原。这些，是白嘉轩无法掌控统摄的异己力量。面对这种从观念意识到结构形态的对两千年传统的颠覆，白鹿原人在心理錾子上被煎熬，有着扭曲挣扎，亦有惶恐欣喜。作品深刻地透露出人性在其中的扭曲挣扎。这毕竟是一场千年之变。在时代的动荡不居和社会大变局中，面对精神困惑和心理震荡，朱先生、白嘉轩们坚定地守护着传统要义，坚定地信奉人心的回归。这种坚守仿佛使命，又

---

① 陈忠实：《〈白鹿原〉创作手记》，上海文艺出版社2009年版，第79页。
② 陈忠实：《〈白鹿原〉创作手记》，上海文艺出版社2009年版，第112页。

宛若绝望中的希望。

现实层面里，新的主义和价值尺度，打破了以白嘉轩为代表的，生活在乡约里的白鹿原上村民们的旧观念，宗法制构成的传统被新观念所动摇。新观念以阶级划分人的远近亲疏，认为男女是平等的，它要将高贵者打倒，使卑贱者翻身，它要建立一个全新的共和国，这种"风搅雪"式的大革命，虽然还没能一下子摧毁原有的生活秩序，但是，它的力量已经从根子上动摇了原有社会基石，沐浴在白嘉轩这样的乡绅精神照耀下的村民们，隐约感到了他的权威在悄悄衰颓。白鹿原在书写这种文化碰撞时，尽情地写出了传统文化的傲然正气，写出了这种文化雕塑出的人格典范白嘉轩，写出了它构成的严整的社会生活秩序，更写出了这种文化在现代的飘摇命运，写出了命运中鹿子霖的悲惨和白嘉轩的无奈，在人物活动背后，我们似乎听到了作者一声深长的叹息。

大凡一部伟大杰出的作品，总是对于作者心灵深处所面临的困境做出回答，它绝不是某个社会改革的简单文字阐释，那样只会产生《金光大道》式的作品，"艺术的主要目的就在于表现和揭示人的灵魂的真实，揭露用平凡的语言所不能说出的人心的秘密"[1]。不管是托尔斯泰还是卡夫卡，不管是批判现实主义作品，还是现代派艺术，在这一点上是共同的。托尔斯泰将自己的人生探寻和自己的艺术活动结合起来，问自己：当代艺术能不能促进耕种土地的劳动人民的幸福？这便是托尔斯泰晚年给自己提出的根本问题，他带着这个问题去观察一切文艺现象。[2]他把艺术作为促进社会进步和底层民众生活改善的手段，作为探索俄国农奴制下的农奴是否能获得新生活的途径，他用自己的作品探索这一问题，挖掘这一问题，寻找这一问题的答案。伟大作家所面临的问题，恰恰是时代所面临的问题，就是说，在他个人化的困惑和命题里，刚巧包含着时代向善于思索者提出的命题。他在解答自己的探索，解答自我的困惑时，却回答了大时代的大命题。这是因为，他恰恰就置身于这样的

---

[1] 列夫·托尔斯泰：《论创作》，漓江出版社1982年版，第6页。
[2] 列夫·托尔斯泰：《论创作》，漓江出版社1982年版，第2页。

现实生活中,参与着时代的变革,感受着其中的痛苦和裂变。我们从《创作手记》里,追踪陈忠实写作《白鹿原》的心路历程,恰恰能发现,作者所写的尽管是自己未曾经历过的20世纪前半叶的人生社会故事,但是,他的写作动力,他想探寻的白鹿原上的前尘往事,恰是被现实的生活事象所点燃所激发,"我由自己1982年早春在渭河边开始的精神和心理剥离,类推到20世纪初'辛亥革命'之后的白鹿原上的人,以我的体验来理解他们的精神和心灵历程,似乎也是很自然的事"①。生活现实驱使他回望历史,这是现实在他的虚构世界里的遥远回响,也是深沉回答。

六

在现实促使他的探寻中,作者说自己某一日突然意识到了一个简单的问题,"这座古原的历史和中国历史一样久远,然而,无论王朝更迭过程中的战乱和灾难怎样残酷,还有频繁的自然灾害……这座原上依然延续繁衍着生命,灾难和灾害过去之后,重新繁衍起来聚而成群的生命又聚集在氏族的祠堂里背诵《乡约》"②。祠堂与乡约,构成一种不变的恒在的精神文化载体,这一大发现,构成了作者笔下的白鹿原上空笼罩的魅惑人的文化氤氲。可以说,自1917年文学革命以来,我们观察现代小说的发展演变,我们还没有发现,哪一部长篇小说对儒家文化浸润下的社会生活具有这样精彩的正面再现。在中国现代文学的画廊里,还没有出现一个如白嘉轩这样被儒家文化形塑得如此让人心动且由不得肃然致意的人物形象。

乡约是白鹿原上一个具有象征意味的精神统治的符号。其实,在作家的创作动机里,重心要写"作为原上人文化心理结构柱梁框架的这部《乡约》",这部20世纪原上人精神和心理上遵奉的"本本",以及本本与新精神观念的冲突。

---

①② 陈忠实:《创作手记》,上海文艺出版社2009年版,第107页。

前面我已提到，作者在查阅历史时，赫然发现原上在20世纪20年代，已经办起了两三所新式小学，新式小学里所传播的思想价值和道德伦理，已经和乡约大相径庭了。还是在20世纪20年代，竟然有一位从北京读书归来的学生在原上建立了一个中国共产党的党支部，发展了两名党员，所确立的党的目标以及对一个党员的要求，更是与乡约南辕北辙，风马牛不相及。这是陈忠实所采访到的白鹿原上的真实社会历史，这种冲突是作者浓墨重写的东西。

七

在动荡的历史格局下，陈忠实写的是沉厚的传统。辛亥革命尽管在历史教科书上，是一个标志着帝制结束的里程碑，但是其余波波及这座原上时，浮皮潦草，影响十分有限，"也许因为无论旧'三民主义'或新'三民主义'在原上几乎都没有任何响动，才给《乡约》留下继续传承的空间"。小说前半部分，重点展示以白嘉轩为代表的儒家文化构成的严整秩序，作家对乡约规范下乡民们的精神世界，做了精彩的书写。写作中，这种恒久而绵长的历史感攫住了作家的手，使他对几千年原上人的生活常态，有一种情不自禁的倾情挥洒，情不自禁的情感投入。陈忠实在他对历史的探索思考中，对这座他生活了几十年的古原，重新打量重新认识，并注入了深沉的情感，从而使白嘉轩获得了活气和灵气，整个一道原，在陈忠实笔下苏醒起来，喧哗起来，徐徐生动起来。作者为白鹿原灌注了血脉，白鹿原也为陈忠实的叙写注入了灵动的气脉。

白嘉轩所代表的乡约式儒家文化，在20世纪上半叶，被一种新的文化意识骤然摧毁，在摧毁的废墟上，我们能否重建新的文化价值和秩序？被摧毁的东西是否具有可以承继的有用部分？在《白鹿原》里，我们仿佛见到了这样的追问，作者将自己的问题与艺术关联，也在小说里求解。这也是儒家文化在20世纪之初受到知识界批判抨击以来，鲜见的用艺术形象来重新思考这个问题的大著。并且，在作者陈忠实身上，我们还发现了他对儒家精神的虔诚实践，不管就其人格还是就其价值观，关学不仅仅影响了关中地区的先民生活，也影响了作家本人的操守和人格风貌。在艺术中探寻的天理，也实践在自己的足下。这一点，也显现出儒家文化在日用上持久巨大的魅力。

  在文学业已边缘化的今天，认为"文学依然神圣"的陈忠实，其所具有的使命感，不仅仅让他的作品停留在文字的探索中，也使他自己成为躬行实践者。通过《创作手记》可以得出判断，作者绝不认为，文学仅仅是一种游戏，仅仅是一种娱乐，当不得真。他是将文学同历史与生命关联，为建立新的精神生活而殚精竭虑，所以，白嘉轩不仅活在小说里的白鹿原上，也还继续活在作者的探寻中——对人生真义的探寻，对人格风范的修炼。《白鹿原》是一个对当下问题的伟大实践，是追问，是向自己解惑，同时也向我们发出吁请，在白鹿原上被革命中断的儒家文化，在现代化语境里，还能不能还魂？白嘉轩是不是就这样永远地消失于我们的视野里？抑或我们可以重续儒家文化传统，重新确立我们的文化身份，鲜亮地自立于世界民族之林？

追寻与受难

——读路遥的《平凡的世界》

一

曾因《惊心动魄的一幕》和《人生》而享誉文坛的青年作家路遥，在沉默数年之后，赫然推出厚厚三大部、洋洋百万言的巨著——《平凡的世界》。这是一部很坚实的作品。许多青年作家已经不这样写了，而是寻找新路数。他却不。我甚至想，路遥这样写大约也是一种迫不得已。他不得不用这种方式来表达自己的情感与思想，只有这种现实主义的写法才能尽情贴切地表达他对世界的体悟。写作方法本身，已经不仅仅是技巧和内容，更多的也许是自我生命体验和存在的方式。因之，当我在《平凡的世界》中体悟到作者对生活倾注的博大而温厚的宗教般的爱心时，我就更坚信我的这种直感把握了。

这儿，我说到宗教般的爱心，是就作者的苦难意识而言的。作者笔下的人物其辉煌夺人的魅力，大都是通过受难而体现出来的。苦难使人崇高，这是一个诱人的题目。

默默曾在《读书》上发表了一系列令人喜爱的文字，是论说20世纪西方基督教神学的。在论及朋霍费尔时，他写道："受苦与遭弃绝可以概括耶稣十字架受难的全部意义，十字架上的受难即意味着遭人蔑视和弃绝。基督之为基督乃在于他的受苦和遭蔑视。"接着他深切地诘问：我们有这种对痛苦与折磨的歌颂吗？所谓"国人的智慧，俗人的智慧"

有什么资格贬低和嘲讽这种痛苦和折磨?① 是的,这种痛苦和折磨是为了拯救,既为了拯救别人也为了拯救自己。因之,他所面临的苦难是主动性的,是他参与到苦难中,寻求拯救,寻求超越。他的苦难同时也便具有崇高的意味。路遥并非一个对宗教感兴趣的人,但他的诚挚和激情使我不由自主地将宗教情绪与之联系起来。

二

路遥在《平凡的世界》中,给苦难以深刻的理解和评价。他实际上将苦难看作高于苦难的东西,使苦难成为一种生存需要。从而,苦难之树神奇地结出了甘美的果实,并且携带着崇高的迷人的光芒。作者笔下的人物,哪一个没经受艰辛生活或心灵痛苦的磨难?孙少平上县高中时,每顿只能吃两个焦黑的高粱面馍,连五分钱的清水煮萝卜也吃不起。这种困窘生活,使他产生强烈的又自尊又自卑的心理。他"感到最痛苦的是由于贫困而给自尊心所带来的伤害","他愿自己每天排在买饭的队伍里,也能和别人一样领一份乙菜,并且每顿饭能搭配一个白馍或者黄馍。这不仅是为了嘴馋,而是为了活得尊严"。② 但即使这点可怜的要求也无法满足。李向前是县委副书记的儿子,汽车司机,生活各方面都是如意的,但唯独他痴爱着的田润叶却对他冷如冰霜。他从结婚那天起就等于分居着。他喝闷酒,并在酒后因车祸而失去一条腿。孙少平的姐姐兰花,偏偏爱上那个给她甜甜地唱过情歌的浪荡汉王满银,她的最大心愿竟是只要这个浪荡汉待在身边,哪怕他一年四季不下地劳动也行。然而,浪荡汉一年到头却总是不着家,她只有起早摸黑种地,拉扯着两个孩子过日子。田福堂是双水村的强人,却也有他解不开的心结。随着改革开放,他在村里的地位不断下降,而像孙少安这些人却逐渐夺取了在村中的中心地位,他呼风唤雨的时代一去不复返了。更可气的是

---

① 见《读书》杂志 1989 年第 2 期,第 120 页。
② 路遥:《平凡的世界》(第一部),中国文联出版公司 1986 年版,第 6—7 页。

儿子田润生，找了个寡妇不说，而且还是一个出身于富农之家的寡妇，使他这个革了一辈子命的人丢尽了脸，以至于气出一场病来。作者笔下的人物，大都有这种难以排遣的困境。

人为了生存，或者说是为了更好地生存，从物质层次到精神层次，要遭受许多艰辛，在艰辛中努力奋斗，忍受苦难。受难是生存的强迫性造成的，但"受难是这个世界上的积极因素，是的，它是这个世界和积极因素之间的唯一联系"①。受难的积极因素中包含着受难者对世界铭心刻骨的体验。这种体验当是痛苦的、不堪忍受的，但正因其有了这种体验，才得以达到对世界的洞悉和深层的领悟。

人对生命形式的体验把握，不是通过享乐形式，恰恰相反，是通过痛苦——这一追求幸福与享乐的过程中所必须付出的代价为条件的。受难，在这儿具有了对生命形式非同一般的意义，它甚或化为生命的形式而存在。它成为生命形式最实在、最有意义的内容，它也就成为生命的形式，具有最辉煌最炫目的光彩。受难，本来是为了达到幸福和享乐的手段，但在这一过程中它却超越了手段而僭越为目的，比幸福和享乐更值得自豪骄傲的目的。它战胜了自己，消除了自己。它的战胜与消除在更高的意义上明证了自身作为一个伟人式的品格而存活，而不是作为被动的接受者而存活。反之，幸福和享乐不是以受难作为代价，你便不能真正占有它。即使你占有享乐，也是带有缺憾而不完满的。你在享乐的体验中，无法领悟它的全部丰富性。享乐就仅仅作为浮浅表层的官能刺激，甚而演化为同人的本质对立的东西，来浸透你、腐蚀你、反对你，削弱你的生命力，暗淡你的生命光辉。实际上，也就等于参与了谋害你生命的活动，生命将在这种享乐中枯萎变为非生命。

三

孙少平生活在一个既定的难以冲破的生存链上。他的出身、家庭以

---

① 见《读书》杂志1989年第2期，第83页。

及足下的土地是无法改变的。他本来可以像他的父辈、他的哥哥（孙少安）那样植根于那块土地，以同他们一样的眼光去理解人生看待生活。不幸的是他上了县高中，并且是那样爱读书。知识为他打开了另一个别样世界。这使他在精神层次上大大偏离了原有的生存规定性。书籍使他同郝红梅结识了，继之又同田晓霞结识了。正是在他偏离生存规定性时，灵魂就被放逐了。他被逐出精神与存在相统一的那个古老的生存圈。这个生存圈虽并非像伊甸园那样阳光明媚，无忧无虑，但因其灵魂与肉体的双向统一却也形成融融怡然的氛围。但孙少平的世界却成了一个分裂的世界，他再也享有不了这融融怡然之乐了。他的痛苦是双重的：他意识到祖辈生存的可悲性，但他又无法斩断同祖辈的纽带。因此，这一面他是一个清醒的实实在在的现实主义者，另一面却充满着理想的富于诗情的浪漫色彩。

他的恋人田晓霞，这个敏锐任性又豪爽的地委书记的女儿曾打趣地说，但愿你高中毕业后别"满嘴说的都是吃，肩膀上搭着个褡裢，在石圪节街上瞅着买个便宜猪娃，为几根柴火或者一颗鸡蛋，和邻居打得头破血流。牙也不刷，书都扯着糊了粮食囤……"。孙少平答道："我不会变成你描绘的那种形象。你不知道，我心里很痛苦，不知为什么，我现在特别想到一个更艰苦的地方去，越远越好……我不是为了扬名天下或挖金子发财。不知为什么，我心里和身上攒着一种劲，希望自己扛着很重的东西，在一个不为人知的地方，不断头地走啊走……或者什么地方失火了，没人敢去救，让我冲进去，当下烧死都可以……我回到家里，当然也为少吃没穿熬煎，但我想，就是有吃有穿了，我还会熬煎的。"①这构成了孙少平的基调，也是他精神流浪的始因。

孙少平终于走出双水村了。他要到一个更为广阔的世界去，即使去当揽工汉。更主要的因由倒不是钱。在双水村待下去，他的生命也许会过得很好。农村实行改革后，农民的自由空间扩大了。能干的哥哥（孙少安）办起了砖瓦窑，日子一天天好起来。他却要出走，走向黄原市，

---

① 路遥:《平凡的世界》（第一部），中国文联出版公司1986年版，第361—362页。

在黄原市的揽工汉生活能使他掉几层皮。孙少平在这种自我放逐、精神流浪当中要寻找什么？他在追寻自我价值目标。他的追寻异常艰难，对他来说，首先要对付自我生存的困境。任何时候，他都无法忽略饥饿的袭击，无法超越生存的第一层次。并且，父亲需要他的钱度日，妹妹需要他的钱上学。他永远不可能像那些出身于达官显贵之家的青年，不为衣食操心，可以置身于虚幻的冥想之中，置身于百无聊赖的忧郁中，自傲自大或自怨自艾，愤世嫉俗见解透辟却又无所事事玩世不恭，像俄罗斯文学中那些多余人如毕巧林、罗亭、奥涅金；也不是刘索拉、徐星笔下的那些"愁得不想喝酒什么的"人物。他甚至没有时间去忧郁和思虑，他须得每天为一元伍角而拼命。这样，他的精神流浪又被紧紧地捆缚在物质的层面上，其背负的十字架就是精神和物质双重的。他的流浪由之便永远不会因为没有附着而轻飘，不会因为失重而变成难以承受。负重感是他受难的特有色彩。主人公在受难中寻求价值和超越，苦难成为他获取感悟的唯一途径。他的精神流浪是在沉重的生存锁链下以书籍为媒介而展开的。他当然"不愿意牛马般受苦"，他也感到"太沉重了"，但物质生存的先在性锁链无法打断。他的精神流浪源自他的生存困境，超越生存困境的渴念使他的灵魂欲疏离他的故乡。但当他走出古老的土地，投入黄原市的揽工汉生活，他的流浪似乎有了个很有意味的回归，并撷取了巨大的硕果。艰辛的劳作，使他对苦难有了深刻的领悟。因苦难而流浪，却又在流浪中寻回苦难。孙少平在给妹妹兰香的信中写道："我们出身于贫困的农民家庭——永远不要鄙薄我们的出身，它给我们带来的好处将一生受用不尽。但我们一定又要从我们出身的局限中解脱出来，从意识上彻底背叛农民的狭隘性，追求更高的生活意义。首先要自强自立，勇敢地面对我们不熟悉的世界，不要怕苦难！如果能深刻理解苦难，苦难就会给人带来崇高感……痛苦难道是白忍受的吗？它应该使我们伟大！"[①] 孙少平在苦难和痛苦中感到的崇高和伟大，正是他的自我放逐后的深刻的获取。

---

① 路遥：《平凡的世界》（第二部），中国文联出版公司1988年版，第370页。

这一点，生活背景和家庭教养同他截然不同的田晓霞也感到了，"她看得出来，少平甚至对苦难有一种骄傲感——只有更深邃地理解了生活的人才会在精神上如此强大"①。少平的好友金波也受到了"他很大的影响"，不卑不亢地干活，"吃苦精神使所有的正式工都相形见绌。他卖力干活不只是怕失掉这只临时饭碗，而是一种内心的要求"②。受难，由最初的生存强迫性变为"内心的要求"，这是一个艰难的升华过程。是人战胜环境，战胜自我，超拔于生存锁链，从而将外在目的内化为本能需求的过程。在这一过程中，人占有了人的本质，占有了劳动。劳动在这儿已不仅是作为谋生的手段，而成为生命的需要。黑格尔说："人必须使自己成为人所是的东西，人因自己汗流满面才食到自己的面包，人必然创造人所是的东西，这属于人的本质的东西，属于人的卓越的东西，并且必然和对善恶的认识相联系。"③ 人正是这样，通过劳动，抑或说通过艰辛苦难，自己将自己创造为人。人之为人正在于劳动。马克思也把"劳动看作人的本质，看作人的自我确证的本质"④。孙少平就这样在精神流浪中获得新的生命意义。

四

一个能够肩起国家民族命运的人物，无疑会受到历史的赞美与称颂。一个平凡的人，面对命运的挑战，能够以罕见的勇气与之搏斗而毫不退缩，也同样是令人肃然而生敬意的。对于个人来说，肩起自我命运的重负并不亚于肩起民族重负反映在个人肩头上的分量。这也就是路遥笔下平凡世界中的孙少安为之骄傲的理由。他骄傲，是因为他支撑的这个穷家在无数艰难困苦中没有垮下来。他"因而感到自己活得还有点意

---

① 路遥：《平凡的世界》（第二部），中国文联出版公司1988年版，第343页。
② 路遥：《平凡的世界》（第二部），中国文联出版公司1988年版，第298页。
③ 见黑格尔《宗教哲学讲演录》。
④ 马克思：《1844年经济学—哲学手稿》，人民出版社1979年版，第116页。

思"。对这一生活理想,他简直"像宗教徒对待宗教一般充满虔诚和热情"①。在面临自我命运的重大抉择上,他的表现更具有悲壮的意味。他可以去爱田润叶,但他却不能去爱。他是一个对自己对别人都负责任的人。尽管田润叶的世界几乎就只有他,甚至她都不考虑他们之间巨大的社会差异。她几乎看不见孙少安的贫困家庭,看不见公家人和庄稼人的巨大区别,也看不见周围社会对她的无形制约,她被强烈的爱情驱使,她只想赢得爱。

孙少安在这一点上是清醒的。现实的强烈反差使他内心处于极度的矛盾与痛苦中。他深深地爱着田润叶,觉得此生能同她生活在一起将是最大的满足。然后,清醒的现实感使他无法表达自己的爱心。他认为一个男人应该给予爱人起码的保障,但他除了一颗爱心之外,几乎一无所有,穷得连男人的自尊心都没有了。他认为应该给予却无法给予,这正是他的痛苦所在。

我们不能简单地说孙少安是囿于偏狭的农民观念,责备他不能冲破贫困生活对他的雕塑;或者说是环境和物质生活的差异使他产生强烈的自卑感。不,不仅仅是这些,或者说更重要的不是这些。更重要的是,孙少安作为一个具有强大的精神力量的人,在自我灵魂的痛苦搏斗中,终于以其崇高的人格力量战胜自我欲求,而成为让人为之流泪、为之叹息、为之崇敬、为之爱戴的人物。

从阶级社会开始,人类就生存在一个分裂的环境中。这是人类生存痛苦的根源,它导致了人类生活的悲剧性。同时,面对分裂的环境所做的自我选择,也正透露出人之为人的壮美的景观。孙少安当然可以不选择对爱情的自弃,而相反促使爱的结合。然而,可以预见,其结果将是悲剧性的。生存环境会对他做出全面否定。不仅这会招致田润叶父母亲的反对,甚或善良的乡亲也会认为不般配而构成否定力量,自己的父母也会因这种失衡的婚姻而不安;还有更使他难以克服的否定力量,这便是他自己。分裂的社会环境早已将其自我意识播撒在他的心田里,形成

---

① 路遥:《平凡的世界》(第二部),中国文联出版公司 1988 年版,第 461 页。

内在的否定力量。

他为至亲至爱的人能拿出什么呢？他要给予，他须得给予对象比现在更多的东西，而不是更少。这是人的尊严，是男人的责任，但他无法给予。他无法使润叶同他结婚后活得比她现在好。那么，实际上润叶若同他结婚，就不是他给予润叶，而是润叶给予他，这是他清醒地意识到而又无法接受的现实。由之构成的自我否定是多么残酷！外在的否定力量他姑且可以不顾，但自我的否定力量却是难以抵御的。是的，"连自己的老婆孩子都养活不了，庄稼人活得还有什么脸面呢？生活是如此无情，它使一个劳动者连起码的尊严都不能保持！"①。正因为这样，孙少安在数年之后，回忆起田润叶，只能"在内心深深地感谢润叶，她给他那像土地一样平凡的一生留下了太阳般光辉的一面。是的，生活流逝了，记忆永存"。但他一点也不后悔当初的决定，他想："无能的少安既然当年没有能力和你生活在一起，现在又怎么能给予你帮助呢？他只能默默地给你一个庄稼人的祝福。"② 大多数男子都是这样，他们须得在爱人身上反观自身的强大有力。感到自己是作为保护者给予者出现时，他才会心平气和地接受这种关系。反之，如果对象是精明强干的，甚而使他觉得无须保护和关注，他倒会局促不安了，或者失望。因为这对象鼓舞不起他作为雄性的力量。保护意识的满足已成为强悍的男人心理生理的需要。看来，女性的温柔所具有的魅力，不仅是慰藉男人心灵创伤的药剂，也更是男性得以展露雄姿的天然衬对。

五

在孙少平的世界里，田晓霞无疑是一个极其重要的人物，在某种意义上说，"这个女孩子是他的思想导师和生活引路人"。田晓霞在县高中是孙少平同级不同班的同学。父亲田福军开始是县委副书记，后来是地

---

① 路遥：《平凡的世界》（第一部），中国文联出版公司1986年版，第459页。
② 路遥：《平凡的世界》（第二部），中国文联出版公司1988年版，第81页。

委书记。母亲是医生。她成长在一个优裕的环境中。她性格泼辣热情,聪明敏锐,任性可爱。她指导孙少平读了许多书。给他看《参考消息》,同他探讨社会人生问题。她本身也构成孙少平的一个新世界。她随意地将外衣"像男生一样"披着,"这使少平感到无比惊异";她很自然的举止谈笑,却使少平窘迫得要命。这一切,对一个过去一直生活在闭塞农村的人,是多么新鲜的事呵!在精神层面上,孙少平无疑找到了一个知音。

田晓霞在同孙少平的接触中,特别是他们在黄原市交往的那段时间里,她从对方身上感到一种很奇特的东西。是的,孙少平对她打开的世界也是新鲜的,带有刺激性的。她将他同大学同学相比,"猛然间发现了另外一种类型的同龄人"。这些性格非凡、天赋很高却因种种原因进不了大学门、也进不了公家门的农村青年,"他们不甘心把自己局限在狭小的生活天地里,因此,他们往往带着一种悲壮的激情,在一条最为艰难的道路上进行人生的搏斗。他们顾不得高谈阔论或愤世嫉俗地忧患人类的命运。他们首先得改变自己的生存条件,同时也不放弃最主要的精神追求。他们既不鄙视普通人的世俗生活,但又竭力使自己对生活的认识达到更深的层次……"①。实际上,孙少平为她的生活环境树立了一个"对应物",或者说给她的世界形成了一个奇特的"坐标"。田晓霞也在寻找,她要寻找令她激动、令她新奇的别样世界的生活。她也谋求超越,她超越的基础是已经拥有的一切:出身的优越、生活的优越、环境的优越。她拥有这一切同时也就瞧不起这些或漠视这些,而将追寻的热情倾注在别样的事物上。孙少平则因为一无所有甚或没有获取的希望而蔑视这一切。他的财富只有苦难。在苦难中寻找精神依托与价值意义,由之而体悟到生命真谛。他的苦难从而也就构成他的特有的价值。他用他的苦难同田晓霞交换。前提须是,交换的对象须是苦难价值的共识者。田晓霞正是在少平的苦难中看到光彩,并为之而动情,并认为他身上所具有的东西是难能可贵的。

---

① 路遥:《平凡的世界》(第二部),中国文联出版公司1988年版,第196页。

另外，孙少平也须在苦难中体尝到价值。这样，交换才真诚而有意义。"是的，他（孙少平）是在社会的最底层挣扎，为了几个钱而受尽折磨，但他已不仅仅将此看作是谋生活命——职业的高贵与低贱，不能说明一个人生活的价值，恰恰相反，他现在倒很热爱自己的苦难。"①正是在这个原则与层次上，孙少平与田晓霞的交往大大亲密起来，并且真正相爱了。

少平同晓霞的恋爱，漠视了他们的生存现实，弥合了分裂的环境。超越现实的理想激情，使生存现实在他们的视域里消失退出，成为盲点。天地统一了，人与环境也暂时统一了。但这种分裂的环境时时给他"湖蓝色的梦幻"罩上阴影。强大的现实作为对立否定力量不断否定他。少平竭力反抗生活给定他的命运。他反抗得惊心动魄，有声有色。他每天生活在事实世界、必然世界里，牛马一般干活，这时他是一位名副其实的揽工汉或挖煤工。当他爬在潮湿的屋子里，撩起身上的衣服，使火烧火燎的刺痛减弱，一边就着微弱的灯光看书，这时，他就又回到他的价值世界、自由世界里。他的事实世界里，有着价值世界昭示的光芒，这使他的事实世界，获取了感人的魅力和力量。

作者这样描写孙少平在两个世界间的矛盾："孙少平到大牙湾后，井下生活的严酷性更使他感到他和她（田晓霞）相距有多么遥远。他爱她，但他和她将不可能在一块儿生活——这就是问题的全部症结。"就是田晓霞来到他身边，偎在他怀抱里，那个使他痛苦的"症结"也不因此就消失。在这样的时刻，"他内心汹涌澎湃的热浪下面，不时有冰凉的潜流湍湍而过"②。孙少平正是在这样现实与理想分裂的世界里搏斗。

田晓霞是作者笔下一个理想化的人物。她生活在非现实世界当中，充满着浪漫的诗意追求。在最初同少平的接触中，她就觉得"她和少平的交往将会带有一种神秘的色彩，可能像浪漫小说中描写的故事一样——想到这点使她更加激动"③。田晓霞的诗意追求在精神层面上同孙

---

① 路遥：《平凡的世界》（第二部），中国文联出版公司1988年版，第198页。
② 路遥：《平凡的世界》（第三部），见《黄河》1988年第3期，第30页。
③ 路遥：《平凡的世界》（第二部），中国文联出版公司1988年版，第141页。

少平相合了。

田晓霞是一个充满激情又善奇思异想的人。她厌恶平庸,这使她的行为能越出世俗规范。同时优越的家庭环境,使她很易于忽略对物质生活的考虑,而更多地关注精神生活。可以说,精神生活渴望满足是被她放在首位的,物质生活条件在她的视域中是被忽略了的。她的现实存在已超出了为衣食而忧愁的层面,她真正进入了纯精神化的追求中。

孙少平的精神追求却要沉重得多,他的现实时时否定着他的爱情。或者说,少平的爱情正好被两个世界分割。这一世界是对爱的热烈的向往憧憬,浪漫理想的诗意追求遮蔽了"冰凉的潜流"。这是一种开得很娇艳,但不会有果实的花儿。他的田晓霞是作为一个精神化理想化的人物存活在他的生活中的。另一世界来自他清醒冷峻的现实感,来自他足下古老的土地,是没有花儿的果实,并不娇艳,却很饱满,这便是寡居的惠英嫂。作者写道:"有时候,孙少平一旦进了惠英嫂的院落,不知为什么,就会情不自禁对生活产生另外一种感受。总之,青春的激情和罗曼蒂克的东西会减掉许多。他感到,作为一个煤矿工人,未来的家庭也许正应该是这个样子—— 一切都安安稳稳,周而复始……"① 他认识到,他是一个普普通通的人,应该按照普通人的条件正正常常地生活,而不要做太多的非分之想。

在这儿,孙少平又回到了自己既定的位置上。虽然他也说了"普通并不等于庸俗",但不庸俗的界标是什么呢?就是"在许许多多平平常常的事情中,应该表现出不平常的看法和做法"吗?可以说,作者对于孙少平对生活的理想的追寻,到此也迷失了。我们说,强大的人格意志就是对平庸的超越,但这强固的生存规定又迫使他回归。那么,最终剩下的也就只有在平平常常的事情中,保留那一点可怜的不平常的看法和做法了。人物若回到自己的位置,并安于自己的位置,同惠英嫂过一个普普通通的矿工的生活,人物生命的光华也就消失了。孙少平最激动人心的地方就是对既定命运的反抗,就是在平庸的生活中不甘于平庸,从

---

① 路遥:《平凡的世界》(第三部),见《黄河》1988年第3期,第85页。

而背叛父辈的命运轨迹。这才应该说是孙少平生命的主旋律。

作者大约太偏爱他的主人公了,不忍写出少平与晓霞必然的分裂,必然会因环境地位的差异而分道扬镳。这一点也恰好看出作者的美学追求。在另外一些作家的手里,也许少平与晓霞爱情的最后毁灭恰是他们表现的重心。也许他们建立起少平与晓霞爱的宫殿恰是为了毁掉它,将废墟展示给人们看,认为废墟中有人生的真义。但那样写当然就不是路遥了。所以我在文章的开头说,作者这样写或者那样写,不仅仅是一种技巧和方法,而是含有作者自身生命体验和存在的方式。

生活中的这种必然,往往让善良的人们无法目睹,让敏感而娇嫩的心灵无法承受。在这一点上,作者宁肯背弃现实生活的逻辑,而寄寓自己对生活理想深沉强烈的执着信念,寄寓人对自身生存锁链的反抗。人类的发展,毕竟要超越其必然性,要成为自由地驾驭自己驾驭社会的人,虽然这一点我们目前还无法看到。

作者为田晓霞安排了一个壮美的死亡。大约作者不愿看到他心爱的人物在另一必然中的死亡,而将她留给了洪水。田晓霞若不死于抗洪救灾,则面临另外两种死亡:或者她同少平结为伉俪,共度美满的夫妻生活。那么,这个人物的结局显然将是虚假而不真实的。社会直到目前并没有提供一种超越自身生活处境的条件。他们之间的巨大差异没有东西可以弥合。田晓霞就只有在这虚假中死亡了。或者他们的裂痕不断扩大而导致关系破裂,也许自尊的孙少平主动断绝这种关系。不管哪一种情况,田晓霞作为一个具有理想光彩的人物,一下子会失掉她的生命。因为她若认同关系的破裂,也就认同了这种现实规定性,而回到了她的阶层所给予她的位置上,她的生命的光彩恰是对这个位置的背离。她的认同必然是对她的恋爱的否定,她同孙少平构成的生命激荡史也就必然死亡。田晓霞不能活在世故中,这也就同时意味着诞生的死亡。正因为这样,田晓霞的死便是题意之中的事了。

田晓霞的死是令人十分伤心的,甚至读者期待她的死是误传,她能够在洪水中意外获救。在孙少平去古塔山赴约时,人们还期待在那儿能见到可爱的女主人公。然而,她还是与世长辞了。她的生是美丽的,死也美丽。作者无可奈何地看见她的死亡,她当然也无法不死。对于她,这不是生命的逻辑,她本身就是非生命的,她就是在非生命的状态中辉煌地活着。当她步入现实生存的法则时,此法则冷冷地逼她做出选择,她便只有死亡了。死亡是她最后的反抗方式的选择,也是她的最优抉择。她坚守着自我,对自我保持忠诚,她便只有在死亡中获得她的统一。孙少平也只有在她的死亡中,才能结束自己的分裂状况而取得与现实的统一。

六

路遥笔下写了一系列具有强大精神力量的人物,这些人物大都在面临厄运困境时,奋起同命运搏斗。即使是那些并非使读者能够同情赞赏的人物,作者也给予他们一个令人尊重的人格意志。这使人物个个都很具有力度,很有魅力。

郝红梅是孙少平的高中同班同学,她生存在一个被群体弃绝的环境中。个体被群体离弃,这是让人恐惧的惩罚。郝红梅的被弃绝是双重的。首先在她生长的文化氛围中,她在精神上得承受祖辈的罪孽。她爷爷是地主,她虽并没有享受到爷爷所给予的任何好处,但作为血缘的继承人,便自然遭到群众的离弃。同时,爷爷昔日的富贵荣耀,今日得到残酷的报复。她的家被抄了。即使贫穷到揭不开锅的地步,也绝不会得到生产队半点救济。因之,在物质层面上,她家也同样被逐出了群体。

郝红梅来到这个世界时,她的生存环境已经形成了。她只能被她的环境所雕塑。假如她作为一个人曾经也有过一颗骄傲的心灵的话,环境则要把她变成一个谦卑的人。她须得以谦卑的方式才能活得顺当一些。谦卑在某种程度上是社会强迫她接受的唯一性格,"她在这样的境况中长大,小时候就学得很乖巧,在村里尊大尊小,叔叔婶婶不离口"[1]。当社会给人以高傲地活着的权利时,人的谦卑才具有某种值得赞美的因

---

[1] 路遥:《平凡的世界》(第一部),中国文联出版公司1986年版,第144页。

素。当社会没有给予人这种权利时，人的谦卑则是虚伪的，是被强大的社会现实扭曲了的。郝红梅就是这样，她没有不选择谦卑的自由。既然谦卑是唯一的选择，必然是带有强迫性质的。对于郝红梅，这种谦卑实际上成为生存的手段，甚至是仇恨的扭曲转化心态。郝红梅正是将真实的自己掩藏起来，用面具化了的自我赢得民众好感，从而被推荐上初中高中的。

双水村的头面人物田福堂，是一个写得很成功的人物。长时期以来，他作为大队党支部书记，掌握着双水村的大权。他精明强干，心也辣。农村实行承包责任制后，支撑他信念的大厦倒塌了。一度他心灰意冷，没有了生的意趣，失去了往日发号施令的权威，而且也不得不亲自下地干活了，哪怕是咬着牙硬撑着也得干。可"强人终究是强人，田福堂并不因为自己身体的垮掉，就想连累儿女。不，他就是挣死在山里，也不能把润生叫回来种庄稼"[1]。在这一点上，他同命运搏斗的坚韧意志，是令人钦佩的。从某种意义上说，他的这一行为使人们的情感向背有了变化。他已经不是以前那个让人反感憎恶的田福堂，而成了让人尊重的有着强大人格意志的田福堂。作为具有一定精神力量的人，他同孙少安、孙少平交汇在这个点上。

路遥笔下的人物，个个都是执着型的。这倒是研究作者与人物关系的一个契机。看看少平的姐姐兰花。她嫁给罐子村的浪荡鬼王满银，日子贫穷艰难且不说，丈夫一年到头不着家，两个孩子又小，这个家就靠她起早贪黑地撑着。尽管这样，丈夫竟还带回他的姘头。但不管怎样，兰花还是爱着丈夫，爱得那样痴情。她的最大愿望，便是让丈夫待在家里，不干活都行，只要陪着她。就是王满银这个游手好闲的家伙，在作者笔下，也是一位对自己浪荡生涯十分着迷的人。不管是兰花的温存，还是孩子们的依恋，或者贫穷，或者被批斗强劳，都难以改变他。甚至让读者感到他的这种荒唐中已经有着几分可爱了。人物各自按照自己的轨迹运行，不屈不挠。

---

[1] 路遥：《平凡的世界》（第一部），中国文联出版公司1986年版，第145页。

百万余言的《平凡的世界》，出场人物几十个。在有限的篇幅里，我难以一一涉及。我重点写了孙少平、孙少安、田晓霞等，并不等于田福堂、孙玉亭、田福军等人没有光彩。

路遥对于平凡的人生，注入无限的厚爱，他正是从人们凡庸的生活中，看出了震撼人心的东西，寻找到令人为之哭泣为之振奋的故事。

作者正是通过凡人身上的伟人式品格，唱出了对平凡世界的一曲充满深情的赞歌。

贾平凹：乡土传统的两种想象和叙事

乡土，自"五四"以来，在中国作家的视野里，具有两种不同的想象。一种就是沈从文笔下的湘西凤凰，那儿充满着原始的、纯朴的、美丽的、温厚的乡情，漫溢着人性中温暖的诗意和光辉，是一个桃花源似的美丽去处，漂泊的灵魂可以在那儿安栖。另一种叙写以鲁迅为代表，在他的笔下，乡土关联着愚昧与丑陋，关联着他欲唤醒的国民性。乡土里生长着阿Q和祥林嫂，这是批判的，是站在现代性的角度反思乡土中国，反思在这样的乡土中国之上，为什么老大帝国会成为一个积贫积弱的国家？风光旖旎的乡土中国，就这样以其奇异复杂的叙写，出现在20世纪作家笔下。这样一种态势，后来具有了合围的趋向。延安文艺座谈会之后，乡土叙写具有了新的变异，乡土成了中国革命的源泉，农民成了中国革命的主力军，成了革命的有生力量。所以，作家笔下的农民乡村生活，就变得含混起来，既没有了"五四"时期以后的纯朴和宁静，也没有了鲁迅笔下的批判锋芒，变成了两个阶级、两大势力的对峙，成为天使和魔鬼的战场。当然，鲁迅遗风还有回响，这就是赵树理笔下的三仙姑、铁算盘、糊涂涂们，他们身上有着农民的弱点，但也不乏可爱之处，十分真实。对沈从文的继承，也有人，比如孙犁，在他笔下，农村的旖旎风光、美丽纯净的农村生活有着令人惊奇的呈现，尽管其外壳也包裹了抗日的内容，但是在审美情调上，不得不承认，乡村的魅力、农民的纯净和可爱的生活，是作品的看点，其他的承载，不经意淹没在美丽的"荷花淀"里。

我历数乡土文学的想象，意在说明，贾平凹的乡土叙写，也存在两种有趣的状态。一种是散文里的乡村，一种是小说里的乡村。在散文里，贾平凹的乡村叙写充满温情，充满明丽，充满美好。但是在小说里，这样温情的一面就不易看到，看到的是人与人之间的日常性纠结冲突，当然，这种冲突也不是刀光剑影的厮杀，不是你死我活的争斗，不属于大悲大喜的传奇故事，而是每日都在发生、都在进行的日常性小恶，是人与人之间那种没有深刻温暖的极端自私和利己的盘算。毛泽东曾有词云："人世难逢开口笑，上疆场彼此弯弓月。"这样的叙写，往往令理想主义者感到沮丧灰暗。从沿袭鲁迅乡村批判的路数而言，贾平凹《秦腔》里的乡土中国，应该是充满了批判意味的。尽管这种批判也许在作家那里，并没有显在的自觉意识，但是读者还是在作品里读到了人生的另一种况味，读到了人性在日常性中的自私污浊，反观和批判都蕴藏其中。

《秦腔》里，贾平凹写了夏家兄弟四人所构成的四个家族，重点写夏天义和夏天智两家。在这部长篇里，贾平凹似乎是零度写作，冰冷冷地写出了人与人之间的自私、冷漠、虚伪、诡诈，挖掘出了人性身上那种令人不快的毛病。当然，你看不到人性的光辉，感知不到人性的温暖，但是，每一个人物，都是那样逼真，那样活灵活现。我想，如果哪一天，农耕文明消失了，后人可以通过《秦腔》，复原出一个清风镇来，复原出这个镇上活生生的人物。有人将《秦腔》说成是农业文明的一曲挽歌。大约，在《秦腔》里，你难以见到具有旺盛生命力的东西，能够蓬勃发展的东西，因之说，《秦腔》弥漫着挽歌特质。恰恰在这样的文明之下，我们无法看到希望，连沈从文的《边城》里所具有的希望都不曾具有，因为，你已经无法再现纯朴和宁静的乡村了，你连叙述的温暖心理尚且无法构建，又如何能重建乡村的暖意叙事？

这样，在贾平凹的笔下，我们看到了一条缓缓流淌的河流，滚动着失望、惋惜，在弥漫着的这种氛围中，还透出尖锐的反讽。人性里的自私冷酷，以自我为中心所建构的功利行为模式，让人感到了寒冷。比如，小说写到土改时期的一件事。当时夏天义是支书，俊奇爹被定为地主，当然要批斗，俊奇娘忍不了丈夫受罪，就去勾引夏天义，期望着他能饶过丈夫。所以，在这种状态下，俊奇娘就主动了。夏天义呢，看见送上门来这等好事，毫不客气干了，也很过瘾。"但是，夏天义毕竟是夏天义，把俊奇娘睡了，该批俊奇爹还是批，俊奇娘寻到夏天义为丈夫讨饶，夏天义说：'茄子一行，豇豆一行，咱俩是咱俩的事，你掌柜的是你掌柜的事。'俊奇娘说：'那我白让你干了?!'夏天义生了气，说：'你给我上美人计啊?!'偏还要来，俊奇娘不，夏天义动手去拉，俊奇娘就喊，夏天义捂了她的嘴，唬道：'你这个地主婆，敢给我上套?!'俊奇娘就忍了。"这是夏天义的典型行径，也算得上是清风镇最高权力者的行径。

那么清风镇的老百姓是怎么看的呢？等到此事传入东街人的耳中，"东街人不但不气愤，倒觉得夏天义能行，对美人计能将计就计，批斗地主还是照旧批斗"①。这样一种带着戏谑味道的情节，却使人感到寒冷。夏天义的霸道强暴，东街人的昏暗愚昧都跃然纸上。最值得同情的是俊奇娘，站在伦理评判的角度，尽管她有错，不该拿自己身子来做交易，但是在此种情形下，还有什么法子可想？假若夏天义是一个国家路线的忠实执行者，他的行为具有片面合理性的一面，那么他可以为求得自己的一致性，断然拒绝俊奇娘，保持自己的完整性；或者他贪恋肉体享乐，欣然接受了俊奇娘的性贿赂，那么，他就应该在批斗地主时，放俊奇爹一马，这就坚守了人性伦理的一致性。但夏天义实际上做了人性上最坏的选择，既坚持原有的国家原则，又获取性的占有。这种分裂也显示出人性中最无德最流氓的一面，它摧毁了正义良善和道德底线。当一个人没有基本的个体生活原则可以恪守，就会陷自己于内心人格的分裂中，他也就没有什么是不可以做的，没有什么崇高神圣能够蕴蓄心中。

《悲惨世界》里，雨果写了这样一个警察沙威，他是一个不屈不挠的代表国家机器的忠实执行者，他坚定地依照国家法律去抓捕冉阿让，不问这个法律是否合理，冉阿让到底是一个坏人还是好人？他的性格在

---

① 贾平凹：《秦腔》，作家出版社 2005 年版，第 38—39 页。

逻辑上是一致的，当事实和他的行为冲突时，他选择了自杀。他不能既彻底代表国家机器，又完全满足个人喜好。夏天义却相反，既要做一个完美的国家路线的执行者，又要人家在要求他放弃的时候占便宜，呈现出病态扭曲的人格，有着无赖的权力人格色彩，揭示出权力的贪婪和对个人的无限度剥夺，是双向侵害！助长此风的清风镇的乡民们，是夏天义成长的深厚土壤。他们的赞赏，他们对俊奇娘所遭受的损害幸灾乐祸，没有丝毫怜悯，充分显示出一种冷漠和残忍。这种深厚土壤的存在，说明了夏天义的行为在这块土壤里能够茁壮成长，是多么必然，多么合乎逻辑！这样锐利的文化批判，不见刀光却寒气逼人。

在《秦腔》里，我们看到一系列人物的描写，都是那种身无大恶，却又充斥着庸碌和私利的灰色人物。总之，在这些人物身上，看不到让人们喜欢的个性化描写。假若说有让人喜欢的人物，白雪算是其一了。夏天义的老婆眼睛患了白内障，自己只以为年纪大了，眼睛坏了，没法治了。白雪和她（二婶）聊起来，说是白内障，可以治的。二婶便喊儿子庆堂，说你们给我治治，庆堂不吱声，庆满的媳妇也在场，说："你那是老病，哪里会治得好！"白雪说："真能治！"庆满的媳妇说："白雪你几时进省城呀？去时把你二婶带上，一定得给她做个手术！"白雪说："行么。"庆满的媳妇给瞎瞎的媳妇撇了撇嘴，瞎瞎的媳妇说："人老了总得有个病，没了病那人不就都不死啦?!"[①] 这是一个非常生动的在乡村习见的细节。在这样一个细节中，我们见到了人与人之间的冷漠，即使有着亲缘关系，但是利害考量为上，那种伦理之仁爱早已丧失殆尽。二婶眼睛已经失明，明明可以医治，但儿子儿媳们都不大情愿为这个老妈花钱，依据他们的理论，人老了总要有个毛病，有了就有了，不然人还能结在世上。作家这样真实地道出琐碎的生活滋味，如同张爱玲的感受，"生命是一袭华美的袍，上面爬满了虱子"。小说在这种日常性描写中，还隐约见出人物之间那种习焉不察的对抗。庆满媳妇对白雪的多嘴颇有不满，但又说不出来，故而反将一军，说让她带二婶去看眼

---

① 贾平凹：《秦腔》，作家出版社2005年版，第64页。

睛。微妙的心理对抗，被雕刻得极为传神。

小说写到夏天义把家里的陈苞谷送给了秦安，惹起了儿子们的不满，首先是庆玉，原定秋后大家给父母老两口交稻子和苞谷（这是赡养老人的方式），但是庆玉却只交了稻子再没交苞谷。一个不交，众兄弟看样，都赖着不想交。为了这个，他们家里大闹一场。① 在这些地方，都真实地再现了农村中亲人之间的这种让人寒心的自私愚昧。这是夏天义这个人和他的儿子们。小说里写到夏家另一个重要人物夏天智。夏天智有两个儿子夏风和夏雨。夏风在城里做事，混得好，娶了村子里最漂亮的会唱戏的白雪，但是两人却也是冷冷淡淡的，这倒不得不说起，他们还生了个没有屁眼的女儿。当发现女儿竟是这样一个残疾时，夏风的第一想法是遗弃，"生了个怪胎，那就撂了吧。"白雪有点不忍，哇哇直哭。夏风说出一大堆遗弃理由："不撂又怎么着？你指望能养活吗？现在是吃奶，能从前面屙，等能吃饭了咋办？就是长大了又怎么生活，怎么结婚，害咱一辈子也害了娃一辈子？撂了吧，撂了还可以再生么，全当是她病死了。"父亲夏天智和母亲没有言语。夏风说，你们不撂，我去撂。就从白雪手里夺过孩子，用小棉被包了，装在一个竹笼里出屋而去。夏风将孩子扔了之后回来，白雪说自己似乎听见孩子在哭，疯也似的跑出门去找孩子，孩子最终找了回来。夏风这时还气呼呼地说："这弄的啥事么，你们要养你们养，那咱一家人就准备着遭罪吧。"② 这一幕场景让人印象深刻。夏风作为清风镇的骄傲，在处理残疾孩子上，还是让人看到了人性之恶。尽管他也有充分理由，但所有的理由都不能遮蔽遗弃的残忍。人物这一行为本身，也使我们看到了生活的另一面，可能更真实冰冷的一面。我们没有指望人物给我们透露出人性之光，没有想他能指明什么，但是，我们还是感到沮丧，这种沮丧里有着对人的深度失望。

贾平凹的新作《高兴》，却有着值得注意的变化。在《秦腔》里爬

---

① 贾平凹：《秦腔》，作家出版社 2005 年版，第 360—362 页。
② 贾平凹：《秦腔》，作家出版社 2005 年版，第 410—412 页。

满了"华美生命之袍上的虱子",在这里却退居到背景的位置上。我们见到了生命之袍的华美,见到了让人动情的温暖。《高兴》里的确传达出贾平凹创作中的另一种信息,另一种转向转型,从冷峻的现实批判者转向一个怀抱理想的温情表达者,这一点让人感到喜悦。尽管《高兴》的故事发生在城里,我还愿意将它看作另一种乡土叙事,是乡土叙事的终结表达。所不同的是,当高兴们活动在故乡清风镇时,贾平凹的笔触是峻切的、批判的、尖刻的,但是当他们来到城里后,贾平凹的笔触一下充满了温情和怜爱。外寒而内暖,这是我读《高兴》的感觉。所谓外寒,是指小说描写的人物生活场景而言。他们处在城市最下层,靠捡拾垃圾为生,艰难地生活在城市的夹缝里,他们的境遇让人们感到同情怜悯,他们所处的外部环境,让人感到寒心。但是,在外部寒心之时,我们还是强烈地感到了温暖。这是因为,在高兴和他的伙伴之间,我们看到了人与人之间的友爱、良善、互助等等。这些最基本的人生原则和信念,在这些生存于社会最底层的人之间,还强固地留存并发展着,这是让人产生信心的地方。

《高兴》写以刘高兴为主人公的几个捡拾破烂的人群的生活。刘高兴是从清风镇走出来的农民,他有一个强烈的愿望,就是成为真正的城里人,真正融进城市中。他算是农村中那种有点儿文化、有点儿见识、有点儿追求的人,同时也渴望在城里找到自己的女人,安托自己的灵魂。于是,他带着五富来到了西安,加入收破烂的行列。这一对人儿有点儿像堂吉诃德与桑丘,刘高兴带点儿浪漫和虚无缥缈的追求,五富则是实实在在的憨直角色,刘高兴在这个破烂群体里,是个有知识的人物,像个小小破烂军领袖,五富、黄八、种猪、杏胡们则是一群忠勇的干将;刘高兴善于察言观色巧用谋略,五富则是傻憨耿直愚笨诚实;等等。这些构成了人物性格的鲜明对比,相得益彰。贾平凹笔下这些人物之间的关系令人深感温暖,作家写出了艰难生活中的欢乐,写出了发生在收破烂者身上的人性光辉。

刘高兴五富们虽进入城市,但异己的感觉却甚为强烈,觉得城市不是他们的家园,尽管刘高兴在主观上竭力想融入城市里。都市的冷漠,城里人的冷眼，城乡之间的隔膜，仿佛一道无形的墙，横亘在他们面前。他们常常遇到冷眼，遇到各种各样的侵害，不管是人格上，还是精神环境上。在刘高兴的感知里，拾破烂虽然不是重体力活，要是和清风镇的活儿比起来，还是很轻松的，但是他却感到了这份活儿"是世上最难受的工作"，关键是没人愿意搭理你，能把你当人一样跟你说话交流，"虽然五道巷至十道巷的人差不多都认识我，也和我说话，但那是在为所卖的破烂和我讨价还价，或者他们闲下来偶尔拿我取乐，更多的时候没人理你，你明明看他是认识你的，昨日还问你怎么能把'算'说成'旋'呢，你打老远就给他笑，打招呼，他却视而不见就走过去了，好像你走过街巷就是街巷风刮过来的一片树叶一片纸，你蹲在路边就是路边一块石礅一根木桩"[1]。刘高兴意识到做人的尊严被忽视被轻蔑，人格上这种不平等，或者说是阶层等级差异，在日常生活中处处渗透出来。正是这一点，构成打工者刘高兴这批人的失落，精神上总觉得城市不是属于自己的家园。

但是相对于冰冷的外部环境而言，在刘高兴和五富身上，读者却见到了让人动情的真诚，那种人与人之间的深情关爱。正是这些地方让我们在残酷竞争的冰冷生活里，看到了希望。人物的精神深处，萌芽着人心的温暖美好。刘高兴和五富相依为命，相互体贴关爱，憨直的五富每每有了好吃的，总忘不了刘高兴。一日，"五富拉着架子车到十道巷找我，他带给我了一个酱凤爪，是用塑料纸包着的，说西安人酱的鸡爪好吃得很。我说，是凤爪，不是鸡爪。五富说：明明是鸡爪，偏叫得那么好听。我说，到城里了就说城里话，是凤爪！五富说：那就是凤爪吧，好吃得很，我买了两只，我一顿能吃二十只的，可我还是给你留了一只。哟，五富有这份心，那我也乐意把我的一份快乐分成两半，一半给他"[2]。一只凤爪实在是小得很小得很的事情，但是它所传递出来的温情却很绵长，同时也在唤起另一个人的爱心。

---

[1] 贾平凹：《高兴》，作家出版社 2007 年版，第 85 页。
[2] 贾平凹：《高兴》，作家出版社 2007 年版，第 31 页。

刘高兴关键时候总能机智地帮扶五富，即使在自己遇到一份可心的工作，但一想到五富没有人带，他也能做到毅然放弃。他帮助五富管钱存钱汇钱。一日，刘高兴准备将五富攒齐的 1000 元存入银行，于是，把钱装在一个黑乎乎的布兜里，也顺手在自己存的钱中抽出 400 元装进口袋。五富觉得奇怪，说你汇给谁，"我说今日心慌慌的，装些钱镇镇。五富说不是吧？我说不是啥？五富眼窝得像蝌蚪，你要去……？我说你有屁就放！我知道五富要说什么，但我一吓唬，他就什么都不说了，换上一双布鞋……临出门，五富还在嘟囔，咱挣个钱不容易哩，不容易哩"①。临末还要说一句"你把钱看好"。五富对刘高兴的这份忠诚和发自内心的关切，在这样的细节中活现出来。刘高兴原打算带上几百块钱见孟夷纯，五富并不知情，以为他拿钱去找小姐，因而显出不满来，委屈而曲折地进行规劝。五富的憨直和纯朴，充满令人温暖心动的兄弟情谊。

刘高兴将五富带出清风镇，深感对五富有着不可推卸的责任。有一次他看见五富没有出工收破烂，和黄八坐在槐树底下，一人端个碗喝酒，很生气，抓过酒瓶子摔了，说：有了几个钱了？有几个钱就胡逛啦?！其实五富并没有胡逛，而是和黄八背了一回死人，一人挣了 50 块钱，有点高兴，喝酒助兴。刘高兴骂五富：没胡逛？没胡逛你拾的破烂呢？五富说：不一定拾破烂就能挣钱么。刘高兴说：不拾破烂你挣鬼的钱?！五富说：是挣了鬼的钱。② 在这些描写里，刘高兴对五富的关切是发自内心的，管束中透露着关爱。如同五富对高兴的不满和嘟囔，一样表达了另一种形式的关爱。这种关爱，在小说的结尾部分，有着更为强烈的表达。刘高兴和五富、石热闹挖地沟，干了一天，累得腰酸背疼，站起来坐不下去，坐下去又站不起来。"五富说：我给你挠挠背。我说我背不痒，只是皮肉绷得紧，你给我拍拍。他拍起来却总是掌握不了节奏，而且拍的不是地方。往下，往下，左边，你不知道左右吗？我

---

① 贾平凹：《高兴》，作家出版社 2007 年版，第 248 页。
② 贾平凹：《高兴》，作家出版社 2007 年版，第 286 页。

趴在那儿，他的手拍下去习惯把掌弓着，真笨！让他干脆用鞋底子拍打。五富却害怕用力太重，你让他重些重些，他仍是不敢使力，我就说让石热闹来，五富生气了，打，打，他嘴里吐纳着。啪，啪，啪，脊背扎痒扎痒的，啪，啪，啪，感到每一块骨头都松开了，疲倦从骨头缝里往出透。他越打越快，越打越重，他已经在恨我了。唵？！我鼻子哼了一下，拍打声又不轻不重地均匀了。"① 就是一个拍背，被徐疾有度、有枝有蔓地铺展开来，人物的心理，相互间的爱意和恼怒，灵动而次第展开。特别是五富，充满对刘高兴的爱意，既想为他减轻疲累，又怕用力太重，当刘高兴责备时，他因生气而又越打越重，在刘高兴不满的一声"唵"中，他的拍打又不轻不重地均匀了。那种从心底散发出的爱意拨动人心。孟夷纯想帮刘高兴，求老板韦达帮他安排一份工作，韦达见刘高兴财务、计算机都不懂，就只有让他看大门，一月600块钱，又不累。孟夷纯很高兴，但没想到刘高兴却拒绝了。"因为五富他真的离不得我。我已经说过，前世或许是五富欠了我，或许是我欠了五富，这一辈子他是热萝卜黏到了狗牙上，我难以甩脱。五富知道了这件事，哭着说他行，他可以一个人白天出去拾破烂，晚上回池头村睡觉，他哪儿也不乱跑，别人骂他他不回口，别人打他他不还手，他要是想我了他会去公司看我。他越是这么说我越觉得我不能离开他，我决定了哪儿都不去，五富就趴在地上给我磕头。我说，起来，五富，你腿就那么软，这点事你就下跪磕头？去，买些酒去，咱喝一喝。"② 最后，当五富去世时，刘高兴坚守对五富的承诺，要将他的尸体运回老家去，结果虽然最终因被警察发现未能实现，但他实实在在这样行动了。在这儿，我们看到了一个心中蕴蓄大义且执着守护的刘高兴。

《高兴》里，贾平凹写到了这个破烂群体，他们在危难时刻，相互扶持相互关爱，底层劳动者的深情厚谊很是触动人心。假如说，在乡土文学的叙写里，沈从文的《边城》，写出了明丽秀美的山乡生活，写出

---

① 贾平凹：《高兴》，作家出版社2007年版，第390页。
② 贾平凹：《高兴》，作家出版社2007年版，第326页。

了山民们纯朴温厚的人生态度,写出了兄弟之间的深情厚谊。那么,进城的乡下打工者所构成的生活圈,可称之为都市中的乡村,尽管他们的身体完全置身于闹市,但在精神层面上却与都市疏离。他们所构成的文化圈,不妨称之为"都市村民文化圈"。他们的生活习性、语言方式、社群结构、交往习惯等,都具有乡村文化特征,这一群落的兴起,是一种新现象。贾平凹笔下的这个群体,让我们既看到了从乡村到都市的文化因袭特征,又看到了让人喜悦的新变化:贫困里的乐观、艰难中的互助、社群里的自律等。底层群体中洋溢着乐观向上的氛围,让人欣喜。剩楼住着刘高兴、五富、黄八、种猪、杏胡五人,晚上回来,吃完晚饭,大家凑在一起聊天,种猪让老婆杏胡给他挠背,大家看得痒痒,杏胡说起刘高兴房子里的高跟鞋,说让高兴送给她,高兴说不。"杏胡说:试验你哩,果然啬皮!我浑身难受,勉强笑了一下,缩得如乌龟。她说你咋啦?我给你说话你就这态度?我说我身上不美,肉发紧。她说病啦?就口气强硬了:过来,过来!我也给你挠挠,挠挠皮肉就松了。我赶紧说不用不用,杏胡却已经过来把手伸到了我的背上。女人的手是绵软的,我挣扎着,不好意思着,但绵软的手像个肉耙子,到了哪儿就痒到哪儿,哪儿挠过了哪儿又舒服,我就不再动弹了。我担心我身上不干净,她挠的时候挠出垢甲,她却说:瞧你脸胖胖的,身上这么瘦,你朱哥是个贼胖子……"

"人和人是不一样的,从此以后,每日傍晚,天上的云开牡丹花,杏胡给种猪挠背,也就给我挠背,五富和黄八竭力讨好,比如扫院子、清洗厕所,杏胡洗了衣服他们就拉晾衣绳,帮劈柴火,才终于有了被挠的资格。嗨,挠痒痒是上瘾的,我们越发回来得早了,一回来就问候杏胡,等待着给我们挠背,就像幼儿园的孩子等着阿姨给分果果。我们是一排儿都手撑着楼梯杆,弓了背,让她挨个往过挠,她常常是挠完一个,在你屁股上一拍,说:滚!我们就笑着蹦着各干各的事了。"①

在《秦腔》里散发着的反讽批判意味,在《高兴》里却变得明朗

---

① 贾平凹:《高兴》,作家出版社 2007 年版,第 158 页。

欢快。《秦腔》里,读者看到了商品社会冲荡下的清风镇,人与人之间的相互猜忌斗争,为自己一点蝇头小利叫骂不休,相互开一些粗俗的玩笑。乡村的诗意和美好,在清风镇里已经看不到了,仿佛是农耕文明的黄昏,田间村头荡漾着残破卑污的情绪。但是在《高兴》里,来自清风镇的乡民们,进入西安后,似乎欣喜地开始了新生活,尽管他们处在一条生存链上,且是低端的拾垃圾队伍。他们当中也有了很大变化,有人站在了这条垃圾"食物链"的顶端,有的人处在末端。他们进入城市后,自觉且艰难地进行着新的身份转换,这种转换直到今天还在持续着。尽管同属清风镇人,韩大宝却成了破烂王,有啤酒喝有烤肉吃,从钱包里一掏能掏一沓子百元大钞,还有自己的小侄儿,也人模狗样成了送煤的小头领,对穷乡亲也不大待见了。但是在另一群体中,在刘高兴和五富、黄八、杏胡们中间,却传袭着新的温情和关爱。

当刘高兴、五富们面对着现代都市文明,当他们与自己的同类聚集在一起时,他们身上焕发出了诗意的人性光辉,关爱扶持,相互体恤,构成都市乡土文化群体以及与都市文化相颉颃的小聚落文化群体,这在当今都市发展中是一个值得关切的社群现象。当刘高兴一心想帮助自己深爱的孟夷纯脱离困扰时,其唯一的办法就是能弄来钱,让她汇到公安局,然后让公安局抓住杀死她哥哥的凶犯。但是,这样一个穷帮部落,谁能解开这个困局?杏胡打算集资,和五富、黄八商议,最后达成的协议是:每人每天拿出2元钱,让刘高兴转交给孟夷纯,这2元钱的确起不了多大作用,但他们能做的就是这些了。每到晚上,杏胡抱着那只曾经装过小米的陶罐儿,挨个儿让大家往里塞钱,像个收电费的。[①] 这些,却构成了一道温情的风景,传递着人与人之间的深刻暖意。

我们看到了乡土文学在新时代叙述的另一种场景转换,也许这是中国乡土文学的终结。也正在这儿,我们看到了贾平凹从《秦腔》里所传递出来的信号,在市场经济推动下,乡土文化有了巨大变迁,乡民们原始淳朴的遗风荡然无存。其实,正像《秦腔》里所写的清风镇,第三代

---

① 贾平凹:《高兴》,作家出版社2007年版,第328页。

第四代青年人纷纷出走，进入城市打工，农村剩下些"死老汉病娃"留守。被抽去了精血的乡村，已经没有了它的活气。而转移到城市中的刘高兴、五富们，还正在拼杀着，为他们的城里人身份，为了他们能最终留在城市、成为城里人而奋斗。但正像小说的预言一样，刘高兴原以为自己的一个肾给了城里人，自己的另一半也就在城里，另一半是城里人，城里也就显得亲切亲近。他开始断定那个肾就装在韦达身体里，但直到最后，他还是没有找到，韦达身上装的是一个肝。刘高兴又一次迷糊了，又一次迷失在寻找之中。这象征着找不到肾的刘高兴，能不能最终在城市里扎下根，看起来并不乐观。乡土文化的纯朴诗意，在乡村被现代都市文明吞没的时候，流变成一条小溪，流进城市这个广袤的沙漠里，一直到它消耗殆尽。能不能转换为新的生机，成长为现代文明的参天大树，还是一个未知数，至少在目前如此。

高建群小说风格论

  高建群是1954年生人，比路遥略小几岁，也算是同时代，且是好朋友，同以陕北题材见长，不过路遥总是紧贴当下现实，而高建群却多是伸向历史。他长得高大魁梧，是一个典型的北方大汉。大约因为他的小说题材大多总是不离北方，不是匈奴就是边关，人们多以为他是陕北人，其实他的父亲是典型的陕西关中（临潼）人，母亲是河南人。高建群说自己"在渭河边，度过了卑微和苦难的少年时代。苍凉的青春年华则献给了额尔齐斯河边的马背和岗哨"。但高建群与陕北却有着深长的渊源，他的父母都在延安工作，父亲在《延安日报》，母亲在印刷厂，高建群虽生于临潼，但小时随父母生活于延安。高建群后来从临潼参军到部队，1977年退役，转业后回到延安工作。在他的《最后一个匈奴》出版后，于1995年调到了陕西省文联，进入省会西安市工作生活。

  高建群说起话来，声音浑厚，语速迟缓，不温不火，慢慢悠悠，如一个宽厚的兄长。他的手，敦厚宽大，令人感到踏实，有一种质朴的安全感，亦有力量。小说中的高建群，却是一个恣意狂放的人，你感到他似乎没有多少约束，是一个将自己沉浸于想象世界中的人。所以，可以这样说，在他的精神里，他就是自己以文字建造起来的王国里的王。他的作品具有英雄气，他再造的世界，凭借着雄奇的想象力，打造出那么多五彩缤纷的人物。这些从他笔下走出来的人物，各个充满了雄浑的传奇力量。所以，人们说高建群的小说是浪漫主义的，这一点概括当然没错，但是不够。就是说，我们在一个长长的时段里，将整个作家的小说创作，简单划分为现实主义和浪漫主义，这样两分的确省事，但是却很难确认同属浪漫主义的作家，其鲜明分野的创作个性。

一、浪漫式英雄侠义

高建群雄奇的想象力，构成了他创作个性的底色，他对自己对世界存有的那一份以想象力构筑的力量型英雄情结，成为他小说叙事的独有特征。他以想象建构起一个乌托邦的存在。这个乌托邦，尽管是高建群的笔意所建，当然也有现实存在的影子，是依托于现实物之上的存在，我毋宁相信这些东西，是存活于他的意念之中。

在《遥远的白房子》里，他写那些游走在中俄边界阿尔泰山一代的走私犯，将中国的山货、皮毛、工艺品、黄金等，运送到阿拉木图或莫斯科，再将俄罗斯新兴的日用品贩回中国。有一个老回回，带着自己年轻英俊的儿子，就跑这路生意。一次，他们遇到了正在转场的一对哈萨克族新婚夫妇，就歇息在他们的帐篷里。那一夜，哈萨克族的一对新人，在帐篷里肆无忌惮地进行肉体狂欢，启发了老回回这个年轻英俊的小子。老回回生气地离开又被"哈萨克"追回，又住了数日的时间。其间，这个情窦初开的小回回，用他的各种奇珍异宝打动了新娘。在他跟随父亲离开之后，又悄悄潜回来，一次又一次跟"哈萨克"新娘幽会。终于有一日，那个"愤怒的丈夫领来了一群愤怒的哈萨克"，这个"不贞的女人半裸着身子，被横陈马背，带走了"。偷情者遭到一顿痛打，并被"用一把一米多长的大镰刀，像钉钉子一样，让刀尖穿过他的肚子，把小回回钉在草原上，钉在他们刚才偷情的地方"。这是小说故事的起笔，交代了小回回的前尘往事。

小回回后来自己一点一点拔掉镰刀，活了下来。他的今世是：

不久，草原上就出现一群强盗，他们的头儿是一个相貌英俊的受过教育的青年。原来，阿尔泰山里有一群强盗，强盗们的头儿死了，大伙约好，在草原上碰见的第一个人，就是他们的头儿，如果他不答应，就把他杀了，继续寻找。这样，他们碰到了小回回，小回回思索了一阵，就答应了。于是,强盗将他抬回了山里。①

高建群笔下的英雄故事,不是浪漫式的侠义故事,人物功夫一流,武艺高强;或者如孙悟空的七十二变。它有着自己的现实逻辑,但却又不完全是,我宁可将它视为一种英雄传奇。他笔下人物存在的环境,有着史诗、传说、民间故事、人类学、地方志等特征,在此之上,作者融汇他的创造意念构造而成。我们无法用写实再现的生活逻辑,来评价高建群这样的叙事。甚至质疑,这个小回回怎么可能活下来?既然被一米长的大镰刀破了肚子,一个人怎么可能活得了,且不被感染?也可以追问,那些强盗,如何可以信任在草原上碰到的第一个人?如果碰到的是一个厌包,一个胆小如鼠的人,或者心胸狭窄的人,又怎么领导得了这一群杀人放火的强人?所有这些,我们若追问质疑,那就脱离开了小说酿造的氛围而成为迂腐不化之论。小说的故事逻辑,自有它活的生命氛围,作者赋予其生命气息,使它活在一种传奇的假定性里。这种假定性,被作者雄浑的叙事所包裹,如同在寒冷北方的植物园里,用玻璃或者透光的塑料大棚,所营造出的南方气温和湿度,使它在一个局部的环境里,生气勃勃成长着南方的荔枝和菠萝。作者作为一部小说的造物主,以自我的生命气息,充溢小说世界,使它以这种或者那种样态,显示着自己独有品种的存在。

二、叙事风格之形成

作者真正想要释放的是,自己内心涌动的那种澎湃的情感,他对生活的内在感受。作者所生长的那一块地域文化,催生了他雄奇的想象力。对某种快意人生的强烈渴念,对马镰刀这样具有生命张扬能量的人的酣畅释放,诠释了一种生命的可能性。若以照相式方式对细节真实进行苛求,显然疏离了叙事本体,未能沉浸于小说叙事酿造的梦幻氛围

---

① 韩鲁华、刘炜评主编《陕西文学六十年·中篇小说卷·上》,陕西人民出版社 2015 年版,第 473 页。

里,从而使自己的阅读出圈。《遥远的白房子》是高建群最早的中篇小说,但是,正是这部小说,奠定了他的叙事模式。或者说,构成了他的独有风格。我们在此后的作品里,每每看到这一风格的回旋复现,看到高建群在小说故事的想象里的恣意张扬。只有在这时,在这样运用他的天赋时,他才最为接近小说的生命意绪,接近他小说叙事的本体。他的小说气质和人物动作,还有自我存在的别样方式,以及人物对生活世界的理解所构成的独到意义。所有这些,才是高建群之所以为高建群的独特所在。

高建群就以这样神奇的叙事进入现实的"白房子"。他讲述道:小回回被这帮强盗拥做了头儿,游荡在草原上,从此将寻索的目光投向各个转场的牧民,他要找到那一对夫妇。当然,他最终找见了他们。他没有杀那个哈萨克族牧人,而是"从马背上卸下一袋在阿尔泰山矿区抢来的金矿砂,扔到了牧人脚下"。然后抽出鞭子,"倒是狠狠打了他的情人几下,他闷闷不乐地说:'你毁了我的一生,母狗一样的女人,迷人的红鞋女妖精。'",然后把她驮到马背上,带走了。在这儿,高建群的叙事是跳跃的,他只描写了那些最为关键的情节,沿着故事的情绪线游走。小回回心里知道,自己无可救药地改变了,成为现在的样子。这一切皆起因于这场情爱,这让他闷闷不乐,甚至打了心爱的人儿几马鞭,实际上是打在自己无奈的情欲之身上。这段描写,抓住了人物的传神之处。从此,这个改名为马镰刀的小回回,成为这一带的大盗,官兵也奈何不得,最后,清廷只好招安了他,在中俄边界线上建起了一座白房子,让他驻守做站长。这是整个故事的开端,仅仅是人物命运的铺垫,此后才是它的精彩展开。

马镰刀带着她心爱的人儿萨丽哈做了边防站站长以后,日子过得安然消闲,只是萨丽哈常以她热情的身体与巴郎子狂欢,与士兵们狂欢,让他有些许苦恼而已。萨丽哈呢,"硬是不明白,为什么男人都那么专横,总是把女人据为己有"。"而你,不也是从别人手中夺到我的呀!"这些,还只是马镰刀生命的小小插曲而已,影响他命运的故事源自另一次意外。那是"一九〇一年夏天的某一天",他带着士兵在边界线上巡

057

逻,不期而遇,俄罗斯的老兵道伯雷尼亚也带着他的士兵们巡逻,这时,大家又晒又渴,却惊奇地发现那棵高大的胡杨树下,站着一个女人。那儿正是双方边防站管辖的终点。萨丽哈拿了一袋酸奶子,"妖娆地微笑着",大家一哄而上,兴奋异常。此时的酸奶子太具诱惑力了。马镰刀看着他手下这些胡闹的士兵,也"心里充满了喜悦"。道伯雷尼亚站在一旁,眼看着咫尺之外的中国巡逻兵,传递着银质大碗,品味那解渴的美味,也不由得口舌生津。士兵们也一样,如贪吃的小孩目不转睛地盯着界河对岸。马镰刀慷慨地挥挥手臂,招呼他们一起来享用。道伯雷尼亚摆摆手想拒绝,这肯定不符合规定,上头怪罪下来,没有好果子吃。但士兵们却跃跃欲试,他于是让马镰刀写个条子给他,好有个凭证。马镰刀就写了一个借条:"借给沙俄老兵道伯雷尼亚君一行牛皮大一块地盘以作小憩之用。"然后士兵们一拥而上,喝足了酸奶子,开始唱歌,开始跳舞,进行了一场难得一见的热烈联欢。谁也没想到就是那个条子,酿成了后来马镰刀被问斩的大祸。

高建群的奇异想象和故事构筑能力,在这儿得到充分显现。就是这张字条,建构起来一场关系着主人公马镰刀的中俄争端,既像是传说,又像是真事。我们沿着故事线索继续游走。冬天到了,沙俄新出的版图上,将边界线胡杨树以南的50平方公里的土地,划入其中。清政府说你们明显搞错了,那是中国的领土。他们拿出了字条说,是你们借给我们的。中国官员傻眼了,说即便如此,也是牛皮那么大。沙俄官员说,"我们试验过,把一张牛皮割成细条,恰好可以圈五十平方公里"。中国官员辩说,那也是借。对方反驳,上面没有归还日期,那就是"永久借给我们"。再说下去,沙俄官员语露杀气。清廷此时衰弱,事已至此,只好作罢。祸因马镰刀而起,伊犁总兵府下达了就地处死这个边防站站长的命令。马镰刀搞清楚了事情原委,便在处死他的前一天夜晚,"挣脱手铐,越狱逃跑"。我们不用追问,他在暴风雪中走了多少天;也不必去追问,那一个狼群,如何将他围住,在千钧一发之际,边防站那条忠实的狼狗赶来救了他;还不必细究,在零下三十摄氏度的冰天雪地,他何以就恰巧遇到那个哈萨克族牧人——萨丽哈原来的丈夫,而正是他救了他。马镰刀到达边防站，与他的 20 位兄弟，趁着月黑风高，杀向了对方边防站。他的马刀直刺道伯雷尼亚的颈项，道伯雷尼亚临死之前，道出原委，原来是那个士官生，在他熟睡之际，偷走了字条，报告了上级，并升了官。道伯雷尼亚后来知道了事情原委，尽管他也升了职，但感到了耻辱，万箭穿心，"几次拔出剑来，想引颈自刎"。此刻，了解了真相，"两国巡逻兵抱头痛哭"，马镰刀决定离开，刚跨出门槛，"突然听见后边一声怪叫：'壮士回头'……只见血淋淋十九颗人头，像西瓜一样滚了一地……道伯雷尼亚和他的士兵全部自刎"。随后，马镰刀将那 19 颗人头带回到白房子边防站，按照中国传统葬礼，埋葬了他们。随后，所有 20 个中国边防兵跪倒在雪地上，为自己的失职而哭，拔刀自刎。多么崇高血腥的一场义薄云天的壮举！

只有一个人没有死，那就是汉族人巴郎子。自刎前，"马镰刀掏出笔来，写了一张短笺，让他去找萨丽哈，见到她后方能拆开条子。那巴郎子见到萨丽哈后，打开条子，原来那条子上写着：'你还年轻，领着萨丽哈，永远离开这个地方吧。'"，并以哈萨克族格言叮嘱他："永远不要欺负无靠的女人。"萨丽哈回绝了，他们一同来到马镰刀一行就义的地方，掩埋了他们。巴郎子走了，萨丽哈则留在原地，挖了一个地窝子，钻到了地下。"她开始信守贞操，不与任何男人来往"。马镰刀死了，"世界上所有的男人也就随之而死了"。再说说边防站那条狼狗，后来它加入到了狼群里，几年以后，在俄罗斯中部，一个沙俄上校军官受到了袭击，"这只狼径直扑向路中间的他……咬断了他的脖子"，这就是那个出卖人格的士官生的下场。

高建群小说笼罩着一种氛围，氛围里凝聚着价值，价值里透露出至高无上的存在。是的，有一个超越性的东西形成了。在这儿，超越国家的那种民间承诺，那种人与人之间的信义良知，成为最高的存在。故事里的马镰刀和道伯雷尼亚，以及他们的部下，信守人与人之间那种承诺，假若有一方背叛了它，哪怕千里万里，千难万险，死不足惜，我也要找到你算账。这就是大义。至于马镰刀一群人为何到了沙俄边防站竟破门而入，难道人家都没有一个哨兵？细节不必究问，且看如何复仇。

还有这位神奇的萨丽哈，不必究问她在马镰刀与巴郎子之间如何进行情感选择，只看她最后的决绝，永远守护在这块马镰刀们死去的地方。仅此，我们就已经获得了巨大的极致的崭新的生命体验和阅读快感，这一种生命样态，我们八辈子也遇不到，而《遥远的白房子》给了我们。它当然不是再现的真实，如同物理空间般的再现，但它符合我们的阅读期待，它在我们凡庸的生活里，点亮了一盏奇异的生命灯火。尽管作者有着多年的边防哨卡阅历，也曾是英雄中的一员，但他完全超出那种现实的拘囿，以作家的想象，重组故事人生。小说构成的传奇性叙事策略，以及它饱满涌动的情感真实，使读者忽略了再现性的细节真实，只看到了人物沿着自己飞扬的命运线索，走向那个逻辑的终点。

三、英雄传奇与飞扬的想象

高建群的小说，有一种超出常规的东西，你甚至可以将他视为一个不同寻常的作家。他曾在新疆伊犁边防站服役数年的经历，对他有了一种塑造的力量。他的作品里，你总能读出呼啸而来的神奇和雄壮，这种呼啸而来的东西，我将它称之为心理气质，或是一个作家基因图谱式的底色。在一个作家的文字里，你总能听到呼啸而来的天神地煞、风雨大作，看到英雄主义的磅礴激情，这该是怎样的一种阅读感受，怎样的一种迷人的力量！高建群小说的内蕴，极具历史的苍凉与厚重，但他的苍凉与厚重，不是通向苦难感或现实困境，抑或是历史的曲折、人性的幽深复杂，他通向的是强烈的审美快感与愉悦。他以自己遥远的想象，再现浩渺的历史空间。他笔下的人物，总有着不同凡响的境遇和奔放的力量，从中可以看出，高建群身上一直积蓄着巨大的能量，要借助笔下的英雄传奇来释放。这种能量以故事作为场域，让人物生长其间，创造雄奇与癫狂，使整个作品的审美充溢在超出常规的振奋之中。

韩鲁华、刘炜评在评述陕西六十年来的中篇小说创作时，认为：

"高建群是一位才华横溢的作家，诗情和哲思融汇成一种艺术的洪流，激荡着读者的心灵。20世纪90年代之后，尤其是进入新的世纪，作家与读者都将关注的目光，更多地投向了长篇小说……在高建群的文学创作中，中篇小说《遥远的白房子》绝对是不可忽视的。正如前面所说，这部作品充满诗意与思意，现实与历史穿透力极强，现实与魔幻，传奇与正说，荒原与社会人生，等等，留给读者极大的思考空间，富有极强的'召唤结构'意味。①

这个评价基本公允准确，我稍有不同的是，这部作品，它独特的审美价值，是"历史穿透力""魔幻""传奇""荒原"，而不是"现实""正说""社会人生"。我们总是习惯于站在现实主义的视点下，来给所有不同类型的作品打分，或硬是将这类具有雄奇想象力的作品，与现实主义挂上钩，并以此证明它的价值所在。其实，那种狂野恣睢、浪漫传奇的作品，自有其独到的审美价值，恰恰在这一点上，与现实主义的认识价值极不相同。

从《遥远的白房子》里，人们读出了一个时代的宽容与渴望，那种超越国界的侠义之气，那种遥远的故事所延展出来的信任真诚激发的共情力，这些人类共有的情感打动了我们，这在传统的小说里很少见到。萨丽哈是一个兼具魔性的美丽存在，作者对这个人物的处理极为奇妙，她在作品里也颇为独特。她让人们见识了异域文化熏陶出来的一颗纯净的灵魂。她没有受到"男女之大防"的汉化教育，甚至没有严酷的伦理关系规训下的羞耻感，她依从自然所赋予的感知对待异性，天真烂漫般既喜欢这个又喜欢那个，但却能在马镰刀死后为他终生持守。作品酿造出了一种文化意味，仿佛在讲述一个古老的传奇，却又是现实的我在叙述。故事叙事的年代是 1980 年代，逼真的现实感与不甚遥远的历史感，既在晚清又仿若在古代，勾勒出人与自然、人与人的动人传说。那古老的民歌，哈萨克族的风俗习惯，马镰刀的强盗生涯，狼狗的传奇，道伯雷尼亚的自刎，大漠北方的冰天雪地，所有这一切，构成了一种极富魅力的遥远存在。交错辉映的时空，显示出极为绚丽的小说天空。《遥远

---

① 韩鲁华、刘炜评：《60 年中篇小说概述》，见《陕西文学六十年·中篇小说卷·上》，陕西人民出版社 2015 年版，序言第 7 页。

的白房子》首发于《中国作家》1987 年第 5 期,每想到此作诞生时,作者竟然仅仅 33 岁,就不由得惊异。他的作品极大满足了我的阅读期待,甚至超出了我的阅读欲望值。

四、革命叙事与浪漫传奇

高建群最为出名的长篇,应该是《最后一个匈奴》。此长篇因了 1993 年 5 月 "陕军东征" 的媒体热炒,成为全国文学创作的一个广受关注的轰动事件,高建群位列其中。说句实在话,在我看来,这并不是高建群最为出彩的小说。其原因不仅仅是因为这部小说名字与整个小说的调质不相吻合,更重要的是,小说所取的现实主义写法,限制了作者写作禀赋的流畅展开。高建群不是精雕细刻式的现实主义作家,他的创作本色所具有的特质,若暴雨倾泻,若泥石流横陈,是远观的写意审美,而不是近察的工笔细雕。《最后一个匈奴》的故事,离我们太近了,太近则难以构成传奇,则会限制遥远的想象,而这些恰是高建群创作最为关键的天赋所在。太近的生活,适合于现实主义笔法,写起来会受到再现性细节的约束。这在他人可能正好大施拳脚(如路遥),在高建群则捉襟见肘,显出了自己的局促。

《最后一个匈奴》写的是陕北往事,从 20 世纪 20 年代开始,一直延伸到改革开放的 1980 年代。作品以杨干大、杨作新、杨岸乡一家三代的故事为主线,以黑大头、黑寿山一家为副线,两家故事相互交错,展现出上世纪中国革命风起云涌的历史长卷。他力图写出史诗般的历史故事,作品中交织着革命、仁义、奇遇、恩仇等元素,但是,就是无法结构起来一个贯通性的有力主题。或者说,在整个作品中,无法形成一种笼罩整个故事的情绪氛围。按理说,作者原想以匈奴后裔这一主调贯穿,但在叙事中,这种想法却未能将整个故事笼罩其间。匈奴后裔这一意象,也并不具有叙事的特殊价值意义,因为小说无法形成上下千年的结构,构成有效的故事叙述。20 世纪前半叶的土匪、革命、恩怨、奇遇,后半叶的运动、斗争、爱情、遭际,所有这些,怎么与 "最后一个匈奴"血脉相连呢？尽管可以说吴儿堡的杨家人是匈奴的后裔，但是故事里的象征性特殊性如何体现出来呢？这样，传奇不像传奇，现实不像现实。固然有诗情有浪漫，但在残酷的社会现实面前，传奇显得虚饰，无法构架起一种雄奇想象，无法形成一种独特的精神氛围，从而以统一的调质笼罩于整个作品之上。如此，作品显得力有不逮，构成革命与传奇的两相分裂。革命的现实性与传奇的浪漫性，是两种调质，它无法凝聚成为统一情绪，特别是，作者面对这样两种调质时，往往左支右绌，上下失衡。

我试就《最后一个匈奴》前半部分的故事做一分析。小说二号人物黑大头，是黑家堡一户殷实富裕人家。作品先写他好赌，娶了漂亮的黑白氏后，戒了。适逢大年三十，长工张三李四领了工钱，便缠住他要赌一把，结果两人输得精光。回家路遇土匪，因无颜见家人，便横心入了伙，领土匪来劫东家。黑大头被劫持上山，土匪勒索其钱财，久等不见家人送赎金来，便要砍了他的头。恰逢此时，杨作新城里上学回来，路过此地，一番道理说服土匪，救下黑大头，改变了黑大头被砍头的命运。黑大头被逼无奈，领土匪去家里取财宝，诓骗小土匪下到窨子，顺势用镢头砸死土匪头子，操起他的短枪，逼迫土匪们散去。土匪在张三李四带领下，磕头央求黑大头做他们的主儿，要不然，就拼个你死我活。情势所迫，黑大头就这样上了山，当了土匪头子。然后带这帮子人马，与县民团有几次交手，势力渐大，移师后九天这个险要之地。杨作新被派去后九天策反黑大头。因为前缘，两人一见如故，杨作新被待为座上宾。杨作新在山上教这些土匪识识字，写写家信，讲些革命道理，闲了陪黑大头打麻将，亲如兄弟。后黑大头被国民党吴大员设计，诓骗去丹州一个常去的赌庄赌博，对方下赌注20杆汉阳造。黑一心想赢得这批枪械，冒险前往，结果被抓。为救黑，杨作新组织人马攻打丹州城。不料城未攻下，自己的老巢后九天反被国军攻占，黑的人头也挂上丹州城门。后九天的队伍被红军游击队改编。黑白氏母子因下山侥幸逃过一劫。杨作新本想送黑白氏母子回她的娘家袁家村。正待动身，黑白氏要儿子黑寿山拜杨作新为干大，并央求杨作新取回黑大头首级，与身子一起合葬。当晚，三人乔装入城，杨作新杀了那个做局诱黑大头入套的赌庄老板，以其人头换下黑大头首级，并带出城将之与身体合葬，悄声上路。黑白氏本也风流，又见杨作新年轻俊美，有担当有情义，心生爱意。一晚住店，杨作新与黑白氏纠缠在一起，第一次尝到了做男人的滋味。

上述这段故事，生成两个意象，一为传奇，一为革命。我们看到了主人公杨作新与黑大头身上所具有的主题导向，这一主题指向哪儿呢？指向了侠义，尽管这一指向在小说的叙事里显得朦胧，但的确具有这样一种趋向。杨作新与黑大头偶遇，在命运的交叉点上，一个为了另一个而极尽仁义之事，黑大头因了杨作新的救命之恩，对杨另眼相看。杨作新也因为黑大头的情义，在关键时刻，冒险解救黑大头，并且不惜生命将他的头从城门上换取过来，收其全尸。他们之间的互动行为里，包含着什么呢？还是传统里的侠肝义胆。甚至说，在革命和仁义之间，杨作新做了后一种选择，为了送黑白氏母子回到娘家，甚至短暂地脱离了革命队伍。小说在叙事中，倚重的显然是更为深厚的传统文化要义，表达了超越个人性命的江湖兄弟情义。这就使小说导向另一意象——传奇。黑大头的个人经历，的确具有传奇性质，他从一个被土匪抢掠的对象，反过来入伙成了一个土匪，且是匪中老大。这里当然有作者营造的曲折情节，作为一种转变的合理性，诸如土匪头子被黑大头打死，土匪们逼他上山落草等，但其传奇特征是显见的。这些地方写得都非常好看，但小说通向的结穴却甚晦暗未明。因为其中夹杂革命叙事，在两者之间，出现了什么呢？显而易见，革命叙事让位于江湖叙事。传奇所具有的奇异多变，更使小说波澜起伏，悬念迭生，深具吸引力。革命叙事相形见绌，苍白显而易见。更为重要的是，在两者之间，作者的倚重是什么呢？是表达一种古老传统的仁义精神呢，还是表现革命的正义性质？尽管这两者在叙事中时有交错，但我们还是能看出作者在江湖叙事时涌动的那种激情，而在革命叙事时显出的苍白和羸弱。革命叙事所构成的阶级分化与衍生出的生活波澜，显然被江湖叙事的兄弟情义遮蔽了。问题是，这部小说却是以革命叙事为主体，如此，故事里两相冲突和混杂的情绪,终究使作品本身呈现出非统一的调质。这是一流大著必须解决的问题,必须有一个统一的基调,成为响彻整个作品的情绪乐音。

尽管我们也可以说,长篇小说就是要有复调式结构,如巴赫金对陀思妥耶夫斯基作品所做的那种分析,"有着众多的各自独立而不相融合的声音和意识,由具有充分价值的不同的声音组成真正的复调"[①]。但是,尽管巴赫金认为这种复调小说"主人公和作者之间呈现出一种平等对话的关系",同时也认为复调小说的作者具有深刻的积极性,其表现特征则是"提问、激发、应答、赞同、反对等等的积极性,即对话的积极性"。[②] 我更倾向于认为,他所言的这种"积极性",正是小说在复调与对话之上,形成的统一和声,以此构成和谐的统一性基调。但《最后一个匈奴》显然缺乏这种统一性调质。

五、书名、楔子与尾声

"最后一个匈奴"这个名字也显露出作者的原初构想。作者的雄心则在于构筑一个自匈奴起始到当代社会历史上下贯通的宏伟史诗,但其落脚则落在了红色革命的叙事中。小说的"楔子"只有短短几千字,却铺展得雄浑苍茫。从匈奴民族的独耳黑狼天之骄子冒顿说起,到阿拉提向罗马帝国宣战,一直到迁徙中掉队的最后一个匈奴。这样一个遥远的历史故事,与进入革命叙事的调质形成割裂性的鲜明对照。作者内心翻滚的惊天骇浪的激情,与现代革命叙事的现实要求之间,存有龃龉。同时,杨家三代和黑家两代两个家族的交错叙事结构,使前后两部分断裂,前半部分主人公杨作新和二号人物黑大头,半途而亡;后半部分则是两人的后代杨岸乡与黑寿山上场,这使小说故事因主人公而凝聚展开的叙事统一性被割裂。实际上,小说形成了双主人公模式,气脉由之难

---

① 巴赫金:《陀思妥耶夫斯基诗学问题》,转引自马新国主编《西方文论史》,高等教育出版社 2008 年 1 月第 3 版,第 502 页。

② 巴赫金:《陀思妥耶夫斯基诗学问题》,转引自马新国主编《西方文论史》,高等教育出版社 2008 年 1 月第 3 版,第 501 页。

以贯通衔接。

作者的磅礴想象与宏伟构想，与作品的题材选择，产生了微妙的错位。作者未能有效发挥他所擅长的叙事天赋，将英雄气作为一种贯通始终的主脉，如《遥远的白房子》那样，这是令人遗憾的。在诗性与遥远的想象中，高建群是无敌的，你看此作的楔子，再看它的尾声，你就知道作者的天赋在哪儿了。尾声起笔就是一个叫索菲亚的布达佩斯国立大学的研究生，"那姑娘，骑一匹骆驼，从遥远的地中海出发，翻过了无数的山岗、河流、沙漠、草原和干草原，然后，在一个早晨或者黄昏，走到杨岸乡的身边"。这个姑娘仿佛冥冥之中投奔故事主人公杨岸乡来了。原来她的毕业论文研究的就是匈奴史，来到杨岸乡身边则是杨岸乡写文章详细介绍了赫连城的由来，激发了她一探究竟的愿望，便亲自骑骆驼沿丝绸之路而来。作者这种浪漫的笔调，才是他创作雄才的实现之所。作者继续写道："两个人在赫连城那高高的城垛和角楼上，坐了很久，耳鬓厮磨了很久以后"，野合了。"在交合的那一刻，他们感到，身子下面的这座千年废墟也在这一刻颤抖起来，它像一个僵卧千年的怪兽一样发出低沉的叹息，这一刻，鲜花开始开放，流水开始潺潺，石头开始说话，一切都在复苏，一切仿佛又有了灵性。"这是作家心灵深处涌动的灵感，灵性于此刻复活，他的笔一下子充满了情感张力。只要进入他天赋充盈的沃土，他的叙事就一下子获得哲思、诗情和灵性。在建构这样的小说世界时，高建群顺手拈来，皆成奇迹。限于篇幅，我就不再详细分析楔子里"阿拉提的羊皮书"了。在这个点上，高建群那种叙事的雄奇力量，少有人匹敌。

工笔琢磨不是高建群，高建群要建琼楼玉宇，要造遥远幻境。王国维在《人间词话》里说："有造境，有写境，此理想与写实二派之所由分。"[①] 尽管他论的是诗词，我却将它移来论小说，亦理。高建群是造境高手，而非写境大家。恢宏博大之气象，他能够用自己的真气将其充

---

① 王国维：《人间词话》，转引自北京大学哲学系美学教研室《中国美学史资料选编》，中华书局1981年4月版，第452页。

盈，现实生活之再现，须运用细节将其填补。他的真正精彩，是建构绚丽彩虹。这些东西难道不美吗？再造一个你没有见过的气象万千的所在，不比一个你在现实中常常看到的东西更为惊人，更具魅力吗？我甚至想，高建群似乎并不十分清晰自己小说创作中的天赋所在，不然，他哪儿会选择那些他并不出彩的领域，与别人一较高下。对《最后一个匈奴》的自我评判，也许能说明这一点。

六、共情力·述要式叙事·蛮野之美

我对高建群英雄史诗的抒写很是喜欢。这来自他雄奇的想象，磅礴的情感，思想家的深邃，述要式场景，特别是笼罩全篇的生命气韵。《统万城》就是他这一书写的典范。他的英雄抒写，常能让自我处于那种勃发的写作精神状态里，建构起宏阔浑厚的小说存在场域。那里，作者是全知全能的神，他的意旨与叙事，充溢在这个饱满的小说气场内。小说周流之精神气息，天地万物之达知，社会与人性的对撞，所有这些，那样和谐地浑然一体。在这样的世界里，一个打上了作家印记的活泼泼的英雄史赫然呈现于读者眼前。这部英雄史，是高建群用自己的生命之火激活的。

《统万城》以赫连勃勃和鸠摩罗什为主人公，这样的历史传奇，作者本身须有力量穿透他们，激活人物内心的张力冲突。须有着与人物同样的高度，写出与这个人物相匹配的境界、情感和场景。假若作者在这一方面准备不足，就难以形成对人物的基本把握和感觉，赫连勃勃和鸠摩罗什身上历史般凝固而成的气象，就可能变味。高建群在写这两个人物时，有着准确的把握和高超的驾驭能力。伟大人物的心性和可能的思维方式，以及面对重大冲突时呈现出的本然应对之策，这些地方，都能显示出作者的深刻洞见。

作者与笔下人物的共情力，往往是深度进入人物的必然要素。只有具备这种共情力，作者才会设身处地地站在人物一边，感知着他的感觉，疼痛着他的疼痛，从而仿若变体一般活成笔下人物的还魂替身。因之，柏拉图就认为诗人是神灵附体，代神发言。高建群生来好像就是为英雄立传的，对于英雄人物，他身上天然地存在着一种强烈的共情力，你能从人物的情绪与对话里，看出他是如何走进了人物的内心深处。须有这种共情力，才能写出赫连勃勃的雄气与暴戾，写出鸠摩罗什的智慧与大德。他们都是影响中华民族历史的人物，作者要以何样的智慧与心理感知，才能通达他们的精神之所？所以，不管是在心理感知上，还是在智慧的理解上，或者在思维能力上，作者皆须达到与主人公相同的感知，共情才会发生。他们都是历史上人们熟知的人物，作者的叙事须得带给读者以强烈的认同感，人物才会在文字里复活。

作品故事里，鸠摩炎（鸠摩罗什之父）生长于天竺国的宰相之府，他成年后，作为长子，要继承宰相之位。但他却在新任宰相的盛大典礼前夜，逃遁那烂陀寺，执意要辞去宰相职位。这是故事的背景。我们看看母亲找到他时，两人的一段对话，然后做一分析。

"可以不要那样的命运——做宰相的命运。"

"不行，这是责任！鸠摩家族的责任！"黑纱背后，是一个斩钉截铁的声音……

炎对母亲说："这是责任，我明白，对天竺国的责任，对菩提城的责任，对鸠摩家族的责任。因为自我一出生，我听到的最多的就是这两个字。但是母亲，命运为什么偏偏挑选了我去承担这件人生俗务呢？难道我不可以有另外的命运吗？我有许多的弟弟，这个家族有很多的男丁，他们比我更优秀，他们都会驾轻就熟做好它。仅仅只是因为我是长子，这件事就不可推卸地落到我的头上了吗？求你了，母亲，放我一条生路，让我去干另外的事情吧！"

母亲揭开面纱，露出她满月一样的面庞。她有些惊讶地说："儿子啊，你知道宰相的同义语是什么吗？除了责任以外，它还是光荣和鲜花，是尊贵和尊严，是一生都享用不尽的荣华富贵。亲爱的孩子呀，为了明天那个节日，全城的女人们都穿上了自己最艳丽的衣裳，那些待字闺中的少女正心跳着等待你的出现，她们最大的人生奢望是让你多看一眼，让你的目光在她们身上多停留半秒。而多少男人又在眼红你呀！难道你就情愿轻易地抛弃这一切吗？"①

之后，鸠摩炎终于辞掉天竺国宰相职位，然后到了龟兹。这一点历史上有记载，但其他细节茫然，具体事件如何发生，人们一无所知。可以断定，上面的这段对话，完全是作者的创作想象。作者的想象是否合于这样一个身份的人，合于天竺国一个宰相世家长子与其尊贵母亲的对话？这个地方，当然就显出了作者的能力所在。两人的对话在我的阅读感觉里，似乎理应如此。这段对话，作者抓住"责任"与"尊贵"这两个关键词，形成母子之间话语的核心张力。母亲强调对责任的承担，鸠摩炎想要逃避这个"责任"，走另一条圣徒之路。母亲接着以让步之姿，说起责任之外的另一殊荣——尊贵。而尊贵带来的另一副产品则是："全城的女人们都穿上了自己最艳丽的衣裳，那些待字闺中的少女正心跳着等待你的出现，她们最大的人生奢望是让你多看一眼，让你的目光在她们身上多停留半秒。"这是多么巨大的世俗诱惑！而母亲却正是以这样的一般性原则与价值，与儿子交锋，试图动摇儿子的决心。作品显示出各自的价值追求取向，但又如此合乎此情此景、此人此理。我想说的重心是，作者在这儿对两人心理的打量与揣摩，从而设计勾勒出这一段对话，让母亲说出"全城的女人们"，都在想"让你的目光在她们身上多停留半秒"这样的富有张力的语言，可谓是书写情境对话的高手。

高建群长于讲述雄奇之美的故事，他的叙事风格里，蕴含着极为奇特的妙思与能量，他能够恰当地捕获人物的神韵，几句话就晕染出人物当下最传神的语言动作。我们的鸠摩炎在离开天竺国，远游到了龟兹地界后，经历了一场"生命禁区"的"世纪狂欢"。山谷里，他遇到了一个唱着"花儿为什么这样红"的牧羊女，看到了漫山遍野的野骆驼、野马、羚羊、草原狼们交配，听到了响彻山谷的愉快的尖叫声，仿若受到了天启，然后情不自禁与牧羊女野合。这个牧羊女就是装扮了的龟兹国的罗什公主。作者写他们的新婚之夜，只用了一句对白：新房里一个新

---

① 高建群：《统万城》，见《陕西文学六十年作品选·长篇小说卷六》，陕西人民出版社2015年版，第238页。

人呼唤道:"嗨,我的公鹿!"另一个新人则回应道:"我的母鹿。"多么省俭、多么恰切又多么温馨地传递出只有两人会意的情话。作者然后笔锋一转写道:

>罗什公主为鸠摩宰相一共生了三个孩子,都是男孩儿。
>
>第一个孩子出生时,鸠摩炎说,这个孩子是为我亲爱的祖邦天竺国而生的。孩子长大后,让他回天竺国去吧,如果那里还需要治理国家的宰相,并且他也合适的话,就让他去承担责任吧!
>
>第二个孩子出生时,鸠摩炎说,这个孩子是为我的第二故乡、我亲爱妻子的祖邦、我的尊贵的龟兹王的国家而生的。如果他长大以后,这个国家需要宰相,而他又是合适人选,那么就让他去承担责任吧。
>
>第三个孩子出生时,鸠摩炎说,将他的名字叫作鸠摩罗什吧。取你的名字的一半和我的名字的一半。这个孩子不是为世俗的社会所生,而是为我那未竟的理想而生的。
>
>我的双脚已经被牢牢地捆绑在大地上了,动弹不得,希望他不要这样。那根打狗棍、那只讨饭钵,我还一直留着,让他拿着,有一天,去踏上那通往遥远东方的道路吧。①

作者叙述的重心是鸠摩罗什。父亲鸠摩炎的故事,作为导引,因之笔墨极为省俭,而在该展开的地方,又不厌其详层层展开,以第一个第二个第三个这样叙述。且承接前述,以"承担责任"为叙述关键词。以重复的语词,将三个儿子出生后的安排,一一道来,分担他的两大未竟之志。这样的叙事,大气宏阔,极为切近人物的行为逻辑和内心依据,但却不是现实主义的那种精细的笔法,令人不得不叹服。

这是高建群的叙事方式。这样的叙事中,我们见到了一种特别的东西,是什么呢?我将它称为形象化的述要式叙事。这种叙事,只以传神作为情节推进的关键,而不以描摹两人眉眼神态、房间环境等为目标。它以人物情绪的推动而述其核心大要,以整个故事发展中的关键环节为

---

① 高建群:《统万城》,见《陕西文学六十年作品选·长篇小说卷六》,陕西人民出版社2015年版,第253页。

旨归，让情节通过故事流向的气韵连通起来，而不是拘泥或沉浸于细节性的再现之中。

鸠摩罗什来到长安，受到了后秦君主姚兴的热情款待。姚兴喜欢他到什么程度？觉得这样的智者，不留下子嗣实在是太可惜了，非要挑十名美丽的宫女陪侍他。为这一件事，众徒不解，甚至讽刺愤怒。鸠摩罗什口吞钢针，以证佛果。作者随后发出这样的感慨：

尽管（他）处处受人尊崇，尽管光环笼罩，但是我们的高僧并不快乐。那些伟大人物大都是这样的，他们走得太远了，很难能有人与他们同行为伴；他们站得太高了，孤独的灵魂在天的高处，清冷而寂寞。也许，只有在佛的国度，在每日的修持中，他的精神才能得到片刻的安宁，片刻的踏实。①

面对鸠摩罗什被质疑的处境，作者跳出故事外，试图站在智者的高度来理解智者，为智者道不平。说"伟大人物""很难能有人与他们同行为伴"，因为"他们走得太远了"。所以，孤独寂寞才是他们的伴侣。这样的议论，当然须得具备心量，去打量猜度笔下人物，其所理解的高度，须合于人物的境界。作者随手拈来的评述议论，都能显示出紧贴人物的妥帖，这不是一般作家能够达到的。在这样的表达里，我们看到了作者的精神心理能量。就一部小说而言，对一个伟大人物的阐发，常常能掂出作者的斤两。作者须与描摹对象齐高，才能平视对象，才能摸准对象身上的命脉。若处在仰视的等差之位，那么，人物与作者之间，将会形成沟壑，于是，作者笔下的人物，也自然易被矮化或扭曲，从而难以伸进人物的精神深处。那么，人物只能成为一个脸谱化平面化的存在。因之而言，高建群所具有的这一书写能力实属难得。

《统万城》的形象化述要式叙事，其特征更多偏重于精神化或心境化。人物描写，不是那种鲜明的个性化追求，如19世纪现实主义小说那样。推动人物的更多是情境，是人物在某种情境下的心情或者意绪，

---

① 高建群：《统万城》，见《陕西文学六十年作品选·长篇小说卷六》，陕西人民出版社2015年版，第309页。

这使作品具有了民间传说与传奇的特征。他写暴虐的力量，也写情感的哀伤，写复仇的烈焰，也写血腥的残忍。你能看出，作者是处在一种纵目远眺的历史现场，重点勾勒那种推动历史的野蛮力量。他以赫连勃勃带起一个远古湮灭的匈奴民族，他们曾经怎样纵横欧亚大陆，改变了人类历史的走向。作者的兴趣点并非以历史伦理作为量度，他想伸进人性深处，看看那种蛮野的力量，是怎样进入我们的日常，改变了我们的存在。他想伸进赫连勃勃的世界里，看他怎样一步一步建立起自己的大夏王朝，并且建造起一个至今犹存的统万城（白城子）。

匈奴人没有文字，没有留下可供后世研究的文献资料，我们不能详知他们的社会组织结构，也无法详知一个残暴的赫连勃勃王，用什么样的手段，笼络起来一帮子出生入死的忠心追随者？亦有史家论证，匈奴人每每战胜农耕民族，是因为在他们的组织结构里，士兵具有相对的自由平等待遇。这不是高建群小说所要探索的问题，他所倾情的地方，在于潮水般的情感推动，在于伸进伟大历史人物的内心深处，在于重构赫连勃勃的世界，哪怕是他的暴虐式强悍，他想撕开赫连勃勃被迷雾遮蔽的雄奇真相。是的，雄浑蛮野的力之美，是响彻高建群《统万城》中的美的赞歌。

七、小说修辞与复仇叙事

作家修辞方式的形成，乃是其风格形成的重要标志。一般而言，修辞是指作家在使用语言的过程中，通过对语言的选择、修饰和调整，形成自己的独有表达。它为塑造人物、表达情感、凝聚主旨服务，且由之使语言功能大大强化，从而使作品的感染力和阅读效果获得提升。高建群的小说修辞方式，是以意绪作为导引，以情感倾泻构成浓墨重彩的渲染，不大顾及人物的个性细部，对场景环境做写意式淡化处理，他要的是情感与主旨的和谐性整一性。

《统万城》有这样一个情节，说赫连勃勃不费一兵一卒，借后秦之力杀了岳父莫奕于，占领了固远城。写勃勃在后秦攻打固远城时，悄悄打开城门，里应外合，夺取了这个曾收留了他，对他充满信赖的岳父莫奕于王的城池，并杀死了他。勃勃本是上门女婿，而后反客为主，鸠占鹊巢。以今人看来，这就太不地道了，失却了基本的道义。固远城被夺，莫奕于王一家被杀，唯余鲜卑莫愁和其弟莫喜。尽管莫愁一直蒙在鼓里，但仍感到了哪儿不对，有一丝不祥之感笼罩。赫连勃勃拿下固远城后，又要去征讨五原城。莫愁告诉勃勃，她要留在固远城为父亲守孝三年。临别她送给勃勃一个羊拐，这个羊拐钻了眼，用她的青发配以金丝做成吊链，算个吉祥纪念之物吧。

勃勃在这一刻感动极了。他甚至不敢去看鲜卑莫愁的眼睛。

莫愁女将羊拐戴在勃勃脖子上。

莫愁喃喃地说道："勃勃，我崇拜你，我爱你，但是我又惧怕你！你的身上有一种暴戾的力，一种足以摧毁一切的破坏力。这种力量让我害怕！面对你，我一直处在矛盾中。"

勃勃叹息了一声，说道："每个人都有自己的命运，这是我的命运！"①

这一段落的描写，是莫愁的视角。作者着眼于莫愁巨大的心理冲突，她夹在丈夫与父亲之间，不知如何是好。特别是，她对英雄丈夫的崇拜与惧怕，显示出一种矛盾心理。当然，还有此刻未能明了的杀父之仇。在语言修辞上，作者只是触及莫愁的心绪，触及她此刻与心绪相关的对象。读者未看到莫愁与勃勃的对话环境，未能看到周遭的人与物。作者将这些屏蔽了隔断了。他要凸显莫愁这种情绪，为她后面的行为做铺垫。再者，高建群的小说修辞，是以普通话为整个作品的基调。即使人物对话，也是书面性语言。所不同的是，这种语言带有鲜明的哲学气息，且又浸泡在情感的推动里。语体方式开阔、朗然、明晰、晕染，有着难以抗拒的感染力。

作为小说修辞，对话是其最为常见的语言方式之一，但不同作家笔

---

① 高建群：《统万城》，见《陕西文学六十年作品选·长篇小说卷六》，陕西人民出版社 2015 年版，第 322 页。

下的人物对话，无疑具有完全不同的自我色彩，这一点也鲜明地标志着创作个性与风格的差异。高建群的小说对话，多含有交流的平等性，且带有内在召唤，常以诚恳的语调，召唤读者进入人物内心。《统万城》第二十三歌：在菩提伽耶，写鸠摩炎在菩提树下打坐入定，形如槁木。母亲寻来，两人有这样一段对话。

"亲爱的孩子，是你吗？在这万籁俱寂的高贵的夜晚，莫非是有一种什么不祥的念头突然闯入你的心灵，从而令你感到了一种大痛苦吗？"树底下的年轻和尚被惊动了，他初时形同一截槁木，无知无觉，现在受到惊动，那截槁木动了一下，继而，发出声响。

"亲爱的母亲，恰恰相反，此刻的我没有感到大痛苦，而是感到一种大喜悦，大快乐，大自在，大自由，我的身心此刻正浸泡在一种从未有过的幸福中，形同沐浴。刚才我正在和我不知道的世界交谈，我感到自己的整个身心，正像一匹脱缰的野马，在无垠的大地和高远的天空，无拘无束地漫游！"①

人物精神的深度交流，正是一种召唤结构，要将读者引入甘饴般的品尝之中，尝到这种精神的美味。

与上述对话语体相似的，是其独白与旁白，这也是进入人物精神世界的一种修辞手段，伟大人物的内心独白，正是显示其伟岸的精神气质和高超的人生境界的地方。这些，都是作者独特出彩之处。还有一种修辞手段，也是作者热衷于使用的，就是第一人称方式的叙事。长篇小说，大多是以第三人称来叙事，高建群也不例外。但是，在以第三人称为主的基础上，作者常以讲述人的身份跳出来，以"我"或"我们"插入叙事中，形成强大的共情力，牵引读者体验作者的感受：

那一团黑疙瘩云走近了。

那是我们的老朋友女萨满。一袭黑衣的女萨满，骑一匹黑马，湍湍而来。

---

① 高建群：《统万城》，见《陕西文学六十年作品选·长篇小说卷六》，陕西人民出版社2015年版，第237页。

……赫连勃勃问：我们的北匈奴兄弟如今迁徙到什么地方去了？他们在做什么？……女萨满答道：我看见了，我看见了！我看见了我们的北匈奴兄弟唱着草原的古歌，正像一股潮水一样撵着西沉的落日，撵着水草向西行走。①

"我们"在这儿是小说人物赫连勃勃的感觉，作者却以含混的语意方式，将之混搭进叙事中，自然而亲切，让读者贴近笔下的人物，形成无间隙的融入式阅读体验。小说结尾部分，写了遥远的欧洲大陆与匈奴相关的故事，也充满深情地以"我们"来构成叙事基调，令读者紧紧贴着叙事者的感情。

我们看到，撤离罗马城的阿拉提，这个从中亚细亚高原过来的牧羊人，他的马屁股上驮着一位金发碧眼的罗马公主。

我们还看到，成为新嫁娘的敬诺利亚公主，她那高绾的发髻上，插着一根鹡鸟的羽毛。②

以"我们"召唤读者，将读者导入情境里，形成特有的话语方式。亲切而深入人心。

作者笔下的人物个性，毋宁说是思想个性。《统万城》里的人物性格皆是决绝的，不管是赫连勃勃或者鸠摩罗什，抑或叱干阿利的忠诚追随，抑或鸠摩炎的决然放弃，或者鲜卑莫愁义无反顾的爱、义无反顾的恨，作者在这类人物身上，总是能发现生命的凛然决断之勇，也总是能从大脑中蹦出最巧当的语词，表达这个人物非同寻常的独特。

炎在说话的时候，跺了跺自己赤着的双脚，他说："父母给了我两只脚，为的就是有一天用它来独步天下。"③

以脚作为顶真修辞，延续一种"独步天下"的隐喻。这些修辞，作

---

① 高建群：《统万城》，见《陕西文学六十年作品选·长篇小说卷六》，陕西人民出版社2015年版，第386—387页。

② 高建群：《统万城》，见《陕西文学六十年作品选·长篇小说卷六》，陕西人民出版社2015年版，第408页。

③ 高建群：《统万城》，见《陕西文学六十年作品选·长篇小说卷六》，陕西人民出版社2015年版，第241页。

品中随处可见。

复仇,是英雄小说的一大主题,也是原始古老的民族情结。《统万城》的故事结构里,开始是朔方王刘卫辰的代来城被魏道武帝拓跋珪攻破,赫连勃勃一家数百口被杀,唯独他活下来。这时,他的生命里,唯余仇恨的烈焰熊熊燃烧。他爱上鲜卑莫愁,以女婿入赘的方式,赢得信任且又反杀岳丈以夺其城。鲜卑莫愁知道了丈夫这一行径,在哥哥激发下,来到赫连勃勃身边,每日侍奉他喝酒,并以鸩鸟羽毛浸于酒中,最终毒死一代枭雄,为父复仇。作者写姐弟见面,极为干净简约。弟弟鲜卑莫喜扮作胡商,来到了固远城,祭拜那惨死的父母,"这胡商跪下来,将纸表点燃,将香火插上",然后拎起一坛酒,左三圈右三圈,行了大礼,"砰"的一声,将酒坛摔碎在坟头。

几乎在此同时,传来了琴声,琴声来自坟边那所简陋的房子,如泣如诉,如歌如诵。

这样,我们看到了凉亭台阶上那弹琴的女子。那女子面白如雪,面红如酡,正是我们久违了的鲜卑莫愁。

鲜卑莫愁问道:"……来人和这坟墓中的亡人,莫非有什么干系?"

胡商听到这话,站起来,凝视片刻,趋前两步,突然叫道:"亲爱的姐姐,真的是你吗?姐姐呀,这个一身胡商装束的人正是你亲爱的弟弟,从固远城当年那场大杀戮中九死一生、侥幸逃脱的鲜卑莫喜呀!"[1]

这场姐弟见面,带来后面弟弟强硬地说服姐姐,发誓为父报仇,为城破遭戮的固远城百姓报仇。我这儿仅就小说的叙事特征做分析。我们看到,这个场景里,作者抓住姐弟见面这个最具有事件性的核心意象,基本抽掉了人物所处的具体环境,物象未进入小说视野。对话直击当下最为关切的问题,读者的关注随着人物的语境而转,环境在阅读中因强烈的修辞而被略去了。作者的目光只是停留在二人身上。见面的惊喜,一肚子的话语,而最为强烈的急于倾吐的话,无不是亲人被杀、如何复

---

[1] 高建群:《统万城》,见《陕西文学六十年作品选·长篇小说卷六》,陕西人民出版社2015年版,第377页。

仇。什么样的话题还能比这个更为挠人？这一情景里，当然有作者的选择性凝视。周围的景致人物，二人所处的环境，都被虚化了。我们当然可以追问，既然鲜卑莫愁是赫连勃勃的妃子，难道就是她一人居住于此，连个侍奉的丫头也没有？连个护卫的士兵也没有？莫愁守孝所住之地，生活的境况，城中的行人，周边的物象，远处的村舍，等等，这些皆未显现于作者笔下。作者只有一句交代环境："琴声来自坟边那所简陋的房子"，既然是简陋的房子，怎么我们又"看到了凉亭台阶上那弹琴的女子"？"凉亭台阶"显然与"简陋的房子"不相协调。可见作者下笔时，将自己的目光，只是凝聚在见面这个时刻，以及由此产生出来的弟弟激发姐姐振作起来，向那赫连勃勃讨还血债，而别的方面皆被淡化处理了。

《统万城》中的叱干阿利这个人物，也写得颇为精彩。他忠心耿耿追随赫连勃勃，出谋划策，肝脑涂地。在修筑统万城时，他极为暴虐，滥杀无辜，使筑城劳工死者十有其一。城修好了，勃勃借他的人头平息众怒。作品设计了两人最后一段话，勃勃说："作为我的舅舅，我的御史大夫，将作大匠，将军是做得尽善尽美了。只是，还有一件事情将军忘了做。"勃勃说的最后一件事情是，这座城池还"缺少一个庙——城隍庙"，"庙里缺一个神——城隍爷"。于是，勃勃借叱干阿利的头，让他做了这个城隍爷。

这样的阅读，让我通过作者之笔，对历史别有一番感受。你觉得他是站在历史之巅，远观这一场血腥争斗。仿若零度写作，没有情感渗入，我指的是常规叙事时不由自主流露的爱憎情感，这儿作者却只是写出了历史的存在和演变。其中既有赫连勃勃个人及家族的残酷遭际，亦有因自身暴戾带来的复仇之果。天地万物运行，人间沧桑变化，真应了老子那"天地不仁""圣人不仁"之义了。从"不仁"的角度，我们看到了高建群在这些地方的冷清与高远。所以，我们常常感受到他小说中那种奔涌的炽热，却又感受到那种历史叙事的冰冷。

我在喜爱着《统万城》的同时，也感到了遗憾。我不明白作者为什么要将赫连勃勃和鸠摩罗什放进同一部长篇里？故事里两位并列的主人公，其实并没有交集呀！唯一能将两人拉扯到一起的是时空。两人虽活在同一个时空内，却一生未曾谋面。以小说"第六十六歌·灞上称帝"一节叙述，"勃勃来到草堂寺门口"时，"施主（赫连勃勃）要见的鸠摩罗什大师，屈指算来，已经去世五年了"。他们两人同与后秦君主姚兴深有交集，却没有一次相遇。历史上未能交集的两人，在小说里也未能黏合为一体性的小说意象，从而形成互不融通的关系，使得小说仿若两个重心。这对小说的整一性而言，不能不说是一种分解力。若是将两人各写一部长篇，那该多好！每人都有一个充分展开的篇幅，且以他们各自的历史容量和能量，也足够撑得起一部长篇的宏阔展开了。

结　语

高建群的小说创作，以英雄传奇为叙事对象，以遥远雄奇的想象为依托，以诗情哲理为修辞特征，构筑了如此摇曳多姿的历史世界。这个世界里，充溢着浪漫奇异的生命气息。他以自己特具的修辞张力，使他的小说世界洋溢着一种崇高壮美的风格。你觉得马镰刀或赫连勃勃的刀锋，蕴蓄着张扬的生命蛮力，将人从慵懒的乏味的无趣的规矩的日常性中解放出来。势如破竹的小说势能，构成一种具有召唤结构的精神意象。谁愿意终其一生将自己囚禁于日常的规训之中？你从他作品的阅读里，必将获得极大的喜悦快感，生命能量得到空前提升。或者命运的神秘牵引，或者女萨满的无边法力，或者高僧"相无所住"的悟觉，就是一种能量形式。它进入个体的意识里，参与着我们心理和精神的未来建构。它是英雄传奇，却又真实不虚。

小说的力量，在于你能从故事和人物形成的场域里，感到这种直指未来的希望与生命的酣畅。在高建群的小说里，我们不寻求现实再现，不寻找被印证的生活，或企求认识生活，或期望受到教育。不，他的作品里，超越性地感知世间的神奇，感知天地人的神秘，还有人与人之间的那种隐秘关联。我知道，有些时候，上天将一种魔力赋予了某个作家，使这个作家道出了天地的神通，你只有在文字中用心感悟，细细寻绎。高建群是有这个神力的，从他的作品里，你感到了这一点。

高建群的小说里，历史传奇写得最好，那种半人半神的叙事，天下少有比肩者。但若一进入现实主义的描写场域，其叙事则显出了空疏、虚飘，故事少了那种细密的人物动作带来的现场感，打入读者心灵的现实体验弱化。但他独特的自我创作天地已经建立，他的风格业已形成。那种超越性的哲思，那种浪漫的诗人气质，那种英雄骑士般的人物，都给人留下了难忘的印象。在这类作品里，你见证了什么叫大气磅礴。

当然，我们无法将所有优点都堆砌在一个作家身上，犹如不同作家有不同的自体面貌一样，上天赋予他以特殊禀赋，也构成他不同的情感向度。所以，我无法说高建群是细腻的，说他的作品如精雕细刻的工笔画。这显然不对。他是写意型的作家，他大开大合的情节架构，恰是因为他宏阔的展开而疏忽了细密的描写。他有自己的特属领地，他在自己天赋所属的领地上恣肆纵横，抒写着史诗般的篇章。这儿，他为王。

杨争光小说论

初读杨争光的小说①，觉得作者身上有一种冷酷的东西，似乎他站在很高很远的地方，冷眼瞧着人世间的生生死死，没有感觉一样，冰冷冷地写将出来。然而，作品读完，却并不能平静下来，有一种撼动人心的东西固执地啃啮着我们。

这是促使我们做深入考察的契机。

艺术品创造出的世界，是自在还是自为的？艺术家在作品中具有多大的自由空间？这是一个两难选择。作家越想深切地反映外在现实，便越应深深隐蔽自己。隐蔽自己的前提则是对生活透彻的理解，要做到对生活的透彻理解，也便须具有强烈的自为意向。卡西尔对此有精辟的论述，他赞引一位历史学家兰克的话说："为了使自己成为事物的纯粹镜子，以便观看事件实际发生的本来面目，他愿意使他自己的自我泯没"，然而，"如果我熄灭了我自己的个人经验之光，就不可能观看也不可能判断其他人的经验"。② 对他人经验的观照与评判恰来自个人经验之光。这种自我认识越透彻、越深入，便越能达到对他人的全面理解和把握，也越能摒弃自己浮浅的好恶，从而握住历史的脉动，深入人类本性的底

---

① 本文所涉及的杨争光作品，以其陕北生活题材的作品为主。主要作品有《原》（三题），见《中国》1986 年第 9 期；《镇长》《石匠三娃》《崾下》（二题），见《海鸥》1986 年第 11 期、1987 年第 4 期、1985 年第 5 期；《土声》（三篇），见《人民文学》1987 年第 1—2 期；《正午》《盖佬》，见《延河》1987 年第 7 期；《霞姐》，见《山东文学》1981 年第 1 期。

② 恩斯特·卡西尔：《人论》，甘阳译，上海译文出版社 1985 年版，第 237 页。

蕴，写出伟大作品来。莎士比亚之所以能写出麦克白，曹雪芹之所以能写出王熙凤，没有对人物强烈的兴趣是不可能的。这种兴趣，驱使艺术家超离了表层生活的面相，从而纵深地看取生活，使人物获得深厚的历史感。作家摆脱了表层的道德伦理观念，超越了偏狭而浮浅的同情心，在艺术天地里，洞悉了善恶真伪美丑的非纯一根源。他带着询问的目光热情地探究一切人的生活，他在为人物的特定的行为寻找一个历史必然性的回答，自己却隐藏在答案的后边，默然无语。我们因了人物的生存状况而震惊，而思考，而意欲变革。至此我理解了我的感觉的来由，同时，从杨争光小说冷峻的笔调中，体察到他对人世真正的厚爱。

一

死亡是困扰人类的基本命题。在人类发展史中，始终可以看到对死亡的强烈反抗。因之，对永恒不朽的追求成为历久而弥新的逆命题。柏拉图说："爱的方式是求生育子女，因此使自己得到不朽，得到名字的久传，而且依他们自己想，得到后世无穷的福气。……但是，凡是在心灵方面生殖力旺盛的人则长于孕育心灵所特宜孕育的东西。"① 这是反抗死亡事实的两种方式：生命繁衍与艺术创造。艺术家正是要在自己精神孕育的产品中获得不朽。艺术的不朽是艺术家不朽的前提，因之，在变化不居的生活中追寻不变的岩石层，就成为艺术家孜孜不懈的目标。杨争光的陕北系列小说，其凝视的焦点，就是时间之流中超时间的存在，以此对民族精神的一个侧面做鸟瞰式的把握。作者认为："艺术作品生命力的长短与反映人性中最基本的东西的程度有一种对应关系。"② 作者努力寻找的正是这"最基本的东西"——生命的繁衍，由此衍化出繁复的带有本质意义的生存状态来。作者笔下生命的繁衍，是没有质变的单调无意的量的循环。《正午》中的"她"，为自己能"像从麻袋里

---

① 柏拉图：《文艺对话集》，朱光潜译，人民文学出版社1963年版，第269页。
② 《从刘兰英到马尔克斯》，见《当代青年》1987年第6期。

往外倒红薯一样倒出五个崽"而得意，认为"一个女人不会下崽，活在这个世上还有什么意思"，并且"她把下崽的经验给许多人讲过，没有一个女人不赞成"。作者还写了她对瘦女人由仇视到怜悯的经过，她能够居高临下地怜悯是因了她的胜利——"有了五个崽"，而瘦女人"半辈子没生一个崽"。生育，作为传宗接代的手段，成为生命的第一要义。由繁衍的需要相伴而来的性意识，在这里具有了特别的意义。作者谈到他在陕北下乡的体会时说："环境不同，也会给性生活的内涵带来差异。我感到我去的那个地方，男女之间的性生活要比城市人性生活的含义更深广一些。对他们来说，除了男女吸引、生理愉悦、传宗接代等之外，它更是一种文化生活。或者说他们的性生活比城市人更带着浓厚的文化色彩。"① 这就是说，作为人类发展的高级形态的城市文化，已经由人的原始本性——性意识生发升华出绚丽多彩的丰富的生活内容，而作者笔下的人物生存环境，使性意识不是生发升华，而是仅仅浓缩为一个点，这样，人在享有他的性生活时，不是在享有由性意识的推动而带来的人类文明的全部丰富的创造物，而仅仅是在享有性。人完全自然化了，环境化了，动物化了，人真正变成为土地的另一形式。附丽于性欲之上的爱情，的确是文明社会生发出来的东西，他（或她）在享有一个对象时，其实他（或她）享有超于性欲之上的东西，爱的丰富性在他（或她）面前全部展开，他（或她）享有的甚至不是一个，而是整体，因为，他（或她）喜爱的这一个，是在一个足够广大的群体中选择的，性成为忽略不计的东西；相貌，出身，品格，才华等，这毕竟是人的选择。闭塞落后的山区，个人很难有自由选择的空间。媒人的作用根本不是城市中所起的介绍的职能，而是成为男女之间的命运之神，媒人提供给他的只需一个异性，他便也要欢天喜地了。只是一个异性，这个异性在对方的眼中就只剩下性；一切别的依附全然隐去。也并非花前月下柔情似水自行隐去，而是人物所生存的环境使他只能在满足生理需求的层次上挣扎。杨争光的陕北系列小说，向我们展示的就是这样一个浑然有

---

① 《生存与环境》，见《当代青年》1987年第5期。

序又浑然无知的小世界,我们站在一个更高的文化层次上,注目于这个我们既陌生又熟悉的存在,加强了我们对生命意识和历史意识的体验,一种古老的超越时空的野性的生命情调具有了全新的意义。

在《牡丹台的凤》中,凤长到"脸已会发热"的年龄,军来找她,向她求爱:"我想和你好,你给我生娃娃,我养活你,养活你大大。"这四句真够结实,半句多余的话也没有,直奔主题。阿Q向吴妈求爱时,只有一句话:我和你困觉。这未免太昏了头,太直截了当了,并且对吴妈的生存没做任何承诺。军的两句承诺作为"我想和你好"的前提,"你给我生娃娃"则是自身生命的绵延。爱没有任何附丽,仅仅是生存的直接需要。所有发展到今天的人类文化,全部被生存环境剥离了,只剩下赤裸裸的生存意识,而这种赤裸裸的生存意识,是人类历史初级阶段呈现的粗鄙的形式。这是作者描写领域的剥离,作者既没有选择代表现代文明的城市,也没有选择受现代文明影响较大的关中平原,却把笔伸进贫瘠偏远的陕北山沟。描写领域的剥离,正是作者的审美理想在心理深层起了作用的缘故。由之也带来作者艺术视点的剥离,他牢牢攫住的是亘古不变的东西,认为这些东西体现了人的根本处境,人类文化所有繁复的表现都是由此衍化而来,都是根源于这一深层的生存环境中。正是在这一处境中,石匠三娃为了让女人生个独生子,忍辱让她与别人私通,当女人生出的是女孩时,他则狂怒绝望地杀了别人、弄死孩子,也结果了自己。(《石匠三娃》)《盖佬》中,"他"的相好是个有夫之妇,"他"受到警告,"他"知道会出事的,但"他"却不愿逃去。"他"的情妇不愿走,他也觉得这样挺好。"他"知道有那么一天的。终于到那一天,"他"的脑袋被劈开了,他终于没有离开。这是一个十分悲凉的故事,它在我们心中激起的复杂感受,实在不易说清楚。光棍汉互助,爱冥想的是长得"真水灵"的来福的婆姨,虽想不出却总爱想来福同婆姨搂抱时的样子,并不无妒恨地冒上一句:"美死狗日的来福了。"对婆姨的向往,笼罩了互助的整个生命。

对延续血脉的忧虑,对爱的痴情狂热,对性生活的渴望,这些,构成人物活动的原初动力,陕北生活在这个点上铺开,人类文明,也因这一简单而又宏阔的背景具有了意义。生命变得单纯而明晰，卑琐而又辉煌。

二

在杨争光的小说中，强大的生存背景具有吞噬人的力量。人从背景中走出来，人被充分自然化背景化了。人类高度发达的今天，性早就被诗意化、装饰化了，山沟却以其野性的方法呈现。单调荒凉的生存环境规定着人的行为方式。在枯寂的山路上走着的汉子，也像山路一般喜欢沉默，他的小儿子在空气也凝滞的山路上，固执怨恨地重复道："你说你给我送馍，不让我回家，你又不了。""这路真难走，我都不想走了。""这么多沟，我都讨厌沟了。"孩子稚气率真的语言，加强了人物生存艰辛忧患的体验，浓化了超越表象的意味，新生代开始"讨厌"这么多沟，开始不想再走这"真难走"的路，但他们能否摆脱环境对他们的反铸，高亢苍凉的山歌中有着谜一样的解答。（参阅《从沙坪镇到顶天峁》）"干黄干黄的路"，是一条没有色彩的生命之道。窦瓜"走着走着，就成了摊煎饼的姑娘，走着走着，就成了莽莽的婆姨"。这是造物枯燥而又残酷的戏法！这里，人的属性几乎被环境剥光了，所有能激活人意兴的也就只有性了，怪不得镇长慨叹道："在那个地方，女人就真他娘像个女人，女人就那么让男人动心，那些男人们和她们厮守一辈子，也没个够。"（《镇长》）贫穷落后闭塞的生存状况，使他们又回到原初的出发点上。固然很苦，却又自得其乐，活得充实而自足。这是封闭带来的结果，不然，他们何以能承受被文明遗弃带来的痛苦？何以死守这块镶嵌着自己的土地？

人的生存活动，是一个无限发展变化的过程，人只有在不断地创造文化的活动中，才成为真正意义上的人。假如人的活动，在生存的某个点上，做着无尽的同一的循环，只有量的变化而并不增进新质，那则是人的动物状态的复演，是人的本质的否定。古希腊的神话中，有一个大有深意的故事：宙斯惩罚西西弗斯，让他推一块石头上山，每当他将石头推到山顶，石头就滚下来，他又得从头推起。以此无穷循环。类似的惩罚方式也出现在中国的神话传说中，吴刚被罚在月宫中砍桂树，他的斧头只要一举起来，原来砍下的地方又复合了，他就这样永远重复这一动作。这是一个令人绝望的方式，是对人本质的否定方式，被惩罚者永远固定在某个点上，从而失却了人的远大未来。人失却了对自身的不断超越，就成了"只是在直接肉体需要的支配下生产"的动物，而人的本质，正是体现在"甚至不受肉体需要的支配时也进行生产，并且只有不受这种需要的支配时才进行真正的生产"① 上，对"直接肉体需要"的超越使人真正成为万物之灵。

在艺术创造活动中，艺术家总想在人类发展中寻求一以贯之的永恒的东西，原始的蛮野生活成为他们感兴趣的题目。新时期文学中的"寻根"热潮，与此密切相关。根，在落后的农村，在荒僻的山沟。正是在这样的生存环境中，艺术家才找到了与之对应的模式。这是还原，甚至说是一次伟大的还原，艺术家要在这一还原中，剥离掉现代文明繁复的外饰物，剥离掉被种种概念思想所笼罩的迷雾，使人们从初始的生命活动中领悟到一些东西。然而，这种还原，绝不能是简单的同级还原，带着对现代文明的厌恶与对蛮野生活的欣慕。在同级还原支配下的剥离，逻辑的终端，人也就成了猿猴。现代文明的成果，是人的本质发展的必然结果。剥离人类的文明，只留其所谓本原，无异于剥掉人本质而只留其躯壳。饿了要吃食物并非人的本质，而色香味俱全的佳肴中却有着人的本质的体现；性欲并非人的本质，而不断演进的人类的爱情婚姻形式，却是人类本质推进的成果。假如剥离色香味只具有食物形式，剥离爱情而只有性，那就只是动物的行为了。同级还原，是寻根文学的陷阱。

我们赞成超级还原。古老封闭的落后生活，是在宏大的现代文明的背景下展现的，是被作者强烈的现代意识与恢宏的艺术视野刺亮的。只有这样，作者越是描绘落后愚昧的生活，描写死水般的恒久稳态，单调无意的轮回循环，也才越具有深邃意义。《盖佬》中，矮子杀了他的情

---

① 见《马克思恩格斯全集》第 42 卷。

敌,在自首后随公安人员到现场,却发现死人没有了,"看见一只鞋底,已经腐朽了,一株水条杨从鞋底中间长了出来"。荒诞更有着真实的意味。这是一个不断重演的故事,现代节奏不是削弱而是加强了地老天荒式的心理感受。《正午》的结尾,显现在两种不同的时间向度上:"她闻见一股汗腥味,她看见她男人从硷畔下面跳上来,她感到她身上什么地方有点怪,在动弹。她站起来,飞快地跑到窑门口,掀开了门,和男人一块走进去。窑门关上了。一会儿,她在里面激动地叫了一声。"同一情节的变奏是:"男人突然从蔓豆地里回来了,猫一样跳上硷畔,这是她没想到的,她痛彻心骨地叫了一声,然后,就只剩下蝉声了。那时是正午,太阳很亮,向日葵到处在生长着。"上面是生活的现在进行时态,下面是生活的过去进行时态,同一生活内容将不同时空扭结在一起,主人公进行着的生活携带着昔日的体验一起走向未来。这种时空向度交错的现象,大量发生在人的梦境和幻觉中,小说借用这种手法,使其审美意绪更为庞杂而丰厚,人物同自身历史一起构成现在的生活,并规定着未来的生活。它成功地为读者提供了(可以说是开掘了)这一人生的新天地。正因为落后蛮荒的生活背后,渗透弥漫着现代文明的氤氲,人们才对被现代文明遗弃的小天地,产生由落差造成的难以承受的压抑感,才有着深切的悲天悯人式的感喟。

我们站在不同的文化层次上观照作者笔下的世界,像作者的目光一样,倾注着关切。我面对那个世界也许无能为力,但在观照它的同时,也观照了自我,那是自我的昨天。人由之变得豁达,世界由之变得透明,昨天今天明天全囊括于寸心之中。今日还有那么一个世界存在着呢!我从作者笔下知悉那个世界时,我已经不是那个世界的人了。我同它同一时代却又恍若隔世。唯有现代城市文明的存在,那山沟、那人物才在我们心头震荡得如此强烈。我们对荒山野村的一切意绪,全都产生于它同都市的反差中,因了我们身后矗立着的繁盛斑驳的现代文明,我们才能够从容地凝视那个世界,默默地翻腾出无限思绪。生长于那块土地的人,很难对自己的生存状态产生反思,他们同自然的关系更多处于一种混沌状态,大约对描写他们的小说也不会有特别兴趣,也难以真正读懂，更不易体察出人物命运背后的东西。

显然，这一生存环境里更为深邃的意蕴，是作者杨争光站在这一世界（现代文明）看到的，是这个世界给了杨争光一双敏锐的眼睛，一颗感应的心灵，也是这一世界造就了诸多读者那审美的眼睛与审美的心灵。

三

光秃秃的山梁，纵横交错的沟壑，将生存在它怀抱里的人滞留在生命的基本需要的层次上。然而，人跃动不息的创造力，使沉睡中的自我意识不断萌动，平静单调的生活里总是夹杂着骚动不安的情绪。花花绝非风流女子，儿子都八岁了，可是在一个沉闷孤寂的下午，她却同过去"打过她的主意"的南索干了那种让她后悔的事。作者以"那棵树"命名，"那棵树"是一个象征，人如那棵树一般孤寂，如那棵树一般被固定在那儿。同时，那棵树又是一种诱惑，远远地站在那儿，能看得见却不易够得到。花花因为看它，思量它，迷了心窍，而让南索"占了便宜"，这样的氛围中无时不潜藏着危机。

对落后的生存环境的反抗，在作者以《原》为题的一组小说中得到体现。反抗最终虽复归于静，但反抗中已经浸透着令人震撼的血泪。先我而在的生存环境规定着每一个人的行为轨迹，任何偏离轨迹的试飞都被折断翅膀。因而，这种反抗的意兴往往带有绝望的色调。作者并不因其阴冷而投以暖色以抚慰人心，反倒在悲怆处更见冷峻，表现出十足的生存的铁律和赤裸裸的残酷性，可谓艺术家的"硬心肠"。

《鬼地上的月光》是一篇出色的作品。作者使小说人物过去的生活与现在的生活平行推进，往事以现在发生的事情为导引，现在则以往事为依凭而铺开，而决不让人物停在某点上去做静态的回忆。不是回忆，而是过去的生活在今天不断复写、印证、加强。作者采用模糊时空界限的手法，造成了不同时空生活情景的互相渗透和容纳，给全篇笼罩上一种悲切飘忽的生命意绪。但又由于飘忽是建立在极其写实的基础上，它不流逝反倒凝聚起巨大的撼人的力量，仿佛是在黄土高原之下爆出的一声沉闷沙哑的呼喊。窦瓜中学时是班上的尖子,上茅房时不提防被莽莽偷看,父亲干脆把她嫁给了莽莽,从此,熄灭了她对生活的理想之火。"莽莽真是一头公牛",像牛一样劳动,像牛一样睡觉。她想离婚,却挨了父亲一鞭子,回来就"挺在炕上",任莽莽发泄。考上中专的同学暑假归来,问及她的情况,这时,昔日美好的憧憬和理想,以绝望的形态显现出来,疯狂地啃啮着她。她来到鬼地。"这儿是一片红土,一棵草也不长",然而,却可以随着飘忽的思绪漫游。"那条路,也飘来飘去,她走着走着,就成了摊煎饼的姑娘,走着走着,就成了莽莽的婆姨。"莽莽来鬼地找她,她顺手抓起手边的石头,朝他的脑门上砸了一下,莽莽死了。

在这个故事里,像其他作品一样,作者竭力保持他的客观冷静的笔调,然而,强烈的情感态度却充溢字里行间。虽然也写了生存环境的铸造力,也没有对酿成窦瓜悲剧的父亲窦宝和丈夫莽莽施以浮浅的笔伐,然而,骚动不安的窦瓜对生存环境的抗争却写得动人心弦,对莽莽只知吃喝睡觉的动物式的生活态度,毕竟带有一些否定的意味,人失却了对生活的向往,封闭了无限发展的大门,被环境束缚固定在某一格局内而无限重复,那无异于人的动物化的回归。窦瓜的抗争,哪怕是荒原上的绝望呼喊,呼喊中夹杂着对生存锁链的挑战,也是人对自然的奋力超越。这个生存锁链扼制鲜活的创新生命力,人被存在所裹挟而做着无望的挣扎。在《从沙坪镇到顶天峁》里,渴望读书的孩子被父亲牵回来,路上,稚气的孩子忘不了父亲原先的允诺,不断重复一句话:你说你给我送馍,不让我回家,你又不了。这句话如同主旋律一样在全篇回荡,沉甸甸压在读者心上。汉子话很少,同山路一样沉默,小说沉郁的氛围,压得人难受。孩子从此将固定在生活的轮子上,接替祖辈运转。

生存环境的强大,使人的本质力量大大削弱,生存大幅度自然化动物化,生存的自然状态使人对生存的热情减弱,生存也因此极具脆性。高坎因为儿子"多喝了几杯",就在众人面前骂了他,儿子认为丢了脸,要"死给他看",说死就真的上吊了。死得平静而坦然。(见《高坎的儿子》)作者不动声色地将这一切描写出来,但不动声色中,我们还是能听到作者对人物命运的沉重叹息，对生存与环境的关系的艰难沉思。

四

在"崾下"二题中，我们发现了杨争光创作上的变化。《鬼地上的月光》中遏抑不住而溢于言表的强烈的批判情绪，几乎完全淡化，代之以对笔下原生态生活的审美心理认同，以一颗温厚的心、玩味闲适的态度，远距离看取生活，表现出对生活超脱的艺术化理解，非功利的纯审美眼光替代了一切。这样，落后荒凉便少了许多忧郁残酷的东西，却多了一些诗意，多了一些悠闲自得。愚钝野性的世界成为一个自足自适的世界。

《那棵树》中的花花，找了个中意的丈夫，虽然单调的生活使她同南索发生了性关系，但骚动之后，她马上就后悔了，她还是爱她的男人，迷恋她的小日子的。《牡丹台的凤》中，凤"想和兰家窑科到牡丹台来收土地税的那个后生好"，但她知道那是不现实的事，人家不会要自己的。她知道她的男人只能在这个狭窄的生存圈内，于是，她把牡丹台的后生排了队，排来排去，还是选中了军。躺到被窝时，想："当婆姨会是个什么样子呢？"这样想着睡着了。这儿，作者笔下的世界具有了自己的灵性和意志，遵循着自己的原则在运行。作者在这个世界里消失了，他把这个世界原有的一切还给这个世界，而不是将自己的意志情感强加给它，并且去操纵它。因此，这个世界就以其温厚自足的样子存活在我们眼中。而不是我们想象的那样，如此环境下的人，整天愁眉苦脸，喝着一杯苦酒。那是我们把自己的感觉加在他们身上。一部艺术品能达到这样的程度，正是作者深邃的历史感与强烈的现代精神的体现。花花在自足的天地里的骚动，复归于宁静；凤在生活规定之外的冥想，终归冥想。她们并没有因为失落而表现出大悲痛，也不可能产生大悲痛，大悲痛是生活情景反差的产物。花花"后悔了"，凤"睡着了"，自足的世界就这样在读者眼中展开。

作者对生活本身这种颇具历史意味的肯定，在他创作初期就萌芽了。在其处女作《霞姐》中，作者写了一个聪明懂事的孩子如何变成感情麻木钝化,像祖辈一样去"生儿育女","默默地吃苦"的农村女子。这篇小说已透露出作者在陕北系列小说中充分发展了的思想:生存环境对人的强大规定性。作者对霞姐命运的叙写,带着强烈的激愤,具有控诉的力量。作者没有给霞姐以理想化结局,而是冷峻地写出生活的残酷性,写出生存环境的强制力。同时,对生存状态的这种必然性认同,在此也已萌芽。霞姐进行了"严肃的婚姻谈判"式的恋爱之后,作者这样写道:"这就是他们的情话么?这就是他们第一次的情话,也自有它的甜蜜。""自有它的甜蜜",这正是作者在陕北系列小说中还原回来的世界。甚至让人觉得,作者对其对象世界,具有一种宗教情绪。那时,作者对霞姐命运的不可变更的现实力量,对"一切似乎那么自然"地进行毕竟还能激愤地诘问:"是自然的么?"待到他发表陕北系列小说时,那种强烈的主观情绪已经真正纳入深沉冷静的叙述中,自我消融到对象里面。

王安忆谈自己的创作体会时说:"我想讲一个不是我讲的故事。就是说,这个故事不是我的眼睛里看到的,它不是任何人眼睛里看到的,它仅仅发生了。"① 王安忆强调"不是任何人眼睛里看到的"故事,显然是在排斥偏狭的主观意识对丰厚的自然客观的破坏性渗入。"发生"就是一切,它无疑比偏狭浮浅的理解有更多的蕴含。杨争光的小说,力求追寻这种本然的发生,开始那种占主导倾向的"是自然的么"式的激愤,最终依于占主导倾向的"自有它的甜蜜"里。

杨争光的陕北系列小说,没有写轰轰烈烈的变革,也没有写变革在山村引起的波动变化,而是静静地叙述那儿的山民们最现代也最古老的生活,写那儿必然会发生的事情。他不大喊大叫,不肆意渲染,他笔下的世界是静穆的,宇宙最深微的结构也是静穆的。在这静穆的世界秩序中,我彻悟了自身,世界在人的深入了解下而变得澄澈。在对艺术对象的凝神观照中,我们无疑获得了一个全新的世界。当我们把视线移开时,我们的脉搏正合着自然的旋律而跳动。

---

① 《我写〈小鲍庄〉》,见《光明日报》1985年8月15日。

II.

人伦诗意与现实困境

陈彦财富伦理与传统价值的冲突与较量

——陈彦长篇小说《西京故事》人物谱系分析

陈彦的长篇小说《西京故事》，直面财富伦理和生命价值的冲突，探问底层人上升的通道，省思人生意义与价值的生成，为读者讲述了一个又艰辛又温暖的农民进城打拼创业的故事，在中国社会由城乡二元结构向城市化发展的进程中，具有代表性意义。作者直面现实问题，既有尖锐而深刻的呈现，又有自己的省思与探问，所有这些，为我们应对当下现实提供了一个很好的视角和参照。本文仅就小说中几个主要人物做谱系性分析。

一、罗天福的人生坚守

罗天福是小说的一号人物，他原本是塔云山的一个村支书，还当过民办教师，在当地人的眼里，他是一个非常受人敬重的人。女儿罗甲秀学习成绩优异，一举考入西京城一所重点大学，儿子罗甲成也紧随姐姐之后，考取了同一所学校。罗家在四村八社出了名。在儿子启程到西京城上学之际，罗天福也盘算好自己下一步的计划：带领妻子淑惠到西京城打烧饼，以此来供养两个孩子上大学。罗家四口移居西京城后的人生故事就此展开。

双足踏进西京城的罗天福，要扎下根来，实属不易。他的种种遭际，映射出社会方方面面的问题和进城农民的人生困境。他因摆摊而遭城管卫生部门的清查；房东郑阳娇蛮横跋扈，一双意大利真皮拖鞋不见了，怀疑是他所偷，指桑骂槐，无理取闹；在最为困窘的日子里，罗天福悄悄捡拾垃圾卖钱补贴家用，误闯工地被人毒打致重伤；更让他闹心的是儿子罗甲成，因房东儿子金锁纠缠女儿甲秀，罗甲成挥拳相向而酿下事端，金锁被打住院，让他又花钱又受气；甲成因贫困而敏感，读书期间，与同学关系僵硬，内心受伤，暗恋的教授女儿童薇薇也挑明关系，从而情感的最后一根维系断折，乃愤然离校出走。在这一系列遭际中，罗天福依然坚守自己的人生原则，并将这一原则实践在生活最为困窘的时刻。我们看到了罗天福身上的人性光辉，看到他深厚的精神底色和坚定不移的人生坚守，他是一个有精神依凭和价值根基的人。所以说，罗天福虽然活得艰难，虽然因为现实困境而身心疲惫，因儿子罗甲成不成器而忧虑，但是在他的价值指向上，在自我纵深的精神背景上，却没有惶恐困惑。他有自己一以贯之的人生取向，有自己信赖的东西和弃绝的东西。他的这一为人做事的理念，植根于深厚的历史文化土壤里，实践在自己的日常中，而不是说教般地停留在口头上。一个有精神根底的人，尽管生活艰难，却能在受难一般的生活中，显示出他的坚韧和强大。

　　罗天福不可动摇的坚守，遇到了儿子罗甲成的尖锐挑战。一次，他在女儿甲秀的带领下，悄悄去他们学校听一个大师讲座，题目是《传统儒学在当下的尴尬复原》。到了提问环节，罗天福远远看见儿子甲成站起来问："我有一个老师，始终信奉'仁义礼智信'和'温良恭俭让'那一套，但他活得比谁都穷困潦倒，您说危机四伏的当今世界，真的能从东方传统儒学中寻找到'柳暗花明'的路径吗？我很怀疑。"[1]罗天福一下瞪直了眼，儿子说的那个人不正是自己吗？这是罗甲成精神世界与自己的断裂，是罗甲成对自己的审视与怀疑。他从儿子的问题里，"看到了自己在儿子心目中的可怜形象"。"这是他过去不曾有过的感受，在塔云山，他是精神上最富有的人，生活上努把力也能过得不错。怎么在儿子心中就'潦倒'了呢？"

---

[1]　陈彦：《西京故事》，人民文学出版社、太白文艺出版社2013年版，第60页。

罗天福有做人的标尺，有信奉的原则，有持守的大道。他以诚实信用立身立德，用起早贪黑打烧饼这样的辛勤劳作赚取生存资本，获得人格尊严。罗天福看到西京城的广告上，到处写着："以最小的投资，获取最大的回报。"他质疑城里人的哲学，那不是投机取巧么？都想不劳动少劳动却要赚取最大最多，这念头也太歪了吧？尽管受到外界的冲击，尽管他也看到身边许多不依靠诚实劳作就可以赚大钱，可以活得风光的人，但这些还是动摇不了他的做人原则，这个原则如同老家的紫薇树一样，圣洁而古老，彰显了一种无上的价值，是乡村诗意和乡村理想。所以，尽管他困窘到捡拾垃圾的地步，他也不会动歪心思、邪念头。

老家塔云山那两棵价值百万的紫薇树，是这种古老圣洁价值的象征。在这个象征里，三代人对这两棵树的不同姿态，刚好折射出对古老神圣价值的坚守与放弃。老母亲对于紫薇树的生命般的守护，即使在最为困难的时刻，也从不动念以树换钱，赢得现实生活的改善，使当下日子过得舒适一些，或者以此换取现实生活中所可能得到的一切物质满足。没有。这两棵紫薇树，就是不可让渡的祖上圣物，是不能作为价钱去交换的。这是老母亲的命，老母亲的天。罗天福对紫薇树，本同老母亲持相同看法，但在甲成打得金锁住院，赔偿闹得他走投无路时，也一时动念，想卖掉紫薇树，来缓解现实的窘迫，但看到母亲护持紫薇树的决绝态度，一下子就感到了愧疚。他能意识到紫薇树的神圣价值，但在现实压力下也会彷徨。对于罗甲成而言，奶奶压根儿就是不开化，有紫薇树，又有人愿意掏百万，一切现实问题就迎刃而解了，不就两棵树嘛，为什么要这样想不开？这是罗甲成的思维。罗甲成眼里，已经丧失了神圣价值感，就是说，非商品性的价值已经不存在了，世间万物没有不可以用价格来衡量和替换的。

老人坚守的那个不可让渡的祖上圣物，象征着金钱并不是一切事物的等价物，金钱并不能与任何价值做交换，有一些价值无法用钱作为尺度衡量。比如爱情，假如几千年人类文明所产生的古老价值都可以用钱作为等价物，这个世界就会索然无味。当冰清玉洁的"林妹妹"可以以百万一晚的价格包下来,这个林妹妹身上所存在的那些无上价值,就会轰然崩塌。她的价值,恰恰不是以钱物作为等价的。所以,人总有一些东西不可让渡,总有一些神圣价值构成人的无价之宝,具有了超越世俗的尺度,而伴随人类走向未来,走向无限深远无限辽阔的境地。执守传统价值,是小说给罗天福这个人物的精神逻辑,他以此作为人生的标杆和尺度,以此来观察衡量周遭事物。尽管罗天福面对的是强大的物欲社会,尽管诚实执守在相当程度上被人抛弃,但他还是执守此道而百折不弃。所以,东方雨老人称罗天福为"民族脊梁"。

二、罗甲成的前世今生

罗甲成面临的境遇与父亲罗天福迥然不同。他原本相信,人只要通过自己的努力,就能获得自己的尊严,就能赢得他人的敬重,实现自我价值。他通过自己的奋斗考上了省城名牌大学,按理,一切光环花朵都应该属于自己。但是,到了大学后,同学与同学之间的关系,竟因贫富差距而悄然打上不同印记,他所面临的首先是宿舍的几位同学舍友:不差钱的朱豆豆,不差权的沈宁宁,还有一个,可以说是不差学问的孟续子。这是罗甲成的日常性境遇,与宿舍其他同学相比,他除了学习刻苦努力,成绩较好而外,一无所有,一无是处。这使他充满了莫名的愤恨,对周遭世界,他的眼睛里充满冷峻审视和强烈对撞。贫寒成为一座大山,沉重地压迫着他。这个贫寒,已经不仅仅是食不果腹、衣不蔽体的贫寒,而是生存的尊严,是优裕的物质条件带来的心理优势。他没有这些。于是,就以极端的自尊作为自己的保护色,并且敏感尖锐到令人不解的地步。朱豆豆父亲请同宿舍同学吃顿饭,他勉强被拉来,席间,这位不差钱的老爸总是说"钱不是问题",还说愿意把甲成和姐姐的费用包了,人家一番好意,甲成却觉得受到了侮辱,愤然离席而去。姐姐甲秀为了减轻家里的负担,偷偷利用课余时间捡拾垃圾,被甲成发现,大骇大怒,断然道:若姐姐再要继续捡垃圾,我就退学!他觉得这太丢人太伤自尊了。于是,他将自己与朱豆豆沈宁宁们隔绝开来。现实中,他找不到可以使自己心平气和、豁达包容的精神凭依，他无法放松自己，使自己泰然微笑。

父亲所坚守的东西，常常响在耳边的就是"穷则独善其身，达则兼济天下"，"人能做多大事就做多大事，但绝对不做坏事，不损人利己就行"。① 这些，罗甲成不是没有听到看到，而是压根儿不认可，他觉得父亲是一个迂腐过时的人，父亲那一套在当今已经不灵了，诚实是傻瓜的代名词。尽管东方雨老人在他面前夸赞父亲这个乡村知识分子，说他身上具有古代圣贤的遗风。他尊重东方雨，但心底并不认可这个评价。东方雨认为父亲是"始终在坚守社会常道，一旦发现人类恒常价值、恒定之规遭到歪曲、肢解和破坏时，就站出来说几句话，提醒人们不要有狂悖心理，要守常、守恒、守道，要按下数出牌"②。父亲坚守的社会常道，就是"诚实做人、善待他人"这些最为古老的遗训。

但罗甲成有了一个与父亲迥然相异的世界。在他的境遇里，他不甘于做一个默默无闻的人，不甘于永远处在自己现在所处的位置上，他有野心，有想法。论智慧，他觉得比谁也不差，为什么就不能活得体面而尊严，在五彩缤纷的生活世界里，他希望自己是舞台上的那个人，而不仅仅是一个看客。

罗甲成这个人物具有历史的纵深。就是说，在中外长篇小说谱系里，你可以见到一系列这类人物的影子。罗甲成所爱对象是童教授的女儿童薇薇，对童薇薇的爱恋，也折射出他的极端化情感和执拗性反抗，能看到这个社会的某些影子。小说在塑造罗甲成这个形象时，也以轰动全国的马加爵案件作为话语背景，映射了罗甲成生存环境的逼仄。作品大胆描写了罗甲成这个来自山里的优秀生，跨进大学门槛后，如何遭到冷遇，如何起而反抗，并且以姐姐甲秀大学毕业找不到工作毅然接替父母打烧饼作为旁衬，显示出年轻人上升通道被堵塞，从而引起罗甲成式青年以扭曲变态的方式反抗自己的命运。

这种类型的小说，最为著名的当数法国作家司汤达的《红与黑》。

---

①② 陈彦：《西京故事》，人民文学出版社、太白文艺出版社 2013 年版，第 420 页。

这部小说里，主人公于连是一个伐木工厂主的儿子，他干练聪明，富于野心，一心想爬到社会上层，在正常通道都已堵塞的情况下，他所能利用的就只有年轻人的冒险精神和心计，通道就是结交贵族夫人或贵族小姐，于是，市长德瑞纳的夫人成为他上升的第一个阶梯。第一次冒险失败，则又寻机到了侯爵府上，结识了侯爵千金玛特尔小姐。俘虏玛特尔小姐的心，成为他的既定目标。他果然达愿，且距离野心的实现，只有一步之遥。但终因事情败露而归于失败，被处死。

《红与黑》描写了一个富于野心的青年，通过贵族女人实现自己挤进社会上层的故事。就境遇而言，罗甲成与180年前的于连正处于同一状态之下。罗甲成同于连一样想通过自我努力成就自己，但几无可能。于连扭曲地通过贵族夫人与小姐进入固结的上流社会圈子，罗甲成则想通过对童薇薇的爱恋，来获得一种竞争性的变相承认，他和于连一样失败了，其人生的苦涩况味，值得社会反思与警觉。

与罗甲成具有同一谱系血缘的人物，还有路遥《平凡的世界》里的孙少平。这也是一个不屈服于自己贫穷命运的人物，他活在苦难里，但是竭力想从苦难里获得超越。他的爱恋对象，同罗甲成、于连一样，是远远超越自己阶层的女子，同样具有精神上的征服性意义。两人身份构成强烈反差，一个是农民的儿子，一个是地委书记的千金，所不同的是，路遥太爱他笔下的孙少平了，他不忍看到他们炽热的爱恋被毁，所以安排了田晓霞因采访洪灾而意外死亡，田晓霞的意外死亡，使他们的爱情因死而活，所以说这是一个不得不死的安排。假如田晓霞不意外死亡，那么他们的爱情就会因残酷丑陋的现实而撕裂乃至死亡，所以，她是以死亡作为献祭，使他们的爱情笼罩上神圣光环。孙少平最后与一个矿工的寡妇结婚，使自己的生活进入平静的日常性之中，他的心也在激荡之中回归平静。罗甲成在经过一系列冲突，特别是离校出走的风波之后，也渐趋平静。假期他回到故乡塔云山，获得抚慰性的疗治，然后回到文庙村（城中村）帮助父亲打饼，终于向强大的现实妥协，这与于连的断裂性反抗构成有趣的映对。这也反映出作者在面对这一尖锐现实时，所刻意做出的理想化修补与弥合。

柳青的《创业史》中，梁生宝与改霞的爱恋，也是这个谱系的一个变种，只是男女角色发生位移，改霞成为一个现实的具有野心的女人，尽管她与梁生宝处于同一个村子，但是她的向往与梁生宝的向往却大相径庭。梁生宝要引领蛤蟆滩农民走合作化道路，他觉得这是他的目标，他的大道与荣耀，但强烈诱惑着改霞的则是城里人的生活与当一个纺织女工的愿望。她虽然也爱梁生宝，但终究抵挡不住现实，最终放弃梁生宝而进城。今天看来，改霞的选择似乎更具有历史的先兆，跳出农门而进城，追求更好的现实生活，是一个人的权利。何况在那个时代，能当上工人，吃上国家饭，是普通人的梦想。

那么，梁生宝错了么？暂且先不说互助组合作化运动的历史性错误，就一个具有野心的青年人来说，于连、孙少平和罗甲成的野心都是从原阶层冲出去，从故乡冲出去，走向一个更为宽广的世界，而梁生宝则是留在原地，改变这个人人都想逃离的贫寒之乡，尽管这一设想与此后发展的城市化进程相悖，但梁生宝的固守，也获得了一种价值。在作者设计的人物命运冲突里，梁生宝身上的珍贵性显豁，这种珍贵性体现于个人利益与现实冲突时，放弃个人利益而成全族群，正是这一点，为人物赢得了亮光。柳青将情感投向梁生宝一边，让读者为改霞与梁生宝分手而唏嘘不已，为梁生宝而难过。小说世界构成的氛围，为自己的人物赢得一片赞誉，为人们的精神世界投射出一道强光。

《西京故事》在人物视点把控上，也比较讲究。在罗甲成与童薇薇的关系上，为了使童薇薇保持一种神秘感，小说的前半部分，始终是以罗甲成的视点来叙述的，这就使读者所感知到的童薇薇始终是罗甲成所感知的童薇薇，我们不知道童薇薇真正的内心活动，不知道她内心对待罗甲成的真实想法，这样使她显得朦胧而神秘。男女相爱的那种美好而纯净的感觉，具有了吸引人的力量。以罗甲成的视点看出去，童薇薇最好看的是她的"美丽耳朵"。作者只是到结尾部分即82章后，才转换视点，以童薇薇的视点来叙事，我们于是知道了童薇薇的内心，知道了两个人错位式的爱恋。在这儿读者看到的残酷性是，童薇薇从没有真正为罗甲成动过爱的情感，她只是一种友谊性的信任与帮助，只是一种远远的对一位优秀贫困生的赞赏,而没有两性之爱。罗甲成是单相思!① 这两人的爱恋故事极有意味,作者在现实中,大约看不到那种诗意化的美好。罗甲成在这里,已经远远不及于连,不及孙少平,也不及梁生宝,他们至少还有真实的爱情,在于连将爱情当作阶梯的时候,他的进攻也真实地俘获了德瑞纳夫人的芳心,玛特尔小姐也敢于在断头台上接下他的头颅而抱在怀里;孙少平与田晓霞的炽热爱恋也为读者留下了难以磨灭的印记;改霞也为放弃梁生宝而难过。唯有罗甲成,竟然是懵里懵懂的单相思!童薇薇尽管纯净美好,但是现实却不容她爱上这个山里来的具有拼搏意识的优秀青年。生活中已无诗意,理想化已荡然无存。我们都活在严酷的现实之中,无论是作者还是人物。在小说艺术中,当爱情连逾越现实藩篱的激情勇气都无法存在时,我们看到的就唯有苍白贫乏的庸碌生活!

三、西门锁的省思忏悔

在《西京故事》里,西门锁是一个人格发生重大逆转的人物。他本来是一个浪荡子,街皮混混,靠父亲当村主任而积攒了不少家产财富,娶了小学教师赵玉茹。他张狂得意之时,夜夜笙歌,家庭如同旅馆,有时连旅馆也不如,他整天在外打牌喝酒鬼混,在牌场认识了郑阳娇,偷情偷到与媳妇赵玉茹恩断情绝,赵玉茹带着女儿映雪离婚离家,郑阳娇踏进门来,从此他的好日子结束了。母老虎一般的郑阳娇,有本事与他死缠烂打在一起,家庭战争从未间断。他们生了一个儿子金锁,儿子也许受到不良家庭氛围的影响,实在不争气,学习对他仿若沙场,能逃则逃,不能逃则混,整天沉迷于网络和拍电影,压根儿学不进去,数次被中学开除劝退,没有哪个学校愿意接收他。

在这样的个人境遇下,西门锁想起了前妻赵玉茹,这个教养良好的女子,跟他过的那几年,连问都不问钱的事。这是赵玉茹傻的地方,也

---

① 陈彦:《西京故事》,人民文学出版社、太白文艺出版社2013年版,第346页。

是令西门锁想起来感到难过的地方。那时，家里的钱随他挥霍，他的日子过得潇洒惬意极了。西门锁慢慢忆起赵玉茹的好来，觉得应该为她们母女做点什么。但是，她们母女搬出这个家后，从来未给他打过一个电话，未向他要过一块钱，尽管她们的日子过得极为简朴省俭。西门锁准备了10万元的银行卡，找机会要给赵玉茹送去，但是费尽心机，任凭他百般解释，软磨硬缠，赵玉茹就是不接受，母女俩的决绝态度，更让他感到难过，也更促使他反省自己过去的罪孽。就这样，一点一点，他从赵玉茹身上看到了自己过去邪恶的影子，内省到自己曾经堕入的地狱般糜烂生活，从而良知萌动，善念生长。后来赵玉茹患癌症住院，他一直悄悄到医院照顾，直到赵玉茹生命的最后一刻。赵玉茹临死前，给女儿映雪交代后事："你爸这个人……现在对我……没说的，有些事……真夫妻……也做不到，不管我咋对他……你自己看……妈妈……再也照顾不了你了，可惜……我可能照顾不到你……大学毕业了。"① 赵玉茹终于在生命的最后一刻原谅接纳了西门锁，她让女儿去找爸爸，至此，她觉得把女儿交到西门锁手里可以放心了。女儿在母亲死后，痛哭着叫道"'爸，再救救我妈吧。'西门锁的心都被女儿呼唤出来了"②。

  西门锁这个人物性格的逆转，看似意外，但是将他放在具体环境中，就看出其中的必然性。促使他发生逆转的有正反两方面因素：一方面是他的前妻赵玉茹，一方面是他现在的妻子郑阳娇。赵玉茹知书达理、温柔贤淑；郑阳娇横蛮撒泼、自私庸俗。两相对比，促使他反省自身的错误，为什么自己能赶走一个好妻子而选择郑阳娇？显而易见，这个错误的选择，是自己做出的，苦果是自己一手酿造。他与赵玉茹所生的女儿映雪，又懂事又聪明，学习成绩优异，最后考上北京名牌大学；而与郑阳娇的儿子金锁，则混沌未开，冥顽不化，他所能做的就是不断找人说情，求学校能将这样的儿子收留。自身所历经的两个女人，判若云泥。这使他越到最后，越觉得对赵玉茹有深深的歉疚。他通过不屈不

---

① 陈彦：《西京故事》，人民文学出版社、太白文艺出版社2013年版，第413页。
② 陈彦：《西京故事》，人民文学出版社、太白文艺出版社2013年版，第415页。

挠地接近赵玉茹,以求对她补偿,获得她谅解。在这一自省忏悔的过程中,他在心理上开始厌恶疏远郑阳娇,郑阳娇的狮吼他也权当没有听见。对身边的一切都淡淡的,昔日争权夺利的火热之心,也烟消云散。郑阳娇不知他内心发生变化,觉得奇怪。小说以郑阳娇的视点,生动地描述了西门锁前后的改变。村里要选新一届村干部,文庙村人仿若打了鸡血,个个兴奋不已,郑阳娇也非常希望西门锁往上冲一冲,但她明显感觉西门锁给不上劲,他啥也不争,啥也不抢,觉得他成了一个很窝囊的男人。"哪像过去,村里有个大事小情的,一蹦就去了。听说哪里打架骂仗,半夜都能穿个裤衩从窗户飞出去,飙到街上一去一夜不回家。现在别说哪里打架闹仗,就是说哪里杀了人了,他也是木杵杵的,问都懒得问一下,更别说去凑热闹了。郑阳娇就觉得怪。西门锁才 50 岁的人,对啥都不感兴趣了。连床上的事,也是有一下没一下的。"[①]

西门锁最后变得极富同情心,使这个混混痞子式的人物,脱胎换骨。作者运用一些鲜活的细节,描画出他内心被唤醒的细腻柔情和真诚善良。郑阳娇一直极喜欢那条贵宾狗,取名曰虎妞。大年三十回娘家,大家讨好她,给虎妞吃了太多巧克力,加上逗弄虎妞倒立、逮物,疯玩,结果搞死了。这下不得了,郑阳娇仿若天塌下来,大哭大闹,逼西门锁花费 1 万多元买块墓地厚葬了。但事情并未就此完结,郑阳娇的哭、闹、骂,从初一折腾到正月十五,没有停下来的意思。西门锁为讨她安宁,又给她买回一条一模一样的贵宾狗,但是郑阳娇越来越不喜欢。后来,金锁撞人的官司被人家索要 50 万,为此她又与西门锁大闹而踢断了小狗的腿并赶狗出门。西门锁抱着小狗直想流泪,他赶到兽医站为狗做了手术,然后将小狗送给伍疤子养,并答应每月给他 500 元。伍疤子潦倒落魄,终生所干营生是小偷小摸。但是西门锁环视周遭,也只有将小狗托付于这个负不了责的人,想着日后有机会再另行安排。温莎是个过气了的妓女,曾经与西门锁常来常往,像情人不像情人的,但

[①] 陈彦:《西京故事》,人民文学出版社、太白文艺出版社,2013 年版,第 324 页。

是西门锁对这个晚景凄凉的女人充满同情，他不仅给予她情感上的慰藉，也不时帮助帮助她。在她走投无路时，西门锁找到段大姐，求段大姐为她介绍了医院陪护的工作。

他过去的圈子都是这样一些人，游走在社会的边缘，无责任感，但西门锁却最终挑起了自己的社会责任，不仅抚养了自己的女儿映雪，还接过赵玉茹收养的两个残疾孤儿进行照顾。

西门锁这个人物，在城市化进程中，颇具典型意义。城中村处在城市扩展的特殊位置，也因此滋生出特殊的社会生态。堕落化生存，是城中村目前面临的严重现实。金钱对人的诱惑和腐蚀，传统价值的缺失，使人内心的美好情愫丧失。西门锁由浪荡子变为一个省思性的人物，逆转为一个具有一定良知和责任感的人，为城市化发展提供了一个可圈可点的参照。西门锁命运的最后完成，是以自我救赎的方式进行和升华的。

与西门锁这条线索相交的人物，值得一提的还有医院陪护段大姐。这个人物虽然着墨不多，但是栩栩如生，令人过目难忘。她爱唠叨，尖刻直率，对病人心理有着准确的把握，甚至对病人生死的时间也有敏锐的直觉。她干练，洞明人情世故，有着与人相处的高超艺术，所有这些，都给读者留下了深刻印象。

作者陈彦，为作品涂抹上一层省思的色调。内省，本是中华民族的古老遗训，在孔子时代就已经非常引人注目了。《论语》中，记有孔子弟子曾子之语："吾日三省吾身：为人谋而不忠乎？与朋友交而不信乎？传不习乎？"儒家将修身法门化为人的日常生活准则，以此增强和凝聚社群关系。儒家文化作为主流文化，其中的良知是从孟子以来所昌明的重要理念思想，先哲所要求我们的是反躬自省、面壁思过，是"手拍胸膛想一想"式的"致良知"。西门锁就是一个经过内省而良知发现的人物。

一个作家的光荣梦想

——红柯印象、创作及其意义

我到世间是做什么来了？

如果此问题摆在红柯面前，我能想象出他的回答。翻开他的自述，你会看到一个为文学而疯狂的痴迷者形象。说起自己大学四年的读书生涯，他豪情万丈："那是我的青春疯狂期，疯狂地读书，常常读通宵，一个人在教室里开长明灯，一夜一部长篇，黎明时回宿舍眯一会儿，跟贼似的轻手轻脚，但钥匙开门声还是惊醒有失眠症的舍友；几乎没有午睡。"真是癫狂！一个人为了某种热爱的事业，竟至于此！你能想象这种疯狂和迷醉到了何种程度吗？它甚至超越了人世间所有能带给一个人快乐的体验。比如，抽烟喝酒、搓麻打牌、吃喝玩乐，这等事，他断然不会沉溺其中，甚至连一点应酬的兴趣都没有。他要将自己旺盛的精力和时间，全部投射到读书写作这一件事上。我们俩曾探讨过关于作品中气韵涌动这个问题，他说一个人在别的地方泄了气，作品就会干瘪，气韵就难以充盈饱满！他攒着自己的能量，要十二分地用到写作上。这样的人，你怎么说他好呢？我想，这大约就是命意，一种上天赋予的禀赋，他就是为写作到这个世界上来的！这不仅是一个人有了对天地万物的知解力，更要命的是，他有了任何东西都无法使其中断的持久不衰的磅礴热情。

生活里的红柯，可能"低能"，不大会应酬，不大会逢迎，不大会说出那些讨人喜欢的话，不大会打理社会人际关系和各种俗务。他遇见一些琐碎私事，常打电话来问我怎么办，让我帮忙出主意。我本和他差不多，也不知出的主意是否恰当奏效。红柯就这样，一门心思扑在写作上，这就是他的天命吧，生命与创作合二为一，通过创作，生命意义彰显。

红柯为文学而癫狂，这延续到他的整个生涯里。1985年他大学毕业留校于宝鸡师范学院，翌年秋，去了新疆伊犁哈萨克自治州，到一所技工学校任教，一待十年。1995年冬，他从伊犁再回宝鸡师院。但从此，他的创作就与大漠天山结下了不解之缘，这一偶然的人生机缘，仿佛前世锁定。这儿的山水和这儿的习俗，这块土地上呈现出的异样的民族风情，如此契合了他的心境，当然，更造就了他的创作风格。小说尽管描写的是一个客观化世界，但说到底，这个所谓的客观化，是创作主体眼中的客观化，从一定意义而言，作品是作家心造的一个世界。对于红柯的创作，尤其如此。

2004年，红柯调入陕西师范大学，真正跟红柯熟识，也就是这个时候，我们见面机会多起来，他很信任我，也会说说自己的一些苦恼。人的自尊，常常藏在苦痛里，不便告白，能向朋友诉说，有一份信赖在其中。但大多时候，我们的话题是文学，我喜欢听他聊文学名著，他的解读，视角总是很独特，故而印象深刻。他特别喜欢《史记》，喜欢《红楼梦》，他说曹雪芹的作品里有宇宙意识，他写人间，这个人间不简单是日常生活，这些少男少女们，与天地万物、众多神灵相勾连。太虚幻境与大观园相映对，上天入地，贯通了天、地、人的意识，他认为这是真正的中国小说精神。聊起莫泊桑的《项链》，他对小说女主人公玛蒂尔德充满理解和同情，极不赞成教科书中的那种所谓的主题判定——揭示了小资产阶级妇女的虚荣，为了出席一次晚会而借项链却不幸丢失，从而付出一生的辛劳作为代价去偿还。他说，女人爱美，人之天性。一个小职员的妻子戴首饰去跳舞很正常，穷人美一下就付出如此大的代价确实很令人苦恼，但这样的灾难，玛蒂尔德有勇气默默承担，好多男人也不容易做到。我觉得他的解读的确视角独异，于是留下强烈印象。2016年年底，我还专门邀请他到西安音乐学院搞了一次文学讲座，将他的精彩与音院的同人们分享。人与人相交，一定暗藏着心的契合，暗藏着彼此的肯定与接纳在其中。

　　与红柯的话题，还常常涉及他的新疆之行，提起这些往事，他就来了劲，浑身激荡起不可遏制的激情。我深深感到，天山北麓的那些哈萨克族、维吾尔族、蒙古族人一定唤起了红柯身上某种沉睡的气息，那种狂野和率真，那种彪悍和冒险，那种被文明抑制了的粗犷豪放，从他的心底被唤醒。他感到了某种极致的欢畅，是的，欢畅！这种感受，红柯多次说起。在随笔《从黄土地走向马背》中，他说："文学是一种生殖器，人与大地产生血缘关系才能获得一种力量。"我想，他一定有过心灵的对撞和历险，有过独特的自我心路历程。他所沐浴浸染的这种异族文化面貌，使他获得了精神上的一次洗礼与解放。要知道，红柯生长的母地是陕西岐山，这是周公制礼之地。在这样的儒教文化圈长大，却行居于完全异样的文化背景下，能想见其惊诧的神情。红柯善于讲故事，说起那个遥远而又广袤的边陲，说起当地的风俗人情，以及那些哈萨克族、维吾尔族同事的趣事，红柯眉飞色舞。有一次，他的房门钥匙忘在房间了，人却出去带上了门，只好求邻居——一个哈萨克族同事帮忙。这位哈萨克族小伙子从自己的房间窗户翻到红柯的房间，在桌子上拿到钥匙，然后又从窗户翻回来，将钥匙交给红柯。红柯很疑惑地问他，既然你翻到了我的房间，为什么还要从窗户翻出来？哈萨克族小伙子疑惑了一阵：不从窗户出来从哪儿出来呀？红柯说：直接打开我的房门不就得了。小伙子想了想，瞪大吃惊的眼睛说：你们汉人真狡猾！红柯讲着笑着，十分开心。他本是一个单纯的人，也是一个"汉人哈萨克"。由于对大漠西域的喜爱，对哈萨克族、维吾尔族、锡伯族、蒙古族等的兴趣，他收集了大量散落民间的少数民族歌谣、史诗、童话、音乐、传说、舞蹈等，有文字、有图片、有录音。他曾不无自豪地向我炫耀他的珍藏之宝，说：你们音乐学院，若有人想研究西域音乐舞蹈，第一手材料在我这儿呢！

　　我最早读红柯的作品，是他早期的成名作《西去的骑手》，作品中那个17岁的尕司令马仲英，身上有一种令人战栗的彪悍力量，他带领的骑兵马队，如从天而降的神兵，洪流一般席卷而来。大漠的苍茫，骑兵的狂野，西天的血色晚霞和拔地而起的飙风，这就是我当时的阅读感受，极为壮美，极为粗豪，极为蛮野！这正是红柯小说风格形成的标识，是他小说世界的审美调质。一部好作品，就是一种召唤，唤起读者内心沉睡的某种意识。红柯唤醒了我们内心被长期压抑的本能欲望，他作品构成的那种蛮荒的野性力量，让我们感到了几千年儒教文明下被碾压被抑制的灵魂。任一文化，必成范式，这一范式的长期运行，既是一种文化的秩序安排，又势必沿袭成为囿禁和囹圄。一种文明形态，即使在其发生期，曾经充满活力和生机，但其长久的演变发展，也会固化为禁锢人们精神思想的无形力量。

  法国启蒙主义时期的领袖狄德罗、卢梭等，他们高举的旗帜，恰是"回到自然"，"回到原始生活"。认为需要蛮野和粗犷，来对抗改造以路易十四的宫廷生活为标志的那种"文明""文雅"。狄德罗说："在魄力旺盛方面，野蛮人比文明人强，希伯来人比希腊人强，希腊人比罗马人强……"启蒙主义的领袖们要反对的正是17世纪以来的法国古典主义所代表的宫廷矫揉造作的所谓文明。上述之意，正可映对红柯创作所面对的两种不同调质的价值形态，红柯的价值意义盖出于此！他曾说："我的一半同事是哈萨克、维吾尔和蒙古族人。每年下去招生，可以去伊犁塔城阿尔泰。边远的山区牧场，从来没有走出大山的牧民，没有我们'文明人'所想象的烦恼和自卑，那种睿智而沉静的眼神所显示的高贵，粉碎了一切文明社会和大都市的'杞人忧天'。中原文化仅仅是中华文明的一部分，还有辽阔的为人所忽视的部分。"由此可见，红柯是清晰地意识到了自己创作的价值向度的。

  后来，红柯将他的目光转向了母地，写出了长篇《凤鸣岐山》。但红柯的审美判断没有变，依然坚守自己的批判性原则，用原欲对抗那些"文明"，对抗那些对人性构成压抑的规范伦理，他要毁坏那种捆缚人的锁链，要谋取人的精神解放。他总是能敏锐地触及这种秩序压抑下呻吟的灵魂，他要替沉潜地下被压在黑暗王国的幽灵陈冤。这个黑暗王国，就是人性与原欲，它被作为黑暗恶魔的象征，被铅封在瓶子里沉入海底。红柯看到了这一点，看到了生命诗意的沉寂，他奋力呼喊，要将这种蛮野之活力释放出来。

红柯不侈谈思想，只说感受，但是他强大深沉的感受力中，就包孕着强烈的激情与深沉的忧思。他的小说，你少见有无物的故事敷衍，比如，他对我们文化中弥漫的特权意识极为痛恨，他说："日本明治维新时期的教育家福泽谕吉一改传统的学而优则仕，告诫日本人：一个人人想做官的民族是没有希望的。"因之，他对帝王争霸而带给百姓灾难，也是充满清醒的尖锐批判。我就极为喜欢他的《天下无事》，敬佩他解构历史的智慧。我在一篇文章里这样评述："同样的三国故事，同样的刘禅，在作者笔下，刘禅眼里是'天下无事'。你要天下我给你，不就无事了吗？为什么一定要打打杀杀呢？从现代人的眼里，我们重新认识了这段历史，重新认识了刘禅，觉得他实在是荒唐里带着可爱，也实在是谬误里含着真知。可惜世界充满了太多欲霸天下的人，这样只有杀得血流成河了。"那些如河之血往往被忽略，因为他们太渺小，太微弱，而成为残酷的代价，红柯的立场，却恰恰站在这一面看取历史。什么是现代性？这就是。

公元2018年2月24日，红柯竟然离我们而去！这年，他仅仅56岁。听到消息，我不敢相信自己的耳朵。

2月26日，是红柯的追悼会，来了许多人，大家神情凝重，透露出惋惜与悲哀。送别红柯归来，我与杨乐生、马玉琛诸友同车，杨乐生仔细算了算，说红柯自开始创作至今，大约平均每两年一本书，实在是高产！他的骤然离世是不是和他的疯狂写作有关，我说不明白，但隐隐约约总觉得其中有着某种牵连。

此前，文坛同道纷纷预言，说陕西下一个获茅奖的，非红柯莫属了。此种猜想，有力的依据是，他凭借《西去的骑手》和《乌尔禾》，已经连续两次在第六届、第七届茅奖的评选中，入围终评名单。距离茅奖的桂冠，他只有一步之遥。作为60后作家，他成为衔接陕西文学荣光的一个可期待的明星。然而，如此英才，竟遭天妒！在对红柯深情的回望里，我只有一声深长的叹息了。

冯积岐人伦诗意的深切召唤

——评冯积岐长篇小说《非常时期》

在我眼里，冯积岐是一个有点儿内倾的作家，永远操着一口陕西西府口音，不温不火的样子，微微含笑，隐身在自己的世界里。表面看来，他似乎没有尖锐锋芒的棱角，没有奇异惊人的阅历遭际，平常有如万千大众，但内心世界却很丰富，促使他演绎出一部又一部好作品。我以为一个优秀作家，一定有一个"深在的自我"，它所呈现在作品里的，不仅仅是一个曲折奇异的故事，而是在故事和人物里，注入"深在的自我"，并用这一自我，阐释演绎不同人生，赋予生活和人物以别开生面的意义。

冯积岐的长篇《非常时期》，以作家的敏锐直觉，感知这个大时代，感知大时代的巨大投影。而且，以自己深微内在的触角，捕捉人在这个时代的纵情纵欲与沉溺反省、狂妄傲慢与迷失自毁。他的触角，敏锐感知到了时代调性的变化。《非常时期》是2013年1月，由文化艺术出版社出版的作品，这部长篇以"瘟疫"在全国爆发蔓延，凤山县决定在大弯村建立隔离性"瘟疫"医院为线索，以大弯村为故事发生的场域背景，将村书记金斗作为主人公，来展示上自凤山县，下至大弯村的普通百姓的生活。它不仅如传统写实主义那样，像巴尔扎克一般风俗画般地写出一个民族的秘史，更是以现代叙述手法，从各个人物的不同视角，来感知、观察、应对生活与时代，特别是触摸独有的自我内心，剖析呈现在自我境遇中的困窘与选择、希冀与绝望。

金斗是一个强人，走在大弯村的街道上，人人笑脸相向，个个恭顺逢迎，没人敢说个不字。当年甘肃定西县（今定西市）闹饥荒时，母亲带着他和姐姐，一家三口逃到大弯村这个长满金灿灿苞谷的地方。母亲忍气吞声，迫不得已将姐姐嫁给这个村子跛脚的侏儒牛三虎，换得他们一家三口落脚生存。牛三虎是大弯村党支部书记。这是金斗少年时代的境遇，假如说饥荒使他第一次感受到人与自然相竞的残酷的话，那么，此刻则是他人生的第二课，让他看到了人与人之间的丛林法则——弱肉强食，看到了生活的真相，真实而残酷得令他泣泪泣血。在姐姐屈辱的铺垫下，侏儒牛三虎辅助金斗当上了村会计，并且一步一步，从副大队长、大队长，直至登上书记这个位置，使他成长为大弯村第一强人。从此，金斗恣肆的个人欲念的实现，有了现实的基础和依托，有了雄厚的政治经济资本。牛三虎安排他的姑表妹李玉凤嫁给他，后来他又将李玉凤的侄女李红娟勾引上床，李玉凤忍声喝药而死，金斗随之与李红娟结婚，但李红娟并没有完全拴住金斗的心，他又看上了石秋蝉，一个因为父亲治病缺钱而将自己卖给一个大骨节病窝囊汉的女人。充满着肉体活力的石秋蝉，成为他贴心贴肺的情人，他把石秋蝉从毗邻的村子弄到大弯村，给她盖了房分了地。他大大方方，毫不遮掩，躺在石秋蝉的床上，如同家里，打着鼾声沉睡。妻子李红娟把这一切都看在眼里，忍了。她觉得这是姑姑对自己的惩罚，自己不也是将姑父占为自己的男人，而使姑姑喝农药自杀了吗？她觉得是自己杀死了姑姑。但她内心积攒着仇恨，等到仇恨溢满时，就将内心的黑暗释放出来，她与安监局长景文斌鬼混到一起，与和料石厂生意有关的各路人马喝酒吃饭、打情骂俏，直到与金斗离婚。离婚后的李红娟将安监局长景文斌作为人生的最后一根稻草，欲与之结婚，目的未达，便在绝望中将安监局长炸死。李红娟是生活中的受害者，但同时也是一个害人者，她的内心被黑暗浸满，没有清明朗照，没有反省忏悔，于是也就没有救赎。内省与救赎是冯积岐小说中一个隐伏得极为要紧的精神线索。

　　金斗这个人物，是一个活跃在当下的鲜活的农村强人形象。他手硬心狠，敢作敢当；有情有义，豪爽霸气。他的两面性表现在他的处世原则上，他有自己做事的底线，这个底线也是大弯村人的伦理价值。比如，他爱女人，欲望和活力十足，但是却绝不超出界限滥搞，对嫖娼也十分憎恶，他的情意和心思全用在自己的两个女人身上。他对李红娟和石秋蝉都很钟情，情深意长，他也只流连徘徊在这两个女人中间，他知道什么该做，什么不该做。所以说，金斗是一个徘徊在善与恶中间的人，这是金斗这个人物的深度，他不是凭着自己一身正气、两袖清风，光明磊落地在大弯村赢得众人的尊崇的，不，那样的金斗现实中没有生长出来。当然，金斗也不是邪恶霸道、天良丧尽、坏事干绝的人物，他懂得自我威权的建立，需要自尊自重，需要尊重乡村伦理边界，需要在有些方面让利，需要有些时候为大伙儿挺身而出，所以，大弯村这块土壤只会长出金斗这样的村支书，即使金斗因某种意外夭折，也会长出一个同类的牟天太而不会是其他。

作者对农村社会生态的观察和把握令我敬佩，他尖利的笔锋直直插进这个社会的内囊，其中对权力和控制的反思与批判，令人惊悸与震撼。假若以金斗作为中轴，我们还看到了两个相反向度的人物系列，一个是以唐永兴（凤山县委书记）、关仁详（窑沟镇党委书记）、周成（大弯村村民）为主脉的善的系列，一个是以宁玉昌（田村镇党委书记）、景文斌（县安监局局长）、曹昆（县卫生局副局长）为主脉的恶的系列。在善恶的较量中，其实难分伯仲。曹昆是幽会情人开车时出车祸死的。景文斌被李红娟炸死，李红娟必受惩罚，本质上是同归于尽。宁玉昌因唐永兴不提拔自己而在中央检查组来检查时，故意作假伪造瘟疫病人数字，以此让唐永兴背黑锅，最后果然得逞，唐永兴被停职。我们在作品中并未见到正义的必然昭彰，见到的是人性自我的沉思与反省，在反省中的觉醒。人物命运无法依靠外力而获救，就如同"瘟疫"作为外力，在这个外力推动下，一个品德好能力强的县委书记唐永兴，却被一个坏人宁玉昌，眼睁睁拉下台而谁也救不了。作者没有设置一个高台讲道的圣坛，让人物幡然悔悟，而是人物灵魂与自己的境遇迎头相撞，从而明澈开悟。

云朵与周成、江涛的爱欲，极能代表作者笔下女人面对情欲诱惑时，惯常所有的自我迷失。云朵遭遇到一个具有真纯之爱的好男人周成，但是云朵不满于周成的老实诚恳，而与善于甜言蜜语的江涛翻云覆雨，迷失在纵情的爱欲之中，抛弃周成而和江涛双双南飞，最后伤痕累累回到大弯村，见到周成以栽植洋槐树来思念她。"在她出走后的第一年，周成在承包的坡地里栽了一棵洋槐树，第二年栽上两棵洋槐树，连同原来的就是三棵了。第三年，他栽上三棵洋槐树，连同原来的就六棵了，十五年过去之后，他栽的洋槐树已经有了三百六十六棵"。他和云朵是在洋槐树飘香的时节相识于大弯村的，他以这样的痴情作为寂寞人生里的记忆。周成对爱的坚守、执着、诚挚，是云朵历经磨难之后，尝到的最甜美的幸福，是她在人生最后时刻感受到的来自天堂的温煦光芒，让人看到了一种真纯恒久爱情的遥远回响。

在这些方面，作家对生活和时代的敏感，使他在一个欲望叠加的滥情时代，真纯地呼唤诗意人伦的复苏与回归。当作者写到金斗的晚景命运时，我们看到了一个有情有义的金斗，看到了为自己的所作所为反省忏悔的金斗，他的醒悟，尽管有点儿突兀，你还是能见出作者的思想光芒，能见出绝望的人欲之海中一缕希望之光。你感到内省性的人伦秩序在金斗身上、在云朵身上、在牟天太身上悄悄萌动，如同绿色慢慢爬上荒漠，透出盎然的生机。这是一种和解，是尖锐现实与个人欲望的和解。在这种和解里，有着一个作家晚期风格的雏形。作家晚期风格的标志之一，就是一种回归，从与生活的搏斗抗争、抵御反叛、肆意释放，向生活的秩序化回归，回归到曾经被抛弃的人伦诗意。为自我设置妄念的边界，抑制自我内心跃跃欲动的无边欲望，从而成为一个楷模一个典范，一个被众人尊崇敬重的蔼然智者。如同作品里被赋予暖色意义的人物周成。周成的意义，就在于标识一个刻度，一个人伦生活样态，一个伦理社会永在的恒久召唤。

反讽笔调下的日常性荒诞

——方英文长篇小说《群山绝响》读后

"文革"那样一个年代,离我们渐行渐远。它到底是一个什么面目?对"文革"的解读和定义,有各种各样的回忆或者文件。方英文的长篇小说《群山绝响》,就是一个山村少年元尚婴眼中感知的那段历史,不是概念意义上的历史,不是文件总结的历史,不是教科书上的"文革",而是作家方英文通过这个少年的眼睛看到的"文革"。作品的意义,就在于它重现了一个时代,是以一个孩子的方式重现的。理论概括和文件定性都无法替代小说所具有的鲜活生动的场景再现,艺术所具有的丰富性多义性就在这里。一个时代的特殊记录,就这样呈现于读者眼前。其特殊价值在于,当人们打量这一段历史时,它提供了一个少年的视角。卡西尔认为,历史学家熄灭了自己的个人经验之光,就不可能观看也不可能判断其他人的经验,就好比在艺术领域中没有个人经验就无法写出一部艺术史一样。元尚婴的个人视角意义盖在于此。

《群山绝响》描写的是"文化大革命"末期的一段往事,故事发生在陕南山区的楚子川村,元尚婴是个十六七岁的少年,他是整个作品的主人公。小说以元尚婴的视角作为整个作品观照社会生活的基点。他单纯,有爱心,跟随家里吃斋,喜欢读书。因为出身地主家庭而无法上高中,因此他初中毕业不得不回乡务农。因为一次偶然事件,高中的一个名叫万水贵的同学意外溺亡,于是有了一个空缺,他才得以上了高中。他的又一次幸运是乡邮员意外死亡,他被简书记发现,当即去顶替乡邮员之职。这种幸运被大家妒忌,有人写了检举大字报,说他说"毛主席死了"的话，因之乡邮员之职被拿掉，连中学学籍亦无法保留，被迫离开汉叔中学回了家。此时，毛主席真的逝世了。

我简要回顾作品的故事主线，想表达这样的想法：方英文的这部小说，从情节结构而言，没有大起大落、波澜壮阔的冲突与宏大的斗争场面，其不是这种路数，而是以散文式的笔法，以一个少年的眼睛，将一个个生活琐事串联起来，让读者看到那个时代的状貌。可贵的是，作者真实还原了那个历史阶段的氛围。这种还原，不是站在后来者的立场上，清醒而理性地批判，而是置身于那个时代，酿造出那个时代的真实氛围，描摹出一个少年在那个时代的困惑、彷徨和无奈。少年无从反抗，甚至连反抗意识也没有萌生；没有批判，觉得这一切本是如此。所有的只是心惊胆战地茫然地偷听敌台，或者谈论女孩子，如同契诃夫小说中惯有的无事的悲剧一样。我极为看中的是作品的氛围营造，这种氛围，极为生活化，它不是那种后来人回忆的大悲哀，不是那种要死要活的"文革"生活，当然更不是那种极左派喜滋滋的天下一片红的恣肆意淫。

小说描写了平民百姓日月的艰辛与静静流淌的苦愁，日子就这样一天天过下来。即使是渗透于日常性的悲哀，也因为了这种日常性而使鲜血暗淡，但是你能看出那种啃啮人心的苦痛。无疑，在少年元尚婴的心中，历经着别一番现实，痛苦难熬。他从学校回到农村，如父辈一般劳作，他与其他人一起劳动，一起插秧，没有那种寻死觅活的大悲哀。所以说，这部作品构成的"文革"回忆或者说"文革"书写，是一种藏在字缝里的淡淡的忧伤，一个被压抑的地主儿子的体验和感受。假如说乡村社会对这样一场触及每个人生活的风暴有着特殊的抵抗的话，那就是一个社会整体在以人性为本的原则下的本能性抵抗。元尚婴的家，虽被划为地主，属于阶级敌人行列，但由于他家在乡村所形成的社会地位之存在，事实上却由"黑五类"倒转为被尊重。比如，元尚婴的爷爷是一名中医，父亲虽然因犯错而回乡，但因其为人做事有板有眼，有情有义，有礼有节，且善于经营，其在农村的地位，并未伴随着这种国家意识形态的打压而成为事实上的专政对象。在乡邻心中，他们还是有着一定的位置，受到人们的尊重。这些地方，反映出文化传统在乡村社会还是构成了一种价值尺度，在支持着人们对眼前事物的判断。或者说，这种文化传统，作为一种潜存在，在实际上支撑着社会的有限修复和日常运转，成为因阶级划分而导致的社会撕裂的隐对抗。在乡间，人们还是讲乡情，讲礼节，讲人伦，讲天道人心。做事不能离谱，这个谱是什么呢？就是元尚婴欲去上中学，须带上肉票，或者砧板，到人家家里，人家也会礼让不受，说一些暖人心的话语来。乡村社会里黏合人心的，正是这些东西。

在方英文《群山绝响》中，其另一审美要素，也许更为重要，这就是他加进"文革"叙事中的喜剧要素。"文革"在我们的记忆中，或者说在历史学家的书写中，总是和残暴血腥相关。当然，它无疑含着残暴血腥，只是在"文革"十年中，除了开始的一两年外，其余时间，是恐怖氛围中的日常性存在。不同的视角，有不同视角的摄取。小说是以一个少年的视角，并且是以一种不无反讽的笔触，来叙事"文革"的，中间的许多血腥，被戏剧化的方式冲淡，加入了别一种要素。就是说，作者的叙事中，常常以一种黑色幽默的眼睛来看取人生世相，使其中一个个事件中的人和事，因了喜剧的要素而减弱了其中的血腥和残忍。或者说，将其中的残忍血腥转化为一种温和气氛下的无奈调笑，减弱了让人透不过气的压迫氛围，这是《群山绝响》特有的审美特征。马广玲是少年元尚婴心中喜爱的女孩子，她也总是想法接近元尚婴，约到她家去吃未熟的青苹果，让他挠痒痒，开始隔着衣服挠，马广玲说不解馋，让他直接在身上挠，他的手触到了一个少女的肌肤，令他一整天神情恍惚，辗转反侧。这样一个有着朦胧爱恋的女子，不久就要嫁人了。元尚婴与之在路途中迎头相碰，他觉得要送一件礼物给她，也许以后永远见不到了，于是将自己背的"红军不怕远征难"的黄挎包从肩上卸下来，将马广玲的小包袱塞进去，然后挎在马广玲的肩上。但是元尚婴始终没说一句话，马广玲期待着，临末，元尚婴说："你以后好好听毛主席的话。"然后两人各奔东西了。这真是一句黑色幽默！这不是创作，这是再现！今天我们看到的荒谬和好笑，在那个时代却是真实的表达。悲哀的是，相爱的一对恋人，连能够正常表达自己的话语都丧失了，这是多么悲哀荒诞的事呀！一个人已经说不出家常话了，说不出自己的情感了。大话空话以宏大严肃的面貌充斥在日常生活中，那么表达日常性的话语就成为落后和叛逆。如此一个荒谬的时代，只有在这样的细节里，我们才可见其真面目。

《群山绝响》表达的是"文革"话语下的常态，生活对于大多数人而言，既不激烈发狂，也不平静无波，人总归是要活着，是活着下的常态，无奈下的日常性。区委书记简振华到街道理发馆理发，理完发，"简书记掏出一支烟，黄师傅马上打火机凑上去，简书记口吐烟缕，瞄了一眼田信康，显然不认识。简书记认识的人有限，但全汉叔区的人，很少有不认识他简书记的。黄师傅说：'全国人民都认识毛主席，毛主席能认识几个全国人民啊。您简书记，就是咱这里的毛主席啊——'简书记一巴掌上去捂住黄师傅的嘴：'你能否管住你这大喇叭？'左右看看：'多亏没人听见。'"这样的幽默，既是特定时代氛围下的表达，又在一定情境下推动人物活动。

假如说，"文革"因了20世纪80年代社会的普遍挞伐，而成为那一时期作家叙事下残酷的血腥事件，因之而不能接受任何对"文革"减弱其血腥气的描述，那么可以说，《群山绝响》也无法被上述观点持有者所接纳。假如说，对过去岁月充满留恋的极左者，因对"文革"还依然保留某种怀恋，某种美好的记忆，那么，作者笔下的这种反讽式的对权力对"文革"高压下的生活的再现，也是不能被接受的。方英文的描写，有可能不会被这两个不同群体的人接受。但是，反过来说，这部作品，又能最大限度地还原和弥合这两种不同的看法。我相信，大部分具有"文革"经历的人，会认同他对"文革"氛围的真实描写，因为这是一种常态的真实，尽管它既不是血淋淋的，亦不是莺歌燕舞的，它是日常性的非戏剧化的刻骨的真实。

《群山绝响》的叙事中，要说起来，倒没有一条强烈的一以贯之的故事主线，连起来的是以元尚婴这个少年作为主角的琐碎的日常生活画面，他的少年式的小小愿望，小小哀愁，或者喜悦。正因为他具有日常性，才更有助于我们回到那个时代，回到真切的"文革"中。匮乏，是那个时代的典型特征。作品以人们对待食物的渴求，显露出那个时代的痕迹。比如，当地死了人，十里八乡的亲戚朋友都来吊唁，吊唁之后坐席吃饭。那个年代，肉，一般人家是吃不起的，席面上最好的一道菜是一碗豆腐。老师带学生去学农，途中遇到一起丧事，田信康灵机一动，拉上元尚婴、樊少军诸人充亲友，磕头吊唁，混得了一顿豆腐吃。诸如此类的生活细节，十分搞笑有趣，但亦很真实。他们开始时假哭，但哭着哭着，竟真的伤心起来，流下了眼泪。田信康几次关于吃的故事，毫厘不差地反映出那个时代物质的严重匮乏。

田信康是作品中写得很成功的一个人物，这个元尚婴从小到大的玩伴，大胆荒唐有趣。他所有兴趣，都在吃上了，这恰是一个匮乏时代的典型表达。他去理发，理一次1角钱，但是他想省5分。因为他捡了二两粮票，若能省下5分钱，就可以买一个馍吃。作品这样描写田信康的招数：

"黄叔，"头发理到一半时，田信康说，"我身上只有5分钱啊。"

"那你咋不早说！"黄师傅马上将推子丢到台面上。

"您理我这个头，5分钱刚好么。"

"看把你能的，你方才没看见，连简书记人家都付了1毛钱是不！"

"我是亲眼看见了，可是您没见他那头，大的！是不是能分我这两个头？"

跟前的人都笑了。

黄师傅是何等人，日本鬼子都不怕，还怕你这小赖子不成！

"你们老师，咋教你的？！"袖子一挽，要扇田信康耳光——

田信康头一摆，同时右手一反勾，中指划过后台上的剃刀，中指再抽回来朝着方才理过发的部位一抹——但见一道红印——蹦到街道上，喊叫起来：

"都来看啊，都来看啊，黄师傅把我头理成啥啦！"

说时拿中指在耳朵边、脸颊上乱抹一通，半边脸都是血了。

田信康用这种招数，终于让黄师傅认了栽，也终于为自己省得了5

分钱,最后如愿买了个蒸馍。

假如说,食物的匮乏成为那个时代的典型标识,那么,与之相伴的就是性的饥渴。在一个被神圣性压倒的时代,性欲望的实现则含有大逆不道的解放性意义,人们在一个有漂亮女子的地方,总是充满某种莫名的骚动期待,顾老师于是就成为所有人的欲望对象。白校长会夜半爬起来悄悄塞几块锅巴到顾老师的窗里,倪老师会为顾老师朗诵自己的诗歌,将自己最美的一面展示给顾老师。顾老师唱歌时,胸口渗出奶水,倪老师上前给她擦拭,由之惹出麻烦。这也是一个很好玩的情节。

元尚婴买了四样礼物,去死了的同学万水贵家看望其父母,苏景兰陪同。到了岔路口,两人该分手了,元尚婴从挎包里掏出一根麻花,要递给苏景兰,"苏景兰依然推让,不同的是,苏景兰伸过来的手没有接触麻花本身,而是将她的三根指头一下子搭到他的手背上,拓而推之,'就这一根,你吃,我马上到家了。'"作者接着详细写了元尚婴在对方的这个动作下的感受。"元尚婴没能听清对方说的啥,因为对方的三根手指拓着他的手背,不离不弃,如一股蜜液迅速窜进他的臂膀,回旋了他的周身,晕眩了他的神经,导致他平生从未有过的陶然恍惚……苏景兰重复一遍意思,元尚婴这才说:'哦,哦,我吃,……我吃……'实际上他说非所想。苏景兰三根指头撤离他的手背,他这才恢复知觉。"

当元尚婴的目光落在苏景兰的胸脯上时,苏景兰说"'你看啥呀!现在,都得——'她垂目自顾,'勒回去……不然就是流氓!'那时流行平胸,若是奶子颤悠悠,便有'作风不正派'之嫌"。这样一些精彩的细节再现,使我们可以从中窥视一个时代的荒唐,窥视一个时代在人的日常中是怎样构成重压和禁锢的。

作品中让人稍感不适的描写,是作者多次写到人物吐痰的细节。比如,写田信康往天上吐,眼看垂落下来,头一偏,落地上,很快被身边的母鸡啄了去。这些地方,尽管具有人物的神态动作的生动性,但失去了美感,应有所节制。

一个再造的理想君子国

——马玉琛长篇小说《羽梵》解读

一、隐喻与指陈

马玉琛的长篇小说《羽梵》所选择的题材极为罕见，竟然写了一个关于鸽子的世界。甚至，作品有一半以上章节，是以鸽子的视角来叙事的，而且是以不同鸽子的视角来感受人间冷暖的。这样的思维和叙事视角，我们在庄子的作品里见过。庄子站在鱼鸟麋鹿的角度，来讽刺人眼里的美女，说"毛嫱丽姬，人之所美也，鱼见之深入，鸟见之高飞，麋鹿见之决骤"。人以为的美女，鱼鸟麋鹿避之唯恐不及。这四者，"孰知天下之正色哉"？显然，庄子绝非站在人的视角来看毛嫱丽姬和鱼鸟麋鹿的差异，而是以万物为尺度，来否定以人为唯一尺度的俗世眼光。这是《羽梵》所引出的话题。小说以鸽子的生命感受写人的怜爱之心，写鸽子的情感心理，通过鸽子，写出人对万物的姿态。当然，鸽子对人的这种感受，不是泛指，而是确指。不同的鸽子遇到了不同的人，从而也就有了不同的境遇和命运。

皇甫三兴是长安城里人皆敬仰的鸽圣，他鼻梁高挺，眼睛湛蓝，身上有意大利血统。爷爷希格穆勒来长安城一边传教，一边行医，建立了济慈医院，后来也从欧洲带来了优良的鸽子品种。皇甫三兴接替祖上的产业和爱好，继续在长安城东经营医院。对待鸽子尤甚，犹如对待自己心仪的尊者，他将自己的鸽棚命名为凌烟阁。小说开头，写他的徒弟萧

119

涤生带木归智来见他，要拜他为师。这个木归智属于那种"聪明人"，知道欲达目的，须得寻到恰当的门径，而自己的目的是拜到皇甫三兴门下，捷径就是拿下他的门徒萧涤生。于是他机关用尽，与萧涤生结拜为把兄弟，也终于如愿以偿见到了皇甫三兴，还获得了一羽大有潜力、基因优良的幼鸽三道杠天赐。这是小说开局的情节。情节似乎只是导引，导引读者一步一步见到这位神秘的鸽圣，揭开鸽圣非同凡响之处，由此建立起小说的叙事调质，浓郁的鸽子世界的元气浑然生成。

读者通过木归智、金眼相士、莫追风看到了皇甫三兴的鸽棚凌烟阁。凌烟阁里，不多不少，永远只养 40 羽鸽子，只有死了鸽子，才可替补进凌烟阁来。人不解其意，这个宽敞的鸽棚，为什么只养 40 只，多不行少也不行？谜底揭开。原来皇甫三兴仿照法兰西学院 40 名院士的定额编制，只有在有人去世后，才可增补新院士进来。40 个名额永远不变。在皇甫三兴眼里，他的鸽子永远保持那最优秀的 40 羽，通过淘汰而替补。人间事与鸽间情同理，这个"同"字，彰显出皇甫三兴建构起来的鸽子世界与人间世界的同构性，当然，更是作品意义生发的隐喻所在。或者还可以这样说，作者以人与鸽子的世界，超越性地建构起了一个理想的所在，呈现出强烈且具诗意的未来性指陈。

再看凌烟阁的正厅之门，这也是一个神秘所在。门厅纤尘不染，旧门永远紧闭。大家都觉得神秘，特别是金眼相士，更想一窥究竟。门扉打开，诸位看到，除了供奉着皇甫三兴祖父和父亲的牌位外，正面墙上还悬挂着鸽子的画像。画像排列整齐，每排 6 幅，一共 4 排，只有最后一个位置空着。一共悬挂了 23 幅鸽子画像，每幅画像下，署有鸽子的姓名和生卒年月，列有鸽子所取得的赫赫战功。凌烟阁原来意取于此。这 24 位功臣牌位是很有说头的，唐太宗李世民为纪念当初一同打天下的诸位功臣，命画家阎立本描绘了 24 位功臣画像，令书法家褚遂良题记，他亲自作赞，悬挂于凌烟阁内。① 这是以纪功碑的方式，隆重庄严地再建鸽子世界的生命意义。鸽子世界就这样向读者一点一点打开，故

---

① 马玉琛：《羽梵》，陕西师范大学出版总社 2022 年版，第 25 页。

事里有图南（鸽名）对柳散木的那种温暖爱心的感受，有天赐（鸽名）对木归智的那种无情和功利心的感受，如此等等。这些人与鸽子的故事，在马玉琛的笔下，得到了极为精彩的再造化描写。

二、对生命的憬悟

我要说的是，《羽梵》作者马玉琛借用鸽子的视角，将人这一高阶生命体与鸽子这一低阶生命体之间做了勾连展示。两者尽管存在高阶与低阶之分，但是从整个地球生物圈的角度来看，其生命价值却是等同的。人与鸽两者之间，建立起来一种相互依存、相互支持的关系。在这种关系里，读者感到了某种关于生命本身的憬悟；人对万物的怜爱，对生命的凝视，通过对象获得的别样心情，这些，都大大丰富了人的生命感知。是的，正是这样的心情，将人从物的沉迷中唤醒过来，凝视另一种仪态万方的生命存在。更令人悟觉的是，鸽子似乎超越了一个类概念，而成为具有生命个体意识的角色。天赐不会混淆于图南，步行者（鸽名）的境遇也不会混淆于莲心（鸽名）。万物本来如此，就如同我们见不到两片相同的树叶一样。人的个性化存在，恰是人的丰富性、复杂性展开的前提。鸽子所感受到的人的存在，构成一种别样的景观，其叙事言说的张力，悄然潜入我们的存在里，使我们不得不重新打量自身。

在名为天赐的这羽鸽子的感受里，我们见识了皇甫三兴和周遭人物；在图南的视域内，菊花园里的步陶老者元菊生跃然显现。这二人是长安鸽界的双宿。而紧接着，我们更是见识了金眼相士、柳散木、楚留声、萧涤生、莫追风等等。当然，让人印象颇为深刻的是木归智这类人物，他们的存在似乎预示着天赐悲惨的宿命。图南很幸运，遇到了柳散木这样一位爱心满满、柔情如水的主人，它也以自己的视角，看到了世间充满温爱的人和事。这样一群鸽子与一群人，构成一个鸽子与人的世界。这个世界，有着自己独有的规则秩序和行为方式。他们重然诺、守信义、有情怀，他们之间建立起一个和谐圆润的世界。在这个世界当中，人奉行怎样的尺度和原则，人怎么与鸽子相处，人怎么与人相处，都有着明澈的、氤氲其中的道。与鸽子的相处之道，也包含在与人的相处之道中。

人世间的行为，也映照出与鸽子性命攸关的眼界胸怀。木归智的人生态度，也自然映射在他对待鸽子的态度上。在这样的对照映衬下，我们看到了一个截然不同的人间世，一个令人感怀、令人向往的君子世界。这个世界里，有着我们在现世无法实现的氛围，是我们在理想与梦幻中向往的去处。这个世界与我们的民族之根紧密相连，从儒家先圣那儿就开始了。孔子《论语》所昭示的理想世界，不正是以仁与礼作为基石，而对人进行重塑，其理想人格不就是君子吗？不就是以君子之道，建立起行为标尺吗？在这样的抒写里，作者笔下的故事，鸽子的叙事视点，显然不仅仅是诉诸离奇的情节故事，而是以鸽子的视角，写出人与世界的关系、与自然的关系，写出现代意义上的大关怀。

通过鸽子，作者写出了生命的脆弱感，同时也展现了鸽子对生命的怜惜和爱意。作品中这样鲜亮的调质，都令人体察到关于生命的情怀和对万物的挚爱，甚至可以说，不仅仅是对万物的挚爱，更包含着对万物的理解性同情，是新时代一种崭新的生命观，也是在更高意义上对天地万物的颂歌。在一个漫长到数万年数十万年的历史进程中，狩猎与采集固定着人类的食谱，对动物的猎杀成为物竞天择的自然选项，甚至在距今不远的1958年，麻雀还被作为害虫而遭杀灭。转眼我们进入了一个保护动物的时代，与地球上的动植物同呼吸共命运成为此时代的共识。人类开始明白，地球上动植物的多样性，其实与人的存在有着深刻的关联，甚至可以这样说，动植物每减少一种，人的存在的庇护就削弱一分，也就预示了人的灾难更向前靠近一步。这是现代人关涉自身与自然之间关系的最重要的憬悟。这个非同凡响的悟觉的获得，使人在绝对意义上产生了对生命的尊重，而不是将生命作为某种手段，去完成一个目标。任何目的，即使它被视为崇高，但在其将生命作为手段，且这种手段是以血流成河为代价时，这个目的本身就非常值得怀疑。珍惜生命的存在，这种存在本身就构成了意义。保护与养育，成为现代意义上的生命观，成为我们这一时代高扬的鲜亮的旗帜。

在这儿，我特别想指出的是，《羽梵》的叙事表达，是以鸽子作为叙事纽带，它确实在讲鸽子的故事，但又不纯粹是讲鸽子的故事，它讲的是关于人的灵魂的故事，是做人之道和天地良知的大义。我们看到，作者原来在殚精竭虑地建造一座理想大厦，这个理想大厦所使用的梁柱，是仁心，是爱意，是信诺，是良知，是对生命的怜爱。这是现代社会与野蛮时代的区别。图南以死传达出它的信念——与人为邻，以爱相处。

三、以仁爱作为理念的现代展望

在《羽梵》中，除了作为精神旗帜式人物的皇甫三兴和步陶老者而外，还有两个人物，在故事的叙述中尤显重要，一是柳散木，一是木归智。柳散木有一羽心仪的图南，木归智有一只寄托着大望的天赐。在对待图南与天赐的态度上，两人却又截然不同。在角逐五百公里"盛唐杯"大奖赛中，这一对鸽子各有艰苦卓绝的表现，但是对于养鸽人柳散木和木归智而言，其心态和行为却有云泥之别。他们的不同，是如此触目惊心，恶与善同样令人惊心动魄。在人与鸽子的关系中，作品表露出深渊般的人心窥视，打开了人心肌理的别一洞天。对木归智的精神向度，作者亦有着精彩的揭示，显示出现代人急功近利、以金钱作为唯一驱动的单向价值观。如此，一切皆化为手段，不管是生命体还是人与人的关系，作为手段在使用的一切，必将呈现出它的偏私狭隘与冷酷残忍。就是说，作为一个商业社会下的人，假如没有作为精神的一面和作为商业行为的凭依，那么，这一手段的延伸衍生，必将使人类社会的发展扭曲为功利化战场。如同木归智所参与的这一场五百公里信鸽角逐比赛，在他眼里，除了巨大的奖金诱惑而外，其他的一切乐趣和精神蕴含，全都虚化了。他为养育天赐这一羽名贵鸽子的付出，全部化为失望、化为愤怒。在他眼里，自己委曲求全地巴结交好萧涤生，卑躬屈膝地拜见皇甫三兴获得天赐，全身心投入对天赐的养护之中，所有这些，均为手段，只为那唯一目的——令他目眩神迷的奖金。信鸽大奖赛本来是作为养鸽人生命中的一种意趣，奖金仅仅是促进意趣的手段，然而，在木归智这儿手段僭越为目的，于是，赤裸裸的功利风暴就席卷而来，将人性之善连根拔起。

  作者以天赐作为叙事视点，来叙述这一场自身遭际的大赛。"我、适生、图南、步行者、莲心、雪头、博尔特、石板灰，和上万羽伙伴承赛鸽车越黄河向晋中进发的那一夜，我家主人木归智肯定彻夜无眠。我们顶着沙尘暴、冒着酸雨、穿越雾霾、奋力飞归的这一天，我家主人肯定急得头上长犄角。"天赐知道，主人在它身上押了多大的赌注，"要给自己赢一床铺的钱"，"要么木百万，要么穷光蛋"，"带着这么重的赌注，我飞起来都异常艰难吃力呢"。① 天赐在如此恶劣的天气下，还是奋力飞翔，最不幸运的是，它在飞行途中不仅遇到沙尘暴、酸雨和雾霾，遇到猎鸟者，同时还遭到了枪击，身体里留下了铁砂粒，他掉头折身回飞时，又撞上了网罟，被丝线缠绕，挣脱不开。后来撒网人掏出它，它在不经意间挣脱而逃，就这样在第二日奋力飞回家中。比赛当日，图南也伤痕累累第一个飞回巢中，赢得了这场大奖赛的冠军。木归智气得晕了过去。第二天一早，木归智疯了一般将洒雪储宝堂里的鸽子们"抛瓦片一样抛到屋顶上去"，他"对着空中喊：'滚蛋吧，吃白食的货！滚得越远越好！要是再让我看见你们，刀下鬼，下酒菜。'"天赐就在这个时候飞回来了，又累又渴又饿，食槽里无米，饮水槽无水。"我家主人把我抓在手里"，"带着巨大的怒气"，"我的骨头差不多要被捏碎了。我的眼中充满了歉意"。

  你还有脸回来？
  回来是我的本能。
  你还回来干啥？！
  可这是我的家，我咋能不回来呢？②

---

① 马玉琛：《羽梵》，陕西师范大学出版总社2022年版，第260页。
② 马玉琛：《羽梵》，陕西师范大学出版总社2022年版，第264页。

木归智是一个狠人，对事狠，对自己也狠。他犯了错，把自己的嘴鼻都打肿了，还拿一把改锥扎在手臂上。

他对我说："要么第一个回来，要么别回来！可你不是第一个回来，还偏要回来。"

主人慢慢地把我举向空中，对屋檐下我的伙伴们教训道："给我瞧好了，记住了！不好好飞，天赐就是你们的榜样！"

屋檐下的伙伴们给说愣住了，不知道接下来要发生什么事。但那话语里的恐怖情绪，已经通过主人的手，传到我的身体里来，而且那只手越往高举，恐怖越浓烈。那手眼看着举到最高点了……我的心一下子冰凉了。

最终，媳妇银花和好哥们萧涤生的到来，也未能阻止木归智的暴虐。

我的身体在重力加速度的猛摔之下，高速撞向坚硬的水泥地面，爆发出原子弹爆炸一样的巨响和能量。不是世人摔死了我，就是我惊醒了世人。

我的眼睛和意识在这个世界上留下的最后一个印象是：适生和伙伴们在我身体瞬时的爆裂声中，扑啦啦飞离了洒雪储宝堂。①

作者极为传神地写出了一个疯狂的养鸽人，被奖金弄疯了的木归智。木归智的行为里，包含了人性中的另一暗面——贪欲与残忍。

与木归智对应的另一面是柳散木。柳散木是个盲人，靠按摩为生，心地极为单纯善良。他养了一羽图南，作者这样写柳散木与图南的关系，也是以图南的视角。

当我像一块重重的石头，从空中砸下来，栽倒在进门器上时，我立即顽强地站起来。……那一刻，我骄傲地把一路经历的磨难全忘记了……我心中只有一个念头，见到我的主人柳散木和爱妻小寒玉。

我听到我家主人柳散木吃惊而心疼的话语：声音不对，图南肯定受伤了。能有这样的主人真是幸福，经历再大的磨难，听到这么贴心的关

---

① 马玉琛：《羽梵》，陕西师范大学出版总社2022年版，第265—266页。

怀话，心里都是暖和的。①

　　作者紧接着写了图南看到主人的举动：精心准备的乳香水，掌心里易于消化的食物，怕被撑坏的半饱食量。接着双手持握，"将我的胸脯贴近他的胸口，我又感到了他手的温暖，听到了他的心跳"。这是鸽子图南的感觉，在这种感觉里，"我家主人柳散木的心比平常激动得多，响得跟鼓一样。那鼓声都跳动到他的手背上来了"。更难得的是图南对柳散木的手的感觉，"人们都说眼睛是心灵的窗户，可我却真切地觉得，手才是心灵的窗户，手是最灵动的"。这双手，让它无数次享受到"美好感觉和乐趣"，"甚或比眼睛还真实可靠"。正是这双手，摸到它右边的根关节时，发现"我右边的翅膀已经扭伤得脱白了"。"天哪，这是怎么飞回来的？"然后他在翅膀根轻柔地按摩，接着是"飞快地一捏一送"，咯嘣一声，钻心的疼过后，一下子轻松了。然后又发现它的左腿断了，步陶师父、二鲁班、墨玉环大家手忙脚乱，将它的腿重新接上。这双手在检查它的前龙骨时，又摸到了一粒铅弹嵌在龙骨里，这就又请来了皇甫老医生，现场动手术。

　　皇甫三兴说："我给病人动手术，亲人是不能站在旁边观看的。"我家主人柳散木回道："我和图南连着心哪，我倒要试一试，你的刀尖，能不能挖疼我的心。"

　　皇甫老医生把锃亮的手术刀在眼前转着看了看，对围在身边的元菊生、金眼相士、墨玉环、二鲁班和莫追风道："听见没，散木和图南不赢谁赢。"②

　　步陶老者元菊生面对伤残如此的图南，禁不住喃喃自语道："图南伤残如此，是依仗什么飞回来的呢？"当其他鸽子被恶劣的环境折腾得筋疲力尽时，图南呢？

　　"图南却透支体力，带着伤痕，流着鲜血，甚至冒着牺牲生命的风险穿越归来！凭什么？"

---

① 马玉琛：《羽梵》，陕西师范大学出版总社2022年版，第266页。
② 马玉琛：《羽梵》，陕西师范大学出版总社2022年版，第267页。

我在飞行时一心只是想着回家、回家、回家！

皇甫三兴脸上的表情变得异常坚定："凭信念……人有信念，鸽子也有信念，这是上帝赋予所有生物的灵魂。"①

作者在这儿充分写到鸟儿的灵性，正因为这样的灵性，隐喻了它与人的关系。故事中，金眼相士说出了对图南的评价："万里归来的第一信士。"用"信士"这样一个表达敬重肯定的古典意象来形容图南这羽信鸽，其实也是作品中所传达的核心理念——对人间世界彼此之间的守诚相待。柳散木是一个盲人，却以一颗明净良善的心，爱他的图南，也唤起图南的爱。他以怜爱之心之情来对待图南，与它心连着心，不是因为图南为他争得了荣光，而是他将图南首先视为一个相依相爱的生命。作品的结尾部分，图南出征一千公里大赛，柳散木因为等待图南归来，不吃不喝一周有余，人几乎形如槁木，痴呆失灵。这是人与鸟之间的深情诗意，也是人对天地万物的赤诚信念。这种姿态里藏着一种永恒的价值，是心与心相结，透彻心扉的怜惜与心疼。这恰是孟子对人的信心所在，皆有"恻隐之心"的人，是善根善因的基始。② 小说在功利心与仁爱心两相对比下，让我们看到了木归智与柳散木的精神分界。

四、知音与审美化生活

《羽梵》这部长篇，整个洋溢着优雅的情调、高迈的志趣和践行的信诺，写出了理想主义的审美化生活，表达了重建传统价值的愿望。一群养鸽人，围绕鸽子的几次大赛展开众生相，其中写尽了鸽子带给人的意趣，写出了养鸽人对鸽子的凝神爱意。细节描写中，鸽哨制作的优

---

① 马玉琛：《羽梵》，陕西师范大学出版总社2022年版，第269页。
② 《孟子·告子章句上》可见孟子关于人心之论，其曰："乃若其情，则可以为善矣，乃所谓善也。若夫为不善，非才之罪也。"他说"恻隐之心""羞恶之心""恭敬之心""是非之心"这四心"人皆有之"。并认为它"非由外铄我也，我固有之也，弗思耳矣"。是天然的善根善因，是不用思考就会行动的道德律令。

劣、鸽棚建制的匠心、鸽笼编织的精致，所有这些，延伸了人的情志的表达，是一种精致优美的生活外化形态。小说中间还夹杂着人间的现实冲突，体现出另一种现实力量对这种典雅诗意的生活方式的戕害和毁灭。以司空千秋为代表的人与现实力量，在城市化的改造中，毁灭了原有的生活方式；步陶老者元菊生的菊花园被拆迁，他的寄身之所从此湮没，而步陶老者在皇甫三兴去世后，也从此在长安城消失不见了。这一现代化的进程中，原有的自我化意趣存留的空间消失了，犹如一声忧伤的叹息。

作者马玉琛笔下，人物和生活似乎是现实中的，有着当下的林林总总，但又不是现实中的，你感觉这样的人物和故事似乎发生在一个无限辽远的过去或者未来。这群人是那样高贵优雅。这座长安城里，他们是一个特殊的群体，每人有自己意兴所托之灵，有自己的一支鸽群，有自己建造的鸽棚，甚至有自己独有的鸽哨。说鸽棚实在是太俗了，每个鸽棚都有自己的雅号，仿若古代士人的书房斋号：皇甫三兴的鸽群出入的是凌烟阁，步陶老者的鸽子进入的是集贤院，柳散木的是飘风楼，桑哑铛的是唐初居，萧涤生的是陶先居，木归智的是洒雪储宝堂，等等。棚号如此讲究，如此雅致；鸽子成了他们的心仪对象，被他们养成了诗篇；日常生活有了蓝天仰望，带入一股期待的愉悦，有了一种审美寄托。人的精神意绪在鸽子那儿获得了对象化实现，这样一种高贵雅致的生活方式，深深滋养了养鸽人的内心精神资源。

人与人之间，遵循着千年古训，有信诺有担当。心中循着一个大道，明白做人之理，有着不可让渡之情怀。对人，对鸽子，对万物，那种体察，那种心思，那种将自己投进去后的执着和坚守；世俗的功名利禄，人间的财富金钱，取之有道，守之有信。这样一批人，构成一个迥异于俗世的价值存在，是俗世中的异类。它让你惊奇讶异，让你觉得，天底下怎么会有这样的人、这样的事呢？这样的人和事未免太好了，太美了，太棒了。是的，它是对周遭粗鄙化生活的扬弃与批判，以肯定性的写照，映衬出另一种不堪的存在。当作者写出这种理想化的"依照我们的理解应当如此的生活"① 时，他有一个强烈的话语背景映照在背后，这就是当下生活里林林总总的现实。作者的叙事回避了当下的某种抒写，或是对那种不堪扭过头去，专注并倾情于心中之理想，这才有了笔下那令人荡气回肠的故事和人物。你感觉人物如此迷人却又影影绰绰，在你身边却又不在，他构成我们的远方、前方，如此鲜亮地映照出我们生存现实之丑恶和虚假，映照出我们贫乏枯燥的人生。

作品对现实批判的锋芒是隐藏的，故事里的人物，除了木归智和司空千秋而外，几乎所有人物，都有着自己的美好情愫、美好心灵、美好追求和向往。人与人之间，有着心心相印的契合，有着一见如故的诗心，有着向对方展示一个更好的自己的愿望。他们似乎在比赛着，看谁比谁更仁义，更懂得对方的心曲。他们似乎就生活在对方的感知里，感受着对方隐微的心曲变化。这样一种心与心的通达交流，让人感到了人世间的真爱和大美，让人通晓了知音真正的含义。

柳散木是一个盲人，却有一个知冷知热的好女人墨玉环。读者看到，好女人都嫁给了有仁德的人。如同墨玉环一心爱上盲人柳散木，谢冰莹一心爱上了坐轮椅的瘸子桑哑铛。作者笔下，这些人都是高迈之士，人格令人敬重，处事让人温暖。柳散木穷困潦倒、一无所有，但是有一个极为漂亮的鸽笼——白茬竹挎，他在葬埋了母亲后，就只剩下一个念头，"我要把白茬竹挎还给主人，做个守信之人"②。在寻找白茬竹挎的主人时，他遇到了桑哑铛，最终也遇到了主人步陶老者元菊生。柳散木看不见，但是他灵敏的耳朵如通灵，灵巧的双手如神手。那时，他的眼睛还没有失明，见到鸽子喜爱得走不开，母亲遇到好心人，送给他一对黑白鸽子，连白茬竹挎也让他拿了去。他爱鸽子爱到"不养鸽子简直都没法活"的地步。觉得"有母亲，有鸽子，多好呀。生活如此有情

---

① 俄国十九世纪批评家车尔尼雪夫斯基在他的论著《艺术对现实的审美关系》中，提出"美是生活"这一论断。同时指出，生活不是简单的当下肯定，其中包含着未来的理想性，也就是"应当如此的生活"。见《西方美学家论美和美感》，商务印书馆1980年版，第242页。
② 马玉琛：《羽梵》，陕西师范大学出版社总社2022年版，第399页。

有义，有趣有味，我们还想要什么呢？"①。这是柳散木的人生，尽管他曾历经了残酷的人生际遇。

　　桑哑铛遇到了谢冰莹，可真算是意外。一个残疾人的命运遭遇是可以想见的。但在谢冰莹看来，"幸福本来就是意外"，天底下最难寻觅的就是知音。"逢其知音，千载其一。"刘勰当年这样感叹。② 知音是人与人灵魂的深度交流沟通，是至仁至义的相知相交，其背后的偶然性里，潜伏着天地玄秘。桑哑铛结识谢冰莹就是这样，仅仅因为在饭馆里衣着不整、头发蓬乱的桑哑铛看出了谢冰莹落座时的犹豫，于是端起面碗让出了桌子，表达了对一位陌生女子的尊重与理解，让谢冰莹心里升起了一丝感动。于是她延伸这种情绪而寻思：天下女子嫁人"都愿意嫁给一个有房有车而且身体齐全健康的人，就是不知道有没有女孩子愿意嫁给自己心灵的一次小感动"③？她真就这样嫁了。真不愧是冰清玉洁的奇女子。婚后桑哑铛在谢冰莹的帮助下学缝纫，做出了自己的小品牌，幸福如期而至。桑哑铛也是在人生的低谷，爬上楼顶试图自杀时，遇到了一黑一白两只鸽子，朝着他咕咕地叫，将他的心叫回到了人间，从此与鸽子有了不解之缘。天地有大道公义，有规矩方圆，有对应的心魂。你将心曲唱给我听，我将赤诚亮给你看。

　　马玉琛以文字建构起一座美丽的梦幻般的琼楼玉宇，这座美丽的楼阁，盛载着他优雅诗意的理想生活。在这样的构建里，对人与人之间的残忍厮杀，龌龊卑劣的粗鄙化现实，都进行了概括性描写和背景化处理。不是人间没有尔虞我诈的残酷，而是它不是作者表达的核心向度。即使是司空千秋式的人物，以建造高尔夫球场为名义征用拆迁菊花园，实为深藏建造别墅之念；但是，说到底他还是有点良知，尽管瞒着妻子殷初梅，在外借腹生子，但对殷初梅还是保持了执着的爱恋初衷。他们

---

① 马玉琛：《羽梵》，陕西师范大学出版总社2022年版，第396页。
② 见郭绍虞主编《中国历代文论选》（第一册），上海古籍出版社1979年版，第299页。开篇刘勰就感叹："知音其难哉！音实难知，知实难逢。逢其知音，千载其一乎！"
③ 马玉琛：《羽梵》，陕西师范大学出版总社2022年版，第215页。

的复杂心曲里，还是有着别一层底色。尽管别离，还算相知。在最关键的时刻，司空千秋想起来的还是殷初梅，他们之间相亲相爱的关系，还是令人为之触动。这样说来，就整个小说而言，读者看见的是一个美好的令人神往的所在。人与人，人与鸽，宛若仙境，一个伊甸园，一个理想国，一个用鸽子作为叙事对象的人间理想国。

五、典雅的小说意象与光彩的君子人格

小说的主线围绕皇甫三兴与步陶老者展开，他俩的家族在爷爷辈已经互有了知，但直到父亲这一代，双方才交往起来，且是在一笔互惠互利的大生意成交之后。步陶老者元菊生的父亲做药铺，一心要在凌烟阁买一羽良种雏鸽养起来，而皇甫三兴的父亲一定要送一只给他。那时，皇甫父亲的欧洲雏鸽以黄金论价，天平两头：一头称鸽子，一头放黄金。这还不算，关键是还排不上队，而且皇甫老先生严守信用，无论亲疏，均按照先来后到的顺序排队，往往是今年排了队，明年春天才能拿到鸽子。作者写了他们二人之间的交往，展示出光彩的君子人格。这一段落，以步陶老者元菊生作为叙事人。

我爸立即表明来意："我手上没有黄金，你看那批药材成不？"

皇甫他爸："好说好说。"

"那就拿卡登记吧，我明年五月来拿鸽子。"

皇甫呵呵笑着说："买小鸽子那是规矩，若在四十位院士里挑选，就不受此限制了。"

"君子不夺人之所爱，还是登记排队吧。"

皇甫他爸忽然沉下脸说道："过了这个村，没有这个店，你就当你的君子吧。"

我爸没有被这话激着，拉过木匣："还是按规矩登记吧。"

皇甫他爸真的有些恼怒，一把拉开木匣："今儿搁住你的话，就搁不住我的话，搁住我的话，就搁不住你的话，你自个儿登记吧！"我爸转身要走："算了，这事难下场，我不要了，我回呀。"说着真朝门口

走去。

皇甫他爸在背后吼道:"你这一走,今辈子别想再来!"

我爸胸腔里那颗心被真诚和热情打动了。他扭过身笑道:"嘿嘿,我试火你哩。"

两人抱在一起。皇甫他爸擂着我爸的后背说:"孤独死我了!快要把我急死了!"说完拉着我爸到凌烟阁前,指着里面的鸽子道:"四十羽院士,个个都是我的心尖尖,任你挑任你选。"[1]

两位心仪已久的朋友,因为矜持和傲骨,曲曲折折终于走到一起,心一经打开,便化作了亲密、热情和诚挚,开启了几代人典范般的君子式交往,且成为周遭人群的榜样力量。我要说的意思是,当两人首次相见时,各自内心潜藏的是什么呢?心理张力发生在哪个点上呢?不言而喻,这个点就是:我要比你更像君子。这是这个段落的叙事主旨。

与小说构建起来的精致典雅的理想国相比,现实生活的一面却常常难如人意。我们置身其中的生活,人与人之间的打量、算计,利害的权衡得失,完全商业化功利化的人际交往,哪儿还有非功利性的审美空间?人成为逐利的单向度动物,丰富诗意的人不见了,那种面对一种玩意儿可以倾心、可以相交、可以玩味的对象不见了,人成为追逐财富金钱的怪物,疯狂贪婪,疯狂消费,疯狂享受。在马玉琛的小说世界里,你看不到这样的情境,他将这种丑陋的生活现实为读者摒弃了,他不凝视这些,却背对丑恶,心造出一个令人向往的所在,让读者看到了生活里的诗意光辉,看到了一个有着凌烟阁、集贤院、飘风楼、唐初居等等的世界。这个世界是有趣的、活泼的,散发着朴厚与诚挚、怜爱和诗心,充满了传统诗意。诚如作者在小说后记所言:"人的存在,是为了向他者开放,并示爱、相爱、热爱!鸽子!自然!一切!"[2] 所以我说,《羽梵》散发着理想主义的光芒,作者是一个有着坚定诗意伦理理念的内心纯美的作家。小说以鸽子为叙事视角来写生活世界,写出鸽子的感

---

[1] 马玉琛:《羽梵》,陕西师范大学出版总社2022年版,第257页。
[2] 马玉琛:《羽梵》,陕西师范大学出版总社2022年版,第445页。

觉，也揭示出鸽子与人的独特关系和鸽子体察到的人性深度，这是作者非常大胆奇特的构想。真乃"意出尘外，怪生笔端"①。

作者笔下的小说意象，构成了一个闭环式结构，形成了生机盎然的丰沛气韵，当然，他没有完全地脱离开现实，而再造一个或神话、或科幻、或鬼神式的情境，以此来敷衍他的故事。小说所构成的鸽子世界，或者说养鸽人的世界，有效地阻隔了与现实的直接关联，成为一个带有封闭特征的特定存在，以此酿造了一个丰盈理想的小说空间。现实生活形态，在这种深具审美特征的一群君子的映衬之下，显示出了它的不堪和丑陋。作者没有批判，却胜似批判。在传统伦理诗意的对照下，粗鄙的生活将令人们不堪忍受。

《羽梵》更多是一个自造之境。王国维区分"造境"与"写境"，认为这是"理想与写实二派之所由分"②。说造境更多呈现理想性和主观性，认为"客观之诗人不可不多阅世……而主观之诗人不必多阅世，阅世愈浅，则性情愈真"③。纵观马玉琛的创作，他可以在耳顺之年，历经人世沧桑之后，创作出性情真纯的力作，从内心流出那种纯美的向往，这真是难得。他并不以生活现实为依托，竭力要写出"生活本来的样子"来，他隔断生活的这一面，而要架一座桥梁，选择去那有着鸽子的理想天国。他倾情于这一鸽子天国的生活抒写，表现生活在那里的人。假如说，现代性里面潜藏着强烈的理想成分的话，那《羽梵》就是理想性的现代主义作品，是鲜亮真切的主体精神导引下的理想主义，现实只是影影绰绰地呈现在背后的幕布上。作者在一个粗鄙化的生活形态里，向读者展示出一个绝不相同的新的人生理想，这是昭示和呼唤，呼唤我们到那个优雅文明的地方去。

---

① 刘熙载在《艺概·文概》中评述《庄子》一书："意出尘外，怪生笔端。"赞美了庄子的奇特想象力。
② 郭绍虞主编：《中国历代文论选》（第四册），上海古籍出版社1980年版，第371页。
③ 郭绍虞主编：《中国历代文论选》（第四册），上海古籍出版社1980年版，第372页。

  作者眼光辽远，仔细寻觅传统的宝藏，打捞遗失的珍珠。他的发现和憬悟，正是要逼近人的真实存在。"人要诗意地栖居在大地上"，荷尔德林这样吟咏。日本美学家今道友信在阐发《海德格尔艺术哲学》时，认为："艺术的本质是'诗'，它是对存在的真理的展示，换言之，诗无非是'存在的创建'。"① 这句话说得真好！艺术的使命就是借用语言，创建一种存在，无非所使用的材料不同罢了。在这一点上作者也有深刻理解："人的理想生活，必然是审美生活。"② 作品在表达这种诗意时，充分展现出未来之亮光，持守美的价值。

  如此看来，马玉琛的《羽梵》是面对丑陋的现实且背过身去，而建立起一个典雅诗意的存在，他是歌吟古典伦理的理想主义者，他在召唤人间的诗意伦理，想建立起远方的一个超越性存在，并以此召唤人们，摒弃龌龊和粗鄙的存在形态，建立起优雅诚挚的君子理想国。

---

① 今道友信：《存在主义美学》，辽宁人民出版社 1987 年版，第 108 页。
② 马玉琛：《羽梵》，陕西师范大学出版总社 2022 年版，第 445 页。

在两难处境里抒写人性之光

——吴克敬中篇小说简论

  吴克敬蛮会讲故事。一般来说,他驾轻就熟的故事模式,就是以现在进行时作为时间线主轴,然后穿插过去时,将过去时空与此刻时空关联起来,构成倒叙与顺叙相交叉推进的模式。窃以为,这种过去与现在交叉的叙事模式,很适合中篇小说的结构范型。因为线索单一,人物较少,故头绪清晰,在读者知晓了人物此刻正在进行的状态时,也知道了此状态之所以成为这个样子的前尘因缘。这样,故事的切口小且贯通性强,气韵很易于凝聚,也能满足对主人公的深层命运的展开。

一

  我们以《手铐上的蓝花花》[①]为例,分析一下它的结构。故事开始,是这样一个画面:阎小样从陕北保安县临时监所走出来,要被狱警押往西安女子监狱。整个故事就是写这个过程,就是从此点到彼点的故事发展。故事展开中,人犯阎小样和押解她的狱警宋冲云、谷又黄,三者之间丝丝缕缕的情感故事,就此酝酿发酵。故事本身似乎并不复杂,但是故事在人物的互动中激起的情感和心理是复杂且丰富的,甚至可以说,小说的精彩恰在于此。

[①] 吴克敬:《手铐上的蓝花花》(中篇小说集),陕西师范大学出版总社 2022 年 8 月版。

在这辆押解阎小样的警车里，除了司机，警察宋冲云与女警谷又黄是一对恋人，二人的目标是安全押送犯人到西安，途中谷又黄的阑尾炎急性发作，只好临时留在半道上的医院里。警车司机也只好留在医院照顾病人。就剩下宋冲云一人带着阎小样坐大巴去西安完成交接任务。途中大巴车遇到了劫匪抢钱，而阎小样替宋冲云挡了一刀，还遇到大雨冲坏路基而大巴被堵，于是当天未能按时赶到西安女子监狱，只好在车站候车室度过一夜。这是人物所遇到的特殊处境，当然，这也是作者的匠心营运，他就是要营造一个利于人物内心变化的处境，让这种处境利于人物内心的情感滋生与波澜生成。如此的时空环境变幻促进了两人的情感变化，在这个过程中，人物细微的行为与心理悄悄改变，被作家一点一滴地揭示出来。这种变化导致宋冲云宁肯冒着贻误交接时间被纪律处罚的风险，而执意要带上阎小样去看钟楼以完成她许久以来未了的心愿。这是故事由现在通向未来的时间矢量。

同时，故事的另一条线索是回溯阎小样的过去，从而回答这样一个悬置的问题：信天游唱得如此动人的俊女子，如何走向了杀夫这一条关乎生死的道路。小说以阎小样眼前的景物或人事作为触媒，勾连起她的过去生活，一层一层剥开了人物一生的命运，回答了读者心中的关切。阎小样因何杀人？怎么就判了个死缓？这是一条故事的心理时间线，以回溯的方式，一点一点揭示出阎小样的出身、家庭、境遇、婚恋、歌唱天赋等。于是，读者知道了阎小样贫穷的家庭，知道了她怎样热爱信天游，怎样在中学时代就受到了音乐教师王厚草的关注，怎么传承了过早离世的母亲的手艺，歌唱得怎样动人。读者还知道了，阎小样的俊俏和歌喉一样名扬四乡，她怎样被煤老板顾长龙盯上，顾长龙又怎样费尽心机，非要把她娶到手。尽管阎小样不喜欢这个人，喜欢那个与他竞歌的"帅后生"，尽管喜欢只有那么一点，却被哥哥阎小虎这个顾长龙的手下打进医院。周遭的环境，无形地捆绑她逼迫她，几乎是所有人，无论是父亲还是哥哥，无论是最要好的邻家小嫂子，还是乡长县长，一股脑都来劝说她嫁给顾长龙。最后，她最为心疼的弟弟阎小豹令她破防，弟弟说："姐姐，我不上大学了。"这是阎小样对亲情所寄予的最后一点希望,她再也没有气力抵抗下去,这股无形的有形的力量包裹了她,压迫着她,使她不得不就范。新婚之夜,阎小样在欢庆的海洋里,却实在不想让顾长龙近身,喝得醉醺醺的顾长龙在洞房扑向她时,她使劲推开了他,却不料他刚巧撞在茶几角上,要命的是被撞的部位是太阳穴。顾长龙就这样死了,阎小样就这样成了杀人犯。通过上述描述,我们看到《手铐上的蓝花花》叙事中的结构线,这样运用时空交错的形式,很好地完成了对阎小样曲折命运的叙事,在解答这个人物的命运时,读者不能不洒一掬同情的眼泪。

二

我说这是吴克敬中篇小说的结构范型,以此观照作者的另一部中篇《枣树圪墚枣花香》。这部作品,说的是柳五洲这个大学生,在毕业之际,来到了陕北的枣树圪墚村。他来这儿,也许是为了寻找陌生的体验,也许是因为父亲嘴里常常念叨而心生向往。总之,这儿的一切都令他喜欢,令他感到新鲜。一踏上村野,便一阵狂拍。此时他遇到了段枣花和小妹祝金华,在他拍得正得意之时,突然一下子扑倒在草地斜坡上。段枣花和小妹发现,慌忙将他扶上毛驴带回家里,爷爷用红枣酒和枣花蜜水救了柳五洲,原来他是低血糖了。就这样在爷爷和枣花、小妹的关照爱护下,柳五洲安然喜悦地在枣花家里住了下来。他给村里的大姑娘小媳妇拍照片,成为枣树圪墚村的一道风景。这是小说的顺叙线索,也就是现在进行时态。另一条线索则是柳五洲的回忆。他回忆起父亲讲他当年作为知青下乡插队在枣树圪墚村的故事。其中一系列人和事,有支书的女儿,还有陕北的信天游。

这部中篇的结构,应该说与《手铐上的蓝花花》的倚重有所不同。《手铐上的蓝花花》的叙事重心在过去时态上,就是追述阎小样为什么会走到今天这一步,而《枣树圪墚枣花香》的叙事重心却是当下进行时,追忆的仅仅是柳五洲听来的父辈故事,和主人公的当下相比少了切己的关涉。按说,这部中篇没有多少阅读的悬念感,但却非常吸引人。

吸引人的地方在哪里呢？就是北京学生柳五洲这个人物，进入一个陌生的陕北农村枣树圪墚村，而陕北枣树圪墚村的大姑娘小媳妇，在柳五洲到来之后，也感到了一种陌生的喜悦。两相碰撞带来了新奇和美好。这种美好，有着人与人之间的那种相互的温暖，相互的纯净爱意，是发生在枣花与柳五洲之间，甚至是柳五洲与小妹祝金华之间的纯净无瑕的美好情愫，这种情愫让人心生向往。

三

在这儿，我特别想说的是吴克敬小说的审美特征，或者说是审美调质。可以这样概括：吴克敬的小说有一股温暖的东西在故事里流淌，有一种钻入你内心的感动，让你对人对事，特别是对人本身，升腾起信心来。他的小说是言说美与爱的，是向人们倾诉人间真情且相信人间真情的。就像阎小样尽管已经这样了，还是会不由自主地体谅谷又黄，会情不自禁地为宋冲云挡歹徒刺来的刀子，会为谷又黄与宋冲云的爱恋而喜悦。也像柳五洲与枣花，心底升起那种莫名的温暖和爱意，又在节制和约束着自己，是人与人之间那种和美的感觉。可以说，吴克敬的小说，是人性温暖的写照，令人看到了人性中的爱与痛，看到了人性深处的大美大善。在这样的抒写里，升起对人本身的崇高信念，对社会生活的信赖。作者能以娓娓道来的叙述，静水流深般营构出这种令人渴望进入其中的氛围，这种营构是如此成功，令读者感到了其中催人神往的力量，你似乎能嗅到人物中间散发出来的和美馨香的气息，就如同我们在阅读中所看到感到的，那种高妙的艺术化笔触，构成笼罩其上的浓郁氛围。柳五洲在圪墚村，他的举动，他的行为，他与枣花的交往，对枣花的那种悉心关注，酿造着特定情境下的美好与爱意。在这些地方，作者的叙事是超越现实规定的，甚至忘了枣花还有一个在北京打工的丈夫祝金虎，他只管以自己的艺术直觉写人性之间的美好，而将那种社会规约暂且搁置一边。也可以说，作者以他的艺术直觉，突破了自己笔下的现实界限，他将生命的诗意视为艺术所追寻的皇冠上的明珠。

小说这样写枣花与柳五洲之间的那种关系。看到柳五洲为自己冲洗出来的照片，枣花眼睛眉梢都是喜欢。妹子祝金华说："还不将你悄悄为还人情的东西拿出来？"她提前悄悄为柳五洲准备了自己的剪纸，但她不想自己去拿，妹子代她拿了来，她也不阻拦。"几个衬了白色棉纸的剪纸"，此刻拿到了柳五洲手上。

似有惊雷在天空中裂响，他的魂魂魄魄，在那一个瞬间，像要飞出七窍，随着响彻云天的雷声而去。

剪纸上的图案，是一个健壮的后生的模样，在后生手里，端着一架照相机。后生扫描着镜头前的枣树林，有翩翩飞舞的蝴蝶来了，有嗡嗡鸣叫的蜜蜂来了……下意识告诉柳五洲，这幅美不胜收的剪纸，就是现实中的他自己。

这是两人情感撞击的场景描写。作者写得内敛而节制，但这种控制更让读者内心暗潮涌动。接下来小说这样描写：

埋着的头抬了一下，柳五洲看了一眼段枣花，段枣花也正拿眼看着他，双目一碰，又都低了下来。

小妹祝金华赶着趟儿插话了："怎么样？还像你吧？"

柳五洲点头了，说："像。"

这个段落，写得很有张力，也有意味，是含而不露的那种力道。人物心理、趣味、感觉、气氛，营造得饱满且有力量。氛围营造的成功，还来自作者从心底流动的那种对人生世相的真诚理解，来自作者天性中深埋的那种善意。读者从作者的文字里，总能嗅出其状态，当一个作者心绪离散时，你从他的文字里是能清晰感受到的，能感受到那种离散的疲惫应付的状态。整个文字没有了神采，没有了魂魄，尽管他在写作，但是，所写与文本已没有多大关联了，只是成了一种被动的输出，文字里的魂魄丢了。令人心动的东西，必有着作者深刻的体验，吴克敬心底里蕴蓄有一种情愫，这种情愫，似乎不是作者嘴上所能说出的，最深入的东西，恰恰是难以言说的。作家很少去讲解阐发自己的小说，吴克敬也是如此。

小说要受众去品，这个品味的过程，正是受众的再创造过程。从作品这一方面来说，还要看作家在他的故事人物里，有没有提供更多的东西，就是比他已经形成的人物和故事呈现得更多。这更多的东西，就是作品的意蕴。它需要读者的感受能力，也不是所有读者都能感受到那种细微的美妙的东西，这种情况下，作品对读者也是有要求的。另一方面则是，对于一个具有丰富审美感知能力的读者来说，作者是否提供了可以驰骋其想象的空间和依凭？越是写到深处越是微妙，写出来的东西和未写出的东西，要在读者那里发酵，等待那些有准备的读者去阅读打开、去品尝回味。吴克敬的作品有如那正待发酵的佳酿，像《枣树圪墚枣花香》这篇，我私心是喜欢的。就故事的曲折跌宕而言，它显然不如《手铐上的蓝花花》更吸引人，但是我却更喜欢那种发酵的氤氲弥漫开来的感觉和情调，这种氛围是美妙的、温馨的、醉人的。段枣花与柳五洲之间的那种无法言明的情感，发酵且弥漫开来，闻一闻都令你沉醉，但你的嗅觉切莫迟钝，以免错失了这种细微沉醉的美感。

四

吴克敬的小说创作，也可以称为唯美至善一脉。所走的路子，沿袭了沈从文、孙犁、汪曾祺、阿城一路，是小说界的颂美菩萨。说他是菩萨，还因为他的确是从心底生出对人生世相的信任，心存善念。如同他所诠释的生活世界，总是溢满了善意和美好，总是从人的善根善因出发，将生活中那一面阳光那一缕春风亮给你看，让你在警察与人犯之间翻转，促使你更深理解那种甚至踩踏到了红线边缘的悸动和善意。在这样的善意和美之下，人物向着一个方向靠近，如同阎小样和宋冲云，在相互的关照和暖意中，冲破了法律的设防而满足她最后的愿望，登一下钟楼。段枣花与柳五洲在各自的约束里，却情不自禁地有了一种相互靠近的内驱力，演绎着那种隐忍之美、隐忍之爱。尽管他们各人都有自己的羁绊，段枣花有在外打工的丈夫，柳五洲刚刚毕业并未有在此扎根的设想，但这些都是人的理性预设，他们的情感，指向了一种令人期待的美。人的精神向着这个方向进发，这种精神是人间大美，尽管它在今日有着历史阶段的限制和规约，但无疑它是通向未来的。正是在这一点上，它打动人心，正是在这一点上，作者触摸到了那种超越伦理超越法律之上的东西，这是小说艺术的力量，也是小说能够具有未来性的力量所在。

五

小说在细节的刻画上，亦有数处值得商榷。作者在情节的推进中，依着强烈的内在情感作为动力，作品非常注重"情之所至，金石为开"的那种情感自然延展，而有时就忽视了情境设置下的现实可能。如阎小样为了给宋冲云挡那一刀而受伤，并且，我们知道阎小样因之被带去医院，也缝了几针。紧接着，作者写他们行走到一个地方休息，阎小样站在草地的高处，引吭高歌为宋冲云唱信天游。这一场景显然欠缺考虑。刚刚受伤之人，怎么能有那样饱满的气息？在伤口刚刚缝合还阵阵疼痛之下，怎么可能引吭高歌？假如让阎小样坐在草地上，忍着痛，轻轻为宋冲云哼唱信天游，岂不更合情理？伤口的疼痛往往会使歌唱者丧失兴致，但为了浓烈地表达作品的某种情绪调质，这种低吟倒是可能的，也许更为感人。

另外，在《枣树圪壈枣花香》中，柳五洲有一次跟着段枣花背回一捆干草，当时段枣花捆了一大一小两捆，柳五洲背小捆，但他终究还是没有走到草垛跟前就撂下了，他实在坚持不下去了。"段枣花回身来帮柳五洲了，两人抬着草捆子往大草垛前走，边走段枣花边给他说：'人啊，一口吃不了个大胖子，有些事是要慢慢来的。'"柳五洲所背草捆，是枣花而非柳五洲所捆，所以，枣花这样的心疼且带有责备的语气，是不合乎情理的。

段枣花的丈夫多次动员她来北京，段枣花一直没有去。我们可以推想，她之所以没有去，可能是对枣树圪壈村有着难以割舍的心理依恋，或者是担心到了大城市，找不到自己的位置，或者是担心家里的老父和小妹没人照顾。假如仅是眼前的原因，我们可以视作枣花对柳五洲隐隐约约的情感相依，但丈夫的这一邀约，是发生在柳五洲来圪墚村之前的行为。作品没有回答她未去北京的内在心理原因。读者不知道她对丈夫的邀约为何总是推了又推？人物行为要有一个合理的依据，且这个依据须在叙事时有所交代。这样，作者营造的故事人物，因为其逻辑上的合理性，就更具有了征服读者的力量。

  尽管作品有这些细节上的不足，但瑕不掩瑜，可以肯定地说，吴克敬的小说有着它独有的光彩和深入人心的魅力。

III.
都市牧歌与历史回眸

小说结构与人的观念①

——弋舟小说漫谈

大家好！非常高兴参加这次弋舟小说研讨活动。我一直关注我们"渭南小说界"这个小说爱好者组成的朋友圈，在关中牛、李印功、林喜乐等人的努力经营下，越来越活跃，活动搞得轰轰烈烈，成了陕西文学的一方崭新天地，它打开了文学生存的别一个洞天。非常好！到这儿来与文学同人讨论文学，高兴。

今天是弋舟的短篇小说《出警》的研讨会。对于弋舟，我很早就熟悉了，他没来陕西之前我们就认识了，在一块儿吃过饭、聊过天。他的小说，我蛮喜欢，也自然多了一份关注。听了前面几位文友的发言，觉得大家都谈得很好，好到我得重新准备我的发言了，因为我要发言的部分内容被大家都说了。你看野水说得多好：作者娴熟地运用不同时空去结构情节，过去完成时态和现在进行时态交错运用。还有关中牛的分析、林喜乐的分析，都很细致很扎实。第一位发言者冯捷，抓住小说的主题，谈作品的孤独感。王炜的分析，从人物抽烟这个习惯性动作细做剖析，我本想也谈这个点，那只好不谈了。

就一个短篇来说，这个人从小说主题阐发，那个人从人物性格分析，还有人从小说结构和人物活动背景展开，亦有王炜的小说细部探

---

① "渭南小说界"是一个微信朋友群。关中牛、李印功、林喜乐等朋友活跃其间，他们连续多次在网上组织小说专题讨论会。2020 年 4 月 28 日，弋舟小说《出警》研讨会在线上召开，我被邀请作为嘉宾参加，此文是这次活动的发言。

究，从老郭和老奎的抽烟与人物的性格塑造切入，这林林总总，各个视角都谈到了。

我只好转换思路，谈这样三个问题。

第一，就弋舟小说创作的整体面貌，谈谈他的作品中关于"人"的观念。弋舟小说创作，给陕西文坛带来了一股新风。这个新风，指的是他所走的路径，与以往陕西作家的路径是不大相同的。这个不同，是指弋舟作品所具有的强烈的现代感。他不是传统意义上那些称之为古典主义或传统意义上的写实主义，或叫现实主义的作品。弋舟作品所具有的现代感，更多地表现在注重人物的内心描写和刻画，更多地注重了不同视角的转换，就像野水刚才说的，不同时空的交错，这样一些手法和这样一些特征，更具现代性特征。各位同人，我所说的弋舟作品的现代感，是从两层意义上来谈的。第一层意义是，从其作品的整个主题来看，弋舟在其作品中着重传递的是"人"的观念，弋舟自己刚才表达说是"世界观问题"，就是对世界与人的看法。这一点非常重要。我强调说，弋舟作品中人的观念的生成，指的是：他的创作划开了与古典传统意义上对人物塑造的界限，古典传统小说对人的塑造，基本上是英雄观念。所谓英雄观念，就是作品里的人物，大多是超凡绝伦的，或者说是高出凡人一大截子的有着大能耐的那种英雄。弋舟作品不是，他感知凡人之艰辛，叙述常人之无奈，表达命运之无常。总体是这样一种倾向，尽管我没有读完他所有的作品。在我的感知把握里，感觉他笔下具有现代人对生活对生命的辛酸和无奈之感。他不塑造英雄，我指的是那种高大上的英雄，甚至也不像传统经典作品中的人物，大都是生活中的强者，如路遥作品中那种准英雄或者强者，如高加林、孙少平、孙少安、田晓霞等；或者如陈忠实作品中的白嘉轩、朱先生、黑娃、鹿兆鹏等。这些形象，代表着典型意义上的某一类人的特质，他们是人群中的卓越者超拔者，是具有强者品格的半英雄形象。弋舟笔下的人物，却没有这样一圈光环，不是这类形象。假如说陕西已有的写作传统里，人物身上的壮浪情怀、英雄气质是其基本特质的话，那么，弋舟塑造的则是凡人、常人，甚至是无助无奈的人，是社会中的芸芸众生，是我们身边常常遇见的他或她。

在《出警》里，我们看到三个警察和一个老混混老奎，当然还有次要的出场人物如老教授之类。这些人物呢，你能感到他们的处境仿若我们的，处在同一个孤独的天空下，都有着困窘和难以排遣的某种境遇，作者将视角完全放下来，平视他的人物，带着悲悯的心，关注这个被遗忘的层面。通过描写警察的孤独和警察关注对象的孤独，他消解了那种一般意义上构成的高大威猛的警察形象，那种轰轰烈烈的破大案、抓坏蛋式的影视式警察幻境，他写了片警的日常，日常中的繁杂忙乱和琐碎劳累。个中滋味，你细细品尝吧。

第二，弋舟作品还有一个非常鲜亮的特质，是什么呢？就是他能够准确细腻地攫住人心，或者叫开掘人物的内心世界。他的心理描写非常传神，这不仅仅是一部《出警》所反映出的。比如，他的另一个短篇，叫《爱情诗》，写一个偷情的故事。庞安与林永靖夫妻都是医生，在同一个医院工作。院长乔戈为了与心慕已久的庞安医生重温美梦，派庞安的丈夫林永靖去外地开会，他好寻得空间与庞安圆他觊觎已久的美梦。但两人尽管去了宾馆，却未能成就好事，那种心理的捕捉能力，层层铺展，实在高明。作品转换了五六个视角，写不同人的心理。庞安医生的视角，丈夫林永靖的视角，乔戈院长的视角，医院小车司机管生的视角，这样不同视角构成了整体，当读者从不同视角感知事件时，你就会升腾起造化弄人的命运感。院长乔戈与庞安终究没有如愿获取肉体之欢，他为了达欢而派庞安丈夫林永靖出差兰城，却恰合林永靖心愿，兰城就有林的情人在。两人如愿幽会，又如愿满足，但林永靖送情人时，遭遇到其夫，而被摔倒在地，碰上石凳而成为脑震荡。他愤怒质问妻子庞安为什么没有管好锦鲤，妻子为了弥补自己的失误，急火火拉上单位小车司机管生为丈夫购买锦鲤时，两人却不觉不意间相爱了。作品捕捉人物心理的智慧和能力如此娴熟高超，一个事件那样回旋往复，你想不到故事最后竟是那样变化发展，人物顺着那样一条路线走了，沿着一条你意想不到的轨迹，行走下去，构成出人意料的结局和命运。但是，又如此符合情理，符合逻辑。我觉得实在是太棒了！在这一点上，跟大家来分享。

弋舟的小说创作,两种最为要紧也最为基本的能力他同时具备了,所以我对他抱有极大的期待。我指的两种能力,小说叙事形成的对社会和人的观念稳定而成熟的认知能力和结构操作故事的架构能力。先说后一点,作家架构故事的能力,实际就是作家以自己的心量来打量这个世界的能力,他在以自己的心量打量世界时,同时也是在结构作品。他的生活认知、人物行为和环境要素这些方面,弋舟具备了用他的心量结构人物的能力。别小看这个短篇《出警》,细读之下,里面所蕴含的作家对于人的观念,让我们重新理解了警察与前科犯的关系,他将我们过去所有的那个套路关系瓦解了。大家都读过了,我们能感受到片警与前科犯的独特的关系,人物能扎进你心里。

弋舟构筑出来片警老郭和"重点对象"老奎这样一对人物,作品以"我"的视点联通起老郭、小吕这样三代警察的代际接续。在三代警察的运行关系里,他们彼此是温暖的、体让的、有着战友般情义的。在对待老奎这个"重点对象"的过程中,传递了警察代际相传的某种温馨和成长,里面所表达出的那种人的观念,这可不是一个小事儿。当然,凡小说,必涉及人,必有人的观念,但我在这里说的人的观念,有所不同,这里我特指作家在小说中传递出的那种警察与潜在对手之间的人的观念,那种消解了传统英雄主义情结的人的观念。在这种观念里,所有的人都是平等的,谁也没有三头六臂,谁也不是超人,甚至也不是我们影视作品中见到的那种冷峻、威猛、智慧、身手不凡的硬汉,不是,原来警察就是这样陷在没有故事的日常里,婆婆妈妈地处理一大堆不得不面对和处理的琐碎事情!

这是我说的弋舟的一个方面,它具有了这样一种东西,而且他清晰地悟觉,鲜明地表达。整个作品,就笼罩在这样的世界观以及人的观念之下,这是他对世界的认知。一个作家,你怎样认知世界?你笔下就是那个你认知的世界的样子。路遥认知的这个世界,里面没坏人,你看路遥的作品写过坏人吗?他的长篇小说《平凡的世界》上百万字,竟然没坏人,你觉得奇怪不?即使二流子王满银,也是被他的婆姨——孙少平姐姐喜欢得不行,身上也含着十足的又好笑又可爱的劲儿。路遥就是这样认知世界的呀,他笔下是好人和好人之间的冲突。陈忠实的作品就不一样,《白鹿原》里的鹿子霖、白孝文、田福贤无疑就是坏人。

作家的认知里面包含着作品的结构,这一点我跟弋舟的看法一样。你以何种眼光打量你的生活,你就会以何种眼光来结构你的小说,两者是同构的。我曾经跟林喜乐聊天时说过,一个作家,对自己所经历的生活没有宿命之感,你就无法结构自己的作品。这个作品的结构和作家对人物的命运感,二者之间有一种特殊神秘的感觉。

第三点,就是弋舟对小说叙事技巧的把握。我说的技术性把握指的就是他对整个作品情节的架构,对人物特征的刻画,对环境的描写再现,对心理的拿捏开掘,对场面的叙述节制,这些都达到了娴熟运用的地步,具有相当高的艺术技巧。你看他如何处理人物和物象的关系,处理得多么妙!我为啥赞同王炜的那个分析呢?就是因为他从老郭和老奎之间"烟来烟往"这个点分析,说得较为透彻。我要说的是,弋舟作品中人物和物象之间的关系,运用得非常独特。什么是人物和物象呢?就像《出警》里,老郭和老奎,通过"烟"这样一个物象表达两人之间的独特感觉。这个物象不是外贴在人物身上的,它内生于人物性格之中,甚至和人物的命运走向关联。小说描写混混老奎,把烟扔到地下,狠狠地用脚蹍那么一下,人物的另一面就出来了。弋舟特别会将物象和人物的性格或命运自然联结在一起,假如说《出警》中两者的关联度还不够紧密的话,那么在他的短篇《爱情诗》里,人物的命运走向与物象就紧密联系在一起了。小说故事里用了一条名叫"大正三色"的锦鲤,贯穿了整个小说,而且构成了朦胧的玄幻的带有宿命感的意向,一种说不清道不明的感觉,这种神秘笼罩在人物命运行进的途中。物象与人物,沿着各自的路径走,有交叉又自有轨迹,天衣无缝。在相互关涉中人物发生变化,故事向前推进,命运有了位移和改变。这就叫艺术,是高手的艺术。弋舟创作时,懂得这些,并妙用得法。世间万物和人之间,难道不正有着一条难以言明的因果链,它通过作家之手揭示出来了。

因为时间关系，我就说到这儿。谢谢"渭南小说界"，谢谢关中牛、李印功、林喜乐，谢谢各位文坛同人！①

---

① 李培战根据录音整理，本人做了修改。

家园：城镇化进程中的丧失与寻觅

——王海长篇小说《回家》解读①

　　王海的长篇小说《回家》，以回归家园、回归家庭作为主题，展示了城市化进程中失地失家农民的精神困境，表现了乡村与都市之间在财富与精神上的巨大鸿沟与冲突。城市化的迅猛发展，特别是在城市急速扩张中，城郊农民在拆迁之后面临了诸多问题，他们的生活境遇，以及失却家园带来的焦虑和痛苦，这一尖锐的现实问题，成为王海小说所面对和讨论的主要命题，并贯穿在整部作品里。可以说，《回家》深刻揭示了失根农民在这一转型过程中的浮萍状态。农耕文明中人与人之间构成的特有血缘睦邻关系，被城市化进程打破之后，出现了什么样的情况？这是作品向读者们打开的一个既新鲜又陌生的领域，它向读者提供了这一思考资源。我们既看到了破碎之后的困窘和魂无所依，又看到了在新环境下出现的令人欣喜的曙光和萌芽，这是这部现实主义作品奉献给我们的新探索。

一

　　《回家》是在何种意义上的回家？回归哪里？这是整个小说的主旨。从小说向人们展示的故事发展和人物命运走向来看，回家有双重寓意：第一层含义是回归田园，就是从都市的精神漂泊状态中，回归到生我养

---

① 文中所引有关情节，见王海《回家》，陕西人民出版社2023年7月版。

我的村舍田园。脚踏大地，活在这实实在在的泥土地上。小说中具有象征性的人物子衿，在南洋和缅甸漂泊几十年，尽管也赚了几千万，但他最终还是要回到故乡，回到这一块热土上，如落叶归根，要归于这一方生养之地。他的行为里，表达了某种抗拒，是对异国他乡的抗拒，也是对异域文化的抗拒。子衿回到故乡，不愿住在新盖的房子里，更不愿住在高楼大厦里，他非要在田间地头找一块地方为自己筑屋，非要脚踏在泥土上才安然。他还有一个怪异的举动，心心念念非要将父亲死后留在棺材里的种子弄出来，后来还叮嘱儿子姬天，一定要他在自己的棺材里留存种子。这种执拗的行为里，包含着某种农耕文明下的执念与习俗，体现了一种偏执、狂热、痴情的乡土理念。当然，这种观念里，无疑也包孕着人类深刻的农耕文明精魂，令人动情。

《回家》所包孕的第二层含义，是回归家庭。我甚至可以将其归于中国时下正在卷起的一种抵抗——对现在的丁克家庭、独居家庭、不婚主义以及非传统家庭结构（如同居伴侣关系）等现代时尚生活方式的某种抵抗，体现了保守主义的某种回归。这是对一夫一妻制下家庭伦理的肯定，对泛滥的不负责任的两性情感生活的一种否弃。小说的主人公豆花，其个人的情感开合很能说明问题。丈夫李奇因为村子拆迁，匆匆将豆花娶过来，分得了拆迁款，便开始在咸阳城里开公司。两人都有个性有本事，合不到一起，便一人开一个公司。豆花生气李奇用了女秘书，便自己也雇用一个男秘书，两人就这样飙上了，心越离越远，日子越过越没滋味。后来李奇说要离婚，豆花一口答应，就这样离了。李奇将儿子也带走了，离开咸阳，到了西安开公司。

豆花用离婚所分钱财，在咸阳湖边买了一栋办公楼，将其改造成了"秦人居"旅馆，雇用得福为员工，开始了自己的独身生活。在此期间，她遇到了三个男人，一个是许得，一个是老韩，一个是老王。作者充分表现了豆花与这三个男人之间的关系，也展现了现代生活中人物情感的丰富和复杂。第一个遇到的是花花公子许得。这个油嘴滑舌只想上女人床的家伙，让豆花陷进他编织的情网里，好在豆花很快觉醒并从中摆脱。第二个是愿意为她付出一切并真心爱她的韩信面馆老板老韩，还有一个是有点儿花心、有点儿心眼、人还不坏的萧何商店老板老王。在这种多样繁复的情感纠葛下，豆花最终还是选择了回归家庭。在儿子李又奇的撮合下，豆花与她的前夫李奇复婚，一家三口团圆。主人公的情感历程，清晰地传达出作者的立意构想，即人物离开原本的港湾，转了一圈之后，又回到了她出发的地方。作者以精雕细刻的笔法，如实地描写了这一情感历程，展现出家庭的巨大吸引力和拉扯力，显示出传统伦理价值的强大力量。

萧何商店老板老王，也算作品中一个重要人物。在生活里，他总是拈花惹草，惹得媳妇很不高兴，一不高兴就喊着要回老家四川，老王压根儿没当回事。等到他们的女儿上了大学，有一天媳妇卓花真的走了。原来四川她还有一个家，有丈夫有孩子。所以说，即使在卓花与老王的离散中，也依稀可见作者这一创作主题的拉扯力。在我看来，上述的主题回归更多显示出了一种对城市化进程的反思性批判。

作品中二号人物豆丫，尽管遇到了那样一个无情且品质败坏的丈夫陈进财，他为了让相好的女人尽早进门，分得拆迁款，为他生个儿子，不惜将豆丫赶出家门。但豆丫在他生病之后，还是对他残留着一丝善念和怜悯，让女儿为这个无情父亲送钱去。这些地方，都能显示出作者在叙事中的情感倾向，显示出作者对传统家庭伦理有着从骨子里生发出的眷恋和倚重。

二

作品中"回家"这一主题，还生发出豆丫这个人物的一个崭新理念，这一理念深刻地呈现出现代都市文明在发展过程中的未来趋向。我的看法是，豆丫的行为里，包含着强大的生命力，包含着通向未来的可能性。前面说了，豆丫被她品质败坏的丈夫陈进财逼出家门，饿倒在韩信面馆门前，后来被豆花收留，在"秦人居"度过一段蛰居时日，然后出去办保洁公司，几起几落，终于打拼成功，成为一个远近闻名信誉良好的女企业家。豆丫后来干了一件令乡亲们欢呼雀跃的事，那就是成立了"新市民服务中心"。原来豆丫在做企业的过程中,总是不忘乡亲乡情,所以,她的公司总是人来人往,络绎不绝,乡亲们有各种难处都找她。"她真把自己的房间当成乡亲聚会的落脚点了。寻找她的人大都是乡亲,不是寻她找工作,就是要在她那里借宿,或者找她借钱"。这一点对一般人而言,烦都烦死了。但是豆丫却在其中发现了帮衬乡亲的地方,也发现了自己的价值所在。她多年的好邻居李强在一次猪瘟病之后找她诉苦,她突发奇想,对李强说:"我想成立一个'新市民服务中心',给乡亲们培训技能、维权、法律咨询,还可以设立合作互助社,谁有难大家可以互相帮忙。如果你经过技能培训,你的猪场或许会避过这一难,你也不会为讨要工钱打架被拘留。"李强说:"如果有这个服务中心,乡亲们在城里就有家了。"

李强喜悦地感受到的这个"城里的家",正是失地农民的精神痛点。对于拆迁失地的乡亲们而言,原有的村庄不再,他们丧失了邻里之间聚会串门的场域,失去了村社文化所形成的乡邻之间亲睦相助的关系,同时也失去了村社文化构成的人伦道德约束力。豆丫的这一设想,获得大伙儿的热烈响应,在城里有一个落脚聚会的地方,对他们来说,这是何等的精神抚慰。更重要的是,在这里他们可以交流生活中的经验,学习工作上的技能,能更充分地得到各种资讯,获取智者的建议帮助和法律保护。

这个"新市民服务中心",具有强烈的现实性和现代感,它有帮助村民们适应现代生活的功能。在豆丫的这一举动里,我们看到了乡村向都市转型中乡亲们的困境,也看到了以豆丫为代表的新农民有了不起的成长,他们看到了这一适宜于或者说能尽快适应都市生活的新方式、新途径,其中携带有强烈的乡情民意的新社区功能。大约正因为这一点,构成中国传统所特有的从农耕文明传承而来的家族村社文化,其所展示出的血缘亲情与睦邻互助的效用,深深地刻在豆丫一代人身上。我想表达的意思是,中华文明几千年以来,所构成的以血缘亲情为特征的儒家文化,其真正的断裂,当来自城市化进程中的空间割裂。当以土地为依托的村民们搬上了高楼大厦时,空间上自然形成了人与人之间的交流断裂，乡情亲情丧失了农耕文明下以村社为聚集地的平面空间场域，那种邻里之间的平面空间不见了，所谓的"老碗会"也消失了。一家一户出门就碰面的平面空间变为立体空间，交流的场域不复存在。即使你们同住一座高层，十天半月不见仍为正常。作品中豆丫为乡亲们建立的这个"新市民服务中心"，延续了农耕文明下的族群关系，构成宗法乡邻的遗存，这是极有意味的一件事情。若能恰当运用，势必能成为未来农村村民进入都市之后的精神栖居地，使他们不至于成为离散的、魂无所归的城市游民。作者能够在其故事的叙事中，深刻洞察到这一问题，且以一个新人物豆丫的出现寻找这一难题的解答，这是令人欣喜和感动的。在乡邻们精神无所依归的状态下，作者冒出的这样一个设计，成为凝聚人心、建立现代家园的新构想，让因拆迁而失地的村民有了一个好去处。这不仅是豆丫的善举，也是对现代都市构成的复杂另类人群的一种安妥，这种安妥，是人深刻的内在需要，理应引起社会的广泛关注与支持。

三

在"回归家园，回归家庭"这一主题之下，我还想谈谈小说中涉及的另一个问题，就是生活在城郊的这些拆迁农民，他们在感情、爱情和情欲问题上的复杂性和多样性。恰恰是这一点，呈现出时代的鲜明特征。作者以纪实笔法，直面了这一问题，同时也多少显示出自身的情感理想。小说主人公豆花豆丫姐妹，虽是结拜的干姐妹，但感情十分亲密。豆花豆丫都离开村庄到城里生存打拼，并建立起自己的生活和事业。她们两人同是家庭出现问题的单身女子。豆花进城后，身边出现了许得、老韩和老王。豆丫身边出现了得福和许得。在这一对姐妹身上，小说充分展开了人性的驳杂丰富。比如，就豆花这个女人而言，那种保守的、守身如玉的男女关系不复存在了。男女之间，性的自由度增加了，社会约束力减弱了。豆花处于单身期间，可以与许得以情人关系相处，也可以与老韩处在一种暧昧的状态之中。尽管在小说的叙事态度中，豆花是一个肯定性的人物，但不妨碍她对待情感的这种模糊状态。她跟许得以情人关系相处了一段时间后，放弃了这个不务正业、游手好闲的花花公子。但作者并没有将许得这个花花公子脸谱化，而是写出了他的多面性。他对待女人很会使手段、下功夫，会讨女人欢心。每次到"秦人居"来约会豆花，都会提上一条鱼。豆花喜欢的东西，他也会不遗余力弄到。

另一个追求豆花的是她的左邻——开韩信面馆的老韩。他为人低调，待人诚恳，深爱豆花，几乎是矢志不移。在豆花与之即将进入情感突破时，萧何商店的老王因为嫉妒，设计让两人扮作歹徒强暴豆花，他趁机英雄救美。此事件显出了老韩的懦弱相，而老王赢得了豆花的好感。此后，豆花心里放弃了老韩。老王则始终想占豆花便宜而不得。在老王心里，只要能跟豆花有肌肤之亲，就是最大的满足，婚姻倒也并未在考虑之列，可以说老王是以情欲的满足为目标。豆花就处在这样的情感纠葛中，享受左右逢源的快意。她心里记挂着自己的儿子和老公，虽最终团圆，但未能妨碍她与老韩长期处在暧昧状态中。上述这一点，我们可以看出，在开放的时代，个人情感生活的丰富多样。农耕文明下那种单纯的男女情感关系不再唯一了。

豆丫的情感生活显然是作品所肯定的一种模式，她的情感历程和个人品质沿袭了中国传统的人伦道德范式。豆丫历经磨难，带着女儿打拼事业，几起几落，最后获得成功。而丈夫陈进财则是鸡飞蛋打，丧失所有。他的二婚妻子不但没有为他生出男孩，还拿走了所有财产，最后跟他离了婚，他孤独一人，得了癌症，艰难度日。在拆迁时，他为了这个外村女人将豆丫逼出家门；而她想要分得拆迁款，谎称要为他生男娃。豆丫被逼走后，带着女儿陈娅，一无所有，流浪到韩信面馆门前睡了一夜，被豆花收留到店里，从此开启了自己的人生之路。她抵御住许得的诱惑，保持了自身的情感洁净，是作品中一个带有理想色彩的人物。

四

作品还涉及现代人的金钱观，涉及财富获得的不同手段和方法，创造性劳动与坐享其成等问题。小说中,姬天这个人物本来是一个令人敬重的企业家,其形象相当正面。开始时他生意失败,欠了一屁股债,一翻过身来,便主动找债主登门还债。但在父亲子衿闯南洋30年回来后,他心思变化,多次追问父亲带回的钱财,其如意盘算是,若父亲有一大笔钱,他就不用再努力、奋斗、创业了。父亲看出了他的心理,隐瞒了带回的这笔巨款,希望他通过自己的创造,建立起真正的人生价值,故而在临死前交代妻子和豆丫,让豆丫成为遗嘱执行人,并且赠送豆丫很大部分的款项。漂泊归来的姬天,从外甥女豆丫身上,看到了他所信赖的人性之光,同时,他也意识到,豆丫是一个真正为了大家谋福利、谋幸福的人。豆丫的操守和诚信,感动了舅舅子衿,于是他将她视为最可信赖可托付的人。

豆丫这个形象具有励志意味,塑造得颇为成功。她自强不息,有着自己不容置疑的情操和坚守,有着做人的底线。在利欲熏心的社会环境下,她以至诚不变的良知对待他人、对待金钱、对待情感。她所恪守的人伦原则,放射出熠熠光彩。她的行为所昭示的意义深刻之处在于:在一个普遍以财富和权势为衡量尺度的社会里,她却能做到不以金钱利益为做事的唯一原则。她的"新市民服务中心"坚守互助的基本信义,坚持普惠乡邻的朴素愿望。小说还有意将人物的精神背景勾连在远古的历史中,以姬姓为荣耀,以周文王姬昌的光辉形象作为榜样,赋予人物姬天诚实做人、为先祖争光的心理动因,显示出作者欲使作品更具历史质地、摒弃世俗尺度、抵御生活浊流的设想。豆丫作为姬姓血脉,其身上也贯穿了这一光辉品质。显然,作者欲在作品中打捞出历史的高古大义,以此遥远的回响,衔接中华传统,抵御生活浊流。

小说中也流露出深切的忧虑,作者真实地写出了新一代00后青年人所秉持的人生观念、财富观念和情感立场。他们大都追求舒适的生活,持金钱至上观,这一点显得特别刺目,而作品对此的揭示也颇深刻。陈娅是豆丫的独生女,初中毕业就不想再上学了,要去打工赚钱,闯荡社会。她不想像自己母亲那样受苦,赚钱也要赚得舒服,要过上好日子。她不愿到母亲的公司上班,开始去了一家商场做收银员,被许得看见，问她月薪多少。她说两三千元。许得说，去我们泾渭集团，我给你六千，先做做门迎锻炼一下，然后到办公室做文员。陈娅一下子就答应了。豆丫知道后，非常气愤，坚决反对，但终究挡不住女儿迈向许得的脚步。这个人品不端的许得，被豆丫放弃，却被女儿看中。陈娅违拗母亲的意愿，硬是要靠近他。在陈娅的潜意识里，许得是大公司老板，她能获得高薪，其他的东西，管他呢！

假如说豆丫的女儿在她管控下，还有一点儿收敛，不敢过分放肆的话，她的妹妹豆苗，就是明着跟姐姐叫板。豆苗高中毕业，开始在豆丫的公司上班，姐姐对妹妹的评价，"爱穿贪吃懒做不动弹"。不知什么时候瞄上一个做生意的"南方客"，看准他有钱，热身子扑上去要跟人家好，后来"南方客"生意赔了，她却怀了孕。打掉之后，拿着账单找"南方客"算账，算完账，"南方客"生意好转，两人就继续混，谁也说不赢她。她认准的是钱，只要"南方客"给了她损失费，做完一单，她就可以继续开始下一单，仿若一笔生意。她们的生活理念、情感方式像是天外来客，与豆丫、豆花截然不同。有钱似乎就是一切。她们的情感和身体似乎是两张皮，情感不是从心底生发，不带根性，不会有疼痛；身体似乎只是工具，是附着在情感表层的交易物。这些地方，都能显示出小说面对现实的深刻思考与批判锋芒。

《回家》的叙事语言也很有个性，极有探索性。小说叙事，多用对话体，如同电影一般，简洁明快。这样构成小说的特有节奏，非常适合现代人快节奏生活下的阅读心理。人物语言口语化，个性特征鲜明，也蛮具有讽刺幽默之情趣。在场面与氛围的营造上，活气生津，也颇为饱满。

作品也有诸多可商榷之处，且归纳为四点：其一，"回家"这个主题所生成的与现代性的矛盾问题。原有记忆中的乡村还能倒回去吗？时空流变，我们很难再回到原有的乡村窠臼中去，毕竟时代在前行。对昔日记忆的怀恋，只能是一声深长的叹息。就如同巴尔扎克的作品，对"注定要灭亡的那个阶级（贵族）寄予了全部的同情"。但这种惋惜里，挽留不住那没落的余晖，毕竟新生的资产阶级已经成长并取代了旧贵族的位置。一种生活方式衰微没落了，我们也只能以文化的记忆，为往昔立此存照了。其二，故事情节有重复之嫌，在一个套子里打转。比如，豆花、豆丫与得福、老王、老韩等几人构成的情感关系，感觉就是在一个圈子里不断打转，而无新的发展和推进，因之失却了人物精神向前推进的张力和向度。其三，豆苗和陈娅属于新新人类，她们身上有着与上一代完全不同的观念，我们不宜浅表化，不应只是表达批判立场，理应有更深入的揭示。就是说，作家要站在她们的角度，写出那种令人深思的刺痛感。在豆丫眼里，豆苗可能是不珍视自身童贞，不知羞耻，亏大了；在豆苗眼里，也可能是对方被她玩了一把，她一点儿亏也没吃。包括陈娅的内心想法，都缺乏深入揭示。其四，结尾部分，主要人物的命运去向未能落定，留下了遗憾。比如豆丫，读者关心的是，她会和得福好吗？还是会回归到忏悔了的前夫那里？显然，作者在这些地方犹豫不决，于是，笔下就无法给人物一个合适恰当的落点。还有得福这个人物的命运，令人同情，但似乎无解。姬天这个人物的设计，前期找人还债的高风亮节与后面算计父亲钱物的庸俗之举，还是让人有不适感。人物缺乏前后的逻辑统一性。

  以上问题，瑕不掩瑜。整体而言，《回家》不失为一部难得的回应当下现实生活的好作品。

冷峻的笔触与热切的深爱

——安黎长篇小说《时间的面孔》简评①

今天,安黎的长篇小说《时间的面孔》英文版正式出版。对于陕西文坛来说,这是可喜可贺的一件大事。我们聚在这儿,重新回望这部作品,为作家安黎庆贺,为两位译者杜丽霞、张敏庆贺。

安黎是一位敏锐的思想型作家。他的长篇小说《时间的面孔》出版时,是 2010 年 10 月。其实,在 2007 年,小说已经在《钟山》发表。小说的写作时间是从 2005 年开始的。那时的整个社会形势,是很不一样的,可以说经济发展处在一个井喷式的繁盛期,一片欣欣向荣。当然,其中也潜藏着后来出现的问题,比如,腐败问题。但在大的层面上,大家都沉浸于莺歌燕舞之中,忘了这些问题与潜藏的危机。我在这里说的意思是,距离安黎写这部小说的时间,已经过去了 18 年,但我在重读这部作品时,不仅没有感到过时,而是更为强烈地感到了它与当下社会生活的强烈关联。作品形成的那种现实关怀,强烈地撞击着我们的心。

作家的敏锐表现在作品里,就是对生活的发现。安黎发现了生活中刺痛他的东西,发现了那些令人无法漠视的生活事相,他创造的真诚性也体现在这儿,他不扭曲自己对生活的真实感受,当他真诚地表达着自己的时候,这种表达便呈现出一种批判的意味,表现着某种尖锐锋芒。你能从这种尖锐的批判里感受到作者的强烈情感。这种情感,就是他对

---

① 安黎:《时间的面孔》,作家出版社 2010 年 10 月版。

这块土地，对土地上的百姓所流露的热爱，他是多么热爱这个民族和国家，他是多么希望她在各个方面都强大昌盛，正因为如此，他对生活中种种丑恶的东西，无论如何也不能原谅，不能听之任之，他要奋起以一己之力去努力改变。

我说安黎是思想型作家，还因为在他的作品里，对人物有着一种超越性观照。这种超越性观照，就是思想力的鲜明体现。我们常常看到一些作家，只是就生活写生活，就故事写故事，他不能做到在故事与人物之上，浓烈地酿造出某种强烈的统一性调质和氛围，于是，其作品就只能是陷在故事这个较低的层面上，而不能超拔其上。越是不能自我超越的作家，越是将自我强行塞进他的作品里，使人物故事具有了明显的人造痕迹，或者说是具有了生硬的主观化倾向。安黎不是，安黎超越于人物之上，冷静地叙述着他笔下的生活世界，叙述着他笔下的芸芸众生，于是各种人物从麻子村圪里拐角走出来，个个生动鲜活，带着泥土气息和自我欲求，让人从中窥视出自我的影子。

安黎的这部长篇，不是以塑造高大全形象为鹄的，读者见不出那种所谓光彩逼人的形象。它是批判性的，是对村落乃至民众身上的那些劣根病灶，进行剖析和检视。他的创作路径，是沿袭着鲁迅这一脉络，带有着对笔下人物的怜惜和哀怨，带有鲁迅那种怒其不争的心境。说大一点，他以悲悯的心境，写出了人的——人类的局限性，正因为每个人物，都有着这样那样的局限，所以我们看到了自身，看到了这一局限构成的非完美性，这令人们警策。安黎的作品，距离其创作的时间，已经过去了17年，重读他的作品，鲜活的气息依然扑面而来。是的，它是活的，是因为它带着作家的温度，超越性地置身生活之上，他不是作品中的田立本，不是叙事者田大庆，他如上帝之眼，尖锐地看到了人的某种不堪，人性的各种丑陋。正因为看到了这一切，他又深爱着这一民族，这使作品充满了人间情怀与悲悯意味。

这种悲悯里夹杂着痛心与拒绝，若隐若现地呈现在作品里。但在阅读中，我们能感受到，在他的悲悯里，有着那种博大的深爱与情怀。麻子村的人，皆呈现出两面性，他们欢迎从美国回来投资的田立本，但他们更高兴的是他带来的资金和对自己的好处。他们对利益的渴望与争夺，他们身上残缺的人格，在作家笔下纤毫毕现。读者看到了三妈的撒泼，四妈的冶荡，宝来的懦弱胆小，栓牛的骄横野蛮，富贵的狡诈心机，刘奇的残暴无情，村长栓虎的霸道横行，等等。这是暗面，还有他们在社会公众面前刻意表现出的相反一面。

安黎的小说叙事是冷静的，你仿若看不见他的身份，他没有将叙事主体强烈地投射到故事里，没有将自己强烈的情感向背注入人物身上，他隐藏自己，仿若可有可无的样子。小说中他虽然用了第一人称"我"，但这个第一人称却并未很深地介入故事里，而只是导引。他故意与自我拉开距离，让"我"成为一个客观的叙事者，一个纯粹客观的观察者。

小说的细节是真实的，生活场景是鲜活的，人物心理和语言，皆是在具体的情景规定里，逻辑性地展开。所以我说，小说故事具有了一种自我运行的力量，它是沿着一定的规定性情景在向前运行，于是，它充满无可辩驳的现实张力，营造出了一种难得的独特气场与氛围。其艺术感染力，形成令人震撼的力量，既真实又冷静，构成了坚硬的质地，同时又有了与心灵共振的艺术底蕴。

《时间的面孔》曾获得第三届柳青文学奖，我撰写了获奖词。在此，我将这个获奖词作为我发言的结束语：安黎的长篇小说《时间的面孔》，以归国华侨田立本投资故乡的遭遇为主线，立体地编织出一幅当代中国社会图景。其作品涉及乡村与都市、精神追寻与物质欲望、官场与民间、世俗与宗教等多个层面。小说显示出多向度思考：新农村的发展方向、东西方文化的冲突、人与故乡的关系等。小说具有令人难忘的场景与细节描写和发人警策的思想火光。作品半是荒诞半是现实，浓郁的地域文化味道里又兼有现代黑色幽默的特质，呈现出奇异的丰富性和复杂性，对中国社会国民劣根性进行了深入剖析和批判。

在优雅隽永的情感流韵里徜徉

——邢小利长篇小说《午后》略论

一

邢小利的长篇小说《午后》问世，读他的作品，竟有了一些意外，这种意外是因为以我对他的熟稔，我想不到在他的长篇里，能呈现出如此诗美与优雅，如此的忧伤与悲悯。我似乎看见了徜徉在自我情感世界里的南柯，内心深处的落寞和疏离，表面的情爱故事背后，仿佛藏着一声深长的叹息，这样的一种况味，是我所意外的。邢小利是一个爽直、诚恳且坚硬的人，现实中的他，见有不平不义不快，常有怒发冲冠之态，因之，我想他的小说世界，一定是那种现实的带有强烈尖锐的社会批判性的作品，裹卷着凌厉之风，属于"一个都不饶恕"的那种。想不到他的作品，是另一风味，仿佛与天地万物都和解了，与生活和社会和解了，与周遭的人、身经的事和解了。他的作品里，没有了那种剑拔弩张的冲突，没有那种大悲大喜的情绪，而是一种悲悯的人生体验，一个困顿的南柯所历经的情感生活，而且是面对生命力流逝的那种感觉。因之，我将这部小说理解为一个作家的晚期风格，这不仅是因为作家本身过了耳顺之年，而且作品里的人物，也是身历"午后"，向西天滑落。这种境遇带来了什么呢？带来了哲学意义上的人生命题。假如将人生前期看作正反两向的对立冲突式的运行的话，那么到了晚期，正是人生命题的出现。如同佛家讲的从"看山是山"，到"看山不是山"，再到

"看山还是山"的阶段。但在这种人生命题里,却另开出某种坚持的东西。这使邢小利的长篇涂上了一层伤感唯美的韵致气息,我不得不赞叹,人是多么复杂的动物,作者的精神广漠,竟可开出这样艳丽唯美的花朵。

二

小说故事讲述的是人到中年的知识分子南柯,在与妻子离婚后,遭遇艺术学院的学生兰湘婷并与之相恋的故事。"南柯大学专业是中国语言文学,研究生读的是中国古代文学,毕业后分配到了汉唐文化研究院,在唐代文学研究室工作。唐代文学研究室编了一本季刊叫《唐音》,南柯也兼做这本杂志的编辑。"[1] 他虽研究的是唐代文学,但兴趣比较杂,常写些散文随笔;时不时受人所托,还写点文艺方面的小评论,有点小名气。南柯本可以步常人之熟径,紧跟领导沙瀚臣,就渴望在职位上再上一个台阶,当上研究室主任之类。但南柯却如他喜欢的陶渊明一样,"不愿为五斗米折腰,不愿巴结逢迎"[2]。这一执拗的个性妨害了他,正如他常念在嘴边的陶潜语:质性自然,违己交病。这就使自己置身边缘位置,与单位处于疏离之状。作品重心写南柯的情感生活,写他与兰湘婷两人间相爱的微妙情感,揭示了南柯细腻的内心世界,他对爱恋的诗意化向往,他的古典唯美情怀,那种唐诗宋韵、琴棋书画构成的士子趣味,南柯就是在这种古典传统文化浸淫下的人文知识分子。这一切,成为"这一个"南柯与兰湘婷独特的个性化关系,独特的禀赋气质和日常偏好。作者也写了兰湘婷对南柯的依恋与疏离,也揭示了她在南柯与男友之间的那种矛盾内心,她对自己未来的朦胧愿望,对现实生活的优游姿态与游移应对等。这是这部小说的主线。

前面说了,充溢《午后》的是饱满的古典韵致,是以南柯与兰湘婷

---

[1] 邢小利:《午后》,上海文艺出版社2021年版,第14页。
[2] 邢小利:《午后》,上海文艺出版社2021年版,第23页。

的爱恋构成的那种唯美的感觉，这使整个作品的格调显得典雅且隽永、缠绵而忧伤。也正因为如此，我们感到了作品内含的那种淡远涵泳。在小说里，我们感受到了温暖悠长的爱恋，感受到了人物怅然若失的痛楚，感受到了那种回旋往复的低吟，但不是那种撕心裂肺的、呼天抢地的呼号，这样一种优雅灌注于整个作品中，让人领受了艺术表现的另一方天地。这种格调韵致，是典型的中国传统美学之表达，属于"乐而不淫，哀而不伤，怨而不怒"的中和之美。就这部小说的故事结构而言，它没有传统小说的那种大开大合、大悲大喜的对撞冲突模式，其精彩的看点，就在两人之间充满张力的心理情感和人物颇带机锋的对话之间，更在于作品里所渗透的诗美优雅的生活情调，它见之于整个作品的铺排描写之中。因之说，邢小利的小说，故事本身没什么惊心动魄、曲折离奇之处，它非以此见胜，而唯美忧伤的细腻情感，却浸透人心。比如，作品结尾部分，写兰湘婷母亲来西安，南柯安排其住到唐村，晚上在望山楼吃罢晚饭，下楼的时候，"兰湘婷见头顶一片明亮，抬头一看，半个月亮挂在天上，月华满地，南山隐隐在望，心中满是欢喜，不由得说：'真美啊！'众人也都在楼梯上住了步，看月望山，看了好一会儿，几个人才走下楼梯，踩着月光，漫步唐村街道，回到南山书院"①。这是小说的闲笔，从人事活动的场所移向自然夜空，没有这一笔丝毫不影响小说叙事，但这样的闲笔妙就妙在其构成了特有的情调情绪，它使一种淡远诗美的情绪洇染开来，一股浓浓的审美气息扑面而来。

还是写月，最后一章，兰湘婷开完音乐会后，吃罢晚餐，与众人在唐村漫步，兰湘婷忽然高兴地说："月亮升起来了！""南柯抬头一看，一弯上弦月静静地挂在湛蓝的天上，像一叶小船飘在大海上。"② 然后小说回到了叙事的情景中，商量今晚回不回校，这是最后的告别了，个人音乐会完成，就该办毕业手续了。南柯已经帮兰湘婷安排好了去日本留学，企业家汪文海的慈善基金会也给她提供了资助，兰湘婷不停地表

---

① 邢小利：《午后》，上海文艺出版社2021年版，第286页。
② 邢小利：《午后》，上海文艺出版社2021年版，第302页。

达谢意。小说写道:"南柯说'不说了,这种俗事不说了'。他看着淡淡的月光下的远方,'飞吧,好好飞吧,看看世界,看看世界有多广阔,看看世界有多精彩'。他停顿一下,笑了笑,'如果有一天飞累了,就回来,看够了,也可以回来的'。"接着,小说是这样写兰湘婷的反应的:"月光下,他看见兰湘婷的眼角挂着一滴泪,闪闪发光。"① 前面酿造的氛围,压向这"闪闪发光"的"一滴泪",让读者禁不住眼酸。但作者却不让读者真正哭出来,笔锋一转,"两人握了握手,握手时,南柯把头俯在兰湘婷耳边,轻声说:'记着,回家了,代我问咱妈好'"。下面兰湘婷的回应,也是神来之笔,这样的细节,在作品中至少重现了三次以上:"兰湘婷笑了,轻轻地掩着声说:'你——讨——厌!'"② 南柯与兰湘婷的一场爱恋,就以这样的方式收尾了。"南柯在原地待了一会儿,开始往书院走,路上,他忽有感念,不觉轻轻地吟道:暮从碧山下,山月随人归。却顾所来径,苍苍横翠微。"③ 这是南柯感受生活的特点、处理情爱的方式。这样的方式里,不正内含着作家的审美化趋向?这是作家以自己的情感认知建构的独特艺术世界,甚至可以说是以自我的方式建构的带有鲜明理念特征的理想化的形象世界。

三

因之,《午后》也自觉不自觉地拒绝了什么,遮蔽了什么?很明显我们可以看到,作者拒绝了生活中冷峻严酷的一面,那些权谋的龌龊的世俗的权与利的争斗,那些让人不忍直视的生活暗面。当然,这种暗面,在别的小说里,也许正是着意展开的地方。如果说,"小说是一个民族的秘史",或如我所理解,小说更是一个个人的秘史。那么,正因为此,你总觉得作品刻意遮蔽的东西,原来是为了另一部分的敞亮。遮蔽南柯的生存之道,是为了敞亮南柯的情感投射。作者想在这一方面有

---

①② 邢小利:《午后》,上海文艺出版社 2021 年版,第 303 页。
③ 邢小利:《午后》,上海文艺出版社 2021 年版,第 303—304 页。

所为，故而将另一方面放弃。一般而言，经济和仕途，这两点应该是最易于展开知识分子精神取向的地方，也是最能显示出知识分子的困惑之地，而且其带有迫不得已的选择，也最能显示其人格和价值判断。这样两块试金石，在作品里均做了虚化处理。仕途上，南柯曾遇到可能的提拔，但作者几笔轻轻带过。说单位领导沙翰臣让南柯写一篇省上领导来院视察时的讲话稿，南柯张口就以"父亲病了"为由拒绝了，这是他第三次拒绝领导带有信任性的安排。从此，也就关闭了他的升迁之门。南柯的经济来源，除了工资，还有哪些？作品也基本上未有涉及。一个人的经济收入来源，也就是人物的生存之道，作品也这样做了悬置性的虚化处理。上述问题，在《午后》里，成为被遮蔽的方面，或者说不是作者想要表达的重心。作品的重心，就是构筑一个诗意化理想化的浪漫之恋，在这个情感旋涡里，小说让读者看到的只是以南柯为代表的人物的情感生活世界，而且这种情感生活还仅仅是以南柯的单视角进入，这就使作品具有了强烈的主观化特征，或者说使整个小说叙事通过南柯的眼睛而展开。除此之外，小说中几无他人视角。若有，就是稍显游离的第十二章，以柴一才视角叙事的欲求田小春肉体之欢的故事。小说中的二号人物兰湘婷，也没有她的叙事视角，这样使作品稍显单一而丰富性不足，却也带来另一效能，就是作品的整一感增强了。若添加兰湘婷的叙事视角，整个作品的氛围可能会是另一样态了。所以，我们见到的是作者执拗的艺术坚持，就是让故事在南柯的眼中徐徐展开，这就自然地成了围绕南柯而构成的个人情感生活，成了南柯以自己的传统古典趣味与兰湘婷、如忆、顾晓卉等人相交相爱的气韵贯通的情感故事。

如上所述，中国传统文人士大夫的审美化生活情调，灌注在《午后》里，成为人物和故事的重要承载。中国文化神韵和人物情感方式构成其主要特征。小说的亮点就在这里。这种浓郁典雅的诗化氛围使这部小说真正有了自己的呼吸和跃动，有了真正的自己的生命气息。这种生命气息就是南柯、齐文晋们的雅好趣味，他们在一起时的交谈对话和精神依持。我这里说的生命气息，是指小说中那种氤氲其间的丝丝缕缕的细节和鲜活的人物形态。这种气息场域，以南柯的眼睛切入和感受联通结构起来。比如，对于兰湘婷，南柯是这样感受的。他早上一睁开眼，就想起了兰湘婷，"又闭上眼，再一次温习兰湘婷给他的感受"。"吐气如兰的气息，整齐而洁白的牙齿，红润细嫩、弯曲有致、美丽动人的嘴唇，一双幽幽的媚人的眼睛。清瘦的脸。瘦弱的让人怜惜的身子。"①这是一个唐代文学研究专家，在人过中年的时候，遇到的情感冲动。他以一个中年之体，感受一个 21 岁的青春女子。他的冲动里有困惑有不安，但更多的是渴望。他所感受到的是散发着勃勃青春气息的兰湘婷，是她的"吐气如兰"、她的"幽幽的媚人的眼睛"、她的"瘦弱的让人怜惜的身子"。我摘出这些形容句，试图说明，以南柯的精神气质和内心感受而言，可说他是从中国传统文化画廊里走出来的现代人物，浸满了士人趣味。你可以把它看作是南柯的，也可以看作是从唐诗宋词、元杂剧、明清小说一路走来的古典审美样态熏陶下的文人的。一句话，它是传统审美范式酿造出的美。

作者强烈的创作主体意向，使他全身心倾注于南柯的情感生活，倾注于写出一种典雅的审美化的生活情调。甚至以此来反抗晚期风格中可能如期而至的和解。萨义德在论述作家艺术家的晚期风格时，认为晚期风格有两种类型，一种如莎士比亚的《暴风雨》《冬天的故事》一类作品，作者"返回到了浪漫的和寓言的形式之上"，这些作品，正是"我们在某些晚期作品里会遇到某种被公认的年龄概念和智慧，那些晚期作品反映了一种特殊的成熟性，反映了一种经常按照对日常现实的奇迹般的转换而表达出来的新的和解精神与安宁"②。晚期风格的第二个类型却是相反，"它包含了一种不和谐的、不安宁的张力，最重要的是，他包含了一种蓄意的、非创造性的、反对性的创造性"③。萨义德以贝多芬为例说道，他的晚期作品与第二阶段的作品相比，曾有的那种"紧迫

---

① 邢小利:《午后》，上海文艺出版社 2021 年版，第 104 页。
② ［美］爱德华·W. 萨义德:《论晚期风格——反本质的音乐与文学》，生活·读书·新知三联书店 2009 年版，第 4 页。
③ ［美］爱德华·W. 萨义德:《论晚期风格——反本质的音乐与文学》，生活·读书·新知三联书店 2009 年版，第 5 页。

和持续不断的特质"不见了，而"放弃的感觉尤为强烈"。因之，贝多芬晚期风格中出现的那种"不适合任何系统规划，不可能被协调或分解，因为他们的不可解性和非综合性的碎片性，是根本的"①。贝多芬晚期作品中这种不能被任何系统整合兼容和协调的"碎片性"，就是他的新的创造之灵，原先的那种体系，已无法兼容和整合这种萌芽着全新理念的"碎片"，它此后终于成为勋伯格十二音体系的产生与发展的预言和开端。

  我这里引述萨义德关于晚期风格中的两种类型的论述，意在说明，《午后》这部具有晚期风格属性的作品，同时兼具了上述两种特征。在小说的构架中，作品以与生活世界和解的方式，摒除了粗粝的、丑陋的、争斗的现实，虚化掉南柯的物质生存向度，使南柯能够优游于自己的精神世界中。另一方面，它却坚硬地不妥协地坚守了主观化的纯美的理念世界，呈现了南柯纯粹感情生活的单纯式表达，并在这一世界中开放出任性的诗美花朵。所以说它是既和解又拒不和解，和解是指作品在一个现实的层面上摒弃掉了可能产生强烈冲突的非唯美选项，而向着一个新情感领域探索和迈进。于是作品表面看来，鸟语花香，风轻云淡，一派安和之象。但他的拒不和解，使其已不顾及任何可能的束缚，而极大地展开人物内心斑斓的意念，哪怕这种内心意念呈现出被诟病的可能。于是，他因超出自我惯常的可能创作路径而变得陌生和不可识。显在而巨大的应对权力金钱迫压的写作路径被拒绝，而坚持自由表达自我内心感受。就如同贝多芬晚年的那种超出秩序和系统的音乐作品，传递出来的是走向真正自我灵魂和自由的感受。"他既能洞察到事物的深处，又能洞察到自己心情的深处。因而在作品中能创造出不仅是轻易的只产生肤浅效果的东西。"② 也许正是来自自我的坚守和体验，那种诗意的与现实境遇对峙的青春渴求，才以一种诗美的方式呈现出来。尽管从某

---

① ［美］爱德华·W. 萨义德：《论晚期风格——反本质的音乐与文学》，生活·读书·新知三联书店 2009 年版，第 11 页。
② 见歌德《〈希腊神庙的门楼〉发刊词》，转引自朱光潜《西方美学史》，人民文学出版社 1979 年版，第 426 页。

种意义上来说，这种渴求显示出了一种与伦理秩序安排不合卯榫的表现。这里作者却如此真实地坚守了对人性的深度开掘。这是值得肯定的地方。所以，作者在中和之美的调值下的外在和解中，却又坚持了自己的内心原则，抵御了世俗的陈规旧章，转而寻找到爱意清凉之一隅。

四

在南柯与兰湘婷这条主线之外，与南柯有情感交集的还有三个女子：如忆、顾晓卉和陈红。这三个人物，在不同向度上，使南柯的情感触角展开得更为充分和丰富。南柯对情感近乎苛刻的审美化要求，对爱的愿望和吁求，对灵肉统一的渴望，对肉体之上的这个灵府的要求，是深刻且具有超越性的。典雅和诗意与自我独特心境的契合，这是寻觅中的南柯之愿。在几个女子身上，读者看到了南柯的情爱冲动，冲动之下的靠近与尝试，也看到了在情感触碰中这几个女子如流星一般淡远消失。

先说如忆这个人物，小说采用倒叙的手法，说南柯有一日接到如忆的电话，这个电话将他拉回到八年前的一段往事里。那时，他大学即将毕业，到东门中学高中一班实习。如忆那时是二班的学生，教室与一班相邻。但南柯在上千学生中，一眼就发现了如忆。她站在"一棵丁香树下"，"正与同学说笑"。他"当时心里一惊，失神了好一会儿，直到同来实习的同学叫他，他才从深刻的迷茫中清醒过来"。说她"留短发，圆脸，一双眼睛不大却顾盼有神，脸上总是现出微笑的神情"[1]。当然，这样的长相描述，读者也看不出能让南柯如此震惊的美来。这种美，是主人公当年强烈的现场心理感受，无此，怎么能说是"美得惊心动魄"？如忆就这样进入南柯的情感世界中，她从所有日常中跳出来，炫目鲜亮，如天使一般。南柯不敢与她说话，却渴望见到她，他在如忆所在的教室转圈子，在操场见到她，怯怯地不敢靠近。八年过去了，今日南柯

---

[1] 邢小利：《午后》，上海文艺出版社2021年版，第32—33页。

回忆起曾经与如忆的交往。当年他实习结束后，与如忆通过信，第二封信中，如忆"说她不读高中了，转入一家金融学校读中专"①，如忆没有告诉南柯她读的金融中专的地址，于是两人就断了来往。四年后，又一次在街上偶遇，"如忆说她已从金融学校毕业，被分到西门广商银行工作"②。尽管如忆还是如往日般美丽，但是身上的神采没了，光芒没了，旧情还在。两人还一起去到东门中学重温往日时光，作者这样写道："两人又看了门前的丁香树，树还在，只是已经落尽了叶子。如忆站在丁香树前，恍惚间，南柯眼前出现当年那个如忆，那是一个苗条的、清纯的如忆。那一刻，他一惊，心里忽然冒出'岁月无情'这个词。他觉得，他从来没有像现在这样深刻地理解了什么是'无情'。"③

一个如忆，两重心思。或者说，确实也不是一个如忆了，能够使南柯"惊心动魄"的那种美，已经消失了。不仅如忆，南柯自身不也在这种流变之中吗？场域和心境都已经位移，但南柯以自我不动的心思，在如忆身上寻找昔日的感觉，找回的只能是恍若隔世之感，带来的也只有内心伤怀了。

南柯与如忆追忆般的相逢相遇，作者没有详写两人相遇之后，为什么无疾而终？只是在结尾淡淡地交代：最后一次请如忆到论语堂喝茶，刚好遇上南山书院的工作人员要来说事，冷落了如忆，如忆径直离去了。从此，彼此在各自的世界里消失。作者没有深究南柯的内心，深究会看到人心中不忍直视的东西，作者也许感到那样写不符合美的原则，不符合人物的性格定位，更与作品的调质相悖。小说中少有对丑陋现实的书写，少有人性深渊的凝视，甚至少了吃喝拉撒的日常，还有那种两人间的窥视和打量，现实间的利害考量，彼此斤两的掂量，如张爱玲笔下两性间那种刻薄的算计等。作者将人物置放在诗化的环境里，毋宁说作者在写忧伤的情感诗，而不是写情感中的无情现实。这使整个作品蒙上了一层薄薄的纱幕，我们看到了那种能勾起美感的东西，伤感的东

---

① 邢小利：《午后》，上海文艺出版社2021年版，第37页。
② 邢小利：《午后》，上海文艺出版社2021年版，第38页。
③ 邢小利：《午后》，上海文艺出版社2021年版，第112—113页。

西，消失的东西，而不是撞进来的粗粝现实，这是这部小说的内涵。它属于那种"此情可待成追忆"的迷惘。这是作者用自己的精神构建起来的艺术殿堂，他想让人们流连忘返在这座殿堂里，体察人物精神殿堂中最具有诗意的部分。于是，一部分现实隐匿了，另一部分被照亮，光彩的越发光彩，晦暗的蔽而不显。如忆这个曾经梦一般美丽的女子，也只能无疾而终了。因为在《午后》里，如忆留下的只能是忆念般的梦幻之美，庸常现实的乏味和丑陋，无法作为材料，进入这座诗化的建筑中。

顾晓卉是以南柯讲故事的方式出场的。南柯将他与顾晓卉的故事讲给兰湘婷和柳晴听。说是在一次学术研讨会上，两人相见相识，此时顾晓卉已结婚生子，但婚姻生活寡淡无趣，两人遭遇，生出相见恨晚之感。短短的两次相遇，两次情感交流，达到的程度之深，和谐之状，也是少见的。到了后来，彼此一个对视、相互一个话头，都能恰切地对应接续。"他很惊讶人的感情对于视角感受的影响力是如此之大"，他当时"觉得晓卉简直是世上最美的女人"。更让南柯心理沉迷的是两人的契合，"从谈话的文化层次和精神深度来说，他觉得晓卉在他认识的女性中还是无人能比的"[①]。两人第二次见面时，有这样一段对话，此前南柯给晓卉写了一封长长的情真意切的信，但晓卉一直没有回信。

南柯问："为什么不回信？"

晓卉说："没有回信，一是懒，一是你已经看得很透，不好再说什么。"

南柯没想到她这么回答。他问："我看透了什么？"

晓卉不接话，南柯说："世上的很多事，其实是看不透的。"

晓卉微笑地看着他，说："东北的天，四点就亮了。我这次出门，外面的天都亮的晚。"

南柯见她岔开话题，说起了闲话，也就不追问了。他知道，很多事情，需要心领神会。没有领会到的，问也问不出来。却没有想到，晓卉

[①] 邢小利：《午后》，上海文艺出版社2021年版，第261页。

突然说了一句："情深不寿，强极则辱。"①

晓卉不愧是南柯遭遇到的一个难得的知音，对话中能说出"情深不寿"这样的话，南柯心灵的震动是可以想见的。更令南柯感到沉迷的，是晓卉的聪颖与深厚的文学素养。他们晚上沿江散步，他诌了两句诗，让晓卉推敲：

"山花寂寞红，涧水自然流。"他说不知道"涧水怎么流？静静，自然，日夜？哪个好？"

晓卉停住脚步，想了想，想不出好词。过了一会儿，她又说："'自在'比较恰当。"就又自顾自向山上走。

南柯跟在后面，紧走了几步，说："我又凑成了两句：月明鸟空啼，云起雨香幽。后一句或者可以改为：云起雨来骤。起名'山中答问'。你觉得怎么样？"

晓卉回头看了看他，没有说什么。②

在南柯与晓卉的关系中，彼此激发出的人性诗意，那种琴瑟和鸣式的令人动心的美好，通过诗一般的精神对话和交流，逐一展开，让我们看到了人在精神层面上那种难以言表的愉悦，几与性爱的高潮性体验媲美的精神愉悦，这样的极致精彩的展开，男女之间心神的高度契合，是不是也回答了欲望之上的另一种实现方式？假如说在如忆身上，南柯眷念的是一种对青春纯美气息的忆念的话，那么，在顾晓卉身上，我们看到的是灵的契合。那种令人心房怦动的美。天地之间，众灵之中，一个灵魂能碰触到与你如此具有相同亮度、相同频率、相同感应的人，不就是三生有幸，感恩神助吗！如忆是远观，而顾晓卉是近处。作者以南柯的寻觅境遇，来回应人间的男女相处之难题。两人终于柏拉图式地相恋了一回，留下了说不尽的伤感与惆怅。有意味的是，它在形式上是一个没有完满结局的故事，但是这个过程的诗意展开，却提供了超越结局的完美。

---

① 邢小利：《午后》，上海文艺出版社 2021 年版，第 262—263 页。
② 邢小利：《午后》，上海文艺出版社 2021 年版，第 269 页。

陈红的出现纯属偶然,但在现代都市人与人的密集交往生活里却又是一种必然。她原本是一个女出租车司机,南柯在一次雨天搭不到车时遇到了她,"付钱时,陈红笑着回了头,南柯匆匆一瞥,觉得好像还不错"[1]。于是,第二次找车时,就想起了她留下的名片,电话约她来拉东西。在车上的一番交谈过后,"陈红就像流星一样,悄悄划过南柯生命的夜空,倏忽不见"[2]。两人交谈的内容是什么呢?现实的市井式话语。南柯知道陈红还没有对象,陈红也知道了南柯离异单身。

南柯问陈红:"那你现在找人有什么条件呢?"

陈红眼盯着前方:"年龄可以大一些,但不要太大,一个月能挣两千块以上吧。"

"为什么一定要两千块钱以上呢?少一点不行吗?"

"挣一千来块钱,不够生活啊。"陈红很实际地说。

南柯想自己一个月的工资,不算其他额外收入如稿费之类,也就是一千来块钱,看来像自己这样的还不够格。[3]

其实陈红对南柯印象蛮好,也自言自语地说:"其实,大上十岁也不算大。"事实上,是陈红无法走进南柯的世界,这不仅仅因为陈红"跟她开的车一样","有些旧了",而是趣味和精神的悬殊。陈红的出现,似乎衬托了南柯强烈的精神价值取向。

五

一个作品,犹如一个生命体,它能活起来,是因为有一个活跃的生命气息的灌注,有丝丝缕缕的真切的生命感知和体验充溢在故事和人物之间,它像是作者对一段生命的忆念,里面有真气充盈其间。所以说,《午后》活灵活现地展现了以南柯为代表的知识分子的迷惘、困顿和落寞。作者的真实与坚硬就在于,他不取媚于时,不讨好世俗风习。作者

---

[1] 邢小利:《午后》,上海文艺出版社2021年版,第8页。
[2] 邢小利:《午后》,上海文艺出版社2021年版,第148页。
[3] 邢小利:《午后》,上海文艺出版社2021年版,第145页。

没有将南柯写成一个榜样式的理想化人物,让他的行为变为公众可以理解或可欣赏的对象,而是真实写出一个喜欢陶渊明,喜欢古琴曲,喜欢米芾《蜀素帖》,具有隐逸兴趣的人文知识分子形象。他困顿、忧郁、彷徨,向往传统文人的生活,向往真纯诗意的情感,对美抱有高度的痴迷与敏感,不懈地追求,不断地逝去。作者不回避南柯心灵深处的复杂感受,他对青春的依恋。当他深深地陷进对兰湘婷的爱恋之中时,又有反省与不安,对朋友坦白道:

"我现在真实喜欢上了这个女孩,但她这么小,只有21岁,我觉得有些不安,甚至还有一点犯罪感。'停了一下又说,'但不知怎么的,我现在就是喜欢年轻的女孩,觉得年轻的生命特别美。是不是我们老了?'"[1]

尽管有"犯罪感",但南柯依然无法停住对兰湘婷的深刻着迷。这是一个复杂深刻的人物形象。作者既没有将其作为一个时代的楷模,也没有将其漫画为一个劣迹斑斑的浑浊人物。小说里的南柯,有着鲜明的个性化面影,他在"午后"的生命之弦上,弹出一曲复合的迷离诗美的忧伤之音,沁人心脾,令人沉思,真实再现出一个开放时代的人物所具有的多重精神面影。以此,也预告了通向未来的情感趋向:唯美的、灵肉契合的、承载了中国文化气韵的、以新的精神历史展开的人。南柯的困顿、迷惑和窘境中,难道不正展开着人的下一个情爱里程之愿吗?

---

[1] 邢小利:《午后》,上海文艺出版社2021年版,第107页。

阴郁日子里的亮光

——评高鸿《沉重的房子》①

一

当一个人倾其心力，置万般阻拦于不顾地爱一个人，爱得感天动地之时，却被她所爱的对象离弃，那么对于这个人的精神打击，应该说是摧毁性的。高鸿的长篇小说《沉重的房子》里，写了一个叫秀兰的女子。秀兰本来出生在富裕家庭，却爱上穷后生茂生。小说极力写秀兰对茂生无怨无悔的爱，这些文字很能打动人心，当我们看到秀兰不顾及亲人和乡邻的反对，一心一意往茂生这个穷窝子里扎，不惜将自家的财物从家里带给茂生，让人心生感喟。让人产生更大感喟的是茂生对秀兰的情感变化与疏离，这些段落写得揪人心肺。高鸿娓娓道来，没有过分渲染，平静地叙述人物的内心变化，平静地叙述秀兰的心如死灰，叙述茂生的痛悔和秀兰的冷对抗，我们看到了平静水面下人心对人心的失望。秀兰对茂生的失望，实际上是对人性失望，对人本身失望，你为之付出一切的人尚且让你心冷，那世间还有什么是值得信赖的？

秀兰是一位颇为不凡的女子，她的不凡体现在她的爱情上。她爱茂生，爱得执着而热烈。按照镇上人的见解，秀兰爱茂生真是傻透了，因为茂生的家，是那种穷到骨头里的家。家人的不解，周遭人的冷眼，现

---

① 高鸿：《沉重的房子》，文汇出版社2007年2月出版发行。

实的迫压，却也无法动摇她对茂生的爱，她也是将茂生这个男人爱到骨头里去了。小说中有了秀兰的这种温爱，读者尚能在茂生的饥寒交迫中，感到人世的春光和人性的温暖，你能被一种痛彻心骨的关切和无私无畏的爱意笼罩。

但是，这样一个纯净善良的女子，也有着被误解，被责难，被伤害的时候。当秀兰以如此纯净如此诚挚的心，献给了茂生和他的一家时，她最后竟被茂生母亲怀疑有外遇，冷言冷语就飘到了秀兰耳边。紧接着，一个更为深刻的矛盾产生了：秀兰结婚数年，却无法为他们生下一男半女，不能传宗接代，茂生母亲于是有了怨言，有了责难。于此，你感到了人性中的自私丑陋。这种自私丑陋，发生在我们所喜爱所注入同情的人物身上，人性中的寒意迎面袭来。《约翰福音》第八章上说，文士和法利赛人，带着一个行淫时被拿的妇人来，叫她站在当中。就对耶稣说，夫子，这妇人是正行淫之时被拿的。摩西在律法上吩咐我们，把这样的妇人用石头打死。你说该把她怎么样呢？他们说这话，乃试探耶稣，要得着告他的把柄。耶稣却弯着腰用指头在地上画字。他们还是不住地问他，耶稣就直起腰来，对他们说，你们中间谁是没有罪的，谁就可以先拿石头打她。他们听见这话，就从老到少一个一个地都出去了。只剩下耶稣一人。还有那妇人仍然站在当中。对人的宽恕和良善，贯穿于基督教教义中。上述故事里表达的是一种原罪观念，既然人人有罪，有何理由不对他人宽恕？难以设想的是，要是在缺乏诚挚自省的人群里，一定是纷纷将石头扔过去，借以表达自己无罪。缺乏神性的文化基因里，能不能使灵魂敞亮？或者说以何种方法敞亮，都是一个需要我们深究的问题。孔子尽管也说了"吾日三省吾身"，也有着内在反省，但是，这和面对神性的无所遮蔽的敞亮还是有所不同。

茂生母亲也是一个善良的吃尽苦头受尽磨难的女人，但是当茂生情况好转、秀兰不能生育时，她就萌生让儿子离弃秀兰的念头。并且，对秀兰以恶语相向。这些地方，让人看了为之疼痛。作者很真实地写出了人性之私，在字里行间我们似乎也能感受到作者在茂生母亲和秀兰之间犹疑，这是一种非常真实的现实冲突。在这种冲突的地方，我们其实是可以窥见人性深渊的，窥见现实苦难在没有建立超越生命信仰时的困窘。人物在走投无路时，可能与神性相遇，因为人物自然地寻求生命的根据，不然无法建立起生存的信心。遭受着贫困折磨和爱人遗弃的双重挫折打击的秀兰，如何构架通向未来的信心，这是作者需要关注和用力的地方，也是可以直达人物灵魂深度的地方。

因了这个事件，秀兰是否还可重建对人的信心，对生活的信心，对茂生的信心？没有对人的信心，或者说这个基础的倒塌，秀兰精神世界能否再生？昔日的那种义无反顾的热情，那种以茂生作为生命之天的信念，能否恢复？这些都应该是人物具有纵深度的地方。在这些地方，作者已经构筑了充分的冲突张力，但似嫌深入不够。

显然，作者的情感倾向是明确的，他将情感深深地投向秀兰，尽管也有着对茂生母亲渴望得子的理解，对茂生疏离秀兰的思想变化也有着谅解，但其所抱持的视点是一致的，在人的精神探寻上，以人类情感价值的恒久性作为基石。没有这块人性的基石，假如以现实功利为唯一原则，那么人类的行为方式就可能发生颠覆性变化。功利社会无法建立起人性的稳定基石，因为功利社会的价值取向，是随着个人价值的涨落而随时改变的。尽管我们知道世界是多变的，变化是世界的唯一真实。但是人类追求永恒的不懈努力，常常让人为之动容。唯其稳定和永恒，才让我们看到了人性中闪光的东西，看到了他与之相对的价值和力量。就像是秀兰，超越功利社会的现实而追求贫困的茂生，放弃现实中的考虑，这是他打动读者的地方，也是他永远动人的地方。她若是和世俗世界一致，觉得现实中的茂生在此刻无法创造让她看得着的现实利益而放弃他，那么秀兰就会淹没在大众之中，就不是我们看到的这样一个动人的秀兰了，当然也就无法显示出"这一个"来，"这一个"恰恰就凸现了秀兰灵魂的高贵。秀兰的付出，呼唤着茂生忠贞不渝的回馈，任何的亵渎，都会在读者心中引起极大的波澜。秀兰的忠贞是感人的，构成了一个恒久的人格光环。

二

　　房子在中国一直是贫困或富裕的象征。即使在今天，农村人给儿子娶媳妇，媳妇家人对女婿的选择，重要条件之一就是房子。对于没有像样房子的人家，要想为儿子娶到一门好亲，的确是一件非常困难的事情。对房子的渴求和比对，历来是农村人家津津乐道的话题。有了一院好房子，主人才有面子，才能真正扬眉吐气，才在人面前说得起话。在此之上，我们看到的是对精神生活的漠视，将物质财富的追寻作为第一要义，这是功利社会的自然诉求。但是在人类的活动中，精神的诉求往往具有更高的形式，更具有人的意味。《沉重的房子》，围绕着房子——这一沉重的话题而展开，小说的主线就是主人公茂生造屋置房的故事。

　　这部长篇，写的是陕北生活。陕北也是作者高鸿的故乡，具有强烈写实色彩的作品，不能不说有着作者个人生活阅历的浓重投影。茂生出生在一个贫寒家庭，父亲活得比较窝囊，尽管有点儿文化，但是文化在一个构不成文化氛围的地方，庶几可以看作无用的东西，当然，能够对文化还有点儿内心尊敬的人，其表现也就颇为不凡了。在小说里，房子是一个太沉重的话题，是几代人为之奋斗的主题，不管是茂生的父亲还是茂生的哥哥茂民，他们都为着一片栖身之地而倾其心力，甚至失去生命。小说在开头部分写茂民为了能够与心爱的麦娥早点结婚，拼却全力建造房子，为了筹钱，又是挖药材又是做电杆横担，但是一次次失败。在那个年月，他的这种行为被作为"资本主义的尾巴"，被批斗、被关押。尽管这样，他还是在悄悄地做着造屋的迷梦，以至于在接近年关的腊月，偷偷上山背木头，最后摔死在山里。这些地方写得催人泪下，让人感叹唏嘘。茂民的房子没有造好，人却离去，随后连他的恋人麦娥也气疯了。

　　房子，是中华民族千年来对幸福生活向往之象征，也是生存保障之本。哥哥造房未果而死，茂生接过哥哥的遗愿，怀着将全家人搬出那几间破瓦房的梦想，开始了新的努力。此时，茂生身边多了个秀兰，他俩是何等吃苦，买不起砖自己烧砖。做砖坯，烧砖，秀兰像个男人一样，不分黑天白日干活。但是当他们刚刚将砖坯砌好，却遇上一场大雨，几个月辛苦，化成泡影。后来砖烧好了，开始箍窑洞，窑洞好了，一家人眼看就要住进去了，却又一次遇上暴雨，窑洞塌陷，所有辛苦毁于一旦。小说后来又刻意写了茂生进工艺厂后住房的艰难，一次次为了栖身之处所做的艰辛和努力。作者这样在写出人物命运之艰难的同时，给我们展示了一幅广阔的时代画卷，真实地记录那个时代的生活，写出了那个时代人们的艰难辛酸，重现了那个时代浓重的历史画面。小说意在以房子为叙述中心，将人物故事串联起来，凝聚其写作主旨。

这样写自然有作者的道理，但在这部小说宏大的生活场景下，且又有着57万字的篇幅，却被凝缩在房子这样一个焦点上，在我看来，觉得有点儿限制了小说描写的宽阔视域。小说的题目是《沉重的房子》，反倒不如一个更为宽泛的名字恰当一些。还有一个问题，全书围绕房子而展开，茂生家几个人终其一生为建房而奋斗，屡战屡败，屡败屡战，阴郁之气遍布，读者的阅读感受显得过分压抑。生活中的苦难与艰辛，自是人物闪烁光华的地方，但是读者的阅读期待，实际上也与小说的节奏相关，一张一弛之道，在小说布局安排中亦应如此，苦难中所获的幸福感也许更为感人。若让小说节奏一直处于紧张压抑状态，也会使阅读兴奋点变得疲惫，从而也削弱了也许是作者想营造的紧张沉重感。房子问题在小说中有着似嫌重复的感觉，作者不是在陈述一部造屋的故事，而是人物不断地处在造屋毁屋置屋的行为中，广阔的生活触面显得狭窄。

三

茂生之所以吸引秀兰这样一个镇子上的富家姑娘，最根本的原因乃是茂生身上所具有的文化潜质。正是这一点，构成了秀兰对茂生不离不弃的爱情，这正是爱情超越物质的地方，尽管爱情为我们带来这么多麻烦，这么多痛苦，我们甚至都不想言说爱情的光辉了。但是，它的甜美总是和苦痛相关。假如我们对爱情还有着充分肯定的话，最值得肯定的就是它的超越性了。超越规范秩序常规，超越世俗常态和世俗功利的考量和打算，这些才构成它动人的光彩。没有这种超越，爱情还有什么闪光的东西？在这片黄土地里，茂生是这么一个人，他种庄稼不大在行，干农活不大在行，显得乏力而笨拙。但是他的精神却飞翔得很远，这是他厉害的地方。他不像是这块土地上长出来的，倒像是另一世界的产儿。他会画画，爱读书，有灵性，精神有着飞翔和超越。他向往外面的世界，这种向往使他的灵魂没有被黄土掩埋掉。这种人物，在农村是稀少的，却是可贵的。茂生就是这样，以自己对村舍文化的超越，使自己显得异类，从而也为自己赢得了秀兰的爱，赢得了袁玫的爱。

这是一个匮乏的时代，不管就物质和精神来说都极度匮乏。但是，作为人类这个奇异物种，只要匮乏还不能时时威胁自己生存，那么在喘息之余，他都会在精神上不断寻觅，尽管这些东西没有直接功用。特别是在物资匮乏的年代，精神追求更显得虚无缥缈。但是无疑，即使在秀兰看见了茂生家出乎意料的贫穷，看见了那仅有的"几间破旧不堪的瓦房支撑在院子西边，像是随时要倒的样子"，她还是感到吃惊。但是让读者感到吃惊的更是秀兰义无反顾的选择，她本可以选择小黄，这个混在北塬乡吃公家饭的小干事。他的家境当然大大超越了茂生，但是在物质的生存如此困窘的情况下，秀兰将家境的考量放在第二位，她爱茂生这个人，爱他的什么呢？作者是这样描写的："秀兰看着茂生家一屋子破烂直皱眉头。但不一会儿，她的目光就停在墙上：墙上是茂生画的画和得过的奖状。秀兰知道他曾在县城办过画展，那时就从心里对他钦佩，但并没有想得太多。她看得很细，一股由衷的喜欢写在脸上，以至女友催了好几遍才恍恍然地离去。从此，茂生的画便挂在了秀兰的心里，茂生的影子开始在姑娘的心头影影绰绰，挥之不去"。这就是精神的力量，艺术的力量，也化为爱的力量。茂生的才华，成为吸引她力量的源泉。

茂生在初中时，作文就被作为范文，在全校范围内流传，一时成为北塬中学名人。这些都构成吸引秀兰的要素。茂生此刻固然是一个一贫如洗的人，但是，对于那些真正天性敏感的女子，就会义无反顾地选择他，如同是一支潜力股未来不可限量。女子在选择终身伴侣方面，实在是一种风险投资。而那些深具眼光的人，常常能够做出出人意料之举，让当事者感到目瞪口呆。但是在若干年之后，人们议论起来，就能常常感受到她的目光远大。因为在这些选择中，显示着她的非同凡响的地方。秀兰的选择就是如此。这是女人的天性，尽管秀兰并没有多少高深的文化，并没有谋略和思虑，但是女人的天性和直感，就决定了她为之交付一生的取舍。果然，她付出了常人难以承受的代价，也付出了她倾心的爱，最终也获得报偿。她所爱的茂生果然不负所望，是一个在事业上显露出极大才华的人物，也使她的一生充满光彩，尽管也不乏苦难。以此看来，女子在爱情上的追寻，物质作为一个考量的基本法码，但是精神的维度却在最困难时高扬着。这也算是人生活在这个阴郁世界里的一点亮光吧。

  实际上，物质的极度贫困和精神的不懈追求，恰恰构成小说在这个人物茂生和秀兰之间的巨大张力，也成为小说叙述的基本内在动因。同时，也正是这一点，显示出作家高鸿在叙述视野上，抱持着现实主义的叙述心态范式，不管就小说结构和人物视点，还是人物的内在冲突，都显示出了这一倾向。有意味的是，作者尽管横跨改革开放前后两个时代，但是在小说结构心理和叙述策略上，还是沿袭着这一路径，这也昭示出作者本身的心理，正是处在农耕文明和现代工业都市文明之交，而童年少年时代的印记恰恰构成叙述的基本底色。所以，对历史的叙述，作者还更多停留在物质匮乏这样一个基本问题上，没有彰显或注视当代人精神困惑这一重大命题，这不能不说是一个小小缺憾。

侯波小说创作简论

一

在侯波一次作品分享会上，他被邀请向诸位朋友介绍自己的创作过程。面对大家，侯波稍显紧张，简单几句了结。我接着与侯波互动，就作家本身的话题说了几句。在我的印象里，很多作家都有这种表现。至少在我身边所看到的陕西作家群里，滔滔不绝、能言善辩者少，他们大多显得沉静多思，言短木讷，侯波这个状态，符合了我印象中的作家状态。作家以自己的作品说话，他把自己对世界的认知，化为笔下的故事和人物，他丰富的内心生活，饱满的情感，灌注在作品里，与读者对话。大概正因为作家观察社会生活的眼光是独特的、尖锐的，又是静默的、内省的，所以，他们大多讷于言而敏于思。因此我说，侯波就是我感受到的真正的作家的样子。

我认识侯波是近几年的事，第一次见他，是在他的作品研讨会上。大约是 2014 年秋，他的中短篇小说集《春季里那个百花香》①研讨会在省作协召开，大家对他作品的评价很好，觉得这是一位具有潜质的青年作家，是其中的佼佼者。在他的作品里，我看到了他对底层生活的熟稔，看到了他对生活如何艺术化地展开，感受到了小说叙事者的爱憎。他情感中极为动人的一面，也在他的故事和人物背后呈现。一个作家思

---

① 侯波：《春季里那个百花香》，当代中国出版社 2014 年 7 月第 1 版。

想深处的阳光，从云层里透射出来，极为迷人地刺亮了读者的眼睛。侯波做过多年乡镇干部，了知生活中艰辛复杂的一面，这为他的小说创作提供了难得的资源。这样的摸爬滚打，使他洞悉了隐秘的人性，也以此建构了他的精神底色。

今天，侯波奉献给读者的是他的第一部长篇《流火季》[①]。这部作品，70余万字，是侯波花费了数年时间，奉献给读者的倾心之作。这部作品，以延长石油的发展史，作为纵深的背景。就题材而言，可谓重大。延长石油，可以说是中国历史上最悠久的石油工业。小说从它建立之初的1907年写起，直写到1948年延安重回我军手中。故事以贺山子、贺学文、张宏霖、洪丹凤等人物的命运发展为故事线索，以延长油田为故事的展开地，并很自然地将之与陕北革命贯通起来，构成一幅波澜壮阔的历史画卷。小说人物众多，形象鲜明。小说叙事，不仅仅是讲一个好故事，更重要的是在这个故事里蕴藏丰富的人生内容，而且这些人生内容，须与重大历史事件相关联，这才能获取它的重量和价值。可以看出，侯波继承了陕西从柳青到路遥、陈忠实一路走来的现实主义传统，特别是史诗笔法。作者意欲从重大的历史风云里，赋予故事和人物以价值意义。这样，《流火季》显得厚重宏伟，场面阔大，视野宏深。驾驭这样一部长篇，对作者无疑是一个挑战，何况就长篇而言，是作者的第一部。但大题材的选择与处理，可以释放出作家的创作潜力，也让我们见出了作者的野心和自信。所以，这部作品尽管一些地方还显得粗疏，还有不够圆润的地方，人物的精神还嫌单薄，开掘也略显不够，但从整体意义上而言，《流火季》不失为一部成功的值得关注的大作品。

二

我尤为喜欢侯波的中篇小说，在他的中篇集《春季里那个百花香》里，作品写出了人生的窘迫与困境，这一点大约是侯波极为独特的体

[①] 侯波：《流火季》，太白文艺出版社2019年5月第1版。

验。其在审美趣味上，主要是让人感到了生存的无奈感、挣扎感、荒谬感，有着存在主义文学的某些特征。这一点，在整个作品里得到了极为充分的体现。不知侯波是自觉地写出了自己意识到的这一生活感觉，还是下意识地不自觉地写出了这一点。我觉得一个对农村基层生活有着深透了知的作家，既有了这样的人生感知，又有了通过个性化的叙事，能将之很好地呈现出来，这一点能力是难得的。假如侯波将自己作品中业已呈现出来的这一点进一步扩大强化，他的小说将具有震撼人心的穿透力。

我从侯波的两部中篇小说里，来细加分析他作品中的这一特质，看他的故事和人物身上，让读者看到了什么？感受到了什么？

《手心里的天空》里，他写一个叫作虹的女人，丈夫是中学教师，本分，懦弱，每月就是这么一点钱；儿子大专毕业，在家待业。这个时候，母亲被弟弟送来了。母亲患老年痴呆，卧床不起，虹一家人住60平方米那么大一点地方，母亲来了，全家人倒腾房子，丈夫就睡了客厅。一家人从此忙乱起来。儿子待业在家，整天迷在游戏上，将自己关在房子不出来。以前给亲戚说过为他找工作的事，一直没有消息，年关将近，忽然传来喜讯，说是有眉目了，这是喜。愁的是，人家说要10万元，必须尽快送去，不然会黄了。他们家里刚刚因为买了大点的房子，全部交了首付，手头没有一点钱。开动脑子，想了一圈，也想不出一个可以借到钱的地方，忽然就想起了包靠山，听说他这几年发了。虹让丈夫打电话，丈夫不打，丈夫让虹打电话，虹也不愿意打，但是无奈，只好打了。没想到对方一口答应，第二天丈夫去拿钱，拿到5万元，剩下的5万元东拼西凑，总算齐了，交给了亲戚去办事。然后是虹被包靠山叫去唱歌，唱完，在送她回来的路上，问她，可以不可以不回去？她随口说，今晚不行。但是明晚后晚行不行？而且包靠山在有意无意拉她手时，她的心动了那么一下。后来，又是母亲的病加重，在他们外出时，母亲拉了一炕，生活的窘境就是如此。虹年轻时本来有几分姿色的，不然也不会惹得包靠山上心，那时包只是做一名保安，这些印象，保持到今日。小说写到这儿为止，但留下的余味是耐人咀嚼的。这就是生命的日常性，虹就这样辗转于日常的生活之中，无奈、挣扎、惶惑，所做的都是她曾经反对过的。荒谬地生存在世界上，不知道那个幸福和快乐在哪儿？

　　作者能敏锐地察知生活里那种微妙的人生处境，一个本来还算平顺的普通百姓之家，被一件件意外事撞进来，母亲痴呆，儿子待业，忽有喜讯，却又愁人。工作有了眉目，10万元不知在哪里。一家人手忙脚乱，被逼上了墙角，墙角里的女主人虹，只好出马。她知道自己出马找包靠山意味着什么，丈夫不言，心里也清楚。但还有更好的办法吗？作者并没有将发了财的包靠山脸谱化，像我们常见的那样定位，漫画化一个暴发户的龌龊和不堪。相反，他为人还很不错，很尊重虹，尽管心里藏着那份私情。这当然更为逼近生活的真相，更能显示出作者心中对人生某种情境的捕捉和感受。你如何能让一个有着七情六欲的人，如包靠山之类，在他的行动里，不受内在欲望的支配，而只是高尚地帮助他人？作品显然触动了生活里的内蕴。掩盖在平静的日常下的隐秘心理和隐秘关系，这些东西，恰恰是推动事件运行的内在驱动。作者也并没有将虹写成那种决绝地坚守传统妇道的人，写到她留有余地地应对，"今晚不行"，写到她被包靠山拉手时，心动了那么一下。这才是真实的人性。故事就这样结束了，但却留下了一个令人深长的反思。生活原来就是这样，在人性的明暗处相互交错，演绎出错综复杂的生命故事。

三

　　《春季里那个百花香》写一个叫双良乡烟山村的村长，叫侯方方。他是整个作品的叙事主角。说乡里派来任务，今年春节要活跃农民的文化生活，让他组织秧歌队，正月十二在镇上参加汇演。他本不想答应，多一事不如少一事，但乡上李书记说了，他面情软，稀里糊涂就答应下来，然后就去动员婆姨们。他先去找红鞋，让她带头，他知道红鞋在婆姨中的号召力。红鞋正在院子里跟婆姨们唱耶稣。红鞋不答应，说事情多，又不发钱，扭秧歌谁替我们唱耶稣呢？侯村长又找了几个人，没有答应的。事情就搁住了。一日，恰巧有收猪的来村上，侯村长将他领到了红鞋家，他知道红鞋有头猪要卖。红鞋不在，电话里跟收猪的谈好价钱，然后侯村长帮忙称了猪，钱给了红鞋婆婆。红鞋回来，心里高兴。侯村长跟李书记又一次电话，想推脱此事，未曾张口，李书记电话里高兴地告诉他，这次汇演还有5000元奖励呢。侯方方再找红鞋说秧歌时，她就爽朗答应了。有红鞋领头，村里婆姨呼啦啦都跟上来了，排练了几次，也像模像样了。这是故事运行的前半段，像是一个欢乐流畅的乐章。但后半段的调音发生了变化，变化里的现实疮痍尽显。

红鞋的公公是三娃老汉，六十多了，一辈子爱红火，会说书，爱打锣鼓会唱小曲，还会巫神。去年得病以来，身体很不好，行走都困难，大年三十夜，被文宏接去赌博。文宏家就是村里的小赌场，人闹哄哄一片。没想到当晚就被派出所一窝端了。红鞋着急上火，找人说情，说公公年龄大了，身体又差，到派出所要人。派出所说必须交5000元罚款才放人。大年初一，好不容易凑够了钱，到派出所领人，却说公公被120救护车接到医院了。赶到医院，公公已经死了。红鞋不答应了，非要派出所给个说法。赌博固然不对，但也非死罪，人活着被你们带走，现在不明不白死了，你总得给我们一个说法呀。事情反映到县上，乡上李书记电话就来了，说要维稳，先埋人，以后给家属一个补助，必须先把医院的字签了，把人埋了。红鞋说，谁送来谁签！人就这样放在停尸房。过了几天，红鞋被派出所带走了，说是参加了邪教。婆姨们都来证明，红鞋参加的是正教基督教，国家允许的。大家签字画押做证。侯方方和红鞋丈夫海海将证明送到派出所，折副所长说，你说不是就不是啦？还让侯方方看了举报信，说她参加的是门徒会。批评村长没有政治觉悟，"村长工作性质是什么，是维稳。你怎么也跟着凑热闹啊，还上访呢，还签名呢，你这不是专门给派出所添麻烦吗？"侯方方此刻明白了，红鞋被抓与她为公公的事讨说法有关，派出所何尝不知道邪教和正教的区别。

六七个婆姨也尾随侯方方来了派出所，看证明未能奏效，今日刚好是礼拜，要去教堂为红鞋祷告。在祷告声中，侯方方惊奇地发现，引安子婆姨祷告词念得这么流畅动人。"听着这些祷告词,侯方方这时眼前就蓦地出现了那天扭秧歌时红鞋的那张脸,她红扑扑的脸庞掩映在绸子和扇子中间,她大张着嘴,声音圆润而充满质感,正在努力地唱着《扭起秧歌谢党恩》。"此时,侯方方电话响了,是李书记打来的,说正月十五的演出不变,节目不变:《扭起秧歌谢党恩》。还要代表乡上到县上参加春节文艺汇演。故事就这样结束了,但那个延长音,却飘飘袅袅在读者心头萦绕,久久难以散去。

通过对侯波小说创作的观察分析,我得出这样的结论,可以说,侯波具有强大的创作潜质,具有多向度开掘的可能性。他的小说,在人物和故事的叙事中,你能感受到那种涌动的内在力量,空间极大且背景深厚。一个中篇所涉及的内容极为广阔,反映出当下农村小康之后的乡村治理,上下关系,农民的娱乐方式,精神信仰,邪教传播(门徒教),等等。我颇为赞赏小说叙事中的留白,作者懂得隐含的叙事法则,既使作品充满趣味张力又使读者充满阅读期待。那种不是几句话能够说明白的乡村人际交往,却能在作者笔下极为妥帖地再现出来。整个故事叙事是侯方方村长的观察视角,他处在上下两级之间,既能感受到上级的治理要求,又能体察到村民们的实际需要,这使他的视角极具复杂性,感受也颇为独特。他要推动上面布置的任务,将大家动员起来扭秧歌参加汇演,他知道红鞋的态度是关键。碰壁后他主动帮红鞋卖猪,主动去看望红鞋公公等等。这些细处,都能显示出侯方方的聪明和情志。除此之外,还要应对婆姨李翠翠的掣肘,她对红鞋的妒忌,她的小心眼,也是侯方方需要费点心思应对的。但她又深明大义,在证明红鞋没有参加邪教的那张纸上,也坚持要写上自己的名字。

故事主线外,还有瓦子村的狗胜子和二蛋打上侯方方家来闹事,因为他婆姨信门徒教的事而被拘留,侯方方曾向李书记反映了这件事。红鞋此刻倾力相助,赶走这两人,这又为他们告红鞋黑状埋下伏笔。派出所当然明白这是黑状,但却刚好借此制约红鞋。作品这些地方写得不显山不露水,叙事从容不迫。就是说,你能在侯波的作品里,看到所编织的密密麻麻的生活之网,感到饱满的生活气息,但你却感觉不到纷纭密布的令人头晕的错综复杂，反而感到线索的明晰单纯，这个本事不简单。作者现实主义的再现能力极强，让你觉得真实的生活理应如此。浓浓的生活氛围，将读者席卷而去。有些地方，也许仅仅两笔，就勾勒出那种妙处，余味存焉。

　　作品写村长侯方方第一次来找红鞋时，"红鞋跟村里的几个女人正坐在院子里的柴垛上唱耶稣歌。坐北向南的房子，院子靠东墙垒起一堆木头，那是盖平房时拆的旧房子的木料。红鞋和红安子婆姨、三娃婆姨、文革子婆姨等七八个女人高低参差不齐地坐在木头上，唱着耶稣歌。她们一个个眯着眼睛，张着嘴，神态安详而平和，和暖的阳光洒在她们脸上，活像一条条在水中自由畅游的鱼儿"。这样一些描写，你能见到叙事中的闲笔所勾勒出的韵致，是另一味道的东西。就是说在作者这种审美里，那种对生命样态的另一观察另一体验，有着极大伸缩空间，其伸向精神幽深地带的感知，尚待作者继续开掘。闲笔里也为红鞋与派出所死磕的这种情感合理性，做了铺垫。这种铺垫还包括交代红鞋的人生不幸，早年亡母，之后早恋被抛，得了羊角风，嫁给海海，公公重操说书手艺，赚钱为她治病。这是这样的情感逻辑，为红鞋后面的行为找到了支撑。这些地方，我们都能见出侯波在创作中那种缜密的思考和对生活的把握领悟能力。他笔下每一个人物的行为背后，你都能找到其生活的依据和合理的逻辑。

历史车轮碾压下呻吟的个人命运

——读张兴海的《风雅三曹建安骨》

一

曹操、曹丕、曹植，这父子三人，在中国历史文化的天空中，熠熠闪耀，千年难得一遇。作家张兴海将他巡索的目光，驻留在他们身上，这一沉就是八年，终于拿出了这部40万言的长篇《风雅三曹建安骨》。

张兴海所面临的问题，首先是在一个大家习见熟稔的题材里翻出新意，在几个人人皆知的人物身上，发掘出异貌新容。我之所以强调这一点，是因为对于曹操父子而言，古代史早有浩如烟海的记载，即使稗官野史之类，也汗牛充栋。更别说，罗贯中的《三国演义》，历朝历代的话本戏曲，关于曹家的故事，搞得家喻户晓。如此背景下的书写，该使用什么样的视角，进入这段历史？既不能罔顾历史事实而随心虚构，也不能生搬硬套拿来主义，这就要求作家，对那一段历史，以今人的眼光，重新观照打量。我指的是对这段历史的重新阐释，是文学化阐释。在这样的阐释里，历史尽管还是历史，但在这种阐释里重获意义。于是，读者借21世纪张兴海的眼睛，看看围绕曹家父子的那些人物，建安七子、孔融、荀彧、王修等人，如何才情勃发赋诗作词，如何出谋划策纵议天下。其精神来源和自我坚守的是什么？蔡琰甄宓、崔姝郭妃、嫔妃小妾们，其宫闱秘闻，日常生活，是以何样运行？又是何种生活形态？当然，更重要的是，作家张兴海如何用细节重建她们的日常性，或者说，这种日常性在小说叙事中，是以何种情感尺度做出判断的？

　　这个时候的张兴海，需具备照亮幽暗历史的现代史观。历史故事他当然知悉，三国争霸，曹操以邺城为据，挟汉献帝为旗帜，从而雄视天下、号令天下。古典故事里的英雄，不就是这样你争我夺，为打出一个刘姓、李姓或者曹姓的天下，让百姓血流成河吗？那么，三国故事的意蕴藏在哪儿呢？张兴海要做哪些颠覆？在古典主义作品那里，天下是英雄们纵横驰骋的天下，历史握在英雄们手中，那些下层民众、芸芸众生，成为"只杀得天昏地暗，血流成河"中的那一滴滴血水，成为"白骨露于野，千里无鸡鸣"的没名没姓的白骨，他们往往成为被忽略不计的"沉默的大多数"。前文明时代的英雄史观，就是这样打造历史记忆的，历史就是那么几个英雄的历史。

　　张兴海将眼光下移，观察历史深处的呻吟，看百姓在历史的演进中，起到了怎样的作用；看那些英雄们，在历史的选择中，选择将什么作为自己杀伐的依据。甚至这些也不是张兴海的任务，张兴海的真正任务和兴趣，应该是凭借自己的历史知识，点燃自己的创作激情，将僵死的历史人物激活点化，用生动鲜活的细节，重新罗织历史场景。他要借用艺术手段，以思想和情感为经纬，建构起以曹魏政治集团为中心的一个统一的生活世界。在这个世界里，作者自己的情感向背，向某一个方向倾斜；笔下的人物，按逻辑完成行为和言说。总之，他须用自己所有的思想、知识、情感储备，来对那么复杂的历史事件和人物，做出价值情感判断，从而建构起一个作家独特而统一的虚构世界。当然，这个统一世界的创建者，是张兴海，这儿，他具有了"造物主"的意味。

二

　　曹操是故事的核心，这个人物，作者对他的定位，参照了从鲁迅开始的当代史上的主流史观，认为"曹操是一个很有本事的人，至少是一个英雄"①。这样,他剿灭董卓袁绍,抑制豪强,体恤民苦,倡导节俭,广纳贤才等,就具有了一个顺应历史要求的政治家形象。曹操在建立自己的北方根据地之时,政治上,要有一个号令天下的政治旗帜,汉末乱世,兼并战争频仍,百姓流离失所,苦不堪言,期待社会安定,汉代的稳定统治,成为人心所向。于是,刘备打出的旗帜是汉室正宗的"刘皇叔",曹操即使在北方稳定之后,也不敢贸然自立门户,还是以汉献帝为旗帜,自己不过谦抑为曹丞相。尽管其政治势力进一步增长稳固,尽管可以挟汉献帝以令诸侯,他最终还是不敢立国僭越为王,而直到儿子曹丕,才完成他的废汉帝之念,以魏王昭示天下。这是小说构成曹操与诸位文官智囊冲突的基本面。在这样的政治背景下,《风雅三曹建安骨》构成了一条故事发生、发展到解决的动力。这条线索下的一系列冲突,既观照了历史政治的原生界面,也显示出作为一代枭雄的曹操的铁腕手段和政治权术,其性格的复杂性多义性由此展开。

作者在历史叙事中,其情感倚重,自觉不自觉地移向曹操的对立面。写孔融则大义凛然、激烈决绝;写荀彧则深谋持重,秉持纯棉裹铁式的外柔内刚;写刘桢则显其狂狷与纯净,坚守与自足;写王修则克己简朴、清廉自正。这几个人物,尽管是曹操前后惩治的对手,然每人的面貌个性和作为,各有鲜明之不同。小说对政治与人性的纠葛和悖论,对权力争斗的残酷无情和人心至性之柔软,这两者之间,作者显然站在个人命运的立场上来观察理解历史,没有陷入那种自得式的宫廷权斗的欣赏式编排中,没有将芸芸众生的命运作为微不足道的英雄陪衬,而是清醒地写出了权力在本身的运转中,所具有的残酷血腥,以及个体命运在权力碾压下的呻吟。作者还有意无意写出了君主专制政体下的那种历史惯性所具有的强大碾压力。在君主专制政体这架机器上,即使贵为皇子儿媳的崔姝,也会在争斗中被暗算,而且这种暗算,具有了某种残酷的合理性,这种合理性也体现在曹植与曹丕的立嗣之争中。

小说叙事里,作者将自己的情感投向曹植,写出了曹植的才情和仁

---

① 见鲁迅《魏晋风度及文章与药及酒之关系》一文。

义，特别是写出了他所具有的细腻入微的爱心，他的纯净和友谊，真情与慈悲。这些性格要素，恰恰是当代人对人的评价尺度，这样一个值得倾心的公子，在这种政治权力的碾压中，也只好被迫放弃竞争，这是作者的独特解读，也是作者依照历史逻辑或者说是艺术逻辑的推演。作者用心体察曹植的心理，分析其所处的情势，大胆解读曹植的心路历程，认为他的"不自雕励、任性而行"，不是无所作为的天性使然，而是有意为之的自我贬损。从性格逻辑出发，当他发现兄弟二人因立嗣而无情相争相残时，他的善心就自然地流泻出来，自然地选择退让。作者为曹植的这种反常的行为找到了一条合乎性格逻辑的理由。正因为善良，他放弃兄弟相争相残就变得顺理成章了。他内心选择放弃，又不能直接告知父王，而只能自污其名。这样，他擅闯司马门事件，令狂怒的父亲杀了驭车人；再因睡懒觉而贻误出征之机，更使父亲彻底失望，乃至绝望。两件事后，促使父王曹操很快做出决断：立长子曹丕为嗣，而彻底放弃曹植。这是作者的创造性想象，而且合乎人物性格逻辑。当然，曹植的这一行为，最终又导致了亲密朋友丁仪和丁廙的死亡，导致了爱妻陈菲的疯癫。可见，历史车轮运转起来，有它自身的逻辑，被碾压的个体生命显得微不足道，它自身运行的巨大轰鸣声使它听不见巨轮下的呻吟。

  作者身上所承载的历史意识，使他习惯于这种历史车轮的陈旧惯性，但是他所接受的新历史观，又使他自然地将眼光投向个人命运，关注普通人物的命运。而对个人命运的抒写，既是文学的使命，亦是这个时代的鲜亮标识。我这儿强调的个人命运，是区别于另一种个人：帝王将相。在过去的历史书写中，他们常常作为历史舞台上的英雄，左右和改变着历史的发展方向，而小人物仅仅是英雄们壮举下的陪衬。小人物的个人命运，是被忽略不计的。假如说时代英雄是以三曹为代表的那些搅动历史的社会上层，那么，作为相反一方的则是普通人物的个人命运。为之，作者设置出了嫽人、单耳人、兰蕙等一系列底层人物。这些人物，在故事的发展中，具有了极为重要的推动作用，或者说，具有了使那些英雄人物的行为获得意义的作用。以历史必然性来看，小人物的牺牲似乎成为理应付出的代价，是那历史血海里的那几滴鲜血，似乎理应忽略和漠视。但是，以现代视角而论，小人物的呐喊和疼痛，则成为历史书写的良知表征，特别是成为文学书写的尺度，所以我说它是新视角和新观照。与历史必然性的残酷相比，作者将自己的情感给了那些在政治的碾压牺牲之下的个体生命。这些地方，恰恰体现出我前面所说的，现代史观的观照。每当作者的笔触伸向这儿的时候，他就不由自主地将同情给予了这些小人物，给予了那些与巨大权力抗争的文人雅士。

三

小说的主线，就是曹操怎样一步一步从"曹丞相"走向魏王。这一过程中，作者将汉献帝虚化，没有予以正面描写，但却写了汉献帝强硬的支持者，这些或明或暗的拥汉派，是曹操完成心中以魏立国宏愿的最大阻力，令他忌惮的正是这些他所倚重的南北征战的老将重臣。作者写出了曹操与他们之间的微妙关系，曹操代汉的野心，天下昭彰。只是当这一层遮羞布没有撕开时，还需隐忍，还需向汉献帝行觐见礼，天下名义上还是汉皇的天下，就如同我们今天在历史纪年表中看到的一样。当自己攻城略地，北方逐渐安稳下来之时，其勃勃野心也就难以按捺了。

小说非常精彩地处理了曹操与四个臣僚之间的关系，借此也写出了曹操文韬武略的奸雄特征。小说中，曹魏集团内部，第一个公开直接的反对者就是孔融。孔融作为孔子后裔，具有很强的社会影响力。他视曹操为"奸雄"，说他东征西讨，并非真正为了复兴汉室，而是包藏狼子野心。"他的禁酒令也并非为了爱惜谷物，而是贪图王位罢了"。认为"礼乐征伐自天子出"，而"礼乐为首，征伐是迫不得已的事"，[1] 而曹操却是以征伐为快，"征战、荡平、克定，这些攘践性命沾染血腥的词语，对于先古圣贤可是不堪入耳的！"[2]。他反对曹操的言行，被路粹加

---

[1] 张兴海：《风雅三曹建安骨》，陕西人民出版社2018年版，第95页。
[2] 张兴海：《风雅三曹建安骨》，陕西人民出版社2018年版，第103页。

盐调醋，告密于曹，说"融昔在北海，见王室不宁，招合徒众，欲图不轨……"①。曹操至此还是隐忍不发，让荀彧、崔琰去劝诫，但是刚烈的孔融以死应之，说天下之士，皆庸碌自保，没有人敢于挺身卫道。他甚至亲赴曹门，挑战霸道，以图一死。曹操最终决定将孔融弃市，以儆效尤。曹操以"弃市"这一最易于造成社会影响的方式，来对付这位公开挑衅者。

处理荀彧，则是另一理路。荀彧"饮食有节，动静有度"，沉稳谨慎，颇有深谋，是个绵里藏针的人物。他不似孔融那般轻狂乱语，但在骨子里却也是强硬的拥汉派。曹操知道他的心思，他也知道曹操知道自己的心思。曹操一口一个"吾之子房"，对之尊重惜爱有加。但正因为如此，这根卡在喉咙里的骨头，如何处置，颇费曹操心思。"这个足智多谋的人又是连接他（曹操）与汉献帝之间的桥梁，他与汉献帝双双各怀心思，他必然看得一清二楚。他虽然下了《让县自明本志令》，表明自己忠于汉室，没有'不逊之志'，但荀彧却把他的'不逊之志'看得清清楚楚"。② 小说写曹操亲往探询荀彧，两人之间，刀锋暗藏，话语之间，却又张弛有度，对话心理写得煞是好看。一个充满怜惜的问询和关切，一个充满真诚的感激和忠诚，但双方的心里却又横亘着一块冷铁。曹操见他一脸病容，深切致意问候。荀彧的话里，则隐伏锋芒："在下七尺轻贱之躯，是为天地万民所生，一颗卑弱之心，是为天地万民所系，行止无愧天地，褒贬自有春秋……主公何必担忧！"所谓的"天地万民"，是为汉室的天地万民而记挂，因之而"无愧于心"。回应里藏着硬骨。

话题又自然地切换到荀彧房间的兰草上，曹操兴起，吟哦"咏兰诗"。

荀彧说："小小蕙兰，本是山谷野草……有幸得遇明主，感恩知遇，耿耿明心。"

---

① 张兴海：《风雅三曹建安骨》，陕西人民出版社2018年版，第98页。
② 张兴海：《风雅三曹建安骨》，陕西人民出版社2018年版，第177页。

曹操曰："这蕙兰过于清高，与仰慕者有意疏远。茕茕孑立，独处高寒峰头，喜欢它的人不能不为之忧虑呵！"

"万物皆有习性，习性自成命运。宿命如此，奈何奈何！"荀彧苦笑一声，脸色依然平静得毫无表情。

曹操忽然像狂风一般飞跑过去，两只手紧紧扳住荀彧的肩膀……哽咽着问："文若呀，难道我们一起举事，出生入死，同舟共济，还未克成洪业，却要怀着嫌隙分手了吗？"

"哪里有什么嫌隙，在下与主公是一个目标呀！""主公当年首倡义兵，数十年来以信义取天下，如今以告白天下的方式表明扶助汉室的心愿，还有什么人怀疑主公的一片忠心呢？那天，在下将这篇洋洋千余字的文令呈给圣上，连圣上也感动得泪水涟涟。荀彧期待着主公完成统一大业，汉祚盈满天下的一天，与主公正是耿耿一心，怎么会中途分手呢？"①

两人这段对话，充满张力和暗示，各不说破，但是各自的鲜明立场，昭然若揭。荀彧以扶助汉室说事，这面旗帜在曹魏集团，至少还是政治号令。曹操虽有私欲野心，但在明面上却说不出反对的话来。因之，荀彧的话锋里，有暗示亦有告诫，既是应对又是申辩，使曹操无由找到话语破绽。这是荀彧的内心原则，也为曹操所忌。在各不说破但又各自明了之下，双方表面上达成体谅，各自的面子和台阶，都给了对方。但决裂之势，已然形成。曹操至此下定了铲除荀彧的决心。当然，对付这样一个并无什么过错和把柄的重臣，曹操所采取的手段，也就只能更加隐蔽。暗下毒手，便成为不二选择。这个章节，也有漫溢出来的"势能"，小说紧接此场的蕙兰之喻，衔接曹操与小妾兰蕙的床笫之欢，"这个夜晚，他要了兰蕙"。巧妙圆润，天然无缝。

四

面对刘桢、王修和董祀，曹操的应对，则又是另一术法。刘桢因为

---

① 张兴海：《风雅三曹建安骨》，陕西人民出版社2018年版，第179—180页。

妻子嫽人在演唱的舞台上，被豪强当场残杀，因而心生愤懑积怨，在嫽人首七忌日的朋友集会上，骂她贱人，不听劝阻，自招祸殃。但众人的祭念，则撩起他压抑的悲痛，大哭不已。被释放的极度痛苦，导致刘桢佯狂。后在一次集会之时，曹丕带甄宓也来凑兴，甄宓"双手捧一杯热茶给他"，他惊疑之际，目光凛凛对着面前这位绝色佳人，狂笑道："天哪，果然'妲己'再现，子桓捷足先登，有眼力，更有魄力呀！"这些还不算，他继续放言道："当年的袁公，今日的曹公，这些雄主们依靠下民的死灭成就自己的霸业，金屋深闺藏着多少红粉佳人，下等民众能够看一眼这些名媛佳丽，三生有幸呐……"这些话语传到曹操耳中，曹操为之斥责曹丕未能及时禀报，下令处死刘桢。蔡琰的求情未能使曹操动心，曹植为刘桢的辩解也未能使父王改变主意。这时，单耳人田艾来了，他令曹操非常意外。他跪请曹操法外施恩，放了刘桢。他的理由也打动了曹操，他说自己曾和嫽人同台演出，虽未见其夫刘桢，但心心相连。他形象地描述了嫽人被豪强杀手肢解的惨痛现场，说豪强残杀嫽人就是对底层人的报复，最后，曹操问：

"以贤弟看来——"

"放了他。"

"不放呢？"

"老卒立马死在主公面前。"

"贤弟呀……"他的泪水再次涌出，额上青筋暴突。

"老卒跪下了！青州军士卒全都跪下了！"

"哎哟天哪！准了准了，将刘桢死罪免去……"

破涕为笑，二人紧紧搂抱在一起。①

这是曹操对付刘桢这样的癫狂之士的处理方式，在求情之下"死罪赦免"。除了老卒的恳求，曹操内心亦有他特有的治人之术和衡量尺度。孰轻孰重，可杀可免，明杀暗杀，都在这个权衡之下。权衡的目标，当然是他眼中盯着的那个最高的王位，这个大欲，是一切政治运转的关

---

① 张兴海：《风雅三曹建安骨》，陕西人民出版社2018年版，第260页。

键,权术手段只是求得清除阻碍之后,不至于引起别的麻烦而已。

对付王修,又另有手段。王修为邺郡长官,清正廉洁,为人正直。就是他,在孔融弃市之时,敢于公开高呼:"文举先生,不才为你送行来了。"在荀彧死难之后,他宁肯冒犯曹公而去祭奠,曹操对他的处理是免职。他赋闲在家,与妻子孩子一起读书。但曹操不久又将他接回相府,大加善待。惩治和施恩并用,先惩治后加恩,让世人瞧瞧,这是多么贤明的主公!这也是多么聪明的统治术。

蔡琰对曹操的专权霸道,多有批评责难,一直令曹操不快,但是碍于面子,他又不能直接惩治蔡琰,于是便"声东击西",借惩治董祀而打压蔡琰的气势,让人去查其夫之过错。果然就查出问题来:"由他负责的淮河某段滩涂屯田秋季没有注意防洪,成熟的谷子遭到大水漫灌,损失惨重。"曹操下决心"以渎职罪论处"。"不用刀子用鞭子,杀不了你,疼死你"。他的心里滋生出一股恨恨的快意来。没想到,他本让王粲宣布诛杀董祀的消息,自己反倒被王粲说服,最终赦免了董祀。人情、面子他都给足了,给足了蔡琰,也给足了王粲。小说就是在这样的叙事中,使曹操这个人物身上的复杂性和多重性得到充分的展现。我们既看到了曹操身上的凌厉和霸气,知道他绝不是一个善茬儿,而是一个争雄一方的英雄。同时,我们也看到了历史的真实,人性的真实,艺术的真实。在这种真实里,领略人生,回望历史。更为可贵的是看到了作为曹魏统治集团的首领,曹操如何处置复杂的政治纠葛和人际关系,如何在社会历史的运转中,掌控历史车轮的方向,并向着有利于自己的目标前进。我还想说的是,让我们理解了历史的逻辑,这个逻辑里,碾压着一大群生灵,你对这种运行逻辑,似乎存有悲叹,存有怜惜,存有无奈的叹息,就像对于嫽人之死,你感到无奈一样。

曹操面对儿子曹丕,讲述郑国人申不害的法、势、术,这一节尤为精彩。刘桢事件中,他对曹丕甚为不满,觉得他"心慈手软","大小不分,黑白莫辨,不可定大事"。于是告知他,主政者必须"铁石心肠,否则会惹出祸乱,后患无穷"。谆谆教导说:"子桓呀,创霸业,当霸王,就要心狠、专权、霸道……"讲起了统治秘术:"只有专权,才能令行禁止，才能显尊得势，有了势，定了法，还需有诡秘的术，如阴阳两面，声东击西，知雄守雌，审时度势……"

"比如，除孔融、祢衡、荀彧、王修，就用了不同的术。"这套法、势、术是郑国人申不害创立，"他在韩国为相，他的法，面对所有臣民，可以公示于众。术即权术，由国君独掌，藏于胸中。术有两种：任免、监督、考核臣下……为'阳术'；翻手为云，覆手为雨，声东击西，口是心非……为'阴术'"。"妙哉，权术即诡诈术，与孙子'兵者，诡道也'同理！"曹丕顿时彻悟。[①]

小说对曹操性格的揭示，不可谓不深，他所用驭人之法、势、术，阴险高明，如对孔融的街市弃斩，对荀彧的下毒谋杀，对王修的革职赋闲，对刘桢的准请释放等，情势不同而术法各异，显出一个乱世奸雄丰富复杂的一面。小说深刻揭示了笼罩在统治者头上温情脉脉的面纱，其治民驭官的一套统治术，实在是插在国人心头的一把锋利的刀子。这套权术，是中国专制时代帝王最得心应手之术，其核心目的只有一个，就是将所有人凝聚到自己一个人身上来，让所有人服气、妥帖，锐者挫其锋，钝者变为狗。他并不需要所有人的智慧都点燃爆发出来，即使让你点燃，也是围绕着自家天下的爆发，任何与之相悖的行为，都不可能自由存在自由成长。不能让你自由地有了别样的意志。

五

作品对司马懿的描写，尽管着墨不多，但却极为传神，把握非常到位，可谓神来之笔。作者只用了一个情节，来写司马家族的隐忍和深谋。小说写道：建安二十一年（216），曹操进位魏王，大宴宾客。夸赞群臣，特别提到这个"年轻的主簿司马懿"，当司马懿从陈群口中得知这一消息时，尽管内心窃喜，表现出的却是"不以为然不在乎于心的木呆神气"。作者笔锋一转，回叙"他与曹操之间的心理"，说他们的

---

① 张兴海：《风雅三曹建安骨》，陕西人民出版社2018年版，第254页。

"沟通相当微妙，他能切实感觉到明察秋毫的主子对自己既想使用又不放心"的幽暗心理，"他在曹操面前示弱的方略没有完全奏效"，还须继续，"他应该有新的招式"①。于是小说写了司马懿带领二子关起门来习练的特殊功课。"箫声低鸣……和着音韵，司马父子三人在一旁打练的是坤式柔拳。他们走的是'禹步'，也叫八卦步、圆环步，举手伸臂多是呈抱球捧月状，动作极缓极柔，因而也称'软拳'。整个套路安舒圆活，松柔慢匀，开合有序，如行云流水，连绵不断。"② 这套拳法是司马家族的祖传，从祖父就开始了，其意深远。祖父告诉他："司马家族本出自上古帝王高阳之后，历朝累代为夏官（主管军事），周朝改夏官为司马，遂改姓为司马。为人手下将领而不能王霸天下，出自帝王之胄的司马氏家族自汉初就世代练起了软拳。""这种拳，取人刚我柔，以静制动之法，人不知我，我独知人，动则急应，缓则缓随，不显骤力，紧要处四两拨千斤，丹田发力，就可致敌于死亡。'修身练己，长生久视，连绵不断，等待发力的时节。'"曾任洛阳令和京兆尹的父亲司马防，"积累成疾累死在任上，也没有位及三公"。临死前手指攥得很紧，遗嘱儿子："软拳打的是后劲，一辈接一辈的人打成连环才能碰上发力的时节。"③ 对司马懿家族这一特征的深刻把握再现，使读者联想到此后司马家族与曹魏集团的博弈，直到代魏立晋，人们在司马父子的坤式柔拳里，依稀见到了历史翻转的影子。

小说中曹操身边的另一重臣崔琰，其政治主张，倒是通脱得如行云流水一般，与曹操以魏代汉没有任何冲突处。他认为"自古以来，没有一家一姓可以永久王霸天下，刘汉亦然"。所谓"天命，在天也在人，在民心也在己心"。这样看来，"因地之利，顺时之变，应民之心，经纬万端中"，就能"另起世界"④。这些地方，作者都有恰当的处理和把握。特别是崔琰这个人物，与拥汉抑曹的政治势力构成另一色块，这种

---

① 张兴海：《风雅三曹建安骨》，陕西人民出版社2018年版，第282页。
② 张兴海：《风雅三曹建安骨》，陕西人民出版社2018年版，第283页。
③ 张兴海：《风雅三曹建安骨》，陕西人民出版社2018年版，第283页。
④ 张兴海：《风雅三曹建安骨》，陕西人民出版社2018年版，第217页。

对比色调，使作品的饱和度大大增强。

六

　　史识之睿，史辨之明，是一个历史小说家所应具备的素养。大凡历史小说，必有一个史识史辨之影隐于叙事之后，对整个历史人物下判断、明臧否。而张兴海的写作则仿若使用音乐中的对位法，将两种不同的东西构成和声，使之始终悬于上空，这就是史识与情感的对峙。在这儿，历史的残酷性在人性的呻吟里遇到了质疑和抵抗。情感纯净之美，天真纯洁之性，率真多才之质，这些与作品中透露出的政治搏杀之残忍，形成响彻作品的两种声音。一个是争夺天下不得不如此为之的必然，另一个是怀抱文人对人性本真的歌吟与向往。两者之间，尽管理性上，作者认为曹操是一个乱世之英雄，亦是有着不乏风雅与贤明的主公，但在故事的叙写中，作者却将他的情感不由自主地给了与曹操对抗的另一方，写出了孔融、蔡琰、王修、刘桢等士人的大义豪迈、高古可颂，写出了嫽人的悲惨、崔姝的单纯、单耳人的忠诚淳朴。在曹丕与曹植的立嗣争夺中，作者将情感给了有情有义、善良正直的曹植一方，而对深具权术之心的曹丕，则给予了批判和否弃。郭妃与兰蕙、甄宓、陈菲之对比，就能显出作者的褒贬来。而其笔下还有一个深长的参照，就是豪强与下民之间，看谁更偏向倚重于底层，谁就代表着正义天道，谁就是仁者。单耳人，青州兵曲，就是一个典型。这是作者所拥有的当代史实在作品中的体现。这样，张兴海的这部历史小说，尽管书名是以三曹作为人物主线，是从曹操、曹丕、曹植的视角看历史，从家国情怀里突显历史意识，倚重的是天下观，小人物似乎是无足轻重的牺牲品，但事实上，读者获得的却是另一感受。尽管曹植的爱妃崔姝，因自身之错，陷入圈套，像是一棵草，一只虫子，被作为家规家法显威立万的牺牲者，但读者的同情还是倾倒在崔姝一边，为她哀婉。嫽人之死，更是让人感到了豪强的残忍，下层歌女之悲惨可怜等。

　　在对历史现象的理解中，我更赞成伽达默尔的历史意识，潘德荣教授对此做了精彩的阐发,他说:"我们看到的是理解主体与对象之间相互作用的效果历史。对效果历史的自觉,就是效果历史意识。在效果历史意识中,历史作为理解的对象,并不具有一个绝对的、永恒不变的本质。相反,它的存在及其意义始终伴随着我们的理解而变化、被重构,持续地形成着我们的传统。历史代表着一个已成为过去的历史视界,这种视界因我们的理解而进入了当代,与我们的视界融为一体。历史因此而获得了新生,向我们开启了它在当代的意义。同样,我们也因历史而得以提升。"[1] 是的,张兴海的视界进入三国时期,以今人的历史意识,为我们重构了曹魏集团内的政治斗争与那一时期的社会生活。更可贵的是,他以个人情感的圣洁性,抵抗政治的迫压,向权力宣示着执拗顽强的抵抗。

七

床帏之事,在小说的叙写中,构成故事情节的重要推动,也是人物心理次第展开的场域,很好地再现了历史环境和人物特定的心理秘密。人物在私生活领域的表现,恰是人与人的关系,人物性格面貌呈现的重要一环。作者进入人物隐秘的情欲世界时,绝非简单的情欲渲染和再现,而是将事件的推进与特定情景关联起来,特别是以隐秘的个人情欲来铺排展开人物性格,加深人物性格的层次和深度,在这些方面,既形成作品的看点,又构成极强的表现力。床笫之欢中,命运之神往往暗暗垂下天边之云。小说里,作者着重描写了曹丕与甄宓,曹植与崔姝、陈菲,曹操与兰蕙,蔡琰与董祀,刘桢与嫽人等的情爱。其背景不同,情态各异,构成了读者理解人物和感受命运的重要契机。

曹丕与甄宓的新婚之夜,在故事开始部分留给读者强烈印象。两人的颠鸾倒凤,情潮爱涌,自不必说。作者在这儿,特意设置了一个细

---

[1] 潘德荣:《伽达默尔的遗产》,原载于《二十一世纪》双月刊,2002年4月号(香港中文大学文化研究所)。

节，就是在甄宓与曹丕的交欢中，前两次甄宓都表现出稍稍的遗憾，到了第三次，"……两人同时感到了异样，霎时到了瑶池仙界，飘飘欲仙，呼呼荡荡，完全失去了自己的心神"。"曹丕在松弛后还牢牢地咬着爱妻的双唇，而她狠命摇头将他的嘴唇摆脱，他定神一看，她竟然张嘴吐出一撮褐黄色的硬渣碎末，又喜悦地抱住他的脖子说：'破了！终于破了！'""原来，她嘴里噙着一枚杏核！她的母亲在她嫁到袁家前夕将它交给她，说这是那个卜人留下的，这本是罕见的八月黄杏的遗核，卜人说婚后枕上得破，便是归依所在，也是龙凤呈祥的瑞兆。与袁熙在一起时曾有过试验，均未成功。他的等待，竟在今夜得以实现。"① 作者写曹丕与甄宓成婚，从甄宓作为败将之眷，等候命运发落，到被曹丕发现，喜不自胜，纳为正妻。尽管比十八岁的曹丕还大几岁，但是曹家父母均没有任何异议，可见曹操的通脱、随意，不拘常格。也为甄宓这个不同凡响的人物出场，及此后曹植对其暗恋等，准备了充分的铺垫。

曹植与崔姝的爱恋，作者为人物设置了一个富有特征的信物：斑斓绣虎。当曹植得知崔姝怀孕，作者写道："是那个尽兴之夜恣意畅欢的回报么？是布枕上肚兜上的绣虎雄风大振的显示么？是唯有双方的真心挚爱才能感天动地的说明么？""'正是那夜，最是动心动情，绣虎上身，扑腾得山呼海啸，井水漫过了二道梁，不生出个嫩芽芽才怪哩！'崔姝抓着他的手轻轻放在她仍然戴着的绣花肚兜上，他只有手感而不能目视，那只活生生威猛待扑的高岗虎立即浮现眼前。"② 崔姝死后，曹植与陈菲成婚，新婚之夜，崔姝闯入梦境，他在前妻崔姝的遗物被清扫得干干净净的房间，在书箱里无意中发现了"那件美艳玄奥的红布绣肚兜儿……看到蛙形布面上一只活生生的老虎昂头待扑，毛色黄润鲜亮，五彩斑斓，一派勃勃生气"。用这只带有私密意味的斑斓绣虎，连缀起两人的情感，形象、自然而亲切。在描写曹植与陈菲的情感时，作者使用了曹植《芙蓉赋》中的两句："退润王宇，进文帝庭。"以此作为两

---

① 张兴海：《风雅三曹建安骨》，陕西人民出版社2018年版，第8页。
② 张兴海：《风雅三曹建安骨》，陕西人民出版社2018年版，第189页。

人关系的扭结，也作为日后两人命运起落的扭结，一语双关，尽管曹植写的是芙蓉，却在两人不断深化的感知里，别具意义，有了两人特殊的命运气息。同时，既是二人世界的独特私情，亦是命运起落的隐喻写照，这些地方，都可看出作者之匠心。

　　张兴海写董祀与蔡琰（文姬）成婚，特别是写他们的洞房花烛夜，一波三折，很是引人。那种细微的心理和突起的情绪变化，波澜迭生。两人的肉体之欢中，藏着生之艰辛。艺术之妙，在此尽显。第一层波澜：待客人走尽，董祀关了大门，闭了二门，走了进来。"原本冲动的他又显得尴尬窘迫，轻声叫了几次姐姐，没有看见她的反应，就发愣地站在那儿"。"'呆若木鸡'的文姬忽然高声说话，眉眼里有几分嗔怨与斥责，'我已经是你的妻子了，是与你执手同心的人了。乾坤造化，天尊地卑，夫君本是尊贵之身，难道公胤不敢叫我一声文姬？难道我这容貌肌体不能焕发你的欲望激情？'"董祀恍然大悟，深藏的内心欲火喷涌而出，弯腰抱起新娘，狂吻不止。待欲行动，文姬却说："夫君不必动手，宽衣解带是妾身的事。"① 第二层波澜：作者回笔写他们二人从离开匈奴到踏上汉地的历程，写董祀的体贴和温暖，写文姬离子之伤痛，再写董祀的冲动和文姬的发怒。继写两人确定关系，新房屋建好，董祀又一次冲动而遭到文姬的强烈冲撞等。回到眼前，在两人将要进入最为甜蜜的时刻时，文姬说："夫君如今还是宝贵的童子身，我却有两次成婚的经历，三十四岁，半老徐娘。夫君不会日后嫌弃吧？"再进一步道："岂止人妻，妾身曾遭劫难，土匪胡兵，路边山寨，成批成群，人尽可夫，成百成千种车轮碾过了那道辙印。夫君不觉妾身的卑贱？""哪里那里，这是没有法子的事，丈夫能够谅解。""谅解？"文姬冷冷一笑，"公胤，小看了妾身吧？有一种女人，当她遭遇到肉体耻辱，便如同经了一次淬火，她的坚硬刚强就增加了几分，她的身子就足显宝贵。倘若不能这么看待，妾身就大为悲哀了"。这又生一层波澜。当董祀急忙随声附和，翻身而上，嘴唇贴着鼻尖说："待生下两个儿子，爱

---

① 张兴海：《风雅三曹建安骨》，陕西人民出版社2018年版，第176页。

妻的身子就更金贵了。"没想到文姬忽然被触动，想起远在匈奴的两个儿子，放声大哭，"夹杂着'娘的陈儿，娘的留儿'的呼唤，头颅如同放过血的鸡脖子一般扭动起来"①。

蔡琰（文姬）与董祀之爱，有着复杂的经历背景。特别是蔡琰，出身世家，其父为东汉大文学家蔡邕，初嫁卫仲道，丈夫死后回到自己家里，其后人生遭离乱之苦，匈奴入侵，她被匈奴左贤王掳走，与其生育了两个儿子，十二年后曹操统一北方，重金将其赎回，她由此又历经与儿子的别离之痛，与董祀再婚。这些，构成了文姬自尊又有点自卑的心理，以及在这种心理驱使下的要强和凌厉。作者在这些地方，用如许细节，栩栩如生地展现出文姬隐曲幽微的精神心理。

即使在床笫之事的抒写中，我们还是能听到个体生命被认知的呼唤，聆听到在情爱中包孕的两心相知的期许和愿望，历史逻辑也许将个人的哀鸣或者灾难，仅仅作为必须付出的代价而湮没，但在张兴海的笔下，它却获得了存在的意义，并且成为唯一。唯一的呐喊，唯一的呻吟，唯一让我们记住的欢乐或者痛楚，这就是张兴海这部历史小说之意义。

关于《风雅三曹建安骨》的几点阅读意见：

除了上述本人所写的评论外，对作品中的不足，梳理了一下，有这样几点，供兴海君参考，不当之处，多多批评。

一、关于环境描写问题。作品表现比较弱的地方，是对人物活动环境的再现，让人不能清晰地感知人物所生活的区域。比如，各个人物的府邸居所，缺乏鲜明真切的刻画描写，这一点上，所下功夫不足。因为不管怎么说，环境是人物活动的背景，或者可说是载体，特别是每人之房间，必有个人所不同的特征，但是，在所有人物活动的环境中，给读者留下深刻印象的，大概只有几个妻妾的住所。即便如此，也还是不大清楚几位妻妾，是拥有各自独立的空间，还是在一个大院子里？人物特定的环境，必有特定的境遇，或者撞见，或者回避，或者刻意迎之，如

---

① 张兴海：《风雅三曹建安骨》，陕西人民出版社2018年版，第177页。

此等等。但是，给读者的感觉，既像在一起，又像不在一起。当然，留下深刻印象的崔姝跳井，那口井，就成为院子里的一个意象。曹操去见荀彧，荀彧所住府邸状貌如何？人物开口的寒暄从哪儿开始？理应是从目之所见之物开始。这儿，小说的画面感要强，但给读者的印象是模糊的。我们不说 19 世纪作家如巴尔扎克等人环境再现的能力，就是现代派的卡夫卡，其对环境准确精细的再现，也是令人吃惊的。因为环境感觉会带起人物感觉。为了准确，有作家在构思时，特将人物所生活之环境画出来，包括屋子里的陈设、方位、周遭的植物和动物等。

二、关于重复出现的细节问题。有些地方，有重复之嫌。如写男女床笫之事时，多处用了相同的笔调："说毕，动手将他的衣裳一件件脱掉，又将自己脱得一丝不挂，平平地躺在他一侧，瞟来的目光三分娇羞七分期盼。"类似这样的描写有好几处。写曹植，多是"月字脸上堆满毫不在乎的笑意"[1]，写曹操多是"黑豆眼"。

三、关于邺下文人集团展现不足的问题。邺下文人集团昌盛有所展现，但还不够充分，不够饱满。这一块理应写得饱满有序才好。建安七子的文采、风神刻画不足。但也有精彩处，如写曹操在赤壁之战前与众文士酬唱，写出了《短歌行》，说赤壁之败换回一首好诗，而流传千古的，仅余此诗而已！

四、关于人物刻画上的适度问题。蔡琰与曹操的交锋，尽管也写出了蔡琰的棱角和个性，但却显得太过刺人，其言行苛刻。有的地方，前面还温热如春，后面就寒冷如冰了。[2]

五、小说的结构布局问题。在时空的衔接上，有的地方过于急迫。如写崔姝刚死，尸骨未冷，而郭妃马上为曹植做媒介绍陈菲，至少在阅读的感觉上如此。感觉时间的延搁上显得太快，太直接。两件事中间若再移搁别的章节，叙述别的线索，就有时间上的延宕，可能更为恰当。不然，曹植的忧伤还未过，马上就物色新人，并且曹植一见大为钟情，

---

[1] 见原书第 259、235、221 页。

[2] 见原书第 149—150 页。

这就显得不近情理了。至少对曹植这个人物的形象是有损害的。单耳人这个底层军人形象,作者创造得很成功。曹在不安中,竟也向单耳人询问,倾听下属的反应。①

---

① 见原书第 219 页。

江湖侠义小说的叙事伦理与审美特征

——论贺绪林的"关中枭雄系列"①

假如考察中国社会的演进,土匪是不可或缺的要素。这个逸出国家法度的力量,却大大影响了社会的格局秩序和各种力量的消长对比。在江湖侠义小说里,土匪往往成为叙事的主体,这是因为土匪作为暴力力量,既不同于代表国家法度的地方官兵,又不同于顺民百姓。他们是地方官兵的敌人,是国家统治的对抗反叛者,它还对现实社会的运行发生着强烈的影响。这种影响,在民间,往往带有赞赏褒奖的意味,在文人所记载演绎的典籍故事里,他们往往成为一种气贯长虹的英雄。既然在民间口口相传的流转演绎里,能够被赞赏颂扬,可见其行其果里,包孕着一种超越统治者礼法之上的伦理,也就是超越统治者狭隘的统治利益之上,有着梁山好汉们所打出的"替天行道"的大纛上所标识的理想,尽管这种理想,在现实境遇中变得复杂曲折。但是,江湖强梁们对官兵的对抗,到底还是在僵硬无望的残酷现实里,昭示了一种可以让百姓在生存的绝望处看到的复仇快意。大道、公平、正义的追寻恰藏身其中。这正是江湖侠义小说的叙事伦理,其源流当肇始于西汉太史公的《游侠列传》《刺客列传》,中经元末明初施耐庵的《水浒传》,更使之发扬光大;至清代后期,以《三侠五义》《儿女英雄传》为代表的侠义小说源源不绝层出不穷。当代作家金庸、梁羽生等人的武侠小说,也承继了这

---

① 贺绪林所著"关中枭雄系列":《兔儿岭》《马家寨》《卧牛岗》《最后的女匪》《野滩镇》,由太白文艺出版社 2015 年 6 月出版发行。

一绵延不绝的叙事路径。贺绪林的"关中枭雄系列",正是这一传统之下的新探索。

贺绪林的创作,产生广泛影响的正是其江湖侠义小说。这类题材的作品,取得了不俗的成绩。他是从1994年开始对民国时期的土匪故事发生兴趣的,并且陆续写出《兔儿岭》《马家寨》《卧牛岗》三部。其中第一部《兔儿岭》,被改编为电视剧《关中匪事》,播出之后,影响甚大。2006年后,他又陆续写了两部同类型作品:《最后的女匪》《野滩镇》。2015年6月,太白文艺出版社将他前后所写的这五部作品,一并推出,取名为"关中枭雄系列"。

在"关中枭雄系列"中,我重点以《野滩镇》和《最后的女匪》为考察对象,来论述贺绪林匪事系列作品的特征、价值和意义。《野滩镇》还是沿袭从《兔儿岭》肇端的路径,写得更圆熟更吸引人。《最后的女匪》在创作上,亦有一些变化和突破。"关中枭雄系列"的阅读,促使我对贺绪林整个匪事系列作品的叙事伦理进行思考。这种类型的小说,本有着源远流长的传统,这些传统被作者在长期的艺术修炼中掌握了,运用得较为得法,门径熟稔,所以取得了良好的创作成绩。

可以这么说,以土匪作为叙事中心线索的小说,其故事展开的时空,大多带有封闭性质。我所说的封闭性,是指人物活动的场所,带有凌空蹈虚的味道,它没有如同现实主义写作手法中所要求的,对现实场景人物的精确描摹,对人物活动空间场所的栩栩如生的再现,而是将人物故事设定在一定的区间内,隔开了现实生活的锅碗瓢盆,而直指人物之间的争斗厮杀、权谋诡诈的故事,借此树立起英雄般的江湖硬汉形象。

《野滩镇》里故事人物展开的背景地——野滩镇,就是一个江湖,在这个江湖里,有着各色人等,各种利益、情感和社会关系相互交织着、较量着,构成了波澜起伏的斑斓画卷。这个江湖固然也是现实社会,有着各自的情意恩仇,各色人等也是现实社会中各种人物的写照。但是,作者所表现出来的现实与生活本源具有相当大的距离,有它特殊的症候和明晰的界限。这个界限就是,贺绪林笔下的强梁人物所生长的世界，与我们在一般现实主义作品中见到的世界有所不同，他抛却了某种精细化的雕琢，而特意构成一个像现实又不是现实的江湖世界。在这个江湖世界里，活跃着镖客彭大锤、县长司马亮、保安大队长严智仁、警察局长章一德、土匪头子周豁子、镇长苏万山、小妾秋月、县长随从同永顺等。这样一群人物，构成这个江湖的基本势力，细加分析，这些势力分别代表官、绅、匪、民，当作者的视点聚焦在匪这一社会力量时，匪所形成成长的起因背景，他们所面临的困境和所面对的冲突矛盾，就成为吸引我们阅读的一道景观。官与匪之间的较量和推移，就成为我们观照的焦点；匪身上所形成的视死如归的硬汉气派，就成为我们所欣赏审美的特质。

之所以会如此，大体是因为，匪作为暴力力量游离于国家统辖之外，是法度所不能达到之地。一般来说，个人对于官府力量对自身生活和权利的侵蚀，往往是无奈的愤懑的。按理说，官府是保护民众正常生活秩序的是主持公平和正义的，但是在现实中，官府往往成为侵害百姓的一种异己力量。它尽管是代表国家力量成为乡村社会的管理者，但正如贺绪林小说世界里描绘的渭北县衙，在这个县衙里，保安大队长严智仁是一个既贩卖烟土又暗杀前任县长的横暴之徒，警察局长章一德也是以自己的利益为目标，来考量事物的短长，并以之行事的。司马亮作为一任县长，由于手下官员离心离德，他也无法推行自己的主张，建功立业，因之，只好倚重镖师彭大锤。彭大锤就成为各种力量相互交织较量的焦点，也就成为处于官府力量之外的一种力量，反而成为清剿土匪周豁子、侦破暗杀原县长案的英雄人物。

"关中枭雄系列"中，其故事的展开地，是关中西部一带，南邻渭水，北依莽原。据作者说，家乡一带向来民风剽悍，几乎每个村寨都有为匪之人，都流传着关于土匪的故事。这样的地方就产生出刘十三、马天寿、秦双喜、郭鹞子、彭大锤这样一批关中汉子。以《野滩镇》中的彭大锤为例，他的出身及成长背景雕塑了自己的人生走向。他出生在野滩镇白门窑这个地方。白门窑八方有名是因为出刀客，最有名的是那个流传甚广的白刀客。这个人有宝刀一把，舞动起来，刀若削泥，飞檐走壁,英勇无比。官军奈何不得,后来使出美人计,让芙蓉楼美若天仙的名妓翠红,假装被白刀客掳走,然后委身于他,趁其不备,将醋倒进刀鞘,将他脚心的两根飞毛剪掉。待官军来捉拿,他刀拔不出,身重如铅,方知中计,可怜瞬间成为官军的刀下鬼。大锤所生长的白门窑,不仅有神勇白刀客,他自身也有不同凡响的童年。还在襁褓中时,他曾经被豹子叼去,吃了豹子奶,后又被豹子送还。在村人口里成为传奇。其父早逝,野性长大,这些暗喻了他此后不同寻常的离奇人生。

彭大锤成立镖局后,种种离奇冒险,接踵而至:被人追杀,保出秋月,秋月以身相许等。还有周豁子攻打野滩镇,彭大锤飞马从天降,这些都有神奇的江湖侠客气息。贺绪林对这些东西颇为娴熟,运用自如,构成了特有的小说氛围,使小说很好看。我觉得作者抓住了匪事小说的主要特征,故事张力大,空间开阔,人物命运大开大合,矛盾冲突尖锐引人。侠义小说所彰显的硬汉,除暴安良、扶危济困,性情刚烈豪义,侠肝义胆,武艺高强,爱护乡邻,将个人生死置之度外,有着传统文化里极为珍贵的价值。这些要素,在贺绪林的小说里运用得很好。

镖局,这是一种在刀尖上讨生活的营生。民国时期镖局的存在说明了国家在保护个人安全和商贸流通方面,是无力而软弱的。商贸流通的安全,全依赖于民间镖局。镖局的兴盛发展,促使这些在刀尖上讨生活的刀客们活跃起来。这充分说明,当一个社会处于丛林法则的笼罩之下,弱肉强食作为一种潜规则,支撑整个社会的实际运行时,在民间必会形成一种剽悍的民风,甚至形成暴戾之气。原因很简单,在生存竞争中,人与人之间的良性的仁爱温厚,会在残酷的以力相竞中败北,抢夺就成为或隐或显的生存现实。在中国人的生育观念里,没有男孩简直成了家门的不幸,和社会这种风尚不无关系。民间对那些血性男儿赞不绝口,哪怕他们犯了王法,但是却刚强硬气具有汉子精神,民间都会给予极高礼遇。民间颂赞这种精神,夸他们是"硬怂"。

江湖侠义小说,在民间拥有众多的读者。尽管以严肃文学的批评眼光而论,这类作品难以与鞭挞现实的作品相比,它缺少深厚的社会历史内容,缺乏现实的逻辑性。仔细穷究,我们会发现,江湖侠义小说所具

211

有的审美感受,是明畅和快意的。虽然就社会认识功能而言,它不如现实主义作品对血淋淋现实进行描摹那样触动人心,也没有营造出如写实作品那种压抑和愤懑的社会情绪。但是江湖侠义小说中,所刻画的那些反抗官府、打家劫舍的各路豪杰,满足了百姓压抑情绪的泄导。他们在个人境遇遭际中,常常遭受屈辱和迫压,他们是忍辱负重的生存者,无法做到像江湖侠义世界中那些智勇双全的好汉那样,痛快淋漓地反抗杀伐,但是,江湖侠义小说却给了他们这样痛快淋漓的感受。这种满足感,是别的作品所没有、所缺失的。

比如贺绪林笔下的《最后的女匪》,徐大脚本是朱家寨乡绅朱大先生的丫鬟,朱大先生好色,夜晚拨门进来要强暴徐大脚,徐大脚想着既然如此,若能做他四姨太,也算无奈选择当中可以接受的选择。朱大先生当时嘴上答应得好,但是心里压根儿就没把应诺当回事,后来被问急了,竟把徐大脚狠狠羞辱一番。徐大脚恨从心起,杀了朱大先生,然后投奔盘龙山上的麻老五当了土匪。朱大先生的儿子朱明轩是北原县警察局长,老子被杀,杀人者跑上匪窝,于是就杀了徐大脚一家——父母和两个小弟弟。徐大脚发誓报仇,烧了朱家寨,杀了朱明轩。她自己最后成了威震一方心狠手辣的女匪首。这个故事里,我们见到的是一个快意恩仇的女性。在审美感受里,徐大脚不是那种惯常的受辱哀怨的良家妇女,她在受辱之后,选择的是强烈的复仇,这种复仇手段,尽管越出礼法,却还是让读者感到了快意。强横者所遭际的对象,不是自己想当然的忍受者,不是甘愿吞咽苦果者,而是索命者。这些地方,正是江湖侠义小说所具有的审美特质。这个徐大脚,代千百万忍受欺压的姐妹们长出了一口气,让她们忧愁的眉宇间露出一丝笑意。在那样的境遇下,徐大脚除了这样一种方式,大约没有第二种可能使自己挽回尊严,使羞辱得到报偿。所以,她的行为,是千百万姐妹们心声的共同回响。

这些侠肝义胆的英雄,虽然也是强人,但他们身上承载了更多的道义良知,在君统与道统之间,他们坚守的是深厚的传统伦理原则,这就是侠义、忠诚、信诺。这些伦理,有时与王朝官府相对峙,同时又具有人性中的恒常性原则。当彭大锤抓住土匪头子周豁子,准备将他交送来人带到地区公署时，临行前，彭大锤不顾他人说辞，执意为他饯酒送行，颇为豪壮。按理说，周豁子杀了那么多平民百姓，是罪大恶极的罪犯，但是，同处于江湖中的一极，彭大锤却给他以江湖的尊严感，他也觉得落到彭大锤手上，也不算冤枉。临行慷慨而去，说"二十年后又是一条好汉"，英雄般地赴死。此时彭大锤已是县府自卫队队长，这样的行为，是不符合官场规矩的，他也因此被警察局长章一德告了黑状。但是，贺绪林笔下的这个草莽英雄，却具有这样的率真天然的秉性，或者说，他在骨子里与周豁子有着同一感受，是惺惺惜惺惺。这也从另一视角，证明了在这个江湖里，各色人物具有同样的底色，构成了江湖生物的生存链条。江湖的生态，正是由这些不同力量构成，相互制约而存在，显示出复杂的多样性。这一生态的灭绝，也就是另一力量面临死亡时刻的到来。当彭大锤将周豁子打败俘获，将保安大队长严智仁抓捕归案时，随之而来的是，江湖失去整体平衡，他自己随即失去了存在的依据，面临"狡兔死，走狗烹"的下场。当然，作者太钟爱自己笔下的人物了，没有赋予彭大锤更悲惨的命运，而是让他修成了正果。这就是投奔解放区，最后荣归故里。这已经是关中这位刀客人生的最好归宿了。

　　江湖侠义小说所依持的伦理原则，具有某种恒久性。就是说，在现实之上，他们的行事原则，并不仅仅是打打杀杀这么简单，江湖上还悬挂着一个更高的信念，就是天道。当人道残破，无法实现那个最高的存在之时，当官府所统辖的严酷现实，让人看不到希望之光时，这个更高的伦理——天道，就会将亮光打在这些侠义之士身上，他们的反抗行为，就是在传递那个绵延不绝的信念。这使江湖之士有了一个依持，一个精神坐标。尽管他们是在刀口上讨生活，但是有了这些义薄云天的壮举，他们的人生就豁然不同，有了灿烂的光彩。这是江湖侠义之士的意义。

　　前面说过，江湖侠义小说具有其深远的传统，体现在这样两个方面：一个是它的叙事伦理，一个是它塑造人物的方式。这个传统，从司马迁那里开始，给这些侠士刺客注入了精神基因，说他们"其行虽不轨于正义，然其言必信，其行必果，已诺必诚，不爱其躯，赴士之厄困，既已存亡死生矣，而不矜其能，羞伐其德，盖亦有足多者焉"。司马迁所标识的这些游侠特征，也正是贺绪林作品中彭大锤们的处事原则。司马迁还讲了侠义之士郭解的故事，说他少年时也干了些"铸钱掘冢"的坏事，也曾"慨不快意，身所杀甚众"。年长后抗暴安良，"折节为俭，以德报怨，厚施而薄望"。这是司马迁为我们最早勾勒出来的侠义之士的风貌。这些游侠，成为中国侠义小说的渊薮。他们是视死如归、侠肝义胆的勇士，宣泄了民间百姓对统治者残暴欺压的无奈。他们超越礼法之上的气贯长虹的反抗，构成另一种声音，是民间情绪化表达的通道。

上述特征也构成了贺绪林匪事小说谱系的审美要素，《野滩镇》的主人公彭大锤，既非官府治下顺民，亦非国家暴力机器，游走在社会的边缘，非官非民非绅，却秉持人性良知，遇到不平之事，拔刀相助。侠义小说在其发展的基因里，带有确定的叙事伦理，贺绪林的匪事小说，吸纳了这一传统要素。我们在《最后的女匪》里，看到了徐大脚和碧秀；在《野滩镇》里，看到了一个快意恩仇的彭大锤。他们都有着不凡的经历，不凡的身手，不凡的魅力，更重要的是有着大义凛然的道义良知。他们敢于挑战自己境遇中称霸一方的强横之徒，他们的暴力抵抗其实是被一个更大的国家暴力唤醒的。他们反抗官府和社会强人，使他们也成为更强者，他们常常做官府做不了的善事。野滩镇遭遇土匪周豁子的攻打掠夺，保安大队和警察局的官兵临阵畏葸不前，彭大锤却飞马踏匪营，解了野滩镇之危。这样一个超出礼法之上的人物，却有着凛然的道义作为，这是这类小说在阅读上让人喜爱的地方，让人在心里舒坦的地方，正因为它代表着人间大道。所以，其视角尽管是民间草根的草莽英雄，但是其行为中含着天地之间的人性良知和天道秩序。

IV.
传统伦理与主体意识

一个村庄的存在真相

——吕学敏长篇小说《腿林》[①] 分析

认识吕学敏的时候，是五年前，他的长篇《子宫》出版，我去参加研讨会。《子宫》写一个计生干部的生活。那时，他的作品还稍显粗疏，特别在小说叙事方面，尚存在一些问题，这个问题同时也被丁科民注意到了，他的发言很精当，谈了描写和再现。

后来，吕学敏经常将他的小说发我，常常是一些短篇或中篇，觉得好，就拿给《秦岭》。几年中，他的小说进步很快，愈来愈成熟。小说叙事结构很讲究，人物形象生动传神，故事也蛮有趣味。他观察敏锐，笔触细腻，对小说艺术深深挚爱，有不顾一切勇往直前的劲头。挚爱真是一个天赋，里面深藏着他再造和变化自我的枢机，参悟世态万象的能力。我还惊讶于他有那么鲜活的记忆力，能将生活场景还原得如同摄像记录。

去年年底，吕学敏从铜川过来，说要见我，带来他的长篇《腿林》，嘱我看看，想听听意见。小说比较长，写的是一个村庄。一看，就知道是倾注心血之作，因为他动用的是自己生活母地的积累，情感密度很大，像是一棵枝叶极为茂密的大树，而且因其叶子过于繁茂，将枝干全部都遮住了。

他的雄心是再现一个村庄混沌生活的原貌。这是一个艺术冒险！

下面，我以自己的理解谈《腿林》，也谈我所理解的小说艺术。

[①] 吕学敏：《腿林》，黄河出版社2015年12月出版发行。

小说家应该最懂得人类文化生态，至少，他从文化生态的多样性方面，理解了人的千奇百怪。他饶有兴味地细细观察不同文化背景、不同性格教养的人的命运走向，仿若村头的那棵椿树，在椿树下乘凉的瞎子，或者蹲在瞎子身旁喘气的狗，这些都能进入作家的眼睛。我觉得作家的厉害之处在于，他在本质上视人为平等，就是说，作家的天然职责中有此内在要求。小说这种文体本身，给予了作家一个观照平台：要求他写活芸芸众生。不是说，作家笔下必须将穷困潦倒者写得与一个富贵者一模一样，而是说，即使作家本身对达官显贵怀有强烈的亲近和喜爱，但他想写好一个乞丐，也必须进行同情性理解，就是说，他在心底必须站在一个乞丐的视角去写一个乞丐，这样，就迫使作家进入乞丐的感受，用身心打量另一类人的生活。所以说，作家是一个上帝，或者说，必须具有上帝般的眼睛，俯视理解芸芸众生，即使对自己所鞭挞的对象，他也必须具有对人性理解的情感投射。小说家安排的世界，当然也是他自己眼中的世界，是他视角下的一个世界的呈现。

吕学敏的长篇小说《腿林》，他就是以一只狗的视角看这个村子，在狗的眼里，看到的都是一条条腿，林子一般。所以吕学敏称之为《腿林》。与狗相关的两个视点人物，一个是瞎子，一个是学学，都是村子里最为落魄的人。瞎子一生独身，正因为眼睛失明，没有人回避顾忌，由之，却得到了一种奇怪的自由，他常常在深夜悄无声息出现在别人的门窗外，聆听着村庄的不同故事。他看不见，却知道村子里所有秘密。学学爱读闲书，但穷得叮当响，媳妇也讨不起，独身一人，家里连一张能凑合用的桌子也没有。学学喜欢与瞎子混在一起，而这条名为虎子的狗，最为亲近的人就是瞎子和学学了。这是吕学敏这部小说的独特视角，他以一个村庄最不被人待见的人物来感受人间冷暖，以一条狗的视角来写人的世界，其中潜藏着作者独特的运思。他想借助狗的视角呈现一个客观化存在。

《腿林》构成了一个特定的社会生态系统，在这个系统里，涌动漫溢着枝枝蔓蔓的故事，一件事情连着一件事情，一个人连着一个人。小说开端部分，以柴胡作为主人公，以他从县城回到西后村竞选村长为线索，但是在柴胡回到村子后，这条主线却逐渐消失，被村子里海洋一般的生活事相和人物纠葛所淹没，以至于让人忘记了柴胡回到村子的目的，忘记了竞选村长这条主线。这个人物命运的变迁，似乎已经不重要了。我们被村子里各式人物所吸引——柴胡的竞争对手墩子、正南、兴善老汉、金苗、天芳，呼啦啦涌现出那么多的人物，在眼前晃动，每人都有自己的生活逻辑和命运走向，作者仿若纪录片一般再现了一个村庄的生活氛围，鸡鸣狗叫，家长里短，几乎看不见作者驾驭故事主导生活的痕迹，看不见作者强烈的主题运思，看见的只是芸芸众生各自游走在自己的生活轨道上。这恰是作者的用心所在。

几十年来，在中国现实主义文学路径的话语下，我们将这样的小说称为自然主义，视左拉为其首恶，其实中国压根儿就没有过真正的自然主义，"五四"以来，中国文学艺术界达成的共识，将文学作为唤醒民众、改造社会的工具。其实比"五四"诸锋头人物更早的梁启超，1902年就在《新小说》创刊号上发表了《论小说与群治之关系》一文，提出"欲新一国之民，不可不先新一国之小说"的观点，小说被目为改良社会的强力工具。从此之后，在中国哪里有过自然主义的缝隙空间！就是说，小说一直都在言志载道，具有鲜明的主旨指向，其丰厚的意蕴和原生态式的生活图景，是绝少看到的。

吕学敏笔下的西后村却不同，呈现出一片混茫，我说的是小说混混沌沌地向我们展示出一个村子各色人等的生活。比如，第18章，写天换与葡萄一把年纪了，相好也久了，结婚证不想领，怕招人眼，只想摆个婚宴，请上三朋四友，相邻亲戚吃一顿，就算光光堂堂住到一起了。但是葡萄的儿子硬是不应，专门从外地赶回来大闹婚宴，把斧头都挥起来了，惹得大家不欢而散。第二天，天换接到康主任的电话，让村上干部到镇上办手续，县上批了盖村委会的项目。天换心情不好，懒得跑镇上，就去找七娃，七娃让柴胡去，柴胡装上村委会章子，骑上摩托就出发，却遇到从东北角吹来的一股黄风，遮天蔽日。作者以黄风为线，写各色人等的不同表现。此时，王新麦的屋里躺着三个挂吊瓶的人，大家看着窗外，都吓得不敢出声。花妮呢，今天说好和梁老师在树林里约会，看到黄风发短信说不去了，梁老师又回发了个挑逗性的短信，很具有情人之间的张弛。再写贤彦大那根最高的葱被风折断了，贤彦大扶起培土。成山正在地里干活，看见风黄龙一般卷来，趴在地里不动，看不清东西，以为眼睛有问题了，风过后发现眼睛好着呢，回家洗脸把半盆水洗成泥糊嘟。金苗此刻正来例假，赶忙收院子里晾的衣服，衣服上已经是一层尘沙。瞎子倒很平静，坐在门口喝酒。学学跑来大喊："不得了，天上下沙子。"两人为之发生小小的斗嘴。小说又说到柴明银，说他那天在党支部开会的时候，原打算赶去闹会，因为他的窑洞裂缝的事，虽然处理了，但他暂时还没有一个可心的住处，其二，纸芳结婚时，七娃打了他一拳，他觉得怎么不好的事情净往自己身上摊，自己是鳖吗？半路上遇见新国媳妇却把他劝住了，新国媳妇论辈七拐八拐叫他姑父，就这样他没去闹成。到了第二天，柴明银家里出了一个事，他的母牛被麻光辉家的公牛在配种时压死了。这个事可是个大事，怎么能搁得下，于是，柴明银老婆就闹起来，麻光辉老婆也不是省油的灯，这件事七七八八闹得不亦乐乎。最后柴明银剥了牛卖肉，瞎子顺手弄到一大块肉，学学和虎子都占了便宜……我随手摘来小说的一个章节，以此想显示吕学敏小说构成的风格样态，它没有核心情节推动故事，所以我说，《腿林》以海洋般的细节琐碎构成一个村庄的原本生活样态，里面充溢着多向度、多元化取向，似乎没有了作者强烈的主观性意旨所欲达之目的，但是，涌动的细节流却带给我们多样性的参照和回味。它不是单纯的酸，单纯的甜，单纯的苦，单纯的辣，它是什么滋味都有。这是它的长处，假如你不喜欢，说是一个问题也对。

小说人物必须有自己的行为逻辑，小说家不能随心所欲地安排笔下人物的运行，人物的运行是不得不如此。西后村里的各式人物，各有自己的行为逻辑，比如金苗和纸芳，金苗爱上柴胡，柴胡是一个能干有为的男人，雄心大得很；而纸芳的男人邢二怪，却不怎么样，但是纸芳对这个人的看法是，他家里有钱，自己能过无忧的日子就行，别的事，管它呢。人物各有自己的行为逻辑，这就使作家笔下的生活世界显得同我们眼睛看到的世界相似，具有了真实性，尽管这种真实性因他者的眼睛而虚幻。我们还从人物的行为逻辑里品味出难以言表的况味，这种况味，可以说是通向人类精神生活的本真，是当下的生活又超出当下的生活。诚然，作家的眼睛仅仅是作家的眼睛，作家对生活世界的理解仅仅是作家的理解，不能替代自我对世界的理解观察。但世界上压根儿没有一个能代表所有人眼睛的那个人，要有，那也是神，而不是人。这样，我们就只好除了自己的眼睛而外，借助于他者的眼睛来看我的生活世界，认识我的生活世界。

小说世界的人物，有一种潜在的自意识，他所做的一切，都是向着一个目标挺进，这就是把自己安妥在这个环境中一个恰切的位置上。就是说，他必须与这个生活世界达成一种相洽的关系，这种关系必须是他在童年种子阶段就逐渐认可自洽的，这样，他缓慢相融于自己所在的位置，逐渐习惯自己与他者构成的关系。人物将自己安妥在这个世界之时，是他找到自己在这个世界的位置之刻，至此，他与这个世界的对抗冲突才能停息。柴胡本来在县城开饭馆，并且开得好好的，还赚了不少钱，但是突然不想开了，硬是将饭馆转手，要回村当村长，他觉得自己是个人物，是个搞政治的料，不是一个小饭馆老板。这是人物与自己当前所在位置相抵牾，开始向一个未知的方向运动的表现，由此带领读者阅读他的生命历程。

说到底，人物与这个世界的关系，就是冲突与摩擦最终达成和解的关系。怎样和解？就是由此点向彼点运动，重新确立自己愿望中的位置，调整自己在一个群体里的地位和关系。一个群体里，一个人的位置和关系，是不易于颠倒和打乱的。西后村更是如此，更不易打乱，这是村社文化的特征。学学虽有点文化，能识一些字，会写半通不通的文章，但实在是村子里的下等人，却因了一篇小消息，被柴胡的同学半路看中，介绍给县作协主席。他要去见主席了，兴奋异常。在云芳的商店门口，学学坐车要去县城，云芳问："去县城做啥？"答："见作协主席。"云芳才不信呢，朝天低声说，"我的天，现在啥世事了，啥人都敢说大话"。这是小说中不经意的一个细节，我信手拈来考察人物，可看出人物离开自己原有的轨迹向另一个方向运行时，所引起的不适。群体里人与人的关系有自动修复机制，它会将一些变动了的关系做调整，从而继续在秩序下运行。除非大的动荡和彻底颠覆，一般不会形成问题。革命，就是从根本上动摇原有的秩序，颠倒原有的秩序，而不是调整。革命之后，新秩序建立起来，又开始了新一轮的秩序形态，在原有框架内，有冲突有突破有适应有不适应，有对抗和自我修复。

我这样解释小说家所构筑的世界，并且以这个生活世界的冲突作为中心，以此打量作家的心理能量和叙述写作方式。小说叙事，大起大落、大开大合的人物命运巨变逆转，社会秩序的摧毁重建，人际关系大尺度颠覆调整是其一；似缓慢平静的河流，表面波澜不惊，实则汪洋恣肆巨流涌动是其二。无疑，吕学敏的小说属于后者，他以自己特有的叙述方式，向我们展示了一个名叫西后村的地方，整个村子林林总总的生活，时代面貌、社会变迁、风土人情、生活纠葛均在其中。作者对社会的知解力、对生活的还原再现能力令人欣赏，他写出了一个村子细枝末节般的海洋，点点滴滴的人物行状、环境事相蔓延铺展，令人全景式地看到了人的存在本身。

这样看来，《腿林》是一部以营造典型环境为主旨的小说，所有人物的行状合起来构成一个活的村庄，这大约也是他以一条狗作为整个小说视点的缘由，狗的动态性和狗的选择性与人大有异趣，所以，其故事中尽管涉及几十号人物，但其中心人物和核心冲突却并不明显。惯常的小说路径是环境为人物服务，环境烘托人物，在《腿林》里却几乎做了颠倒，变为人物合起来营造环境。一个个鲜活的人物，共同累积出一个极为典型化的环境——西后村，塑造出这个21世纪中国大地上极具典型性的村庄。在中国城镇化的进程中，《腿林》以西后村为镜，映照农耕文明向城镇文明的转型，立此存照，这也正是它的价值所在。

在革命底色中复活的儒家伦理

——论关中牛《大戏坊》的主题建构

一

关中牛的长篇小说《大戏坊》是一部具有深刻的思想构造力的作品。或者说，他有一个非常大胆且与当下现实直接关联的崭新思考：将中国现代革命与中国传统文化融通起来，从而使西方传来的马克思主义与中国的历史文化传统融通，为未来中国的社会发展，寻找并展示出某种可能性。尽管这一重大的构想在历史发展中还正处于进行时态，但我们依稀可见其天边的一抹曙光。我的这一判断，既来自《大戏坊》的故事和人物，同时，还来自另一参照系，就是以《白鹿原》为代表的这类作品，在表达儒家传统在乡村秩序的建构时，所具有的本源生成之根本性意义。且在其叙事模式上，也有了难以回避的家族叙事形态，这业已成为小说故事展开的定式。我将《白鹿原》这部具有经典意义的作品，作为《大戏坊》的对照性观察坐标，意在表达，同为关中平原上民国时期的乡村叙事，《大戏坊》与《白鹿原》比较起来，有哪些地方值得我们关注和深思，有哪些地方展开的维度可能深化了历史与现实的联结。

假若说，《白鹿原》中的朱先生、白嘉轩和《大戏坊》中的魏仁湘、张拯恩，同时代表了儒家思想文化传统在 20 世纪三四十年代的现实表现，且这种表现以关学在关中地区的强大影响为拓展根基，这种根基又是以现实生活的呈现作为小说故事的丰富展开，那么小说中的冲突及日常生活细节则成为精神的形象化立体再现，读者看到了在血缘亲情纽带下形成的忠孝仁义，以及以此为坐标而构成的基本伦理精神和原则。这种伦理精神原则，在白鹿原上获得活生生的现实展开，也在洽川县留马邨精彩上演。稍微熟悉关中地区风土人情者大都知道，关学作为儒家理学学派在这一区域的深刻影响，从北宋张载提出的"气本论"和"民胞物与"思想，到其追随者吕大钧兄弟，将其落实在了《吕氏乡约》《克己铭》这类具体化的操作实践上。关学理论上所强调的"通经致用"，延展出来这种实践精神。关学发展到元代时，杨恭懿和其父其子三人，坚持"实学风格"和为人气节，这使得关学在思想沉寂的元代赓续传承而未断。明清之际，有冯从吾、王心敬、李元春、贺瑞麟、柏景伟、刘古愚等人，使关学之脉绵延至今。更重要的是他们致力于实践教化，我们从关中地区强有力的文化凝聚力中就可感受到。

人物之间、善恶之间面临现实的尖锐冲突时，白鹿原与洽川留马邨的民众，其所奉行的处事方式和做人准则是什么呢？就是以乡约作为范式的仁义之道。这一儒家伦理精神原则，千百年来，作为乡村中国秩序的建构，亦作为一种强大的约束力，维系着人与人之间的基本交往，昭示在人的精神上方。就个体人物而言，当然有现实利益的考量和各自的精细盘算，但能够理性地行事且顾及他人褒贬的眼光，这些都显示出关学所奉行的儒家基本原则如何浸透在现实的乡村大地上。

值得我们关注且深思的是，仁与礼这一伦理精神要义，处于20世纪三四十年代疾风暴雨式的大革命中，会是何种状态？一个摧枯拉朽式的改朝换代的暴力革命，面对两种对抗性力量，如何应对？一个是正在执政的国民党，一个是千百年来王权统治下的深层文化秩序存在。革命逻辑意在江山重整，它与这两者均不相容。大革命要打碎一切现存的秩序安排，这与儒家精神的秩序构建，有着天然的对撞。共产党人翻天覆地的革命变动，冲决着那个"天不变，道亦不变"的儒家伦理原则。在儒家的"天"这一伦理秩序下，我们看到的是父子君臣的秩序安排，是仁义礼智信的生活日常伦理。以摧毁旧秩序打碎旧社会为目标的中国大革命，也理所当然地冲垮了这一伦理原则。改天换地的革命，也在重建一种新的秩序新的意识形态。陈忠实的《白鹿原》，深刻地描述了这一过程，《大戏坊》也无可回避地涉及了这一问题，两者都须得对这一问题做出历史的应答。

二

我们先梳理一下《白鹿原》在触及这一问题时的指向。面对大革命时代的革命原则与关学所构成的儒家伦理原则之间的冲突，《白鹿原》以朱先生、白嘉轩、黑娃这一脉络，表达了儒家精神的伦理诗意。朱先生是儒家伦理的精神导师，白嘉轩是这一精神的实践者。黑娃这个人物，从叛逆走向皈依，是最有意味的。他本为白嘉轩长工鹿三的儿子，生性桀骜不驯，他的生存命途，使他不可避免地站在时代动荡的浪峰之巅。在老秀才家打工却勾引了老秀才的小妾田小娥，携田小娥回到白鹿原却不被父亲与祖宗祠堂接受。大革命风起云涌之时，他成了农会里的骨干，革命失败后被国民党清剿而上山当了土匪，再后来成为国民党县保安团三营营长。跟着朱先生要"学做好人"。后来被鹿兆鹏策反而起义，最后被白孝文构陷而遭处死。他最后精神皈依，重回故土，跪倒在白鹿原的祖宗祠堂前。他的这一人生翻转，让白嘉轩充满喜悦、信心和自豪，不无豪迈地向儿子白孝武说："凡是生在白鹿村炕脚地上的任何人，只要是人，迟早都要跪倒在祠堂里头的。"① 这一句表达里，传递出儒家传统的自信和源远流长的伦理力量。通过这样的弥合，我们见到了《白鹿原》中不绝于耳的声音，自信且绵延不绝的儒家伦理所具有的吁求和回归的牵动力。

白孝文是相反的另一极。他被田小娥拉下水，因与其偷情而败露，脸面丧尽，做人失败，同是被白鹿村弃绝的人。从他身上，可离析出叛逆性革命的另一声信号，他从此割断父子亲情伦理而混迹江湖，成为一个失去根系的人。他本来是族长的继承者，却成了宗法乡约放浪形骸的

---

① 陈忠实：《白鹿原》，人民文学出版社 1993 年版，第 246 页。

反叛者、毁弃者。他以一种堕落的方式，抵抗了宗法制度，从而脱离其约束而魂飘江湖。他走出白鹿村，仿若走出了一座精神的囚牢，成为一个无牵无挂一无所有的自由之身。他后来成为县保安团一营营长。白孝文与代表着儒家传统的白鹿村乡约的断裂，也通过白孝文铿锵表达出来："谁走不出这原，谁一辈子都没出息。"① 是的，白孝文踏出白鹿原，抖掉了加在自身的伦理枷锁，从而获得一种无所忌惮的恣意解放。儒教对人所具有的约束力据此而断。黑娃的精神之乡使他重返白鹿原，白孝文也曾回到白鹿原，但那是向这块土地上的乡约伦理的快意复仇，他的精神从此游荡而失去了故乡。这两种性状，交替呈现在白鹿原上。20世纪三四十年代的白鹿原，无法弥合革命与传统的这一断裂，革命洪流所形成的冲击力，促使泥沙俱下，它如何与中国儒家伦理传统融合，这无疑是一个深远重大的命题。这一命题，一直以两相断裂的血茬，从20世纪20年代到70年代，赤裸裸彰显在中国人的社会生活中。

　　真正与儒家思想传统接榫的精神建构，是从20世纪80年代逐渐开始的。政治生活领域，从以阶级斗争为纲，转向以经济建设为中心。文学领域，从伤痕文学、反思文学到改革文学，紧接着就是寻根文学。文学开始在中国的传统里寻找资源，单一的革命叙事，加进了丰富的传统伦理精神。陈忠实无疑是具有先知先觉的一个作家，他以自己的艺术直感，敏锐地触及这一问题：革命与传统精神的碰撞与融合。但他却未能做出回答。我们从《白鹿原》的结尾里，就可以看出这种两相断裂的境况。一个因自己的屈辱遭际而受到了白鹿村乡约惩罚的田小娥，以个人的本能性抗拒而受到礼教的多重伤害，最后被公公鹿三杀死了，并且作为一个作孽的亡灵被镇压在塔底下。一个皈依祖宗祠堂，而洗心革面"学做好人"的黑娃，却被势头正盛的白孝文枪毙了。这个白孝文摇身一变，投机成为起义者，成为一个权势赫赫的滋水县县长，革命权力此刻正掌握在他的手中。

　　白孝文是最不依从儒家伦理的人，可以说是儒家精神原则的反叛

---

① 陈忠实：《白鹿原》，人民文学出版社1993年版，第506页。

者。他是在脱出白鹿村所酿成的精神约束氛围后，获得肆无忌惮的个人原欲释放。其赤裸的欲望和勃勃的野心都获得实现。白孝文的内在约束被解除后，在现实生活层面混出了人样儿，从滋水县保安团一营营长到滋水县县长。他的所谓出息，背离了白鹿原上伦理尺度标识的"活人"原则，是失去人的束缚的非人作为。白孝文掘开仁心义理之堤，汪洋于世俗社会的罪欲泛滥之中。所有的欲念，都可以借心机权谋和凶残手段实现。这当然是一个大问题，是《白鹿原》向我们提出的问题。这个问题就是革命之后，以祠堂乡约为代表的传统伦理被推翻，社会人伦关系以什么作为文化约束力？什么是构建一个秩序井然的理想社会的道德要求？或者说，传统儒家伦理在我们的眼里，还有没有重新拾起的价值？

三

正是在这样的基点上，距离《白鹿原》出版40年后的今天，关中牛的作品《大戏坊》，却自觉不自觉地在作品里，衔接了这一问题。假如说，《大戏坊》中的魏仁湘类似《白鹿原》中的白嘉轩，那么，他笔下的张拯恩，尽管在名义上是魏仁湘的长工，但却绝非《白鹿原》中的鹿三，而是一个非同凡响的人物。这个人物在小说故事里，是留马邨大户人家魏仁湘的长工，但同时也是魏仁湘的干爹。他为人仗义豪侠，做事深谋远虑，并深藏一层隐秘的身份：共产党的地下工作者。地下党张拯恩，颇不寻常的地方在于，游刃于复杂的江湖社会之中。他既具有江湖义气，重然诺，轻生死，身上散发着大义担当的浩然之气，同时又是一个忠诚的党员。在故事里，他是一个充满奇异特征的神秘人物，东家魏仁湘遇到棘手难办之事，总是会找他商量，向他讨问主意。他做事不显山不露水，往往一诺千金。我想要表达的意思是，在这个人物身上，集革命要义与传统伦理精神于一身。在当代文学画廊里，这个人物是极为稀见的。

张拯恩有一个干儿子，名叫囊哉。这个行走不便、身有残疾的儿子，他带在身边，多年如一日，全心尽意去照料扶助，如同亲骨肉。能这样做，仅仅是因为他曾经对囊哉的托付人有承诺。囊哉的生父朱天佑，是上海纱厂大罢工时的纠察队员，囊哉母亲是上海纱厂女工，大罢工中囊哉母亲因军警镇压而死去，父亲躲避搜捕被组织安排，逃离到华州开山货铺子。囊哉被时在纱厂与母亲一起做工的姑姑女儿收养，后回到汉阴姑姑老家。小说在叙事中，并没有从源到流顺着叙事，而是选择了溯源而上的叙事策略。说是有一天，壶梯山上下来一帮吃"铁杆庄稼"的土匪，来到了保长陈满仓家，并喝令正给陈满仓剃头的师傅唤来张拯恩，然后读者窥见了囊哉身世之一二。二头目"三舅爷"对张拯恩说："当年他（大头目黄大牙）安顿您抱走的那个瘫瘫娃，并不是他的儿子。孩子的亲生父亲叫梁书奎，这个人你肯定听说过，他当时是凤凰山游击大队司令，后来跟谢志长一块在三边起事投了'红'。再后来，这个人跟着队伍去了山西，临走前把孩子托付给了我家大哥（黄大牙）。"① 现在这个"三舅爷"受托要带走这个囊哉。张拯恩质疑为什么要将囊哉带到山里，担心对囊哉身体不好，不大同意。"三舅爷"面有难色地回应说："我实话告诉你老哥也好，孩子的亲爹前几年已经无常了。红军到了陕北后，西路军为打通国际线路走了新疆。在甘肃高台，他们被当地马家军包围，这个人守城中枪死后，依然被那些人砍下头颅，悬挂在城门上。"② 这儿"三舅爷"所说的孩子亲爹是英勇就义的梁书奎。

小说通过"三舅爷"交代了囊哉的来历。读者此刻知道，原来张拯恩受盘踞壶梯山的山大王黄大牙之托，来照顾这个残疾孩子。梁书奎是囊哉的生父。但在此后因为囊哉执意要爱甜寡妇周心慧，与张拯恩发生争执。张拯恩决定向囊哉说出他的身世："你父亲姓朱，高大个子白净脸，人长得很气派哩。开始，我和他还有生意来往，此后十多年里，再也没有见到他。后来，听姓梁的说他把铺子盘给了另一家人，一个人去了山西。临走，他原本说好要来看看你的，我等了好长时间，最后，你

---

① 关中牛：《大戏坊》，太白文艺出版社2002年版，第329页。
② 关中牛：《大戏坊》，太白文艺出版社2002年版，第329—330页。

们父子还是没见着面喀。前多年，姓梁的跟着西路军去了甘肃。唉，他们一个个走的那都是一条条绝路哟。几万人西去那阵，男男女女带着被服厂、演剧队，还有造币厂，一年后只回来了不到一百人。听说，他死在了一个叫高台的地方，至今都不知骨殖埋在那儿。你记住，你亲爹名字叫朱天佑……"① 通过上述叙述得知，张拯恩收养的这个义子囊哉，生父是朱天佑。朱天佑是何许人也？小说没有细说，但我们猜想是地下党。他一个人去了山西，将儿子托付于梁书奎，梁书奎托付于黄大牙，黄大牙托付于张拯恩。现在黄大牙带着大队人马了河东抗日，加入了陕军抗日民卫第三团成为团副，看来也是一去难回，交代给了"三舅爷"，于是才有上述情节。

我在这儿主要想说的是生死托付。在我国传统习俗文化里，"托付"是一个很重的词，包含着无限的信赖。特别是托孤，更具有了家族血脉绵延的神圣性意义。我们马上会想起元代杂剧作家纪君祥的《赵氏孤儿》。这部悲剧的核心推动力就是公主给程婴托孤。奸臣屠岸贾欲将赵盾家族斩草除根，杀死赵盾，逼赵盾之子晋国驸马赵朔自尽，又要除其遗孤。公主（赵朔之妻）叫来门人医者程婴，将赵氏孤儿托付于他。为了这个嘱托，程婴竟然牺牲了自己的亲生儿而替换赵家遗孤，让孤儿活下来。这样一种凭着信赖而构成的义理，成为民间文化的伦理依据，张拯恩这个地下党人，受人嘱托，毅然接过一个残疾孩子，用尽心思陪伴。他的这一行为里，显示出了一种可贵的大义和担当，是传统伦理责任在其身上的光彩呈现。

张拯恩与魏仁湘的关系，既是主仆，又是父子，还是知己。他对待魏仁湘的赤诚之心，更是动人。倾其一生，以其智慧和忠诚，对魏仁湘倾尽爱护之情和辅佐之力，成为无话不谈的主仆，亲密无间的父兄。但这样的恩重如山的情谊，在哪儿发端的呢？据故事交代，张拯恩少年时"打心眼里就不愿下辈子跟着老子学打铁，私下托人在洽川县衙谋了个小差。一来二去，便和在城里做生意的魏存贤成了熟人。没过多长日

---

① 关中牛：《大戏坊》，太白文艺出版社2002年版，第391—392页。

子，他干脆辞了公干，在魏家商号赶着马车专门跑西京城那边皮匠们奇缺的芒硝生意。有时，也倒手棉布和菜油"①。后来因为父亲的铁匠铺子敲打出几样兵器，被清政府杀死，张拯恩也在惩办之列，"好在魏存贤走通了道上的各路气眼，连夜让这个张拯恩揣着几块银圆钻进了北山"②。这是张拯恩跟魏仁湘之父魏存贤的交往。正因为这层信赖，在魏存贤咽气前，将儿子魏仁湘叫到跟前，交代说："家中有大事，找马坊院你干大，他是我这辈子信得过的人。"③ 魏存贤将儿子魏仁湘托付给了张拯恩，也给儿子做了交代，以至于连石榴树下埋的那一罐银子，张拯恩也清楚。家族里所有秘密，都托付给这个非亲非故的外人。由此看来，张拯恩与魏家的关系，就是一种江湖社会中的契约伦理，它以一种托付与应诺的方式构成。一个然诺，终生守护。这一点，是这部小说阐释的中华文明之魂，它为传统伦理唱出了温馨的一曲赞歌。

我们无疑也可以将其看作这部小说的构造之魂。

"然诺"作为人与人之间的一种信任性纽带，极有力量地弥漫于小说的天空中，构成生命的气场、氛围和魂魄。这种人与人之间的关系，始于诚，行于信，终于善。它成为情深意长，义薄云天的范型和榜样。张拯恩与魏仁湘，尽管只是父子干亲，却能延展出血缘之外的至信，而具有了难以动摇的伦理基石，实为可歌可泣的传统伦理诗意。

四

在《大戏坊》里，张拯恩的分量尽管位居魏仁湘之下，为二号人物，但其丰富复杂性可以说够得上第一。上面我们对他已有介绍，其底色是一名地下党，但同时结交了江湖上诸多朋友，同道上各路人马均有交集。比如，他同陈仓满的交往。陈仓满是村上的保长，属于灰色或说是黑色人物。人脉广，势力大，敢下手，经常做一些容易掉脑袋的生

---

① 关中牛：《大戏坊》，太白文艺出版社2002年版，第104页。
② 关中牛：《大戏坊》，太白文艺出版社2002年版，第105页。
③ 关中牛：《大戏坊》，太白文艺出版社2002年版，第110页。

意。张拯恩却与之多有瓜葛，利用其黑道上的资源，为北面的肤施（延安）输送紧要物质，如药品、马匹、食盐等。作者笔下的张拯恩，是小说里浓墨重彩的人物。他深藏不露，处惊不乱，多智远谋，其鲜明生动的个性，给读者留下了深刻印象。

张拯恩这个人物身上，还有着乡村社会里极为独特的强者色彩，无人敢于小觑。他做事低调，不事张扬，为人谦和，却绝不怯懦，是传统社会结构里的一个重要色块。作为一名地下共产党，他不是那种毅然与家庭决裂，抛弃亲情，投奔革命之士。可以说他是一个重情重义的人，身上具有浓厚的传统伦理精神，兼具侠、儒、仁之气，弥合了革命要义与传统文化的裂痕。读者在张拯恩身上，看到的是一个传统的一诺千金的君子形象，或者说是侠义形象。可以这样定位，他是一个侠肝义胆的地下工作者，还是一个为朋友敢于两肋插刀的好汉，行走江湖却宅心仁厚。从这个角度看这个人物，我们看到了他的独特与不凡。假若说，《白鹿原》中的长工鹿三，与白嘉轩兄弟一般的关系，构成了传统农耕文明下理想的主仆关系，也诗意化地展开了一种传统的世间伦理，形成了我们心中那种极为美好的想象与展开；那么，白孝文却走向了父亲白嘉轩的反面，割裂或说抛弃了传统要求，以小人之志甚或恶人行径做事。白孝文的身份和作为，让我们看到了一种撕裂，就是以革命的名义，行使个人的暗黑私欲。传统社会的情与义，让位于新秩序建立之时的阶级划分。它或奉行暴力的手段，或在决绝的撕裂中无情无义，或断裂传统以利新秩序建立。

但我们在《大戏坊》里看到的却是另一番情景。尽管故事所演绎的时代背景与《白鹿原》是一致的，都是民国时期，抗日战争。也都是以关中平原上的大户人家（魏仁湘和白嘉轩）作为第一主人公。尽管张拯恩是住在马坊院的魏仁湘的长工，但又是他的干爸，且是一个智者。在故事的起伏发展里，魏仁湘遇到难处，总是向张干大请教。他们两人的身份，不仅是魏仁湘对张干大的敬重，更有着张干大对魏仁湘的倾力扶持与保护。这样一种身份，与《白鹿原》中的白嘉轩与鹿三之间的关系大为不同。这种组合，形成了一种别有深意的关系。一个隐藏起来的革命党人张拯恩，与浸淫于传统伦理精神的张干大，浑然一体，成为落雁滩一带做人的榜样。他的身上，具有了《白鹿原》中朱先生那一点儿玄远莫测，不同的是，张拯恩是置身于洽川县留马邨的现实生活中，并是能够撬动改变现实发展走向的弄潮儿。任何重大事项，在他的安排下，都可以得到风平浪静的解决。不管是魏仁湘被抓然后释放，还是促使魏仁湘当上保长以便保护一方，或是蔓货北上投奔革命，或是陈仓满带个媳妇回村。所有这一切，你都感到有张干大的一双手在背后起作用。

这样，读者眼里的张拯恩，身上具有了双层叠影，既是传统伦理精神的实践者和捍卫者，又是出色的革命家。两者在他身上的融合，堪称完美。也许正因为这种双重融合，在革命取得胜利之后，张拯恩的情与义将会面临难以相合的内在冲突。比如，面对阶级成分的划分，魏仁湘作为一个大地主，革命者的张干大如何自处？作者一定也面临了这一难题，于是给他安排了一个完美的牺牲结局。在共产党即将取得全国胜利的前夕，张拯恩牺牲了。他以自己的生命，构成了这种融合的完美完成。这使他不至于在革命成功之后，面对魏仁湘成为革命对象，而人格情理两分。他将自己的一致性保持到了生命的最后一刻，留给读者难以忘怀的记忆。

五

长篇小说《大戏坊》，以关学所构成的儒家伦理，浓浓地酿造了关中地区的民俗、民情、民风。一般来说，就长篇小说而言，其所描写的具体生活细节，往往再现和记录了一个地域的生活场景及风俗习惯，假若作品的细节还原真实，一定是直入民族文化民族心理的深处的。换一个说法，小说细节、人物行状往往存在于被大历史运行所忽略所遗漏的夹缝处。《大戏坊》无疑是一部再现关中地区风土民情的创作特色鲜明的好作品。

鲁迅探究小说的源起，说它"盖出于稗官，街谈巷语，道听途说者之所造也"①，属于小道末流，他还从《博物志》《述异记》《酉阳杂俎》里摘引小说源起之说，认为"右小说家类琐语之属"②。从这些早期古代文人对待小说之态度上，可见其含有贬抑之意。但从小说艺术的本体特征而言，这"类琐语之属"，却恰恰伸向生活的最深微处，或者说在这些地方，充分展现了生活深微处的韵致。小说在其发展之初，以道听途说为事本，以琐碎之语为渲染，难登大雅之堂，但却种下了一颗种子。这颗种子深深扎根于生活的琐细处，扎根于普通民众之中。普通民众所经历体察的生活细流，就是小说之根，就是小说不断获取能量的源泉。我在这儿说的普通民众生活，就是生根于最为深厚土壤的乡俗乡情文化，这一点，也具有了人类学意义。

《大戏坊》以20世纪20—40年代为时间纵轴，以陕西关中地区洽川县哭泉镇留马邨为故事发生地。主人公魏仁湘，是方圆几十里的好乡绅，乐善好施，仁德仗义，支撑起留马邨的大戏厢。小说贯穿始终的线索，就是留马邨的线偶戏班子。以这个提线木偶戏班子，串起了芸芸众生相，构成了故事展开的氛围。四先生魏仁湘与狼咬儿魏九成，留马邨这两个家庭曲折引人的交错关系，构成小说故事发展的主线。故事所依凭的具体事由，则是线偶戏班子的生存、发展、传递和演出。人物的喜怒哀乐，个人命运的展开，多与线偶戏相关。我觉得，小说中三次重大且精彩的故事场景，都与线偶戏相关，且极为自然地铺排了乡间线偶戏的生存与戏规。

比如，六里堤王老虎门前的擂台戏，可算惊心动魄，高潮迭起。魏仁湘的岳父王老虎，是朝邑民团的大团总，方圆有名的"吃铁杆庄稼"的人物。大敌当前，他决心率领手下弟兄们过河打鬼子，临行前邀约了三家社戏来唱壮行戏，同时也是给儿子娶媳妇，暗藏的真实用心却是趁机劫走甜寡妇。于是，特邀留马邨的戏班子来演出，早知甜寡妇周心慧必是戏中人，然后伺机劫去，做成既成事实。魏仁湘带着线偶戏班来到

---

① 鲁迅：《中国小说史略》，人民文学出版社1973年版，第3页。
② 鲁迅：《中国小说史略》，人民文学出版社1973年版，第6页。

六里堤丈人王老虎门前,与其他两家打上了擂台。周心慧也是魏仁湘心底喜爱的人儿,中途有人送信儿,他匆忙带着甜寡妇提前逃走。上述是第十章的大致情节。但故事中还穿插有魏仁湘与老媒旦之间因为周心慧所产生的矛盾,老媒旦私心想让周心慧嫁了儿子咬儿。事情急迫,魏仁湘应了事,通知戏班中人做准备。当魏仁湘告知老媒旦演出之事时,心里还打鼓,担心节外生枝。作者写道:"说到这一点,老媒旦虽是女流之辈,却也是行道上做人守规矩的老艺门。她当然知道'戏比天大'这个老理,不但十分爽快地把事情答应了下来,还一口说定带着儿孙和媳妇一起都去。不过,她还是给四先生捎了一句不软不硬的话过来——'辣子一行、茄子一行,其他事儿跟做人行事没有一丝干连;哪怕下了戏台打捶闹仗,不能把戏耽搁了……'"① 人物的行迹、心理、动作,跃然纸上,栩栩如生。特别是戏行的规矩,"戏比天大"之理,在这个节骨眼上,让读者见识了一种民间戏行的内情。作者的笔触,自然地带起了关中地区的风俗、戏班的生活特点、民间的乡情心理等,这些都在读者心里留下了鲜亮的印记。

  第二个令人印象深刻的场景,是魏仁湘带领戏班子随王老虎民团组成的陕军东渡黄河抗日的故事。作者借此颂扬了1939年6月以"陕西冷娃"为主体的第三十一军团,坚守中条山抗击日军,最后弹尽粮绝,宁死不投降,英勇投黄河的故事。作者将小说中魏仁湘带领线偶戏班子随军慰劳放进这场震撼人心的壮烈场景中,以线偶戏人的眼睛,再现了这一令山河失色的壮举。

  第三个精彩的场面,表现了魏仁湘屈辱中的大义品质。事情的原委是这样:镇长岳富葵召集各村保长开会,商量协助国军修筑工事之事。工事需要木材,让各村积极筹集。陈仓满说没有办法,顺口加了一句气话:"不行你们就派人来拆四圣庙。"事后没想到岳富葵真派这些兵爷来留马邨拆庙找木头了。为了对付这些兵爷,保住社庙,魏仁湘好吃好喝招待他们,最后领头的提出要看戏,村里人又手忙脚乱地搭戏台。"正

---

① 关中牛:《大戏坊》,太白文艺出版社2002年版,第83页。

如陈仓满所料想的那样，戏巷里在家的人，看见有人开始在庙院布置台子，不用招呼都主动忙活起来。线户家就有这点好，哪怕两家人刚才还在为地畔子抢着馒头打架，只要听见锣鼓家伙的响声，天大的事情都能先放下来相互撑台雇事。"① 这样的剧情交代，耒耜班的浓郁文化所衍生的行为方式，看似闲笔，却如生命诞生时的羊水，包裹构成故事衍生的活水元气。看戏期间，刘团副发现戏台上有女人挑偶，于是非"点名要台上俩女艺人给他的弟兄们唱一曲《十八摸》提提神儿"。关键时刻，魏仁湘为了保护戏班子，保护村民，不惜放弃尊严，忍辱应诺。他说："既然刘官长好这一口儿，鄙人就舍着这一张老脸，给你老人家唱一曲《害娃娃》，把您已经出口的这句话搁住。"② 然后唱了这首"难登大雅之堂的炕头戏"。唱到最后，将自己的舌头咬掉一块，带血吐了出来。这些地方，活画出关中民间风情的状貌，同时也展现出小说主人公大义担当的刚烈性格。顺便说一句，关中地区与同属陕西的陕北陕南大不同，没有民歌，只有戏曲，所谓"高台子教化"。既然是教化，戏曲中的故事思想，大都是儒家的基本伦理观念，所以，关学的深刻影响，使那种情爱为主的酸曲难以在这块土地上露面。小说中，魏仁湘的这种惨烈抵抗，是具有现实依据的。

六

小说语言，是构成小说魅力的法宝之一，除此则有人物塑造、故事营构、主题意蕴等。《大戏坊》的故事发生地是关中东府的洽川，其语言也颇得关中东府方言神韵，较好地将关中方言与普通话杂糅一起，妙加运用。这样，使叙事语言更多散发出一种浓郁的关中普通话味道。而人物对话，则以关中方言为主。如此，既能令非方言区的人看得明白，又不失关中地区的乡土韵味，作者将两者融合得较好。

---

① 关中牛：《大戏坊》，太白文艺出版社2002年版，第404页。
② 关中牛：《大戏坊》，太白文艺出版社2002年版，第407页。

小说的叙事语言调质，有意识运用了诙谐幽默的语素，似乎是以漫不经心的调侃语调在看待人生，既是旁观，又是亲历，带着读者参与到故事人物的活动中，形成一种独有的味道。比如，在交代人物事件时，作者常常喜欢用"这厮"来表达，仿若说书人式的旁评，又有几分搞笑。在《水浒传》中，我们常见到以"这厮"作为口头禅的叙事基调，但用在关中地区的故事人物口头是否合适？关中人喜欢说"这货"，一般带有诙谐调笑式的贬义，但在特定语境下也带有亲昵喜欢的味道。我猜想作者可能考虑到"这货"一词的贬义，而用"这厮"做了替代。还有一个口头禅——"这人厢"，在叙事中多以魏仁湘为对象，感觉说的是一种在群体中有威望和影响的人。其实关中地区更具表现力的说法叫"人望"，这是表示声望、威望、敬仰之义，汉唐以降的文字里经常使用，成为关中地区对尊者的褒扬式称谓。从这些字眼的选择中，足见作者对语言的用心和讲究。

　　就整部小说的叙事格调而言，显然是在严肃方正的氛围里，加入一些活泼调侃语调，从而产生阅读快感。比如，作者交代线偶戏，说每在开场前，会提溜出来一个"塌塌鼻子白眼窝，樱桃小口奔耳朵"的丑角"癞报子"，说一段开场白："老老老，老少爷们仔细听，小的名叫四先生，只因貌样长的嫽，得了个诨名——葫芦瓢。"之后，本戏才算正式开始，也由此带出故事主人公四先生来。如此的叙事口吻、叙事调质，使方正滞重又典雅的关中式正襟危坐，掺进了带有活泼趣味的方言俚语。语言本身的那种活性，通过乡间俚语扑面而来，历史与生活的现场感顿然而生。

　　与小说的叙事语言相并而显的是小说的人物对话。对话离不开人物的身份性格、气质教养等，也就是人物语言须得是个性化的。这一点在《大戏坊》里也有鲜明表现。比如，作品写到刘管家找陈仓满来商议让甜寡妇所在的戏班子到王老虎那儿演出的事情，两人都是道上的人，身上一股子匪气。而刘管家的来头更大，是奉民团老总王老虎的旨意而来，陈仓满当然不能不小心应对。作者勾画陈仓满的话语姿态："陈仓满怔了一下，紧着吹灭了手里的媒纸，放下刚掂到手里的水烟袋，堆出一脸的谦恭紧着问道：'三哥有话尽管讲，慢说是大哥托付的事情，就是你老兄放个小屁出来，我那也得拿纸包着呢！'"① 瞧瞧，如此鲜活的个性化语言，顺手拈出，人物形态心理全出。读者在这样的文字里，一下子就见出陈仓满那满脸堆笑，假装谦恭，在台面上讨对方心里舒坦的一幅油滑嘴脸。

再说老媒旦这个人物，她是个媒婆，不仅如此，且是一个厉害角色，撒泼骂街无人敢惹。受魏王氏之托，她见了甜寡妇周心慧，要将她说给魏仁湘做个偏房。临末，忘不了教导几句人生之理："慧儿，想来你也知道世上的这些事情嗑。唉，犯危履难，岂避风霜。给人做小这也是世上行下的规矩，女人家，谁能逃脱老天爷给的这条苦虫命呐。"②"苦虫命"，多么形象又贴切的形容。给一个寡妇说媒，且是"做小"，用"苦虫命"来言说"女人家"的普遍命运，这对甜寡妇当然是一个宽慰，女人都如此嘛。但老媒旦先这样试探周心慧，心里另有想法，没提防这个甜寡妇竟有答应之意，她一下子口气又变了。原来老媒旦私心想着要将甜寡妇说给儿子咬儿续弦。

接着，老媒旦立即显出不屑，开口说："慧儿，婶活了这大半辈子，不说吃的盐比你娃儿吃的饭多，世上这号大大小小的事情也是经见过一些。你遇到的这些，都是个瞌睡碰见枕头的大好事喀，可你得听婶把丑话给你说到当面。唉，万事没着落，女儿家宁可卖身娼寮，千万莫要思摸着走给人去做小房这条脚窝的路哟……"③ 老媒旦嘴里出来的是势如破竹的训导，什么"吃的盐比你娃儿吃的饭多"，什么"瞌睡碰见枕头"，什么"千万莫要思摸着"走"这条脚窝的路"等。这些用语非常形象，也让人一见这个媒婆的能言善辩和泼辣形象。有些用语，带有鲜明的时代痕迹。现在，哪儿还能找到"脚窝"？只有庄稼人知道，田地里行走，总能看见脚印，脚踩在松软的土壤上会留下深深印痕，乡间人称之为"脚窝"。水泥路上，光溜溜什么也看不见。所以说，"脚窝"

---

① 关中牛：《大戏坊》，太白文艺出版社2002年版，第45页。
② 关中牛：《大戏坊》，太白文艺出版社2002年版，第41页。
③ 关中牛：《大戏坊》，太白文艺出版社2002年版，第42页。

这样的形象性表达，慢慢就成为历史化语言了。思摸是让人思考的意思。关中方言里还有"趄摸"一词，意谓一个人慢慢靠近某物，伺机下手。老媒旦的话语里似乎还有这层意思。所以使用"趄摸"是否更形象准确？

小说里的魏王氏，是魏仁湘的正妻，因生了一窝儿女娃，眼看又不能再生了，于是劝说丈夫续娶甜寡妇，又听说了甜寡妇那儿可能生变故，于是，作者这样写魏王氏对丈夫魏仁湘的规劝："家中大小事情我历来都依着你，这也是我自己的夫命喀。续娶这件事情，心慧那头如果有变故，咱们也不能认着一条道儿走到黑。不妨四下里让人多费心打听打听，走了一个穿绿的，保不齐就不能聘一个穿红的进这个门来！"[1] 魏王氏的心情，为魏家子孙绵延的考量，活画出传统礼教熏陶下的一个贤德之妻的形象，用"走一个穿绿的""聘一个穿红的"来表达让丈夫续娶的决心。

作者写人心理感觉，拿捏得好，比如，张干大与陈仓满过招，两人的话，说一半留一半，彼此试探，伺机而动，各有自己的核心利益，火候拿捏，甚是恰当。[2] 刘欣耕与陈仓满的对谈，也是各据心思，人物的动态心情，很是到位精彩。[3]

还有人物在不同语境下的双关语，各说各的话，但是却说出了深刻的两相差异，话语背景完全错谬，但却意味深长。如小说的结尾部分，高文都区长对魏仁湘说："你最好能在斗争大会上表一表自己对土地改革的态度，给自己找一条重新做人的路嘛……"四先生说："照你的话说，我活半辈子没做一天人？"这一对话真是精彩！在已经解放且正在进行土地改革的语境下，区长让魏仁湘重新做人，是时代规定的政治话语。魏仁湘却不认同，觉得自己一直在以仁礼之道"做人"，魏仁湘的做人与区长口中的做人是两个完全不同的概念，是阶级意识和儒家伦理的碰撞。语言在这儿的妙劲儿全昭示出来了。

---

[1] 关中牛：《大戏坊》，太白文艺出版社2002年版，第60页。
[2] 关中牛：《大戏坊》，太白文艺出版社2002年版，第301—302页。
[3] 关中牛：《大戏坊》，太白文艺出版社2002年版，第382—383页。

七

下面我说说《大戏坊》的氛围营造，从这一点来说，它是相当成功的。我指的是围绕戏坊而氤氲其上且充溢其间的一种气息，人物和故事就展开在这样的气场里，具有了某种活性。这部作品，作者讲述了这个以戏为业的村庄中，耒耙戏班对演艺敬重，怀着"戏比天大"的敬虔之心，因戏而产生的种种故事和冲突，使小说在氛围的营造上别有胜意，一种生命元气借以成形。人与人之间，当然会有各种错综复杂的关系和矛盾，但在线偶演出时，却半点马虎不得，这是留马邨的传统，是一村子人所敬重的行当规矩，也可说是职业操守。

小说一开始，从一块打胡基的石头碑文说起，线偶戏坊的历史由此展开。上溯至杨贵妃的对家乡玩意的喜爱，到它的千年传承，大约用了30页的篇幅来铺展。这个层层叠叠的线偶溯源，到了魏仁湘的爷爷老罗锅成为城隍爷，揭示出另一脉系的民间线偶传说。这样带有民间传说色彩的枝枝蔓蔓的源流铺排，当然不是一个讨巧的叙事策略，因为它没有与直接的人物关系及故事冲突关联，只是大段的铺陈，一点一点叙说线偶的历史和对人物的介绍。关于魏仁湘的爷爷老罗锅，作者采用了倒叙的方式，先说他如何进了城隍庙成了神，再说他生前做的一件留名百世的事，倾其钱财置办了"一副全挂挂的线偶戏箱"，再说他如何在卖完甑糕的回家路上救了叼在狼口的魏九成，也就是狼咬儿。这才慢慢进入故事的情节叙事中。前面的这些渲染，多是民俗传说志怪故事。在这样貌似絮絮叨叨的话本里，要能抓住读者并使其着迷，不是易事。由此可见，作者对民俗乡情的情感之深，所下功夫之大，这一点也正成为小说独有之景。

作者关中牛，1957年生人。能以这样的年纪，再现民国时期的生活场景，再现人物关系，铺陈人物语言，描述行为举止，且毫无违和之感，这是令人赞赏的。民国时期的乡俗、风习、文化，他能这样准确理解，其熟稔把握的程度，很是难得。不知道作者的脑子里，怎么就有那么多的先辈记忆？怎能做到如此精彩还原？尽管以关中牛的年龄，对20世纪五六十年代关中地区的生活场景有记忆，这没有问题，但还原到民国时期，还是有诸多障碍。特别是那种私人生活场景，与60年代的集体化农村生活大为不同，但作者却能不显山不露水地让读者领略另一时空的场景，让读者对民国时期中国社会的农村境况，历历在目。他仿若拥有写作的金手指，还原了一个时代的面貌。

有一种理论认为，作家艺术家再造的那种生活，是自己心中理想的生活图景，是一种想象性的虚拟再现。就是说，作家与作品之间，是一个渐次展开的过程，是一种从不确定到确定的完成过程。读者与作品之间，也是这样。唯有读者（主体）打开作品（客体），才能使这种不确定的文字存在，得以确定。两相交融，双双获得肯定。这也是一个不断展开的过程、变化的过程、获得的过程。就是说，作家的写作，以自己的趣味，表达了自己想要表达的愿望。他的审美趣味里，包含着一系列的愿望。这种氛围的酿造，是作家自我的丰富展开。

中华文明传统，作为一种强烈的民族性特征，其文化取向扎根的深处，就是人的忠孝仁义。作者在叙事中，将他的触角深深地伸向传统文化的纵深之处，乡间生活的基本伦理尺度，被作者挖掘揭示。被现实疏忽并遮蔽的人伦暗处，又以隐秘的方式展开，使其在实际生活中发生作用。比如，魏存贤与老媒旦生的那个私生子魏九成，这当然是见不得人的事情，这个秘密没人知道。小说并没有因了这件事，将魏存贤写成一个道德败坏的伪君子，而是写出人物在某种特定情景下所构成的私情关系，写出了他的难场。一个人摇曳多姿的多重面貌，就在这样的复杂矛盾中显现。

此刻，中国大地上正在发生一场静悄悄的文化嬗变，就是传统的回归，民族主体性格的重建。革命叙事与传统伦理之间，怎样融合？作者关中牛敏锐地捕捉到了这一问题。这样的弥合，恰逢其时，是一个时代或者说是历史发展的呼唤。这部小说就站在这样的时代节点上，呼唤了一个从本己的文化传统出发的存在，从而将20世纪前半叶的那场革命，与中国的传统精神人伦道德紧密关联，让人们看到了另一幅中国文化图景。我想，这大约是这部小说颇为不寻常的地方。

最后，说说小说的不足。其主要体现在这样三个方面：

其一，小说在交代故事或事件的前因后果时，有时线条显得不够清晰，让人费解。比如，囊哉的身世，我是看了数遍才搞明白。还有甜寡妇处在三个男人的争夺之中，三者的勾连，人物的心理，甜寡妇的应对，都有点儿缺欠，线索不大清晰。作者叙事中，为了回避直接呈现，许多时候云遮雾罩，可能关键点就是一句话交代，这样易于使读者漏掉重要的节点而不得其详。尽管作者的用意是避免阅读中的一览无余，有意识设置了故事阻隔，仿若庭院设计中的照壁或花墙，以此隔景。尽管有隔景之设，线索却一定要明晰。

其二，现代小说，与传统古典小说的重大区别之一，就是心理描写刻画增强，不管是意识流还是心理小说，重视人的心理呈现，都是现代小说的显著特征。但在《大戏坊》中，这一点却嫌稍弱。人物的行状，大都是被一定的事件推着走，缺少了人物心理的深度开掘，这一点不能不说是一个遗憾。当然，它带来的另一个效应是情节性加强了，但读者与人物总是隔着一层薄纱，不知道张干大在与魏仁湘长久的相处中，其内心深处的念头想法。情节化遮蔽了心理纵深。

其三，小说在开头部分，过分冗长地叙说线户的历史源流，没能一下子进入故事之中，这在小说叙事里显然不是一个好选项。想想看，陈忠实在《白鹿原》开首第一句话为什么是"白嘉轩后来引以为豪壮的是一生里娶过七房女人"？为了吸引读者呀。写作者怎能不考虑读者的阅读感受，开篇就是几十页沉闷的历史追踪？半天未能进入整个故事的架构里，也未进入主要人物的心理中，这种完全没有个体人物活动的外在的历史陈述，多少会影响读者进入阅读。

尽管有上述诸多不足，但瑕不掩瑜，如前所论，《大戏坊》无疑是一部相当成功的小说。

觉醒了的人格尊严

——评云岗的中篇小说《请神容易送神难》[①]

看了《请神容易送神难》，真为作者云岗感到高兴。觉得他的创作，以此为标志，具有了更上层楼的转折性意义。这部作品，围绕陕西关中地区一个名叫孔庄的村子请神祀神的活动而展开。孔庄在都市化的浪潮中，人去屋空，渐趋冷清。村子所住人口，多为贫弱病残，老妪幼子。光棍增多，媳妇难留，诸事不兴。于是，人们便想在大年三十，将九龙庙里的九天玄女请回村子来，敬祭一番，祈求神灵为村子带来好运。这个九天玄女，十里八乡都尊称其为爷。爷是关中地区对一切神灵的通称，比如，灶火爷、土地爷、马王爷、天老爷等等，是一种至高至尊的虔敬表达。这个活动，无疑是孔庄多年来最重大的公共事件，各路人马纷纷出场亮相。作品以此为故事线索，扭结起孔庄林林总总的人物。

小说的主人公苟社教，因为这几年在城里搞建筑发了财，成了大家口中的苟总。于是，村主任苟国宝、老书记、申老师等一干人，联合也同样在外混出人样的苟红伟，怂恿苟社教出头领衔，担当这次活动的筹委会主任。当然，活动的所有经费，也要他来扛大头。这个请神祀神活动，有一系列复杂程序，不管是组织轿抬还是唢呐吹奏，抑或是烧香竞香的安排，各方诸侯，大展拳脚，故事人物次第展开。孔庄的面目，在这个事件的推动下，变得清晰起来，鲜亮起来，获得盎然的活气。作者有条不紊地刻画出人物活动的背景和心理，各自的利益盘算，特别是为

[①] 云岗《请神容易送神难》，原载于《延安文学》2018年第1期。

获取个人尊严和社会位置的较量,更具有当下尖锐的现实感。所有这些,深刻地揭示出当代农村极为丰富复杂的社会生活面貌。可以说,这部中篇的逻辑结构整一浑圆,人物个性生动鲜活,揭示现实深刻有力,显示出作者在驾驭中篇小说艺术方面的圆熟技巧。

《请神容易送神难》触及了当代农村一个极为敏感的命题,就是农村中先富裕起来的一批人,怎样竭力在原有的村社文化中,重获尊严与价值、地位与尊重。这个问题,在过去的小说中,较少被关注到。大多数作品,关注的是农民从贫穷走向富裕的问题,或者表现商品社会中,村民传统诚信丧失,利欲熏心,人格扭曲等问题。涉及人的尊严感和社会地位及社会评价问题的作品,非常稀见。作者云岗却极为敏锐地抓住这一现实存在,非常准确而深刻地呈现出来。作品对这一问题的发现与开掘,极有现实意义。他以精准的现实主义笔触,描绘出富裕起来的一代村民的心理现实,以及在实现自我的路途中所面临的冲突与困境。这个主题,宏深且重大。作品中的一号人物苟社教,因在城里承包工程,挣了大钱,成为父亲的骄傲,也成为整个村民艳羡的对象。他已经不是当年的苟社教了,大家说起他来,不再直呼其名,而是恭敬地称他"苟总"。他的父亲,在母亲去世后,也并不安分于一个人的孤寂生活,恋上了秀芝婶。连舅舅见了外甥苟社教,也含着几分敬重。这些敬重中,既包含着业已变化了的社会身份,当然也含有支撑他地位的财富背景。就像舅舅在关于他对父亲理解孝敬的问题上,发出的温和的抱怨里包含着暗示一样,聪明的苟社教当然知道,于是不失时机地递给舅舅一笔年岁孝敬钱。

千百年来,孔庄自有其强固的族群文化,某人在这个族群里承担什么样的角色,获得多高的礼遇和多少尊重,形成了一个强固的共同认同。对人对事,仿佛不约而同有一个普遍性评价,看不见摸不着却真实存在。一个人长期生存于这个村庄,若想让自己的原有形象在人们心中得到改变,是非常不易的。乡族村落中的个体地位与尊严的竞争,应该是这部作品内里所隐含的一个张力。在孔庄这个村子里,那些贫寒可怜、身份卑微的人,为了改变自己的命运和地位,离开村庄,进城拼杀，这成了他们改头换面的内在动力。不管是苟社教还是苟红伟，不管是儿子在公务员队伍里混成小科长的管哈牟，还是没有混出人样儿的胜利或昌盛，其身上，都暗藏着村社乡族文化的残酷评价，这种评价里，包含着这个人物活得成功还是失败的印戳。在这一方土地上混出个人样来，让村邻瞧瞧。这一光宗耀祖的心理，构成氤氲孔庄之上的不散气息。

正因为这样，我们可以看出，苟红伟这个在村子里混得连个媳妇都找不下的男子，等到在外面发了财，一定要回到家里，证明自己是一个有能耐的获得成功的男人。他娶了城里的媳妇，生了娃，有了钱，争了脸，回到孔庄，就是要显摆显摆，给乡亲们看。因此，他才会争烧头炷香，他才想出用竞香的办法，表现自己的成功和豪奢：我愿意也有能力拿出这 3000 元，烧这个头炷香。以这个人物的逻辑分析，他想通过竞香的方法筹钱修庙，倒在其次。他内心的主要动力，在于争脸！要让孔庄的人重新认识：他们眼中原来的那个谁也瞧不起的"猪咬"，今日已经是一个人物了。在他与苟国宝的对话里，更能显出这一动机。苟国宝说他竞香就是为了修个自己管持的娘娘庙，他回答说："有那么点意思，但不全是。"苟国宝追问："那是啥意思？"他说："还用问吗？我给我先人壮脸呢！……我要让孔庄的人都知道我红伟也是个人物，有头有脸的人物，头炷香好啊，虽然贵了点，但是一个字：值！我看到了孔庄人看我时眼神中的那一种敬畏和羡慕，我敢说从今天起没人再敢当面叫我'猪咬'，我现在是真真正正的红伟了！"这一点，非常有力可信地道出了苟红伟的真实心理，也颇为点题，集中道出了整个小说所揭示的人格尊严问题。

其实，作品中的二号人物村主任苟国宝，也是如此。他处心积虑要当上村主任，也是要证明自己，要在孔庄获取一个令人尊重的地位，要活得有脸面。为了这个目的，不惜使用各种手段。他有个泡馍馆，于是，给村民每人一张吃一碗羊肉泡馍的免费票，让大家来白吃一顿，借以笼络人心，建立群众基础，为自己竞选村主任铺平道路。古人云：仓廪实而知礼节，衣食足而知荣辱。"荣辱"开始鲜亮地凸显在当代农民的关注点上。他们在获得衣食满足后,开始为获得人格的尊严和荣耀,获得大伙儿的敬意尊重而努力,从而进入精神追求的另一层面。就人的追求而言,这应该算是更高一级的追求。中国人神性信仰根底薄弱,尽管有佛陀有道教,但并未形成普遍性的信仰文化,并未形成对日常生活的强烈影响。因之,人生的所有维度,都集中聚焦在人与人之间的相竞相较上,缺乏超越性。于是,做人上人、让别人瞧得起自己成为唯一向往。这是我们文化的缺陷,在人与人的关系中,人们在社群中寻觅不到平等友爱,又没有神性的超越性召唤,这一困境,自然构成人与人冲突的根源。

围绕请神祀神,孔庄发生了一系列冲突,各种矛盾纠葛迭起,有些是明里的冲突,有些是暗里的较劲,但一个突变的音符,使这场轰轰烈烈的活动戛然而止。苟红伟的儿子突然找不着了!他正在得意扬扬地与大伙儿喝酒,庆祝接神(爷)成功。他是这次接神成功的功臣,也是烧了头炷香而光宗耀祖的赢家。他真正由"猪咬"蜕变成了苟红伟,成了孔庄的一个人物,儿子却整个晚上找不见了。媳妇报了警,警察带着警犬,在后院的水窖里找到了儿子。案子随后就破了,原来是昌盛觊觎红伟家的钱财,借机翻墙偷窃,不想被回家来的红伟儿子撞见,他于是掐死了儿子扔进水窖。一场热热闹闹的祀神大典,变为红伟的一场悲剧。在这种残酷的真实性中,我们看到了乡村中浮躁的甚至是阴暗的人心。昌盛这个人物,作者着墨不多,他的作为里,似乎含有妒恨心理,作者对这个人物的心理开掘似嫌不够。孔庄的这次重大的祀神活动,仿若一个绝妙舞台,各色人等,依次亮相,显示自己,证明自己。这个道场中,孔庄的人物群像一一映现,生动而逼真。

云岗的这部中篇,在表现农村社会生活方面,还具有一个显著的特征,就是浑厚而细密。作品尽管围绕请神祀神而展开,但却并不单一地围绕故事情节而铺陈,而是在这一故事主线下,细密地展示了农村生活的方方面面,对每个人物的生活及精神世界,做了非常精彩细密的勾勒。社会习俗、心理矛盾、人物关系,这些相互叠加,却又线索清晰。读者从孔庄人的命运转换中,强烈地感受到天翻地覆的社会变迁。比如，作品中的次要人物苟社教的父亲苟成贵老汉，他现在的日子过得多好哇，要吃有吃，要穿有穿，要钱有钱，苟社教还是一个蛮孝顺的儿子，而且也是一个让村里人仰望的成功人士。按说，成贵老汉该满足了吧？不，他反而给儿子施压。每逢过年，就躺在床上，不吃不喝不起来，整得苟社教没辙。媳妇摸准了公公的脉："还不就是男人那点事。"老伴去世后，他单身一人，冷寂孤苦，想跟秀芝婶子好。在迎神队伍的表演中，有一个戴着面具的"大头娃娃戏翠柳"的表演，甚是夸张好玩，特别是大头娃娃，苟社教不知是谁在扮演，那么风趣。等卸下面具，原来是父亲，他都脸红了。这些描写，深刻反映出生活的开放和人性的丰富，令人感受到乡村生活的巨大改变。

乡风的变迁，是作品蕴含的又一丰富信息。苟社教回到家里，正在操办迎神大典，却硬生生被舅家的人拉扯回去，围住他讨主意。舅舅保娃的女儿喜喜也就是他的表妹，私下跟同村的小伙子好上了，怀孕后迫使家人同意结婚，婚后却发现自己的男人跟邻居媳妇私通，喜喜破命大闹，却被男人暴揍，只好跑回娘家哭诉求援，两个弟弟天龙、海龙杀奔过去讨说法，反倒被妹夫与一帮人痛打一顿。喜喜女婿抡起锄头把天龙砸伤。所有这些，尽管跟故事的主线关联不大，但是却强化了作品的厚度，强化了乡村社会的现实氛围。

小说在安排一个个人物出场之时，顺及交代每一个人物的背景，他的来龙去脉，这样一种赵树理式的叙事手法，使每个人物的活动，具有根底和行为的逻辑线索，呈现出入情入理的轨迹。展现在读者眼前的人物，正是这样沿着自身的逻辑运行一路走来，构成人物命运发展之必然，这是非常有意思的写法。比如，小说交代苟红伟这个人物过去的生活境遇，为什么有了"猪咬"这个绰号。原来他小时候，父亲拴住总让他到猪圈拉屎，说是"肥水不流外人田"。一次猪闻味而至，咬了他的牛牛，尽管并无大碍，但是却成了全村人的笑话，有好事者给他起了绰号叫"猪咬"。长大后，这个绰号甚至影响了他找媳妇。后来他闯荡江湖，以给人算命看风水而起家，成了远近闻名的"苟大仙"。大奔也开上了。这就为这个人物后来怀有强烈的改变村人看法的行为做了有力的铺垫。锁娃这个人物，在小说中是家庭龟仔队的头领，负责迎神队伍的吹鼓乐队，即使这样一个不起眼的角色，作者也将他怎么接过父亲的祖传，怎样开始与人合作，后来看到这行生意好，然后撇开他人，发展自己家人承担各个吹打角色，媳妇儿子女儿齐上阵，组成了家庭龟仔队的背景交代翔实。人物尽管着墨不多，却非常传神地表现出锁娃这个颇有心机且极其自私执拗的人物形象。苟社教在大年三十赶回家里的时候，作者还写他与情人清清的短信往来，表现他的心理活动和两人关系的状态。这些都使人物的精神显得丰满。还有那个管哈牟，来跟苟社教竞争头炷香，因儿子在县上做事，是个科长，他说："儿子说了，村上的事要积极参加，但不能过。所以，你三千，我也三千。三千以上不出。"活画出这个僵硬自负还有点骄傲的人物。这样，头炷香以两个并列第一形成。这些地方，都显示出作者深厚的生活观察力和把控力，同时，使这一中篇小说具有极大的生活容量，真实可信地反映出这个时代的一个侧面。也可以说，通过孔庄林林总总的人物，以其为观测点，我们感受到了整个时代的浓郁氛围。毫无疑问，《请神容易送神难》真是一部难得的好小说。

一个乡绅在仁爱忠孝的自化里超越与完善

——刘明琪长篇小说《五狼关》略论

左焕然想要活成一个完人。

他年轻时在爷爷督导下读四书五经，想着金榜题名，经邦济世，没想到光绪帝一纸敕命把科举给废了。转过念来立志："此生虽不能做官兼济天下，却一定要追求完美以独善其身。"① 完美成为左焕然这个人物身上一个始终不渝的追求。甚而可以说，是他精神气质里一个鲜亮的标志。左焕然是刘明琪长篇小说《五狼关》中的主人公，他是左家花屋的主人，是五狼关镇街大名鼎鼎的乡绅，是一个在方圆几十里人人望而生敬的人望。他行事做人一板一眼，刚正不阿，不苟且不逢迎，他有人生的目标和道义，他明白哪些事该做，哪些事不该做。他就是要活成一个完人。他头脑中有一个朴素的理念，就是上对得起国家，下对得起父母，做人对得起良心。因之，他以一己之力，在自己的位置上尽忠尽孝，恪守本分，施善一方。他熟读圣贤之教，尤其对亚圣孟子有着深切的体会。认为"达不离道，穷不失义"，就是一个知书达理的人应该恪守的原则。对孟子的《尽心》篇尤其有心得，懂得性命之学。"尽其心者，知其性也。知其性，则知天矣。存其心，养其性，所以事天也。夭寿不贰，修身以俟之，所以立命也"。② 认为人能做到尽心知性，也就通达圆融了。正是在这样的思想浸染下，左焕然有着自己坚定的人生信

---

① 刘明琪：《五狼关》，作家出版社2021年版，第312页。
② 见《四书集注·孟子卷七〈尽心〉上》，巴蜀书社1986年版。

念。这一点,恰恰也是中国文化里孜孜以求的一贯精神。儒家的人格理想,就是"仁者爱人"的君子。具有这种品格操守的人,坚毅木讷,克己复礼,以仁为己任,有着对自我欲念的节制等。在荀子那里,称君子为知晓"不全不粹之不足以为美"的人①,他笔下的"全人""粹人",与孔子的君子一样,是做人标杆,它事实上成为两千年来士大夫、社会贤达们的精神灯塔。左焕然就是一个这种理想的践行者。

想要活成完人的左焕然,在各方面对自己都有严苛的要求,比如,对亲人家眷的体贴爱护,对家丁仆役的仁慈,对功名的适度淡漠,对利益欲念的节制。他守住了做人的原则,不损人利己,不骄横跋扈。这些地方,都能体现出这个追求完满者的准则。左焕然生活在民国政府统治时期,君子形象与完人目标,落实在他的个体生命实践中,就是尽忠尽孝尽仁。尽忠,他依照县府命令,协助县府"剿匪",指示长工曹二带领家丁,杀了"共匪王胡子"四个士官。包括后来协助岑团长、杨军长完成秦岭布防任务。尽孝,他对自己的母亲孝慈顺遂,对媳妇儿孙也很是关照。尽仁,他在活埋"共匪"时,却见其中有一个伢子,便心生怜悯,将之救起来,此伢子却是被活埋者的儿子。他不仅没有一起杀掉,反而将他带回家中,作为养子待之,视同己出,百般疼爱。期望他能成为自己的继承人。左焕然就这样活在一种理想的修身之道中。

小说展开这个人物时,给予这个人物以卓然不群的品格,甚至以难以想象的举动,践行他自己的人格理想。被他带回抚养的伢子南生,因为协助共产党姓冯的博士学生(此人后成为新政权的县长)偷走了国民党军队秦岭布防图,被岑团长带兵从左家花屋抓走,关在五狼关街镇驻军的一间小屋里。左焕然到县城求县长帮他打通关节,然后回到家里,备好铺盖行囊,毅然决然,赶赴街镇,要自己蹲监狱,将伢子少爷换回来。他对曹二说:"绑他是给国家尽忠,救他是给左家行孝。"②这样的一个将人格的超越完善作为至高存在的仁者,无疑是中华传统文化基因

---

① 见《荀子·劝学》篇。
② 刘明琪:《五狼关》,作家出版社 2021 年版,第 245 页。

的承继者。这是一个具有悲剧要素的乡间绅士形象。作者所着力塑造的这个人物，其身上放射出极为炫目的个性光芒，他自省内敛，深明传统道义，自我节制，想将自己活成一个尽善尽美的人，不幸却夹在国共两党的争战里，他的忠义观使他为了党国而忠实地杀了"共匪"，为了仁爱而养育了"共匪军官"的儿子。左焕然的人生就夹在这样双重大火里烘烤，这使他的命运呈现出前后截然不同的走向，最终在解放后的逃亡中被抓回枪毙，走向了一条他完全不曾预料，也最不愿意看到的结局。这样的因果，超出了他的想象，超出了他可能理解的范围。他只是一个秉承传统的乡绅，按照圣贤教诲和传统伦理去做，竭力要做一个善人、好人、完人，结果命运却开了这样一个残酷的玩笑，使他成为历史交替时代的祭品，也宣告了一个时代的结束，一个农耕文明下的乡绅，对完满人生追求的结束。

　　左焕然无法理解这样一个翻天覆地的社会变迁，在逃亡前与曹二的对话中，他说："我这一生，经的事多，想法也多，可说来说去，无非是样样都想走在别人前面，样样事儿都想做得尽善尽美，但结果呢？结果就是杨军长、耿县长颁我'忠孝仁义'牌匾了，结果就是冯县长要把我绑赴刑场了！"[①] 前者是国民党政府，后者是共产党政府。他不能理解的是，一个在礼仪文化儒家精神熏陶下的人，一个讲求忠孝仁爱的做人之道的人，一个热爱孟子的《尽心》篇并努力践行的人，却没有意识到有超越这些原则之上的原则，要将旧时代的一切统统埋葬。这个左家花屋主人在埋头做好人做善人之时，没有想到天下还有另一个以穷人为视角的共产党新认知，这个新社会的原则是以贫富作为标尺，划出了鲜明的阶级阵营，左家花屋主人，当然是对立阵营的敌人了，更别说他还处死过四个红军战士，即使没有处死这四个人，他也是作为一个时代的敌人，谁让他是方圆几十里的世家大族呢，这是阶级营垒利刃般的森严界限。他做人的宗旨是建立在一个衰微的文明之上，再加上一个短命的政权。这些，使他魂无所归，无法统一起来他的追求和他的价值理想，

---

① 刘明琪：《五狼关》，作家出版社2021年版，第314页。

他只有在新旧政权交替之下而死亡。伴随着那一声枪响，一个王朝宣告结束，一个新时代开始。

　　花屋主人的生命结束，尚可结束在自我的统一性之中。假如他活下来，倒更为艰难和痛苦，因为他的统一性将被分裂，他势必成为一个精神世界分裂的人，失败的人，绝望的人。这种分裂会体现在他所追寻的为人处世上，也会体现在他一生所看重的价值目标上。新时代的评价体系，是另一个崭新的东西，花屋主人无法将自己打碎重新塑造成为新人，他在自己原有的统一性中获得了心理安慰，获得了历史架构起来的伦理平衡。这样，他才能安顿住自己的灵魂，只有这样的安顿，他才会信心满满地走在五狼关街镇，才能在面对左家花屋的一大家亲人仆役时，建立起威严的令人敬重的伟岸形象。他的自信，他的底气，他周身所洋溢出的道德力量，承接了中国千年的气脉，成为一种典范，一个乡村治理的标本，我们身心感知到的这个人物的气息，自然衔接了中国几千年农耕文明的发展史，读者就知道了乡村是何等样态，它的灵魂是靠什么支撑的。小说为我们建立起来一种乡村文明的参照，一种为人做事的样本，一个重拾乡村文明建设的思考资源。

无情历史中绽放的人伦诗意

——简评同阳洲的《生存壮歌》①

《生存壮歌》是一部非虚构文学作品,其叙事采用第一人称,以"我"的视角写主人公的坎坷命运和跌宕人生,故事曲折引人且有令人信服的力量。作者是同阳洲,但作品中的"我"不是他,而是其采写对象刘晓曦。以作品呈现来看,无疑,主人公经历本身,具有极大的传奇成分,这种传奇,连带起一个扭曲荒唐的时代,这使传主的生平与遭际,具有了本然的小说化底色。

一

这部作品,具有强烈引人的阅读快感,只要打开,人物的命运便可吸引你读下去,这一点,让我真正领悟到纪实作品的力量。正因为是纪实,其传主活动的动因,他的想法和做法,还有场景和时代的还原,便远远超出那些虚构的小说作品,你会被尖锐的真实和强烈的时代气息所包裹,你能感受到一股扑面而来的苦难感和人物倔强峥嵘的抗争力。因为真实,作品便携带着尖锐的锋芒,刺痛你。因为真实是建立在诚恳之上,这使作品流淌着诚挚隽永的气息,渗透于读者内心;你知道这是一个真实生命的壮歌,你知道"活下去"具有了不同凡响的意味。作品的天空笼罩着那样一种命运之音,结构着、拉扯着、蹂躏着我们的主人

---

① 同阳洲《生存壮歌》,陕西人民出版社 2016 年 9 月出版发行。

公。所有这些，汇聚成一股力量，动情地讲述着一个人的钻心故事。

整个作品，洋溢着一种对人伦诗意的讴歌，对崇高的善的力量的赞美。尽管主人公所遭际的境遇是苦难，是"文革"这个特殊年代对人性和道德伦理的扭曲，但作品却以有力地笔触，揭示了主人公于苦难中对人伦道德的坚守，对人本身的信赖，对未来的期待与向往。读者在主人公身上，看到了灿烂的人性光辉。

主人公因为出身地主家庭，从小成为"狗崽子"而被打入另册，高中毕业后，在水库工地上拼命干活，结果在一次塌方事故中，失去一条腿，成为跛子。出身加上残疾，使其连媳妇也找不到。主人公在四处浪荡的过程中，贩卖点东西，赚点钱和粮票，然后到甘肃甘谷用三个烧饼换回了媳妇根丑。"文革"来了，他陪父母上批斗会，大夏天被造反派给穿上棉衣，前后用火烤折磨，忍不住，喊了一声："你们这么胡整乱闹，比秦始皇还厉害！"这句话，被视为现行反革命，判了七年刑。然后是坐牢，其后脱逃。在逃亡中，主人公到了山西侯马，在一座山下，遇到做务菜园的老大妈，装作哑巴，被善良的老大妈收留。之后又逃到了永济的龙行村，给老王叔家在河滩挖鱼塘，不曾想在附近的茅草庵遇到被下放的中医学院教授曹医生，拜曹医生为师学中医。二十年后，平反回到华县老家，媳妇根丑再嫁，后来又到县城开中医诊所，成家立业。这些是故事的基本梗概，真正打动人心的地方，是传主在困境中不灭的人性之善，是作者在叙事中有了超越现实之上的架构力，那种冥冥中若隐若现的神秘的天道力量，大善与大德就在这样的力量结构下，成为绝境中刘晓曦的信念和不屈的力量源泉。

二

《生存壮歌》传主的命运令人感叹唏嘘，但是若没有思想的统摄力，这些离奇曲折的故事仅仅是故事而已，无法凝聚为弥漫于整个作品之上的意蕴。作者同阳洲可贵的地方是，将一种超越个人境遇的东西注入其中，这种东西，姑且称之为命运感。就是说，在整个作品中，读者看到了主人公在自己不幸命运下的那种特殊的感悟。这种感悟，是哲理、是天道、是因果相报、是人间至善。作品中的刘晓曦作为"狗崽子"，处处遭受歧视和凌辱，这是他不幸命运的展开，不管是上学、工作、参军、当小学教师或者入团入党，任何有好处的事情，都不会轮到他。他还年轻，还对未来抱有憧憬，还想获得人们的肯定和赞誉，于是在修水库时拼命劳动，结果因塌方而导致被埋，命活过来了，却失去一条腿，成为残疾人。这时他的命运拐了一个弯，变为另一副模样。作品在叙事中，多次涉及这一转变，称之为"残疾的翅膀"。就是说，腿断了，却有了飞翔的翅膀。这只飞翔的翅膀是在主人公因瘸腿之后长成，为何？念断而重生。这个"念"，就是主人公已经对那个环境的要求彻底放弃，故而重生。获得了某种自由感，于是开始了四处周游的生活。开始往西安哥哥那儿跑，后来又跑到甘肃。他身上那种被社会规定的东西，被他抖落了。于是开始了别一种飞翔。

三

作者在故事层面，叙述传主的不幸和屈辱，写他的被折磨、被践踏、被损害的命运，年纪轻轻被拉去陪斗，被批判，被大火烤炙，被关押，被惩罚，然后逃亡，遇到菜园老大妈，遇到被造反司令逼婚因而献身的女人，遇见教授曹医生等等，这是故事的前景，背后是作者笼罩在作品之上的深刻信念，这个信念有时不确定，但无疑是一个超越性的存在，它超越现实苦难之上而思考这种现实存在。这样，作者为主人公设置了三个象征性的信念，其一，设置了源远流长的家族史。故事开端，作者很有意味地拉出一段元末历史，一个名叫耶律权的将领，他是耶律楚材后裔，驻守潼关，被朱元璋义军打败，于是带领家族老小逃难，改姓换名到渭河沿岸的华县落地生根。传主刘晓曦每每在艰难绝望之际，总会念起耶律家族逃难流浪和艰辛生存的历史，想起祖先的神明。从而呼唤祖先的护佑和支持。作品赋予主人公身上一种特殊的气质，暗喻传主的某种命运。

其二，是传主身上以回忆与念旧作为依托的诚挚性。他与人相交做事，以良知为本源，与当时流行的人与人斗的风气大不相同。他会记住人对他的好，他会深情地回望他人的善行。回忆和念旧，使他成为与自我历史联结，与传统伦理连接，与人性深处的温爱相逢的人。他记住了所有帮助过他的人，他会以那些善行作为精神支柱和依托，纵然在活不下去时，父亲的眼神会出现在眼前，父亲叮嘱的话语也会在耳边响起：一定要活下去。他会想起温爱的根丑，想起自己的孩子。活下去，主人公这个简单却非常艰难的愿望，需要多么强大坚定的意志，才能够不被否定性的环境摧垮。其中饱含了多么坚定的人生信念。

其三，慎终追远的祭祀。主人公遇到曹医生，这个曹医生被作为反动学术权威，也处在下放改造中。曹医生对化名为小雷的主人公非常好，收为徒弟。主人公对曹医生的深情，成为某种信仰。在曹医生去世后，逢年过节，他忘不了以烧纸、跪拜、祭祀的方式，向其诉说倾吐，表达哀思，寄托情志，仿佛老师是还活着一样。这种"慎终追远"的诚挚表达，沉淀了一种深沉的情感，坚守了曹医生生前所坚守的医道原则。人物以这种独有的方式，肩起人与人之间的修建起来的良知良能，并以此获得鞭策、鼓舞和能量，在艰难境遇下获得精神支撑。深沉的精神潜能与支撑，使人物的诚恳性具有了超越这些活动之上的坚实的精神力量，而不是堕落在以恶报恶、过河拆桥的仇恨里。所以说，慎终追远的民间祭祀，成为一种承上启下的道德象征，也具有了中国化的儒教信仰的力量。

四

作者特别善于运用标志性的物件，来刻画细节，表现人物。在主人公第一次见到曹医生时，看到"曹医生坐在门前石头上，吃水烟。他闭着眼睛，呼噜呼噜地吸着，然后把烟气悠长地吐出来。"，这杆水烟袋成为曹医生的标志，也为此后人物心情的抒写做了很好地铺垫。曹医生去世后，王老汉将水烟袋交给我，说是师父让我交给你。"我接过水烟袋，用衣角擦拭着，心中喃喃自语：师父，请放心，我会成为好医生的，我会和你一样悬壶济世。"此后，水烟袋作为念想信物，置于桌前，每每睹物，如见师父。作者又围绕这个物件，写女儿取走水烟袋，说师母病中念夫，要水烟袋，答应母亲去世后送来，没想到母亲在弥留之际，紧紧抓住水烟袋不松手，与水烟袋凝成一体，拿不下来了，只好与之一起埋葬。

  写主人公小时候见到母亲喜欢雪花膏，长大了特意给母亲买了两瓶。后来儿子进了监狱，再后来就是二十年不见，她眼睛已经不行了，却总是将这瓶雪花膏拿在手里抚摸，仿佛在抚摸儿子。直到儿子回来才放下。母亲对儿子的这份深情，通过这个物件，很形象传神地表达了一种令人心疼的母爱。

  作者笔下的根丑，善良无私、勇敢担当，这个形象极为感人。在传主用三个烧饼换回了媳妇根丑后，给她买了一件"天蓝色深红小花的对襟衫子"和三根发卡，根丑舍不得穿舍不得戴，说，等回娘家时穿上戴上。结果传主入狱、逃亡，直到二十年后平反回来，此时根丑已嫁他人。她得知传主回来，特来看望，身上穿的，就是这身天蓝色衫子，头上别着那三根发卡。如此细节，具有很强的打动人心的力量。情感的深度，就在这样的细小物件的运用中，表达得淋漓尽致，令人久久难忘。我顺手举这三个物象，足见作者刻画人物的功力。另外再说一句，根丑这个人物，是一个刻画十分成功的形象，她的深情厚谊，她的知情知礼，她的凛然正气，让人心生喜爱。她在十分绝望的情况下嫁了别人，但她没有放弃她的责任和承担，养育儿子，伺候母亲，说到做到，母亲在她的怀抱中安详离世，感天动地。读着主人公和根丑的境遇，由不得人眼酸。所有这些，充分显示出这部作品的成功。

  毋庸讳言，同阳洲的《生存壮歌》，在小说的叙事技巧上，还多有瑕疵。比如，既然是非虚构作品，作品的主人公"我"非作者本人，为了强化作品叙事的真实性和一致性，何不在作品开头小引部分，以采访的方式进入，然后转为主人公"我"的叙述。最后再以采访者聆听完故事为结尾。这样不就更顺理成章一些么。作品在故事结构、叙事语言、人物对话诸方面,还有不甚恰切之处。尽管如此,瑕不掩瑜,它不失为一部动人的好作品。它所具有的现实力量和超越性的命运感,能够穿越时空,与当下的我们对话,引现实中人深深思考。

生命跋涉之途的亮光

——简论杨晓景的《奔跑的叶子》①

认识杨晓景的时候,是去年5月初的一个下午,在西安小寨的一个茶馆。她约我一见,想让我看看她新写的长篇《奔跑的叶子》,说要听听我的意见。坐定后,我们就漫无边际地聊起来,当然,话题不离文学,可以看出她对文学的那种专注、痴情和投入。庄子说,"嗜欲深者天机浅"。尽管我对庄子喜欢尤甚,但对他这句话总有点儿犯嘀咕。站在君子自强不息的角度观之,我发现"嗜欲深"的人,倒往往在事业上可能获得更大概率的成功。原因也简单,就是因为"嗜欲深",动力也强大吧。当然,庄子可能对这种成功不屑一顾,他认为的"天机"大约是洞穿人间功名利禄的那个天眼。杨晓景无疑是想做事的人,或者说,是属于那种关注社会发展和运行的人,她的"嗜欲",应该与孔孟相接,有着强烈的社会关怀。她的精神气象里,就带有那种对社会事务的热情,带有强烈的正义感,有着"兼善"的君子之志。

这些感觉,不仅从她的交谈中发现,更在她的小说里获得印证。让我欣喜的是,她作品里呈现出的那种大气宏阔,让我无法想象这是一部女性的作品,特别是小说的第一主人公是男性,从叙事视角而言,女性作家以男性作为主人公,还是少见的。这当然存在难度,因为作品常常是从主人公的眼睛观察世界感受生活的,男人与女人有着很鲜明的性别差异,但是你读完作品,觉得杨晓景的叙事没有违和感。作品表现的社

---

① 杨晓景:《奔跑的叶子》,现代出版社2022年11月出版发行。

会生活场景和开阔的视野,特别是叙事者因自身的气质所形成的某种格调,那种凛然正气和刚直不阿的精神,都令人感到恰切顺畅。我以为这是陕北特有的地域文化在她身上打下的烙印。我相信,江南才女们写出的作品会另是一种况味,它可以是另一种美,温婉的、细腻的,敏感的,等等。但是,一定不会是杨晓景式的那种气象和感觉,或者说没有杨晓景作品中那种放达的北方力量。我赞赏她作品中的那种力量感,它充满了对社会人生的温暖和信心,那种在人物和故事中茁壮生长的阳光般向上的明媚,不是附加其上的某种伪饰,而是从作品中自然而然流淌出来,就像是一道清溪从峪口流泻而出一样。

杨晓景的长篇具有极强的个人化体验,这种体验性感知化为现实再现,形之于笔墨,有很强的代入感。小说的主人公叫陈灵均,出生于一个特别贫困的农村家庭,父亲陈儒生为人忠厚,有点儿文化底子,母亲罗雪娥干练善良,眼睛失明,却能摸着做活做饭。他是四个孩子当中年纪最小的,一家人日子尽管过得艰辛,却相濡以沫,有着贫寒却温暖的家庭氛围。陈灵均幼年时营养不良,体弱多病,但聪明伶俐,善于思考,不像一般人一样,盲目地接受来自家庭、学校、社会的教育,而是通过甄别后有选择地吸收,这也正是他日后能够成为具有创新精神的医疗行业的典型代表的重要原因。面对贫穷、疾病、学习、生活中的困难、社会上形形色色的诱惑、行业权威的质疑、制度的约束等,他以坚定的意志和顽强的精神,不断地战胜自我,超越自我,展现出一个男人刚硬的一面,然而在亲情和爱情面前,他的内心却是极其柔软的。

卫校毕业后,当他得知身患胃癌的母亲自作主张为他许下一门亲事,对方是县城里一个干部家庭的女子,有工作,模样俊,文化程度不高,心里很不乐意,但是他又特别能理解即将告别人世的母亲的良苦用心。母亲一生在贫困中摸爬滚打,满心希望最疼爱的小儿子不再重蹈覆辙,为他能找到这户殷实人家而发自内心的高兴,于是他淡淡地抱怨了一句,放弃了理想化的内心愿望,强打起精神配合家人完成了母亲的心愿。他的母亲面临生命大限这道门槛,忘却了自己,深情地关注着儿子的幸福而不是自个的生命。母子之间那种深刻的理解和深情,超越了个我本身的局限，所以极具光彩。陈灵均这种舍个我而成全亲人心意之美德，尽管具有传统的道德意味，但我们还是从中感受到了人性的诗意光辉。

假如说作者在抒写亲情之爱时，倾注了自己的体验性感知。那么，她在写陈灵均与齐令晖的爱恋时，那种既有强烈的内心波澜涌动又有着刻意的理性抑制的复杂心理，揪动人心，令人动容。从某种意义上说，作者的审美感受和伦理凭依，更多还是中国传统式的，我们可以将之称为本能情感冲动下的节制性表达。作品写出了陈灵均内心的痛苦纠结，又写出了他内心深处的强烈震撼和冲击，非常细致入微地表达出陈灵均对另一种自己未曾触碰过的爱恋之域的敏锐强烈的感受。这些地方的描写，显示出作者观察与再现生活的能力。尽管小说并没有大开大合的故事情节，但还是一样迷人。为什么呢？就是因了作者笔下的真情真意所蕴蓄的真诚的力量。

陈灵均在唐都医院进修时碰到了齐令晖，这个一直若有若无存在于他身边，几次跟他失之交臂的神秘女子。这次邂逅一下子点燃了他的爱火，他们谈论往事，谈论上学期间所办的刊物《四瓣花》。齐令晖一直珍藏着第四期油印本，她喜欢陈灵均的诗歌《拥抱生命的冬天》。陈灵均说这一期上还有一个叫"飞浪逐雪"的同学也写得很不错，齐令晖说作者听到后一定会非常高兴。陈灵均追问作者是谁？齐令晖说，这个"飞浪逐雪"就是我。两人被巨大的喜悦所填满，谈论着人生理想，谈论着未来打算。多么的契合，多么的愉悦！仿佛两人一直在等待对方的到来，又仿若被上天安排让两人遇见。

作者对陈灵均心理的捕捉和描写，抓住了人物心底升腾起的强大的爱的热浪，以身体之"病"为意象，写主人公如病情发作般的渴念，想见到齐令晖的心境仿若置自己于生死之间。陈灵均的职业是医生，他的感受也带有职业特征，将一场狂热的爱恋形容为一场热"病"。这场突如其来的爱恋席卷陈灵均的精神世界，小说以陈灵均的视角来感受这场狂热，切入极为自然，阅读效果强烈鲜明。作者大约为了保持作品在调质上的整体性，在这儿没有用齐令晖的视角，却花费了不少笔墨写陈灵均的内心纠结和挣扎。毕竟他已经是一个有妻儿的人了，无法使自己内心平静地理所当然地接受这份爱情，他感到自己有点"卑鄙""可耻""荒唐"。作者还用医生特有的心理感受"不洁"，来表达陈灵均的内视心理。他不敢靠近她，甚至想逃避这场燃烧的爱。因为他觉得她太美好，太纯净，他不能毁了她，只有逃避才能保持两人的纯真关系。于是，他投身于工作中，想将她忘掉。但齐令晖那双哀怨的眼神，时时刻刻仿佛在凝视着他，令他不安。作者生动准确地抓住人物的心理，写活了他的自我矛盾和自我挣扎。大约只有在这种矛盾中，我们才可感受到爱情的强大力量，看到人性深处的丰富复杂。最令人揪心的内心冲突，带着情感的逻辑推动，最终使两人灵肉融合。

"耳厮鬓摩间，他隐隐约约看见她的眼睛里有亮光在闪动，内心百感交集，异常酸楚。因为他知道那是她克制了很久的眼泪终于找到了释放的空间，而他踏遍千山万水，历尽各种挫折，似乎就是为了在这一刻与她紧紧相拥。因为他是她的，在这之前，从来没有属于过任何人。他的感情世界一直是冰冷的、压抑的，只有在她面前，才是自由的，奔放的，有温度，有力量的。就像一座沉睡了一亿年的火山突然在瞬间喷发了，炽热的岩浆从他的眼角流淌下来，源源不断地滑落到下巴上、脖子上，就连周围的空气都是热辣的，滚烫的。他一遍遍吻着她散发着淡淡香味的面颊，仿佛他们是一对遭受了世间所有的苦难好不容易才辨认出对方前世的模样终于走到一起的恋人。"

这些地方，充分显示出作者良好的艺术素养和审美感受力，她调动起自己所有能量，写出了如此优美的现场情绪，既合乎人物的内心感受又深化了人的精神底蕴。我觉得，她是一个极其善于铺陈人物内心世界的作者。假如就作者的艺术擅长来划分的话，有的作家是描摹人物对话的行家，有的作家是营造场景氛围的天才，有的作家是故事讲述的高手，而杨晓景的天分，则在对人的细腻心理的把握上，她能将这种感觉写到极致。

杨晓景对人物内心世界的开掘如此老到，在这一点上，我觉得有点路遥《平凡的世界》的影子。从作品的格调和叙事来看，《奔跑的叶子》里有着复活了的路遥的面影，我暗暗想，作者一定是深深喜欢路遥的作品，并且不止一次地阅读了《平凡的世界》，从中汲取了养料。不然，那种对人物对生活的感受力，那种人与人之间的温情厚爱，是如此让人喜欢。有一些追求现代感的人会觉得这种笨拙的写实手法落伍，我以为，只要能吸引读者，打动人心，什么样的写法都是可以的。你从陈灵均身上，可以看到孙少平的影子，那种艰苦卓绝的奋斗，那种生生不息的进取向上，那种个我尊严和内在强力，还有那种叙事的调质和动情的心理抒写，都能看出这一上下传承的脉络。

在作品中，作者用力最勤的是陈灵均在事业上的追求。他是一个对社会发展有着强烈责任感的人，试图通过个人的努力，在自己从事的医疗领域改变生活中的恶劣习气和阻碍社会进步的腐败陋习，改变弥漫于人与人之间的不信任。所以说，他是一个怀抱理想的人物。他深知医患之间的隔阂与矛盾的根源，了解广大百姓看不起病，吃不起药，受不了气的困窘，于是抓住社会变革带来的契机，产生了创办真正的"以人为本"的医院的设想。为此，他辞掉市医院的公职，回到东正县，开办了南山医院。作品写出了合理的人物变化过程，让他从一个青涩的理想主义者，成长为一个成熟的有抱负有作为的现实主义者，一个试图以一己之力改变周遭环境的人，这是值得肯定的。这个承载着陈灵均的理想，不以赚钱为目标，又有人文关怀的医院，尽管在运行中出现了许多麻烦，诸如资金困难，设备简陋，奸诈者的借机敲诈，投机者的浑水摸鱼，但不管怎么说，它终于从艰难的处境中走出来，逐渐成为县城口碑最好的医院。可以说，陈灵均以微弱的力量，在点滴地推动社会的文明和进步，作品中给予人物的这些行为，都闪烁着崇高的人性光芒。

南山医院是陈灵均的精神依归和再生之地，主人公在现实磨砺下的成长与理想，健康的阳光般的精神生命力量，就这样一点一点展开在读者面前。人物的精神意识亦在自我化的生活里得以展现，比如关注他人命运，帮助他人成长，尽力守护生命，为自己的"无力"自责和难过等等，都是我们感受到人物精神底色的地方。

陈灵均对手下医务人员的评价尺度，更能看出他的旨归。他与新进医生王谦博谈话时说:"在我们这里上班医生没有任务,只要你一心一意地给病人把病看好就行了,我可以为你提供和其他医院一样的学习机会。"看到对方有些意外,他讲述了自己为何要创办民营医院的原因。"我原来是公立医院有正式编制的医生,在县医院和市医院都工作过,如果当年没有离开县城,现在很有可能已经从科主任提拔为副院长或者正院长了……""可是干了十几年后我发现,我并没有实现自己的理想,我所做的很多事情都违背了我的初衷,损害了老百姓的利益,所以我就到社会上来创业。我希望在我的医院里,医生就是医生,只要一心一意地给病人把病治好就行了,不要变成赚钱的机器……"

他之所以这样说,是想让南山医院留住真正的人才,成为让医生安心工作的好去所。他要塑造的人文医院的样板,就是人间的关爱。他要求医生"看病的时候先要看到人"。这句朴实的话里,暗含着强烈的现实批判,也包含着强大的精神理想。他认为,一个好医生既要有较强的专业能力,还要有同情心和正义感,只有这样才能在自己的位置上为社会做出贡献。小说塑造的主人公身上,带着从血脉里从骨子里生发出的光彩。那是一种从贫寒境遇里爆发出的改变人生的力量,带着一种一眼望去就能见出的亮色,一种对浊世与幽暗人心改变的愿望。他想使世界变得更加美好,使人生更加温暖,使生活更加明亮。因此,不管是待人还是处事,他都建立起自己的人生原则。即使在最为困难,对自己极为不利的状态下,也不放弃自己的精神追求。他的事迹被《健康报》报道后,受到社会广泛关注。

陈灵均在自己的人生选择中,终于成为自己想是的那种人,那种能扼住命运咽喉的人,将自己的人生点亮,也照亮了周遭现实的人,成为鼓舞读者也邀请读者跟自己一道前行的人。这大约算是创作者的初衷吧。或者说,陈灵均的命运发展,就暗含在作者自己的命运发展之中,因为这类带有强烈的体验性的作品,从精神上而言,就是作者本身的精神自传。因之,我为作者的这部作品点赞的同时,也为她的这种精神点赞。它是人间温暖的灯火,传递出的是人间珍贵价值与温厚人性的赞歌。

传统伦理的诗意绽放

——论严步青长篇《龙尾堡》的思想资源

一部宏阔的长篇小说，在谋篇布局之初，我想，作者是一定要煞费苦心，为他笔下的故事安放一颗魂灵的。我说的不是小说人物以何种性格气质或行为方式处事行动，而是说，作者须清楚统摄全书的魂灵是什么，或者说，俯瞰大地芸芸众生的那双"上帝"一般的眼睛，是一双什么样的眼睛？是哀怜同情或善恶分明还是冷漠苛责？这些不同的情感取向和价值判断，决定着故事讲述人的讲述视角，它必成为全书氤氲其上的气压、高度和氧气，渗透进作品的每一个角落和每一个毛孔里，读者被讲述人带进故事里，感受讲述人所讲述的一切。这是小说与读者的契约，它凭着某种"理"，组织起自己的故事，无论是讲梁山的忠义还是三国里的正统之争，抑或红楼由盛至衰的世事沧桑，都是每一个故事讲述人自觉不自觉呈现于作品中的价值判断。有没有哪个作家，叙述笔下人物的命运，无丝毫情感倚重？说作家纯客观地讲出人物的命运沉浮，我似乎还没有见过。即使是海明威那种冰冷的叙述风格，也无非将自己藏得深一些而已。只要叙述，作家便无可遁形。

一

我这样分析小说叙述者与故事人物的关系，意在借此视角看取严步青小说的叙述伦理，分析其引入作品中的思想资源。在他的长篇《龙尾堡》中，场面宏阔巨大，人物众多，以一个村寨龙尾堡作为故事展开地，以三大家族的争斗和沉浮作为叙述重心，在这一系列错综复杂的争斗中，作者以何种眼光看取这一场争斗，又如何勾勒这片大地上的生命彼岸？就是说，他给那个叫作"龙尾堡"的地方，安妥了一颗什么样的魂灵笼罩其上，让这个地方的人物行为，遵从一个原则行事？当这个原则悬在那儿时，即使一个坏人，在做坏事时，也嗫嚅气短，想法子悄悄掩藏自己的恶行劣迹，因为他知道有一个公认的高悬之剑。虽然对于社会暴力拥有者而言，这样的"理"也不能将他怎么样，但是，只要他处于这样的社会结构之中，心里就会惧怕这个"理"。这个"理"，从孔子始就形成了，所谓"孔子成《春秋》，而乱臣贼子惧"，即是。

我说尽管作家是他笔下人物的上帝，他也会尊重人物的自由意志，让其以自己的意志行走在自我命运的轨道上。只是，他会做评价和判断，会叹息或欢欣、诅咒或哀怜，通过这样的方式，将他的人物激活。所以说，作家笔下的人物，尽管具有自由意志，具有不可任意褫夺的自我行动力，但没有作家的那一口仙气，这个人物就是僵硬的，不会醒来。这口仙气，就是作家在书写人物时的那种爱恨点化，而爱恨点化，对一个作家来说，就是他的思想资源。他建构一部宏大的作品，想以什么点亮人物生存的世界？抑或想以什么"理"控诉罪恶的生活？当然，其控诉的背后，依凭的正是一个理想的彼岸，此点可检索出一个作家思想资源的根底来。

严步青笔下的龙尾堡，三大家族左右情势：一为严裕龙，一为郭明瑞，另一家马云起。马家实际上只是一个陪衬性的角色，争斗的核心是严郭两家。严裕龙这个人物，是作品中的一号主人公，他是一个正面的乡绅形象，开明仁爱，善良好义，不乏令人敬重的道德感。他的父亲严鼎铭，是晚清王朝重臣，宁可告老还乡，也不愿接受官复户部尚书的圣旨，最后被割了头。严家也因为有严鼎铭几十年的为官生涯，其财力在龙尾堡来说，还算丰厚。严裕龙对长工、下人和村邻，关爱仁慈、心胸阔大，为人做事，有着不可让渡的原则底线，这个原则就是仁爱宽恕、以礼待人、以礼约己。所以说，在严裕龙身上，渗透着中国传统儒家文化的精神，他以自身之力，践行了儒家所昌明的社会理想和人格风范，成为儒教文明所塑造的楷模。乡村社会正是这样在儒家文化的浸淫下，以自治原则构成了其基本生态。所以说，严步青在《龙尾堡》叙述中的思想资源，无疑是以儒教思想作为基本的叙述出发点和归宿点，其故事人物构成冲突的基本点，无不在这一原则下展开。

与严裕龙家族相关的有两户人家，一户为邱孝民、邱寿鹤父子，一户为水云母女。严裕龙的父亲严鼎铭当年"把蒙冤被推上断头台的邱寿鹤的父亲邱孝民从刽子手的刀下救出"后，这邱孝民就一心一意跟随严鼎铭左右，成了他的铁杆幕僚随从，而"他的儿子邱寿鹤则在龙尾堡给严裕龙当管家，两家虽是主仆关系，却没有尊卑之分，处得像一家人一样"①。严裕龙从没把邱寿鹤当外人，亲密如同兄弟。水云母女呢，是在一场雪灾之后，被法宇大师介绍到严家的。严裕龙十岁时得了怪病，久治不愈，找法宇大师，大师算了生辰八字，说，"少爷患病，是因为五行多火而缺水，火性发扬故而燥，水性流动故而柔……只需找一个和少爷生辰八字相补，五行多水而又性情温柔的姑娘长期相伴，然后贫僧再施以药物治疗，只要过了十六岁，少爷命里缺水之灾也就度过了"②。来年三月，一场雪灾，水云家的房子被雪压塌，母亲带她寻找可雇佣之家。法宇大师发现水云恰是水命，聪慧伶俐，温柔可人，于是介绍给严家。水云进门之后，严裕龙的病一日强似一日，不久就痊愈了。水云母女住进严家，母亲为严家打工做活，水云与严裕龙成为玩伴，早晚一起玩耍。这是明明白白的主仆关系，但是，"说心里话，水云母女这些年在严家，名分上虽然是主仆关系，可严家一直把她们当亲人看待，特别是水云，更是被严裕龙的母亲当了亲闺女"③。在严裕龙眼里，水云就是自己的妹妹，亲亲的妹妹一般。在这样的上下主仆关系之间，我们看到了严家所具有的仁爱慈悲心肠，严裕龙对邱寿鹤和水云如同家人，胜似家人，没有任何高下贵贱之观。当然，邱寿鹤与水云，也非常爱严家，爱严裕龙，前者是兄弟之爱，后者是男女情感之爱。总之，他们的

---

① 严步青：《龙尾堡》，北京时代华文书局2015年版，第16页。
② 严步青：《龙尾堡》，北京时代华文书局2015年版，第19页。
③ 严步青：《龙尾堡》，北京时代华文书局2015年版，第20页。

关系是乡绅大家与仆役之间最为美好的关系。这些地方，充分显示出严裕龙的正人君子形象。

二

水云生长于严家，与严裕龙情投意合，真心相爱，两人做梦都想成为夫妻，但是却因为姻缘命相不合，而无法成为夫妻。"少爷五行多火而少水，而水云姑娘五行又多水，水火相伴，可以水抑火，但从姻缘上讲，他二人又是水火不能相容，特别是水云姑娘看似性情温柔，但实则命却太硬，只能嫁给王侯将相或者命硬之人，否则一般的人，命里浮不起。"① 此后，严裕龙恪守兄妹界限，而不越雷池一步，始终对水云保持着纯洁的兄长般的温暖情感，最后娶了秀梅为妻。小说在前半部分对严裕龙与水云之爱，给予了大量笔墨。作者充满感情地以水云的视角来描写她对严裕龙的爱，也描写了因爱而不得的怨："夜深人静时，水云一个人睡不着觉，于是常常把少爷和郭明瑞、马云起比较，少爷的人品要比他们好百倍，但是在水云眼里，少爷却不如人家郭明瑞和马云起更懂得爱，只要是人家喜欢的女人，娶不进家门就包养起来，从来就不在乎别人怎么说，可是少爷你呢，连一句多余的话也不敢对我说，少爷为什么要把名誉看得那么重？"② 这些地方，在表现水云对严裕龙的情爱时，也充分显示出严裕龙这个人物的价值恪守。无疑，严裕龙所恪守的价值，正是中国传统价值，正是中国社会几千年来，所营造的社会基本规则和个人所应坚守的原则，他的人格的光彩盖源于此。当然，在情感问题上，正是水云这样对严裕龙的痴心不改，从某种意义上彰显出严裕龙所抱守的价值与人性较量中的僵硬冰冷之处，站在人性解放的立场来看，严裕龙的抱残守缺，辜负了水云妹妹的一片痴情。在两性关系中，最易见出人性之美或人性之恶，抑或人性之僵。严裕龙正是在牺牲自我

---

① 严步青：《龙尾堡》，北京时代华文书局2015年版，第22页。
② 严步青：《龙尾堡》，北京时代华文书局2015年版，第107页。

的爱情感受中，在与人交往的隐忍克制中，成就了一个儒家文明的傲岸人格，其光彩与瑕疵皆一体两面。这不仅是严裕龙的人格，也是《龙尾堡》这部长篇氤氲之上的价值依凭。正是凭借这样的传统价值，严步青构筑起自己的人物世界，构筑起扭结故事和人物的价值氛围。这样，每个活动其中的人物，都在面对这样的价值天空时或明或暗地行事活动，在抑制自己又在扩展自己，在贪欲之时罩上规则的外衣，或在外衣之下实现自己的私欲。

严裕龙的人格力量，还表现在他的宽恕精神上，在少年麻老九因欺骗手段嫖妓而被红唇粉艳楼妓院老板吊打之时，他看见奄奄一息的麻老九而伸手相救，尽管他对这个人很厌恶，但是他在一个人的命和自己的厌恶之间，选择的是压抑自己的厌恶而伸手相帮。乡邻有难，他多有仁爱之心相扶，所以说，仁爱、仁厚、仁德是体现在严裕龙身上的道义光辉。

当然，严裕龙也并非天生圣人，他以君子作为自己的行为准则和规范，但是身上也有着凡人似的私心。在与郭明瑞竞争龙尾堡掌事的过程中，他对郭明瑞也使过并不光明正大的手段。为了抵御土匪的入侵骚扰，龙尾堡准备动员村民修筑寨墙城堡，但费用不够，一筹莫展。郭明瑞找到严裕龙，表示郭家愿意多拿钱，只是你严裕龙现在是掌事，"我们出的钱超过了严家，一方面对严家的面子不太好看，另外也是对裕龙兄不敬"[1]。话说得真妙！严裕龙听明白了，钱出多少和掌事的位置相关，于是欣然道，这寨门和寨墙修复，"少说也得八百两银子……自己最多只能拿出二百来两，村中其他几个大户凑一百两，村民中最多也只能凑几十两，如果你们郭家能把剩下的四百五十两银子出了，那可是为龙尾堡乡亲做了一件天大的好事，我严裕龙愿意把龙尾堡掌事的位子让给明瑞"[2]。这儿，严裕龙表现出的君子之风令人敬佩。此一刻，他是君子，是龙尾堡乡民所敬重的人杰。

---

[1] 严步青：《龙尾堡》，北京时代华文书局2015年版，第95页。
[2] 严步青：《龙尾堡》，北京时代华文书局2015年版，第95页。

严裕龙让出掌事位子后，后面的事情让他尝到了别一种滋味。郭明瑞以掌事身份给他派活儿：要么陪同自己一起巡视协调工程，要么帮妇女们烧水做饭。他选前者，岂不成了郭的跟班？于是只好选后者。每天完工后，郭明瑞总要当着众人面，把他表扬一番："裕龙兄和这些女人媳妇很辛苦，他们做的饭很好吃。"这种表扬，在严裕龙听起来像是一种羞辱。但这样的事情没能继续几天，郭明瑞便以有病为由，莫名其妙辞职了。严裕龙只好继续接任。一日清晨，有人喊，土匪进村了，原来他看见严裕龙家门上，飞镖扎着血淋淋的鸡头和一张纸，写着："前几日郭明瑞率众修复寨墙，我黄河好汉呈上鸡头血书，那郭明瑞立刻辞去了村中掌事，你严裕龙若敢继续修寨墙，我黄河滩好汉定会荡平龙尾堡，杀你全家，鸡犬不留。"① 村民明白了，郭明瑞原来担心土匪报复而退缩辞职，由此他颜面丧尽，看来严裕龙还是大家的主心骨。

在这一场争斗后，作者写到了邱寿鹤与严裕龙的一段对话。严裕龙神情凝重地问："寿鹤，你说我是君子吗？"邱寿鹤说："少爷当然是。"严裕龙说："不是，君子以德报怨，可我严裕龙不能，不过我可能不算小人，我就是一个普通的人。"② 作者隐晦地写出了郭严两家在争夺掌事位置时，严裕龙用计谋逼迫郭明瑞退位的情节。我在这里重新想分析严裕龙的内心。可以说，严裕龙的内心是有一个做人的尺度的，这个尺度就是君子，就是儒家的仁厚和礼仪。但是，作为凡人的严裕龙，一样有着喜怒哀乐，一样有着功名利禄的考量，他不是无欲无求的神仙，他有着对尊严感与荣誉感的强烈的内在追求。所以，当他为了修寨墙而放弃掌事位置时，其内心是痛苦的，所以会选择用"鸡头血书"吓阻郭明瑞。但是，正因为是君子，所以他有反省，有自责，会为自己的不当行为而内心不安。说到底，是一种浸润于心的文化在起作用，这种不安和惶恐，反映出作者在整个作品中酿造的思想原则，他给予人物一个定位，或者说，这个人物的定位，也反映出作者本身的叙述基调。龙尾堡

---

① 严步青：《龙尾堡》，北京时代华文书局2015年版，第97页。
② 严步青：《龙尾堡》，北京时代华文书局2015年版，第98页。

269

的天，是以礼仪仁爱光耀其上，它照见一切并决定一切，评判一切并安顿一切，恶有恶果，善有善报。堂皇之上，明明若昭。

三

　　小说的二号人物是郭明瑞，这是乡绅的另一典型，他身上呈现的是强烈原欲的特征。但是，尽管如此，笼罩在郭明瑞头上的依然是儒家文化的传统原则，他在一定程度上也是遵从这一原则的，所不同的是，他将这一原则用在表面上、口头上，他一定要做足样子给人看，而不是将这些道德思想原则化为自己的内心原则去践行，这是他与严裕龙的根本区别。他明白有一个高悬其上的原则，他认可这样的原则，也以这样的原则打造出表象的自己，就是说，这些原则是自己的盔甲和缀饰，因为这一原则是乡邻们的共仰，他必须让乡邻看见一个与大家有着共同原则的自我形象。他想在这一原则下，贩卖自己的私货，尽管他与严裕龙和众乡邻是一个共主。

　　郭丁山在李瑞轩的鼓动下加入农会，后被王寅文抓捕，郭明瑞从王寅文手里以十五大洋将他赎出，然后让他给自己做长工。在此期间，郭丁山与郭明瑞大老婆私通，被郭明瑞发觉，郭明瑞杀心陡起，欲将二人致死。他诱使郭丁山去狗窝找东西而突然关上门，此时数九寒天，他想冻死他。后来他将冻得半死的郭丁山拉出来，给他五个大洋，赶他出家门。郭丁山此时感谢主家不杀之恩，承诺出了郭家门，就说自己偷了郭家的东西被赶了出来。后郭丁山一直在破庙栖身。对大老婆的处置，更显出了郭明瑞的阴暗毒辣。他把大老婆关在屋里惩罚她，大老婆被逼疯，疯了的大老婆整天破口大骂，污言秽语，不堪入耳。大老婆连着小妾柳叶一起骂，柳叶使性子，要逼郭明瑞使大老婆闭嘴。夹在两头，郭明瑞非常难堪，他最后给大老婆使了哑药，终于使她闭了嘴。之后，郭明瑞还假惺惺地请来郎中为她诊治，郎中号脉诊断，自知病因，望而却步。郭明瑞却用十两银子，让其封口，做得天衣无缝。这就是郭明瑞。他做完坏事，还要找来医生，这是他的面子工程，他要让乡邻们知道，他对大老婆是"仁至义尽"的。他要实现自己的原欲,却绝不赤裸裸地做坏事。这是因为,他头顶上还有个"天",他认可氤氲龙尾堡其上的天,这个天,就是儒家所倡言的基本规范准则,他要在这套体系下生存,做一个大家拥戴的有头有脸的体面东家。事实上,"在龙尾堡,马云起和郭明瑞二人虽然都有一些不光彩的苟且之事,但是和马云起的浪荡公子形象相比,郭明瑞在龙尾堡人面前历来却是一副道貌岸然的正人君子面孔"①。

郭明瑞不能生育,但他必须成家,这是人的门脸。不但要成家,还要生出孩子来,变着法儿实现自己在龙尾堡的尊严和社会地位,撑起习俗所要求的一个男人的正常尊严,至于采取何种手段,全然不论。于是郭明瑞先跟小妾柳叶做通工作,然后假装到县城铺子去待一段时间,让柳叶去勾引长工郭笠生。柳叶在窑子待过,勾引男人这一套轻车熟路,很快便拉郭笠生下水,轻而易举"借种"成功。郭明瑞回来了,然后跟郭笠生结算了工钱,让其回家,出手十分慷慨大方,令郭笠生感恩戴德,事情做得滴水不漏。柳叶怀孕,生下儿子郭子盎。但是,郭笠生走了,柳叶却不得安生,她又去寻郭笠生,期待重温旧梦,在山上的破庙中苟合,被郭明瑞察觉。他对待小妾柳叶与郭笠生的私通,虽恨得咬牙切齿,但表面却波澜不惊,他要置人死地,却绝不亲手杀人。他打发郭笠生进城为铺子送柴,送完柴,郭笠生准备回家,恰遇街边有人肚子疼,急着如厕,让帮忙看一下行囊褡裢。他傻傻地等褡裢的主人,却等来了国军搜查"共匪",打开褡裢,里面竟是共党传单。他辩白是别人之物,进到厕所找人,里面空荡荡没个人影。郭笠生第二天就被作为共党分子枪毙了。郭家母子哭得死去活来,郭明瑞去好言劝慰安抚。这就是郭明瑞。他为什么要苦苦追求伪善人这样的效果?在郭明瑞的心中,他知道这个高悬之剑,知道这是自己生存其中、每日面对的社会生态,知道这一高悬之剑具有令人畏惧的杀伤力,他必须使自己裹上一个乡贤的外衣。所以,在有些时候,他会做出令人赞赏之举,比如,在大灾年

---

① 严步青:《龙尾堡》,北京时代华文书局2015年版,第29页。

馑之时，饿殍遍野，他也会响应严裕龙的倡议，捐出一点粮食来。

郭明瑞敢接纳妓女柳叶为小妾，严裕龙却不敢接受水云之爱，这一点非常具有意味。我觉得作者能写出这一点，恰恰说明了作者对这两个人的定位非常准确。他们两个在精神取向上极不相同，假如说，儒家的精神气脉里，更多是"克己复礼"的话，那么，在严裕龙身上，正是这一克己为仁精神的体现，不管是横贯关中的儒学，还是流淌乡间已久的民约，严裕龙都是一个楷模。所谓的楷模，就是能将内心的原欲克制住，而复归于礼仪，这是儒家的总体精神。事实上，它遍布乡间生活的角角落落，正是几千年儒家精神的浸染，构成了一个深远的传统，一个看不见的防线，它已经内化为严裕龙的自觉行为。而郭明瑞却不是这样，在心底他是放纵自己欲望的，只要有可能，总要尽情流淌出来。从这一点而言，他是较少接受儒家的内在规训的人，至少在灵魂深处，传统伦理并不能内在地构成他行事的障碍。所谓的障碍，只是出现在事情的表现形式上，而在内在本质上，他总是要曲折地实现自己内心之恶欲，而不是克制自己内心的东西。这是作者把握得非常好的地方。以两个人在女人问题上而言，可以说，郭明瑞倒更接近于现代性，而严裕龙却不敢越雷池一步。或者说，严裕龙内心的那条道德律令，束缚住自己的灵魂，使自己不能飞扬。而郭明瑞则可以让自己的欲望实现。

在水云将嫁李瑞祥之前，郭明瑞来见严裕龙，对严裕龙说出这样一番话："李瑞祥虽然是个好小伙，可是他真的配不上水云姑娘，在临晋县，谁不说你裕龙兄是个正人君子，可是一个好名声固然重要，只是让水云姑娘受委屈了。"[1] 站在郭明瑞的视角看，在这样的问题上，维护好名声不如实现自己的爱更重要。连一贯对严裕龙言听计从的邱鹤寿，也因了严裕龙不敢娶水云而为自己辩解，没好气地说他："我看少爷是害怕损坏了你的好名声。"[2]以现代观念而言，个人化欲望的实现，具有正当性，只要在不伤害他人为前提的情况下，就理应获得满足。我们看到了现代观念在人欲方面的开放，看到了个人欲望呈现的合理空间。从

---

[1][2]　严步青：《龙尾堡》，北京时代华文书局2015年版，第106页。

这一点也可看出，在叙述的主体构架上，严步青的思想资源，无疑更多来自传统，来自儒家思想，他的视点和对历史的评判，都是儒家的仁爱宽恕传统，是基于血亲而构成的伦理道德原则。

四

麻振武和王寅文，这是小说中两个代表着人性之恶的典型，其刻画非常精彩传神。假如说，严裕龙是传统伦理的坚定守护者、实践者，郭明瑞是传统伦理的信奉者和伪饰者，二人无疑同拥一片蓝天，可以在一个准则下言说，他们有着共同的社会话语背景。但是麻振武和王寅文却不同，麻振武是乱世中的一个恶魔，他可以为恶而公开打起旗帜来，王寅文无非为这种恶寻找一块遮羞布，使其略微不那么昭彰而已。麻振武也叫麻老九，是鸭坡沟村人，家里穷，但是性子烈，他在十多岁时就逛妓院，被吊打后，逢严裕龙相救逃脱，后回到鸭坡沟强奸了村里的一个寡妇，被村民追打，被母亲痛骂，然后抢了邻村一富户财物，买了两支手枪，上山做了土匪。后来越做越大，拉起了一支队伍。这样一个充满恶行的人，在作者的伦理视野里，他是一个公开反叛人伦原则和社会道义的人，在他的眼里心中，什么仁义礼智、积德行善、善恶报应之类，全是放屁。他不相信人间的一切社会公义原则，只相信一个：暴力。就是说，他所相信的是枪杆子，只要自己有实力，握着刀把子，任谁也奈何不得。在自己控制的范围内，他想咋整就咋整，想睡谁就睡谁。

他听信了王寅文的主意，前来劫掠水云，想以此要挟严裕龙，拿到秦王镜，以宝物筹措军饷。他趁黑摸进村寨，进了水云的房子，看见如此水灵的女子，就不管不顾地强奸了水云，小说这样描写麻老九的人格："麻老九干完了一切，搂着水云仍不愿离去……水云说：'你再不滚，我就喊人了。'麻老九说：'你喊，你喊啊，反正我早就把这张脸当尻子了，只要你不要脸，我还怕什么？这话又说回来，寡妇门前是非多，男女之间的事谁说得清，我还要说你不守妇道，勾引我呢。'面对麻老九这个十足的流氓，水云一边反抗一边气愤地问：'麻老九，你这

273

样欺负我一个寡妇，就不怕遭老天爷报应，就不怕将来不得好死？'麻老九说：'什么他妈的报应不报应，人们都说老天有眼，可老天爷的眼睛什么时候睁开过？因此人们才说积德行善灾难多，杀人放火没有祸，更何况我麻老九本来就是个活阎王。'"① 对麻老九而言，他已撕下了人间遮掩羞丑的最后一块门帘。孟子说："人不可以无耻，无耻之耻，无耻矣！"耻感，是儒家伦理建立社会秩序的最后边界，失去这个边界，就彻底失去效用，伦理德行所达之地，只止于此。你无法对一个无耻之徒讲礼义廉耻，无法用德行去匡范一个暴力型邪恶的人。这是作家思想资源所面临的问题所在，也使我们看到了一个乱世中的真相——暴力构成一切社会秩序最后的基础，是它在做出最后的决断结论。所以在现代社会原则之下，国家力量建立起的社会秩序是法治，只要在法治给予的范围之内，人人皆自由，人人皆平等，人人皆可获人权保障。法律是一道红线，触碰则受惩罚，法律范围内的公序良俗，世道人心，则可为人与人之间的软性调节尺度。

在麻老九眼里，一切人伦范式都不存在，只要能满足自己的淫欲，皆可任意颠倒践踏。他要睡自己军师王寅文所心仪的女人麦苗，说，"你不是常说，兄弟如手足，女人如衣裳……今晚把你这件衣裳借我穿一下总可以吧？……王寅文知道今天这个事情绝对逃避不过，并非麻老九想羞辱自己，实在是因为在麻老九眼中，女人根本就不是人，只是供男人淫乐的工具玩物，即使是再让人倾慕的绝色女子，今天被麻老九奉为珍宝，可等他玩够了玩腻了，就会像一件东西一样送人或卖掉，这样的恶魔根本不会懂得男女之间的感情。于是想了半天才结结巴巴地说：'当然可以，当然可以。'"② 尽管两人狼狈为奸，沆瀣一气，但是人与人之间，毕竟有一层基本纲常，即使黑道，也有一个不可随意逾越的原则：朋友女人不可亵。但是，这些在麻老九眼里，压根就不存在。

小说写到麻老九回乡为母亲过寿，结果母亲因其作恶多端，不堪忍

---

① 严步青：《龙尾堡》，北京时代华文书局2015年版，第183页。
② 严步青：《龙尾堡》，北京时代华文书局2015年版，第173页。

受乡邻的苛责，撞壁而死，麻老九一怒杀死鸭坡沟所有村民，一把火烧了村庄，然后带领人马离去。"王寅文看着和自己并排骑在马上的麻老九说：'麻旅长，我们是不是做得有点太残忍了？'麻老九冷冷地说：'我麻老九之所以能有今天，全靠着上苍赐给我的残忍，要不然我们拿什么招兵买马，发展队伍。'"① 他将残忍作为自己获胜的尚方宝剑。可见这一形象，在小说布局中具有越出世俗范式的意义，同时为我们提供了一个绝妙的观察点。假如说，小说有一个思想意义上的内在张力的话，那么，善与恶，就是小说所营造的思想张力，善与恶的代表——严裕龙与麻老九，就是善恶两极的代表。他们之间的冲突，是在道义与天地良知之下的自古以来的善恶观念的冲突。小说笼罩在这一思想原则之下，尽管浑然一体，与深厚的传统资源接榫，却也显示出某种因袭的陈套旧习。

大恶的另一典型是王寅文。若说麻老九是一个阳性的赤裸裸的恶人，那么王寅文则是一个阴性的刻意寻找外衣遮掩的恶人。他的个人私欲，藏在社会力量的运作争斗之间，无疑更具有隐蔽性和深刻性。开始他是麻老九的军师，麻老九死后，他受到国民政府清算，但他有招，舍得花钱，甚至舍得将自己的女人作为棋子押上，送给能决定自己命运的高官，最后不仅逃脱惩罚，还当上了临晋县的县长。在任上，他借国共两党之间你死我活的斗争，坏事做绝。他本身对国共两党之争毫无兴趣，有兴趣的是借抓捕共产党人而敛财。所以，他抓捕了龙尾堡农会会员时，所采用的方法就是严刑拷打、登报悔过、拿钱赎人。龙尾堡农会会员就成为他敛财的钱袋子。对于水云，他想捞得更大更多，于是逼迫郭丁山承认"水云用色相勾引无知村民加入农会和赤卫队，和许多农会会员及赤卫队队员睡过觉"，好安她一个"共产共妻"的罪名。在严裕龙来说情相救时，他给出两个选择：要么"按共产党罪杀了水云"，要么"让水云当众骑木驴"。除此之外还有一条路，就是严裕龙交出秦王镜，再拿出一些银票，然后让水云写一个宣布脱离共产党的悔过书，就

---

① 严步青：《龙尾堡》，北京时代华文书局2015年版，第177页。

可以放水云一马。这样一个刚烈的女人，如何能这样受辱？王寅文阴暗毒辣的心理，在水云身上表露无遗，他正是要用这样古老的刑罚，来羞辱惩罚水云，获得内心阴暗的快感满足。

这种阴恶，与全书氤氲其上的思想有什么关联呢？这是问题的一体两面，它构成小说的强大张力——善与恶。以人性为基础的善恶，构成了小说叙述的基调，以"约之以礼"节制人欲，以仁慈善良、宽厚待人作为高扬的旗帜；以纵欲恶行作为鞭挞的对象。这些都成为作品中叙述者的视点。当以传统伦理作为支撑小说理念的承重时，它在事实上构成了自成一体的自洽和饱满。作品气息贯通、气韵饱和，人物行动的逻辑具有前后一致性。这些都是值得称道之处。

需要注意的是，20世纪上半叶发生于中国大地上的故事，现代性伴随西风东渐，已经席卷而来，有了巨大的冲击，传统伦理在多大程度上能够统摄人心？新伦理、新道德，新的社会阶层的划分和分野，动摇乡村底层自治的政党力量，开始搅动乡村社会。这些方面，尽管作者有所涉及，但是似嫌不够。罡风渐起，随后便是彻天风暴，旧有的传统被连根拔起。恢复传统与现代性的衔接，直到今天才被人们提上议事日程，这是当时身处其中的人——严裕龙与李瑞轩们无法预料的。他们的使命，是在这种无尽的挽歌中缓缓退场。

在真纯之爱映照下暗淡的赫赫权势

——王冰《玉蔷薇》[①] 之我见

  王冰是一位年轻的 80 后作家,当她站在我面前时,我甚至不能相信《玉蔷薇》是她的作品。作品我先前读了,这是一部历史题材小说,取材于南唐后主李煜与大周后和小周后的故事。驾驭这样的题材,须得丰厚的史学积累和良好的人文素养,且要有相当的史识。王冰可以洋洋洒洒写 50 万言,我感叹她处理这一题材的能力,尤其感叹她举重若轻般围绕大小周后构筑出的生动历史爱情故事。小说的第一主人公是小周后薇儿,薇儿与从嘉(李煜)、从谦(皇弟)及赵光义(宋皇)的爱情纠葛是整个作品的重心,在此背景下,是南唐在宋国威逼攻伐下的家国败亡。这样,薇儿的情爱故事,既勾连起历史的沧桑,又有了兴亡之喟叹,作品写得风生水起,波澜壮阔,非常好看。

一

  一个年轻女作家以鸿篇巨制来结构这样的大题材,常有自身难以克服的短板,就是思想结构力。简而言之,就是作者要有能力将历史人物和他们演绎出的故事,笼罩在一个凝聚起来的情境氛围里。换句话说,作者应该清楚地感知并调动起整个故事的情感基调,构成一部作品的和音。她要演绎的这出人生大戏,基调须是凝聚的、统一的,表达着作者

[①] 王冰著:《玉蔷薇》,太白文艺出版社 2022 年 9 月出版发行。

对人生世相的看法和理解。这些，均须统一在一个主题或意蕴之中，做到这一点并不容易。许多长篇，写到后面，连作者自己也糊涂起来，作品凝聚力瓦解了，没有了统一凝聚的情感意蕴，不知想表达什么，仅仅剩下了故事本身，甚至不是统一基调下的故事，作者自身无力统摄整个作品。《玉蔷薇》里，王冰有着十分清晰的历史观，她抛弃了惯常的"成王败寇"的陈腐思想，将百姓的生命和人的幸福作为整个作品的价值依据，将情爱作为最高价值存在，来演绎薇儿的帝王之恋。在中国古代史中，我们少见有真正的帝王之爱，仅仅有了一首《长恨歌》，便被后人颂咏再三，不断演绎。即使是《长恨歌》，白居易在咏唱时，也是谴责玄宗沉迷杨氏而误国，后叹二者"比翼""连理"之真情，前后未能自圆。此乃白居易囿于时代局限，在两种价值取向中难以统一自洽所致。当王冰将爱情作为个人守护的最高价值贯穿于作品中时，便赋予了古代历史故事以现代性视野。因之，作者笔下的李煜，不是一个简单地沉溺于声色犬马与琴棋书画里的亡国之君，而是审时度势，为了唐国的安危忍辱负重，为了避免战争杀戮、生灵涂炭而宁肯以一己之躯来保全弱小之国的大仁大义之君。这个极为棘手的问题，在王冰的小说里，却获得颇为妥帖的处理。

　　薇儿出生于南唐王朝重臣周宗之家，从小衣食无忧，深受父母宠爱，加之聪颖可爱，因而养成一股子天不怕地不怕的爽直奔放性格，这是作者赋予人物的基本性格基调，也是小说人物命运走向的内在推动。薇儿不仅是依靠自己的靓丽迷人征服男子，而且有着极为丰富的内涵，作者生动地再现了她的独异秉性，她的热情果敢，她的爽直顽劣，她的古怪精灵。除此之外，薇儿还善解人意、善良明达、疾恶如仇。她以一个女孩子鲜亮凸显的存在，征服了三个最有权势的人，成为他们视野中的唯一，以此构成以薇儿为中心的错综复杂的冲突关系。薇儿开始与吉王从谦（李煜弟）玩得很开心，从谦心思单纯、性格质朴，一心一意陪着儿时的薇儿，成为她最要好的玩伴。《玉蔷薇》写两人互动交往的情景，常有意出俗套之笔，薇儿顽劣调皮，一会要从谦陪她玩叶子戏，一会儿要抱她转圈，一会儿要吃荷叶蜜糖糕，还要跨上他的脖子骑马。作者能构想出那么多招法，写出两人快乐无邪的童趣，同时更是写出了薇儿的任性和撒娇式的霸道，特别是将薇儿活泼与烂漫，顽皮与刁钻，聪颖与可爱，写得活灵活现。这些地方，作者尽情写出了薇儿身上所具有的超常魅力，为此后征服李煜与赵光义做了有力的铺垫。这是薇儿遇到的第一个与她的命运深刻关联的人物——从谦哥哥。几乎与之同时，她遇到了重光哥哥也即后来的李煜，这时，她的姐姐周蔷，已在父亲周宗的精心安排下，顺利嫁给了重光。这时的重光哥哥，心里对她就有异样的感觉，但她还是一个孩子，他只好压抑住自己的念头，刻意回避薇儿，与她保持距离，作者写出了重光那种深埋内心的喜爱。第三个出现在薇儿生活中的男子是廷宜哥哥，也就是此后的赵光义。此时薇儿8岁，廷宜18岁。廷宜作为宋国的一个战将，在一次到唐国执行刺探任务时被发现，其余人皆战死，他侥幸逃脱，中箭昏迷，晕倒在离周府不远的一个荷塘边，被外出玩耍的薇儿和侍女发现，救了起来，寄放到荷塘西边的农家小院养伤。薇儿因之与廷宜熟悉，他后来教薇儿舞剑。这是薇儿个人命运中的三个男子，也构成了作者设置的三条故事线索。在三人最初接触到薇儿时，薇儿还是一个不满10岁的女孩儿，但她超常天性与个性魅力形成的光彩，强烈地刺亮了三个男子的情感世界。这个鲜活精灵的女孩儿，成为三人未来的试金石。

二

作者是一个理想的唯美主义者，她以美、善和爱来结构生活世界，因之，在她结构的世界里，三个男子面对一个薇儿相争，以何种方式获得所爱？不是耍计谋、比心机、赛狠毒，不是谁最终干过了谁，从而获得了薇儿这个上天派到人间的天使；恰恰相反，在王冰的小说世界里，这三人所比的是——谁比谁更好，更具有真爱，更具良善之心，更尊重薇儿的选择，谁才是最后的赢家。面对一个天使般的薇儿，最有权势的三个人，都在争取她，都希冀得到她的爱。这时，女人之美，就是力量，就成为与赫赫权势对等的强大且有力量的存在，而不是被随意玩弄于股掌之间的物件，任人把玩或处置，用时视若掌上明珠，厌时弃之如敝屣。在这场爱的比拼中，我们看到了薇儿的坚贞，看到了从谦的忧伤，也看到了廷宜哥哥（赵光义）的绝望。

在作品的最后部分，廷宜哥哥已经做了皇帝，成为大宋王朝的君主，而重光哥哥李煜，则已成为廷宜哥哥赵光义的阶下囚，但薇儿深爱的就是重光哥哥，而不是赵光义，尽管赵光义可以为她取得人间所能有的一切：宠爱、地位、尊荣、富贵等等。可以为她做一个皇帝屈尊的事情，陪她逛街、陪她郊游、逗她开心，小心翼翼地呵护她，做梦也想赢得她发自内心的爱恋，甚至不惜使用手段，制造她与重光哥哥之间的误会矛盾，想将她从李煜那里拉回到自己身边。但是，当薇儿发现了这一切，拼命反抗，宁肯绝食，也不愿屈从。小说在结尾部分，营造了一个非常圆满奇特的情节，就是当赵光义使尽所有手段，尚不能让薇儿心回意转之时，他与李煜以薇儿做赌注：让李煜假装中毒死去，薇儿若还是不离不弃，不愿移情于他而坚持对李煜的爱，那么，赵光义就把薇儿还给李煜。若是薇儿改变主意，那李煜就悄悄远离开封，不再回来。薇儿明知李煜已死，从此不吃不喝，陷入昏迷之中，继之处于濒死状态。眼看薇儿不行了，赵光义终于萌发恻隐之心，将薇儿归还李煜，让他们爱梦重圆。薇儿在濒死状态中见到李煜，以为是梦是幻，喜极而泣。两人最终回到金陵城里，隐姓埋名，过起了幸福生活。

上述是小说的故事主干，当然还有宋与唐之间的政治与战争，还有宫廷内的斗法，宫闱之间的权谋，但作者很好地将这些事件与薇儿的爱恋故事整合起来，既是王朝与李煜的命运，也是宋唐之间的博弈。王冰有能力将整个故事讲述得极为紧凑，尽管也多有撒开来的情节和人物，但莫不是围绕这一核心在旋转。她淋漓尽致地诠释了薇儿与李煜之爱，高奏了一曲响彻云霄的爱的颂歌。爱作为艺术表达的永恒性主题，所不同的是，在王冰的表达里，包孕了人的现代意识，女性的权力，以及个人意志的苏醒，并以之作为一个尺度，放在小说故事和人物的面前，成为远古往事走向当代读者的桥梁。这样，王冰结构起来的故事，帝王在真爱面前，是痴情的专一的，将万千宠爱付与一人。这个爱的唯一性，成为响彻整个作品的主音，以此作为衡量帝王是否仁爱的标尺。这显然是当代人的观念，是一夫一妻制爱情观，叫一人心。李煜是一人心，爱上薇儿，至死不渝，就这一个，天下美女，视而不见了。赵光义爱上薇儿，也是这一个，任谁人也移不动他的想法，为了这一点，甚至不惜干掉哥哥赵匡胤。从谦也是这样，尽管皇兄李煜赐婚，给了他美丽的妃子，但是他视之如无物，守身于薇儿，直到得知薇儿的真爱是哥哥而不是自己，这才极端痛苦地罢手。

王冰构筑的艺术世界是统一的，有着自己独有的情感逻辑，以此构成一个多声部呈现而又有主调的和声，这是值得肯定的地方。也正是因为这一点，我们看到的人物，具有某种相似性，其身上的善念，在不同境遇下呈现出来，使我们感受这个小说世界时，看到了以薇儿的视角构成的世界的单纯性和简单化。整个生活世界里，弱化了人与人之间残酷搏斗的现实，成为好人与好人之间的误解和错谬，这个好与好的冲突，构成了作品的温馨之感，其氛围是怡人的、愉悦的。尽管小说中也写到侧妃黄保仪为争宠加害周蔷和儿子，写到宋对唐的征伐，但其在作品中的分量极轻，几乎被醉人的温馨芬芳淹没不见。与王冰聊起陕西作家路遥，我说路遥作品中几乎没有坏人，皆是好人与好人的冲突。她兴奋地说，路遥的《平凡的世界》她看了许多遍，非常喜欢。是的，她天然地喜欢路遥的作品，在骨子里，与路遥解读世界的情感基调具有同一向度，美、善、爱成为小说主音。王冰说，在她生活的世界里，没有遭遇险恶人心，也没有更为复杂多样的人生体验，这也许是她小说深处洋溢着乐观与美善的深层原因。

薇儿作为整个作品的魂灵，她是美的光彩、善的存在、人性的证明、正义的昭彰。她的存在具有天使般的效应，而非魅惑般的乱性。作者写出她不可阻挡的美与灵的力量时，脱掉了传统意义上女色祸水的套路，女人不再是祸患之源。薇儿成为促成男人自我完成的人性觉醒的契机。她以美、慧、善为基元，令读者看到了女人作为一个真正的主体存在，而不是历史天幕上的变形倒影，或是男权视角下的尤物。对薇儿人格的尊重，成为三个男人的共同尺度，在此尺度下，李煜将百姓看得高于自己的权力，所以他宁肯交出君权作为宋国的人质，也不愿为了君主的权力脸面而不惜牺牲万千百姓，让他们做两国争战的冤魂。当一个君主以体恤百姓的疾苦生死为己任，他的意义就具有了穿越性，从古代走到了今日的我们面前。

三

不管就故事还是文字来看，《玉蔷薇》具有通俗小说的一般特征：清新，好读，情感单纯，文字梦幻，人物世界以爱作为维系。不管是李煜还是赵光义，一个君主在妻妾成群的环伺下，也能目不斜视，爱上薇儿这个唯一。皇帝李煜与薇儿也常闹别扭，薇儿耍小性子，李煜也会想尽办法弥合误会，化解矛盾。小说多次描写了薇儿与李煜的冲突，比如，在下毒事件中，薇儿认为李煜没有认真追查侍女流珠背后的递刀人，于是一连多日不理他。李煜着急。姐姐周蔷给李煜出主意，第二天晚上，薇儿被姐姐带到湖边，发现湖面上飘着一朵朵荷花灯，将湖面映照得琳琅满目，不禁看呆了。花灯顺着水漂到了她脚下，这才发现每只花灯上都有一张字条，写满了对薇儿的爱：

"薇儿，你不在我身边，每一天都很漫长。"

"薇儿，别抛下我，不要推开我。"

"薇儿，无论爱得多辛苦，也请你一定坚持下去。"

"薇儿，不管我们是否合适，你都是我唯一的选择。"

……

两人终于冰释前嫌，久久拥吻在了一起。作者用下面的对话描写了两人的心理和深沉的爱意。

李煜："你好狠心，你真的不要我了吗？我知道这些日子你心里煎熬，可你怎么可以因为这些就放弃我？我们是爱得艰难，爱得辛苦，可我从未想过放弃。为了你，我可以连江山都不要，你对我怎么就这么无情？"

薇儿："你可以抛下江山，我却不可以让你为我这么做。这不只是你的江山，更关乎我大唐五百万百姓生计。我理解你的做法，知道你的无奈，只是我也有我的坚持，我的无奈。我必须保护姐姐，绝不放过想要害她之人。爹娘因我而死，我若不能保护他们的女儿，我有何颜面面对他们？我又该怎样面对自己？"

"你想得太多了薇儿，这不是十四岁的小女孩该想的，别把一切错误和责任都揽到自己身上，我舍不得。交给我好吗？重光哥哥帮你撑起你的天空，你安安心心、快快乐乐地生活就好。"

"当我的天空与你的江山不矛盾时当然好，可二者有了冲突怎么办？我不忍让你为难，只能离开你，让你不必面临选择的困境。"

"离开你才是对我最大的为难，你怎么就是不明白呢？你对我太重要了，没有你我终日心痛，没有一天过得好。你怎么忍心让我如此难过？你心里真的爱我吗？"

"若不爱你我怎么会伤心？我的心很痛很痛，痛得我都不想再强撑着，想到爹娘身边去了。可是我又不能让自己解脱了事，我要走了，姐姐的日子岂不是更难过？"

"胡说！什么解脱！不许胡思乱想，你要敢有事，我就跟你一起去。"

"你才胡说。你是一国之君，怎么可以随我而去？"

"一国之君又如何？没有你我什么也不想做，我只想做你的夫君，只想每日把你搂在怀中。你不可以再不要我了，不管有多难，都坚持下去好吗？我知道做皇上的女人不容易，知道你跟我可能不比跟别人自在，但我就是放不下你，离不开你，我知道该放你走，只是我真的做不到。"

"我也舍不得你。重光哥哥，这几天我每时每刻都在想你，在后悔那天对你说了那样的话。我不想再承受这样的痛苦，想解脱，远离宫廷，可心里却还是期盼着你会来找我，会突然出现，会留住我。"

"我会留住你的，不管发生什么事，我都没办法放弃你。"他轻轻擦干周薇的眼泪，"好了薇儿，别哭了，看你的眼睛肿还没消，怎么受得了？"

周薇安心了，靠着李煜睡着了。李煜不忍打扰她，一动不动地搂着她，直到天空发白，快到上早朝的时间，才轻轻抱起周薇往周蔷宫里走去。（见第26章）

上述这段对话，可以看出《玉蔷薇》这部小说中男女主人公的情感方式。对李煜来说，薇儿才是他生命中最为重要的存在，尽管他的生命中还有唐国的江山社稷，还有肩上的重任，后宫还有一大堆嫔妃，他还要在这一堆错综复杂的关系中，权衡利害得失。尽管如此，在心的最深处，薇儿还是作为他最为紧要的存在，极端点儿说，与江山社稷比较起来，"为了你我可以连江山都不要"。在这个段落里，小说固然也写到了后宫这一场争宠阴谋，侧妃黄保仪为了除掉周蔷，先是借流珠之手给周蔷下药，不成，又给周蔷的儿子瑞保下药，阴谋败露，黄保仪遂害死流珠而自保。皇帝心里隐约明白事情原委，但因黄保仪之父是吏部侍郎黄廷谦，在朝廷很有势力，此种情况下，李煜只能是先稳住政局，暂且搁置，不再深究。当薇儿尖锐地说出："当我的天空与你的江山不矛盾时当然好，可二者有了冲突怎么办？我不忍让你为难，只能离开你，让你不必面临选择的困境。"这是薇儿的豁达明慧，但是对于李煜，却是"离开你才是对我最大的为难"。爱在这儿不是呈现为家国之重的障碍，而成为个人生活的唯一。

《玉蔷薇》让沉重的历史倒转，以现代历史理念，重新结构历史故事和历史人物，让整个历史向自己这个理念靠拢，反转以帝王和江山社稷为重心的历史。于是，在王冰小说的天空，旋转起来的是爱情，所有的家国情怀围绕儿女情长旋转。历史当然不是这样，或者说在历史学家的眼里，历史的确不是这样，不会因顾念一个小女子的感受而改道，它似乎有着更深远的秩序和更神秘的安排，有着更悠远的来路和更厚重的沧桑，"天道有常，不为尧存，不为桀亡"①。它"独立而不改，周行而不殆"②，但是，它似乎又有着多层丰厚的意蕴。历史学家笔下的历史，

---

① 见《荀子·天论》。
② 见老子《道德经》。

与作家笔下的历史相比，所不同的是，"历史学家描述已发生的事，而诗人却描述可能发生的事"①。于是，艺术家笔下的世界，多带有普遍性，也就是通往未来的可能性。因为她写出了历史发展的理应去向。李煜固然是被宋皇毒死的，王冰却可以将此情节重新翻转，写得跌宕起伏，以小说虚构的情感，将赵光义与李煜合谋的诈死作为一次两人的赌注，以此测试薇儿之爱，并以真爱作为赌注之输赢，终成为感天动地的奇思妙想，也为中国传统审美模式——大团圆结尾留下了现代新注脚。

四

这部作品是以女性视角演绎构成的南唐王朝的故事。女性视角的独异之处，在于处理男女两性爱恋时，多让男性处于欲望被克制的状态，让男人尊重女人感受，将男性隐忍的克制与尊重视作男人的高贵与美德，这种观念无疑是现代女性的，或者说是女权意识充分发展的时代特有的一种视角，以往时代不可能出现。作者这样写了，而且还写得蛮精彩。让人为这样的爱情叫好，为这样的女人敬慕感叹，为两个皇帝和一个王子而感叹唏嘘，这是王冰的能耐。

尽管此文笔墨重在探讨小说的女性视角和思想意蕴，但作品可圈可点的地方还有不少。作者在人物心理的捕捉和刻画方面，常常十分细腻传神。如薇儿姐姐周蔷嫁给李煜，成为王后之后，李煜并非专情于她，这令周蔷内心十分痛苦，无处诉说，只有与母亲谈心纾解，看看这母女俩的对话。

母亲："如今你是会有烦恼，但烦恼中也有甜蜜，你问问自己，是烦恼时候多还是甜蜜时候多？如果你一点儿都不喜欢他，可能是没有那么多烦恼，却也丝毫不会快乐，一点一点被磨得麻木不仁，成了一枝还未绽放就已凋落的花朵，那才是此生最大的悲哀。在不喜欢的人面前强颜欢笑，这种苦你不知道，但是娘知道，娘不会让你过那样的生活。"

---

① 见亚里士多德《诗学》。

"蔷儿只是想，或许那样心就不会痛了。"

"有了喜欢的人才会心痛，世间哪有不让人心痛的爱情？娘也痛过，为了你爹很痛很痛过，恨不能从未与他相识，但过后才知道那是值得的，体会不到心有多痛怎会知道爱有多深？"

"娘也有过这种感觉？"

"是啊，娘当时也后悔不该爱上你爹，如果不动心，过着行尸走肉般的生活也许好过整日沉浸在痛苦里，但人的感情怎么能控制得了？一旦动了心拉也拉不住的。现在这么多年过来了，你看爹和娘不是很好吗？以往受的苦现在看来就不算什么了。"

"有一天我们也会像您们一样吗？他会只守着我一人吗？"

"会的，一定会有这么一天的。你相信娘，娘知道这段日子必然不好过，但你要记住，对郑王爷多些理解和包容，别给他增加烦恼。"（见第3章）

作者对女人心理的把握十分准确，也是女人的思维与谈话的方式，母亲设身处地地劝慰，亲切地开导与纾解，都描写得十分传神。母亲杨曼曼，幼小便处在烟花巷里，其冰清玉洁的特质，被周宗一眼看中，虽历尽周折，然终被周宗娶回家中。知道她爱蔷薇，便为她栽种了满院子的蔷薇花。他们生的这两女儿，便用了蔷薇取名——周蔷、周薇，细腻地传达出两人的恩爱。

当然，这样一部体量庞大之作，问题也在所难免。比如，作者在人物活动的环境空间上，不够精细，少有准确地交代或描写。周府与皇宫的空间距离是多远？蔷儿结婚后成为从嘉的王妃，他们住在什么地方？与周府有多远距离？与皇帝议事的宫殿在空间上关系是什么？这些都缺乏明晰的概念，于是，在人物的活动中，许多地方就显得含混和模糊，不够明晰真实。唐代大明宫留有殿基遗址，以三大殿为主体从南到北依次排开：含元殿、宣政殿、紫宸殿。含元殿是朝贺之处，带有礼仪接待性质。其间逢元旦、冬至，皇帝大多在此举行朝贺活动。宣政殿是皇帝常朝和百官办事的行政中心。平日朝见群臣、听政均在此殿。紫宸殿为内朝，是皇上生活起居的内宫，也做议事之处。南唐以唐代后继者自居，想其宫殿格局应与此相仿。有了这样的空间感，还须了解大臣们的居所，他们居于皇宫内还是居于皇宫外，他们又是如何来上朝的。这样，在小说人物的相互来往中，读者就会获得真切的感知。薇儿看到姐姐蔷儿因怀孕被从嘉冷落，然后跑去找从嘉，并把他拽到了周府。在空间上，读者无法想象这样的动作事件发生的可能性，周府与皇宫的空间距离决定了薇儿行为的可能性。再如，廷宜受伤，薇儿从荷塘救起他，并把他送到李哥李嫂处养伤，然后两个月时间每日去看望他。李哥李嫂住地距离周府多远，为什么他们能住在周府近旁？薇儿每天怎么出门，有什么招法，而且还能不被父母发现？这些地方，都须有交代，不可疏漏，不然，作品的严密和完整会遭损害。

还有，作者对人物叙事视角的运用，还不够老练。有些地方，有违和与疏漏。薇儿救起廷宜，他开始装聋作哑，后来薇儿议论起这场战事，他又忍不住怒斥薇儿。既然廷宜作为敌国战将，因负伤而误打误撞到了南唐都城，怎么可以在敌国随意暴露自己的身份？难道不怕被发现？这些细处，都值得推敲。赵光义喜欢上薇儿，给她买剑买东西，钱从哪儿来？他可是单身一人误撞到了金陵城的。他因迷恋薇儿而延迟不归，总得有自己的生存之道吧？他伤好之后，住哪儿？通过什么手段生存？不会继续要薇儿从家里拿钱养他吧？还有，周蔷的侍女流珠，在黄保仪的挑拨教唆下给周蔷下毒，周蔷发现后竟不予追究，这样忍过去。此后让她再次对小儿子瑞保下手，这在情理上不大说得通。这些地方，都须有更细密的针脚。

尽管有上述诸多不足，但瑕不掩瑜，《玉蔷薇》不失为一部令人喜爱的好小说。

精粹的土疙瘩

——评黄建国短篇集《蔫头耷脑的太阳》①

黄建国是我的朋友，认识大约有十年了，以文会友，媒介还是他的小说。数月前的一个晚上，他来了，兴致勃勃地，带来一本书《蔫头耷脑的太阳》。书印刷设计很精美，是他出版的第一部短篇小说集。集子里的作品是他数年来在全国各种刊物上发表的短篇的结集，亦是心血的结晶。按理，他早该有自己的集子了，但黄建国似有原则，绝不自己掏钱印自己的书。今日，既然有人慷慨解囊，何乐而不为，才有此成品。世间万物皆有自己的命运，黄建国的小说因了"建国原则"，与我们遭遇就晚了那么几年。

建国的小说，取名《蔫头耷脑的太阳》，很传神，就像他笔下的人物和那块土地，还有那一片天空。在土地上耕耘的人，抬起头看见属于自己的那颗太阳，蔫头耷脑的。真是传神地勾勒出在黄土地上终生劳作者的精神行为特征。从某些点上，从字缝里，似乎也瞥见了黄建国的身影。尽管黄建国昂首挺胸，生气勃勃，可人们仍能感受到他不仅是用眼睛，更是用全身的每一个毛孔去体悟生活，感受人的状态。蔫头耷脑的太阳，就植根在建国的大脑深处，只有建国能时时触摸得到。建国从太阳里，从日常化的世界里，感受到了一份无奈和委顿，他说这就是我看到的那颗太阳，这一定是哪儿出了点问题。建国不说，他只是叙述，很冷静地，不加评论不加注释，你似乎找不见作者在哪里。你看完小说甚

---

① 黄建国：《蔫头耷脑的太阳》，敦煌文艺出版社1997年2月出版发行。

至迷惘，希望有某种答案，希望他为人物加点注释，可是没有，他一句多余的话也不说，冰冷冷地将人物摆在那儿，似乎是上帝的眼睛在看着，看着这块土地上发生的一切。

麻子六有三个儿子，大成、二成和三成。三成在省上工作，一日陪局长来到县上，局长顺便让司机开车送他回家看看。小车停到了二成家门口，大成不答应了，觉得这是个事！你二成能杀鸡我大成也能杀猪，车须得停在我大成家门口，大成二成为此吵起来，闹起来，差点动刀子。麻子六乐颠颠地奔过去，觉得小儿子把事做大了，要跟儿子进城享清福，在他奔向小车时，脚下绊了一跤，仰面跌倒在坚硬的土地上，再也没爬起来，两眼直直地看着天空中蔫头耷脑的太阳。

这篇取名为《蔫头耷脑的太阳》的短篇，最后作为了小说集的名字。

建国在小说的叙述方面，简约而含蓄，绝不过分渲染和夸张，也绝不拖泥带水，将生活的原汁原味呈现在读者面前。在他的作品里，流荡着的生命状态很遥远又很现代，人物心理的活动极原始极单纯。有时是狭隘的单纯，有时又是自私的单纯，有时又会是高贵的人性的单纯。在《马索的眼镜》里，马索有一副茶色石头眼镜，很得意，在康水厂面前炫耀，说戴上眼镜滋润眼睛，看太阳一点也不耀眼，还能瞅女人，让女人觉不出你在瞅她，这种炫耀使康水厂动了心。康的婆娘要上集买老鼠药，他让她回来时坐马索的车子，然后他在村外的麦地里等着。等到马索带着他的老婆出现时，他反咬一口，说他们俩在麦地里干坏事，然后不慌不忙走过去把马索的眼镜摘下来，架在自己的鼻梁上，说："这下咱们可以一笔勾销了，就当没这回事。"等他扭头从眼镜里看他的婆娘时，看见她正往自己的嘴里送那包老鼠药。这三个人物，他们的活动都很单纯，马索得意于自己的眼镜，四处炫耀。碰到康水厂诬陷自己，又愤怒又恐惧。这都是人在某种情境下的直接反应，他的炫耀是孩童式的，他遇事时的迷乱也是孩童式的。康水厂的老婆更是如此，对丈夫的作为想不通，愤怒委屈直冲上来，干脆一包药下肚了事，连同丈夫理论的念头都没有，如此直接反应。康水厂也一样，被马索的眼镜所动，这个念头就固执地不顾一切地成长起来，死死盯着这副眼镜，甚至为了夺得这副眼镜而不择手段，把自己的老婆也搭进去，让人觉得这个人物自私荒唐到极点。马索和康水厂这两个人物，在作者笔下，身上都带有滑稽可笑的成分，甚至可笑的成分压过了可恨的成分。可笑只是在于他行为目的的单纯，以及他诬陷对方所使用的手段之简单稚气，这也可见出黄建国的小说带有黑色幽默味道的讽喻性特征。

粗粗看来，我觉得作者笔下的人物不大会动人，因为作者不煽情，反而是将情感深藏起来，不动声色。但当你细细琢磨品味作品里的人生，便会有许多东西强烈地激荡你，使你忍不住叹息和动容。梆子尽孝心，用架子车拉着守寡多年的老母去看北陵。梆子的婆娘不乐意了，罢工，不粉草了也不喂猪了，干脆上街去买香皂。走到底角沟时，他们相遇了。梆子说："我知道你今天故意整我，但你看我怎么弄你，你肚子里已经有我的货了，你不让我行孝，我要让你跟我妈一样守寡。"然后，他就从底角沟沿上跳下去，死了。（见《北陵》）面对梆子这样的人，你能说什么，只有无奈的叹息。当然，他跳不出自我意识的屏障，他的死有多么单纯，多么让人惋惜。你可以说一百个不值得，但梆子就是梆子，他就这样了结了自己的生命。他就是为了教训一下他的老婆，打一个永恒的气憋，让她守寡，让她后悔。故事讲到这里，作者还是不动声色。

我深知，简约和含蓄其实是短篇写作上的一个很高的境界。契诃夫的小说就是如此，透出单纯的简约。在这种简约里，却蕴含着颇为深刻的社会历史内容。这也是中国古代笔记小说的传统，简约到近乎吝啬的地步。甚至百余字便勾勒出一个场景几个人物一个故事，并能充分表达作者的旨意。当然，简约绝不是粗糙、简单和贫乏，而是作者用足气力画出的眼睛。契诃夫的小说尽管有着单纯的简约，但对于社会问题却有着具体而敏感的触角，这使他的短篇具有强烈的现实批判意义。黄建国的小说却将具体的社会和道德内容轻轻推开，或者说将它悬置，重心去寻找人物动因的某个点。这个点甚至是孤零零的，失却具体社会背景和历史内容以及道德依凭，如前面提到的《马索的眼镜》中的康水厂，《北陵》中的梆子等。人物活动在那个时空下并不重要，作者将这些悬置起来，重心指向人物行为的本源初始心理和动机，当然包括人性里的丑陋，从而使故事和人物具有了地域历史文化的要素，具有了恒久性。仿佛他们是从远古的时空隧道中走来，秉承着一以贯之的精神气脉，稳定地呈现并散发着千年文化所雕塑出的不变样态。

跳跃在都市生活里的诗性精灵

——论陈毓的小小说创作

最早看到陈毓的小小说是她送我一本集子——《嘿，我要敲你门了》①，瞧瞧题目，多么感性响亮。许多篇章，在我大脑里划下了深深的刻痕，进而阅读了她的《美人迹》②，也就愈发喜欢。

陈毓的小小说，有着浓郁的现代都市生活气息，有着都市人的情绪感觉：飘忽的、瞬间性的、随机的、偶然的，而非工笔画式的写实再现。传统写实的路径，人物的行为处心积虑，沿着理性考量一步步发展，在既定轨道行进。然而，陈毓笔下人物的行为，却总带有偶然性。出乎意料的事件，改变了人物的运行方向，这是现代都市生长出来的感觉；怪诞浪漫加上甜腻和不确定性，不是悲剧也非喜剧，上演着随时注入的新元素，改变着人物日常凡庸的日子。《蓝瓷花瓶》中的她，将母亲送给自己的陪嫁之物——漂亮的蓝瓷花瓶，不经意送了朋友，后来母亲去世，想起便每每后悔，借口串门去朋友家看这只蓝瓷花瓶。朋友也深爱这个宝物，她每想开口以重礼换回而开口不得，于是，便假装无意将花瓶拂到地上摔碎。陈毓作品里的意绪和生命感就是如此，我们读出了现代人飘忽不定的思绪和生命里的随机性。人物行为并非有多少内在逻辑。假如说现实主义创作方法是通过人物的偶然性写出人物命运的必然性，那么，陈毓的作品则是通过人物环境的必然性写出人物的偶然

---

① 陈毓：《嘿，我要敲你门了》，江西高校出版社2012年12月出版发行。
② 陈毓：《美人迹》，世界图书出版公司2011年6月出版发行。

性。偶然性是陈毓表达生活的重心所在。

偶然性际遇，这是陈毓创作中最为敏感的区域，也是她敏锐捕捉到的都市人意象心灵的特征。在《遇见红灯向右拐》中，人物亦如此。朋友串朋友，就这样聚在了一起，吃饭、喝酒、K歌，直至凌晨2点。散摊送别，然后就有故事发生了。他也是这些半生不熟的人之一，第一次见面，开车送她回家，她是路盲，他来自珠海，不熟悉这座城市，然后他说："那就遇绿灯直行，遇红灯右转。"游戏式的禅机就这样在读者面前展开，鲜活、美好。她在自己熟悉的城市见到了一条条从未见过的街景，惊异新鲜，一圈一圈，车子最终停在了她家所在小区的门口，"她没有回头，一跳一跳地走了"。这种生活情景，是陈毓的独特发现，这样的发现，也许在依持传统写法的作家眼里，一晃而过，难以构成小说的叙事动力，但在陈毓眼中，却趣味无限。极尽美妙的还有《看星星的人》中的阿黛。阿黛与阿黄阿紫在一家日本料理店中相聚，一人讲一个浪漫故事，仿佛是薄伽丘《十日谈》里的人物跳将了出来。阿黛说，那一年，她在陕南做调研，待了50天，临行，说了一大串留恋不舍的话，不料想被在场的县委宣传部长记住。就这样，别了。过了半年，一天晚上快11点时，电话响了，是那个部长，说，"我就在你家附近，你要愿意出来，我带你去秦岭看又大又亮灿若金币的星星。"阿黛去了。在一条深邃的大峡谷，她看到，全世界的星星都聚拢来，"又大又亮，密密堆积，光灿夺目，这是她从小到大从未看见过的星空，阿黛幸福得有点晕眩"。他们说了许多儿时看星星的话语，许多有趣的童年故事，但是，他没有说一句，他开车到城里接她，走了260公里山路，假如打不通她的电话又会怎样，等等。这样一个美丽的故事，充满了偶然性，无逻辑而非必然，是都市人枯燥生活里的现代诗意。

诗意化，这是陈毓小小说的又一特征。陈毓在看取生活时，总是怀着敦厚的温爱。这使她的叙事通向的不是意外性间离，或者人物行进中正常轨迹的逆转颠覆。她笔下的故事，往往是遂了心愿的故事，是灰姑娘变为公主的故事，上述《看星星的人》中的阿黛就是这样。当阿黛被这个部长带走时，在传统的叙事框架里，阿黛可能会为她的轻信付出代价，或者会出现命运的悲剧性转折，我将之称为人物正常轨迹之中断，属于颠覆逆转性叙事，但是她的作品里，却让人物的愿望——美丽实现。《爱情鱼》中的庄子，在一个县剧团做舞美，他的妻子妙儿，喜欢吃鱼，庄子爱妙儿，说妙儿是他的太阳，每日为妙儿捕鱼吃。妙儿寻高枝走了，庄子继续捕鱼，但从不吃，送左邻右舍，或穿起来挂到楼顶上去。他后来找梅儿结婚，长得和妙儿神似，"你走了以后，我把美丽的爱情鱼，养活在生命里"。仿若一段无法释怀的爱情记忆，让爱情鱼，成为一种象征，挂在绳子上，仿若招幡的旗子，是一个有点忧伤凄美而充满温爱的故事。

　　《欢乐颂》中，婆婆的亲戚——大妈出现在我的生活里。每到清明，大妈总会捎信来："春茶下来了，油菜花黄了，再不来，林子里的笋可就老了。"于是，我就驱车去看望山里的大妈，"大妈表达亲情总是从饭桌上开始，清炒菜心、油焖青笋、韭黄爆河虾……"。大妈爱唱山歌，对人唱、对山唱，摘菜时唱、下河洗衣时也唱，大妈的生活就是这样的。这年我们去看她，她73岁了，她告诉我她活不过74岁，谁也没有在意她的话。初冬过后，她忽然就躺倒了，大哥通知我们去，说，"大妈说了，她疼爱的人，都要见一面，给她唱歌"。大妈弥留的时刻，大家一一唱过，我是大妈疼爱的人，也唱了，是我刚学会的一首民歌：

　　"太阳歇歇么，歇得呢；月亮歇歇么，歇得呢；女人歇歇么，歇不得；女人歇下来，火塘会熄掉呢，冷风吹着老人的头么，女人拿脊背去门缝上抵着；刺棵戳着妹妹的脚么，女人拿心肝去山路上垫着；有个女人在着么，老老小小就拢在一摊了，有个女人在着么，山倒下来男人就扛起了……"

　　灯光摇曳，大妈的脸上恍惚积满笑意。陈毓笔下的大妈对生活有着诗一般的理解，对死亡自然、达观、从容。温婉的民歌，带着几分幽怨，又带着几分自豪，还带着上天赋予的宽厚的慈祥的爱，生活在陈毓笔下就是这样呈现的。

　　邂逅，是现代都市的标志性景观之一。为什么呢？因为邂逅里面有人性对于未知的期待，有溢出僵硬日常性和习俗生活规范的讶异，有着突破自我的浪漫。这可不是《西厢记》里张君瑞和崔莺莺的邂逅，那个邂逅是沉重而严肃的，是要有邂逅的果实的，它通向婚约，是旧时代邂逅的唯一目的。现代不同，邂逅只是欢乐和浪漫，邂逅只是享受邂逅本身，并不明确逼上一个婚姻目标。所以，邂逅里的各种可能性使现代人兴奋莫名，邂逅已经不是自然遭遇，而是寻找和创造，丽江就因创造邂逅而知名。理论上说，邂逅在本质上是双方在身心自由之下的欢乐触碰。陈毓的《回家》里写已婚男子与女网友海边约会，激情浪漫，回到家后，看见"门廊边那盆新添的碧绿的植物，廊灯恰到好处地映衬着它的碧绿，拖鞋安静地泊在门边，静候他的脚归来"。仿佛重新发现了家的美好，夜里，他们做爱，格外有激情。完事后他没有像往常那样沉沉睡去，动情地反复轻抚她的背，"直到她的背沟里的汗都被他的手指上的热气吸走"。一个出走与归来的圆，一个逸出日常规范的生活变奏。这篇小说尽管不是陈毓小说中的上品，在此我择出言说，是为观察其作品的内在肌理和思路。

诡异，这是我在品读陈毓作品时，常常跳上脑际的一个词语。在一些篇章里，她出人意料地营造了一种神秘诡异的氛围，我觉得，陈毓对生活的理解和感受，常常有意出尘外之灵，这也算作陈毓作品的特征之一吧。《伊人寂寞》里，一个怀孕六个月的女子因车祸死亡，一瞬间的惊诧，被做成标本，"向遇见她的每一双眼睛打开她身体里的秘密"，但是我想"摇落那女人看在我记忆里的目光，可是摇不掉，那里藏着科学的凉意"。这个故事的重心，对陈毓来说，感受到的远不止是早晨出门，与丈夫的淡淡告别，也不仅仅是医生与丈夫谈判要买这具尸体，丈夫的因情拒绝和因钱而不能拒绝，而是萦绕在作者内心的"科学凉意"，以及那双惊诧的眼睛。在这类作品中，读者见到作者对王昭君的独特解读（见《不归》），见到作者将自己幻化为一丈青扈三娘（见《好大雪》），进入她的内心，窥视自我命运的荒诞和哀痛。这些篇章，都能见出作者自身的精神投射，充满诡异之感。《魔术师》里，魔术师渴望挑战，说，"我能自己将自己的身体分开"，观众欢呼雀跃，徒弟惊讶悚愁。哪个人不是如此，在自己热爱的行当里，不断攀缘挑战，向那个神秘的终极，企图超越、再超越，以至于崩毁。这是物种所内藏的驱动力，大凡为人莫不如此，人类莫不如此。

　　因了对事物诡异一面的敏感体验与喜爱，死亡就自然更多地进入陈毓的视野，她的作品里多次涉及死亡这个问题，比如《减法》里的米根老爹，对死亡的超然心态，平平静静接受。临终，将柏木棺材换作桐木，将墓地改在后院，然后，"长出一口气，平静地，听凭那根细丝悠悠荡荡地飘出身体去"。在《欢乐颂》中的大妈，对死亡的乐观甚至欢心，让她心疼的人唱歌与她作别。作者为小说取名也别有用意，描写的是死亡，却用了"欢乐颂"。《伊人寂寞》里，那个突遇车祸而睁大惊诧眼睛的孕妇，作者看见的是她成为标本之后的样子，名字叫"惊鸿"，很诗意。《魔术师》中的魔术师不也正是在挑战死亡吗？

　　焦虑是现代都市人心理的日常写照，连梦境也充满愿望无法实现的焦虑和难以达成的期待。陈毓的小说，给予我们的却是温暖的梦境，是愿望的实现与达成。在她笔下，生活残酷的一面被虚化，我们见到的是另一面，它如同温爱的丽人，以微笑和暖意向我们显示生活的诗意和人生的瑰丽，还有那不时进入僵硬日常中的浪漫。以弗洛伊德的观点而言，艺术创造就是人的白日梦，而陈毓为我们描绘的白日梦是瑰丽的、充满诗意和美妙的，所以，你愿意深深沉于其中，不想醒来。

采闾巷之故事，绘一时之人情[①]

——从通俗小说之演变看李印功的《野女镇》

主持人：仵埂老师好！您认为《野女镇》这部长篇小说，它值得肯定的地方在哪儿？

仵埂：主持人好！很高兴跟观众朋友们见面，大家共同来讨论这部小说。我觉得是这样，如何看待李印功《野女镇》这部长篇？我们要先说说文学的尺度问题。大家往往忽略了这个标尺。我们过去对小说的评价，一般来说，都有一个非常高大上的刻度，这个刻度就是小说的律法。中国小说从新文化运动以来到今天整整一个世纪，这一个世纪的文学发展史，对小说形成了一系列稳定的评价体系，我称之为一种非常宏大的文学律法。这个律法通则一直到现在还有效，就是宏大的社会历史主题，深刻的思想表达，精妙的小说结构，典型性人物的塑造，等等。

以上述这些原则作为一种尺度，你来衡量李印功的小说，会看到它在某种程度上达不到人们所想要的那个样子。它提炼不出一个你觉得高深的思想、深刻的哲理或者带给人们某种极有价值的启示等等，这些都不是，它所引起的关注恰恰在于它写了鲜活的生活本身，它没有刻意拔高，而是表达了原生状态下一种农村生活的日常性，这一点对广大读者构成了极强的吸引。我想说的意思是什么？就是李印功的《野女镇》恰恰是一个接地气的长篇小说，这个地气表明它不是高高在上，不是那种

[①] 2022年7月31日，西安新闻广播（文化西安）栏目主持人刘铭就李印功的长篇小说《野女镇》在网上热播之现象，对仵埂做了访谈。本篇是两人答问内容。

阳春白雪。在小说百花园中，它不是那种精英尺度。相反，它恰恰是大众趣味、百姓日常、底层生活。

所以说，将他的小说放在这样一个格局下来看，这个小说一下子就具有了某种意味性。意味性指的是我们过去对小说的那样一种高超的评价和要求，这种要求里往往忽略掉一个基本东西——底层百姓的阅读愿望和期待。固然你有一些东西非常好，我也认为精英趣味当然很好，那是我们民族文化所可能达至的精神高度，但不是所有作品的唯一刻度。长期以来，我们的小说创作忽略的是这个底层普罗大众的阅读趣味。在中国小说的发展史中，姑且划分的话，有这样三条路径：一为与政治紧密关联的社会历史小说，一为与审美性紧密关联的文人化趣味小说，一为与娱乐化紧密关联的大众通俗小说。类似李印功《野女镇》这类小说，这样一个民间路径我们长久忽略了。这类小说也可以叫它通俗小说，也可以叫它乡土小说，或者称之为乡土通俗小说更为恰切。这儿指的是它扎根于底层广大百姓之中，许久以来它被忽略或淡忘了。这一个广大的受众群被挤压了，这是我的看法。

主持人：您认为小说创作都有哪些路径？就是说，我们假定小说有多种类型，你认为分为哪几类？如你上面所言是三类，你说《野女镇》归为第三类，能详细说说吗？

仵埂：大体来说我觉得小说可能就分为这样三类，刚才上面说到了。我们回顾一下小说发展史，再来说说《野女镇》。中国小说在开始发生的时候，它本来就被我们称为"小道末流"，被人们认为是"街谈巷语、道听途说者之所造也"，难登大雅之堂。就是说小说开始在它的萌芽和发轫之初，难登王公贵族士大夫们的大雅之堂。那它生存的依托在哪儿呢？在民间。小说真正被重视，要一直等到20世纪，这时小说的面貌才发生改观。这些本来看不起小说的上层文化精英们，产生了一个很矛盾的心理，矛盾就在于小说它拥有非常广大的受众群，影响力巨大，但是它的地位却非常地低下。这一点，一般人不太关注文学发展史的话，可能不太了解这种情况。中国小说在民国以前，其地位一直是很低下的，那时一般的文人士大夫认为它是"引车卖浆者流"喜欢的东西，看不起它。文人眼中正宗的东西是诗文，就是散文和诗歌。这是正道，小说嘛，人家瞧不起的。小说的位置是在五四时期奠定的。从梁启超开始，提出"小说界革命"，观点是"欲新一国之民，不可不先新一国之小说"。他把小说看作是唤起大众、动员大众、教育大众的一种有力的思想武器。从这儿开始，小说就开始了它的分流式发展，就是我上面说到的中国小说发展分了三个不同的走向。一个走向就是小说和政治历史紧密捆绑在一起的道路，这是从梁启超这儿开始，小说作为一种唤起大众、启蒙百姓的工具。

举例来说，鲁迅的那些小说，比如《阿Q正传》《祝福》等等，小说的人物阿Q和祥林嫂这样的，它有强大的创作意图在其中，就是用小说揭示民众的愚昧、麻木、落后这种国民性，揭示这种状态，以期唤起民众。此后还有巴金的《家》，茅盾的《子夜》，老舍的《骆驼祥子》和曹禺的话剧《雷雨》，等等。鲁迅所开辟的这条道路，这类小说后来成为新中国成立以后中国小说的主流道路。文学史上所书写的作品，基本就是这一类，它和国家政治生活、时代要求紧密关联，成为一种类型。

第二种类型，就是文人趣味的小说。文人化的小说与政治历史的关联度弱了一些，有了那么一点疏离。这类小说重要的特征是它的文化意味和审美性，它将审美诉求放在第一位，作品的故事人物呈现出唯美的特征。比如沈从文、孙犁、汪曾祺、阿城这样一个路径，它不是与政治历史紧密联结的路径，它是另一个路径。这个路径里，你看沈从文写《边城》里的乡间景象，那一种湘西的水乡生活，非常唯美，你在里面见不到人与人之间的残酷争斗，见不到社会的龌龊和人性的黑暗，也见不到水乡之民的麻木和落后，你见到的是淳朴的、美好的人情世态。它带给你的是那样一种美的东西。你看这一路径是文人化的趣味，典雅唯美。

第三个路径就是通俗小说路径。民国时期出现的通俗小说的代表作家和作品，就是张恨水的言情小说，如《金粉世家》《啼笑因缘》之

299

类,平江不肖生的武侠小说,如《江湖奇侠传》《近代侠义英雄传》等等。这一类小说的受众群就是广大的市民阶层。

现在一般人对文学的了解毕竟有限,中学时期通过语文课本,我们都知道了鲁迅的小说散文,但是很少有人知道张恨水。其实民国时期张恨水的小说影响很大,发行量很大,就发行量而言,超过鲁迅。据说鲁迅的母亲就是张恨水的忠实粉丝。张恨水的影响在市民阶层之中,老百姓喜欢看这些被称为"鸳鸯蝴蝶派"的东西,却不大能看懂鲁迅。通俗文学与严肃文学,还是有着明晰的界线。言情、武侠、市井这一类小说,就是我上面描述的第三类小说的发展路径。

新中国成立以后,就是20世纪50年代直到现在,我国小说的发展已历70余年。应该说一直走的是第一个路径,就是小说与政治历史文化关联的路径,这是整个小说发展的一个主体路径。通俗小说在1949年以后基本上没有了位置,你没见过好的通俗小说。但在港台地区,却沿袭了民国时期的通俗小说路径,出现了一批相当有影响的通俗小说。比如琼瑶、三毛的言情小说,金庸、梁羽生的武侠小说。他们就衔接了民国时期的通俗小说传统。我讲的民国时期构成的通俗小说传统,是指你能在琼瑶的作品里,明显见到张恨水言情小说的基因。它就这样走下来了。平江不肖生的武侠小说也在金庸、梁羽生的小说中留下了基因种子,就这样继承和沿袭下来。但内地(大陆)几乎没有产生这样品类的作品,过去没有,现在也没有。现在再回到我的话题上,我要表达的意思是,像李印功的《野女镇》,你要是用我刚才讲的第一类中国主流小说评价尺度,就没办法评价他这个作品。

没办法评价这类作品,我把它总结为,作者写了农村中非常鲜活的生活,但这种鲜活的生活就是鸡零狗碎、家长里短,小媳妇斗嘴、二流子偷瓜、闲汉子捉奸这类东西。这类东西有它广阔的受众群,植根于农村广大的民间文化和原生态的生活之中,大家觉得非常有趣和好玩。我觉得生命力就在这儿。你甚至可以说它俗,它就是俗,就是通俗小说。你要再说的话,那我就觉得这个现象非常有趣,而且还值得我们深思。越通俗的东西,越接地气的东西,就越接近民众,它具有非常广泛的民意基础，这个现象值得研究。大家爱看，觉得你说得特别有意思。

再举民间歌舞，也许更能说明通俗小说现象，说明我们过去对这方面的确是忽略了。比如说东北二人转，咱们陕南也有二人转，也叫小场子，东北的二人转叫蹦子，陕北也有二人台，在陕北府谷那一带。我随口举的这几个例子，不管是陕北的二人台，陕南的小场子，还是东北的二人转，它们的表演形式都是一男一女，共性是什么？就是民间的娱乐化。年轻小伙子媳妇都喜欢看，它里面的内容你要说的话，比如陕北的二人台，一个陕北籍作家刘国欣在一篇散文里写到二人台所流行的区域，是属于"圣人布道此地偏遗漏，礼义廉耻到此一笔勾"。啥意思？就是圣人布道把这个地方给遗漏了，圣人布的是什么道呢？就是礼义廉耻这一套，到这儿给一笔勾销了。它意味着什么？意味着二人台里面所表达的内容，有一点与儒家的纲常伦理不大一致，不是公公扒灰，就是媳妇偷情，什么寡妇养汉子，几乎无一不指向性生活。其歌词的表达，都是有趣的、逗乐的，男女之间的这些私情欢爱，就是一种娱乐化狂欢。

不管是陕北的二人台，还是东北的二人转，抑或陕南的小场子，难道不都是这样吗？你看看它的民间性演出，陕南的小场子我看过，一上来就是打情骂俏，这个男子唱，女子配合表演，男子唱道：日落鸟归林，露珠湿衣襟。哥等妹妹到如今，真真急坏人呐。你看你不梳头它光溜溜的，你不搽粉它粉扑扑的，你个不搽胭脂它红彤彤的，不打口红它红丢丢的，上身穿了一件绫罗袄，你看它花不隆咚的，下身又穿着水罗裙，美不隆咚的，脚上穿了一双绣花鞋，你看它尖溜溜的。你若不跟我结连理，我一头栽到你怀里，死活不丢你。这就是那种趣味性很强的东西，你在这里面要寻找微言大义，能找着吗？但是它多么生动地植根在百姓之中，它是一种大众娱乐化的东西。

我用这个话来表达什么？就是李印功的《野女镇》恰恰就在这个层面上，同时具有广泛的为百姓喜闻乐见的一种形式，而这个形式是长久以来被我们忽略掉的，我要说的就是这个意思。我们当然需要高雅的艺术严肃的文学，这一点没有任何疑义，绝不能以通俗化来否定严肃高雅

301

的文学，我不是这个意思。高雅的文学当然有它的崇高位置，哪一个民族没有自己高雅严肃的文学呢？这是肯定的。我的观点是这样，普罗大众中，有的人终其一生，他也看不懂《红楼梦》，或者说不喜欢《红楼梦》，就喜欢侠义小说、喜欢言情小说、喜欢市井小说，这类人群的认知或者阅读层级就这样，不要以为不让他阅读通俗作品，要让他高尚起来，非得让他去读严肃作品，即使你给他每人手里发一部《红楼梦》，他也未必能读得进去。

我着重想表达的意思是艺术的发展，不应该忽略大众的需求，要适合大众接受的趣味和实际条件。我上面总结了五四以来小说发展的三个路径，我们把后两个路径都忽略了，特别是大众易于接受的通俗化路径。底层老百姓也需要娱乐化的东西，不能将适合大众口吻的娱乐性强的作品推翻，一股脑奉上高深的思想。高深的思想里要有大众，要顾忌大众的接收能力。你拔太高了，与他的生活沾不上，这时候他就无法去理解。

我用一个形象的比喻来说明这个问题，就像我们的自然生态，在一个生物多样化的自然环境里，它有杂草，有灌木丛，有高大的松树林等，这就是一个多层级的生态系统。你不能把所有的杂草灌木都除掉，你就要那一片松树林对吧？小说艺术发展也是一个生态系统，我们要维护这个多层级的系统。

主持人：对，小说首先就是要老百姓喜欢才行。

仵埂：你说得有道理，文学起码需得顾忌老百姓喜爱。大众喜欢这一种充满着乡土气息的文学，觉得这种文学与自己的生活很相像，他一看那个东西就觉得亲切，因为是发生在自己身边的人和事。他觉得，某个人物，多么像我们村子里的某某某，太像了。你看他作品里的乡土生活气息，是吧？

主持人：你觉得李印功小说的主要特征是什么？读者应该怎样读这部作品？

仵埂:"喜马拉雅"把李印功小说播出后,我听说此刻点击量已经超过了50万,他们把方言和普通话交错使用,普通话做叙事旁白,方言做人物的对话,我觉得非常有意思。这些地方,也显示出李印功作品的底色。比如说作品中黄料料这个人物,用乡土方言说黄料料年近20了,已经在道上混得有点小名气,后来觉得自己应该把埋在心中的爱情付诸行动,于是,把这件事直接说给他爸了。他爸是县畜牧局局长,叫黄西亮。一听他这个"宝贝儿子"看上了梁香梅,缠着让他去提亲,惊道:"儿子你是不是得了神经病了,发烧说胡话?"然后还摸摸他儿子的额头说:"看起来不烧么。"然后黄西亮低声下气地对儿子这样说:"好我的碎爷哩,社会上的好姑娘多得把人绊得栽跤哩,你为啥要在气眼里寻媳妇?再说,婚姻从来都是讲究般配哩,梁香梅个子比你高一头,人家能答应这婚事吗?"这样的笔调,人物活灵活现的语言,父亲与儿子之间独特的相处方式构成的语气氛围调质,让人一下子就感受到这个家庭中特殊的父子关系。还有黄西亮那种气恼中的诙谐,"社会上的好姑娘多得把人绊得栽跤哩",你为啥偏要梁香梅做媳妇?不仅前因里梁香梅和他有一些磕绊,更是清醒的父亲对两者关系的打量和权衡,觉得儿子压根就攀不上梁香梅,这个婚事压根就弄不成,儿子偏偏说出这等话来。从父亲的视角切入,非常生动,一下子活画出黄料料的赖皮相。这就是摹写刻画人物语言的功夫。当然,黄料料也是黄料料,缠不下父亲也就不是黄料料了,他最终能拿住父亲,使父亲让步。黄料料的赖皮劲,通过父子二人的对峙,寥寥几行,跃然纸上。

对,就是非常生活化的东西,故事里这些人物、事件、情节、冲突的发生,都是生活中鲜活的东西,不像我们经过过滤了的那种生活故事。过滤了的生活故事是有着目的性的,它要指向一个价值和意义。而通俗文学大多沉溺在细节情节本身的趣味性中,带有生活原始性状貌,不过多做那种精简和筛选。所谓的严肃文学,其细节和情节大多经过过滤,使生活细节里携带社会历史内容,然后将它升格,让这些细节通过人物故事而上达一种普遍性的美学意义,这是通俗文学与严肃文学在创作上的关键区别。

通俗文学里的市井样态，大多保留了生活本身生动的、丰富的、多彩的、有趣的、逗乐的东西。在这个层面上，普通百姓一看就觉得好玩，一听就觉得有意思，这就是那种杂乱而蓬勃的生活形态，最为接近生活本身，所以他们天然地亲近并且喜欢，我觉得就是这样。

通俗小说的发展，在我国本有一个榜样性的标杆，这就是 20 世纪 50—60 年代的山西作家赵树理。其实他在 40 年代就出名了，写了一系列赢得百姓喜爱的好作品。他本走的是乡土通俗小说路径，但这一路径走到最后，也挪移到了严肃文学的道路上，要揭示生活中那种大道高义，挤压了乡土生活中最有望赢得百姓喜爱的合理内核，渐弱了那个具有蓬勃生机的民间资源，从乡土化里面不断地上攀义理，最终也就被义理瓦解了它的趣味和幽默。

通俗小说若欲达严肃文学的境界，必将以新思路改造故事人物，必将通过不断地损害小说的趣味性和娱乐性而求得思想承载。比如说，赵树理的小说要反映合作化道路，如《三里湾》里面被称之为"灰色人物"的糊涂涂、铁算盘、常有理、惹不起之类，只能是陪衬，因为作品里的亮色须得是承载合作化大道的正面人物。灰色人物不能压倒主人公，不能喧宾夺主。但人们没有记住里面的主人公，倒是记住了糊涂涂和铁算盘之类的绰号。或者如《小二黑结婚》里的故事人物，要承载新婚姻法的宣传作用。在二黑和小芹身上，那么二诸葛与三仙姑，只能是正面人物的陪衬。小说里那种灰色人物，才是赵树理小说的动人之本、立身之本。我要说的是，赵树理小说里最传神生动的不是亮色人物，而是他笔下的灰色人物。诸如二诸葛、三仙姑，一个能掐会算，一个是跳大神的。他温讽性地写出这类人物的荒唐狭隘可笑，把人能笑喷，特别好玩。他小说的通俗性、生动性恰在这儿。但是这个路径到最后，失去了继承者，这条路走着走着就断了。我是从文学史中通俗文学的发展来理解李印功小说的。由此说它具有一定的意义，他的小说在这个维度上是有价值的。它是文学园地的一种生态，构成百花园里的一种花色。

主持人：你觉得小说在它的发展之初，主要功能是什么？

仵埂：这个问题涉及文学的效用。上面的话题多少也涉及小说的效用功能。小说发展之初，本来就是图个热闹好看，本来就带有强烈的娱乐化色彩。为什么说它是"小道末流"呢？就是因为它的受众是底层劳苦大众，难入上流社会士大夫阶层的法眼。文学理论上讲小说的三大功能：教育功能、认识功能、娱乐功能。其实小说在它的基因里，核心的一点是娱乐化，其他是从娱乐化功能延伸出来的，延伸出来认识功能、教育功能。说它具有认识社会生活的作用，还可以有更多延伸，比如精神升华呀自我超越呀，等等功能。这三大功能其实是小说成熟以后，理论家重新加诸小说头上的，早期它就是小道娱乐而已。鲁迅在《中国小说史略》中言："小说家者流，盖出于稗官，街谈巷语，道听途说者之所造也。"这是讲的小说的源起，非大道。相比于诗，极不同，诗开始就有了极高的位置。孔子对待"小说家者流"的态度是，"虽小道，必有可观者焉，致远恐泥，是以君子弗为也"。这就是下里巴人所喜闻乐见之事。"引车卖浆者流"要买一本小说，绝非想着我好好接受一回教育，而是觉得小说里的故事好玩好看，他不是要在小说里寻找大道真理。

比如说，《西游记》《三国演义》《水浒传》这些小说，其成书过程，大多在宋已有话本，据鲁迅的考证："现存宋人通俗小说观之，则与唐末之主劝惩者稍殊，而实出于杂剧中之'说话'。说话者，谓口说古今惊听之事，盖唐时亦已有之……宋都汴，民物康阜，游乐之事甚多，市井间有杂伎艺，其中有'说话'，执此业者曰'说话人'。"上述可以得出两点结论，一是中国小说的形成，在开初就是通过"说话人"的故事讲述，在民间不断流播和丰富，"说话人"已成为一种职业。二是"说话人"讲说的故事，大都是"古今惊听之事"，就是离奇怪诞之故事，好玩引人而已。以此也就形成了章回体小说的构架：欲知后事如何，且听下回分解。就这样一回一回讲下来，上一回一定为下一回留有噱头，借以留住听众。

古人大都不识字，能读书属文者少之又少，文盲在90%以上。别说古人，就在20世纪50年代之前，中国文盲率是80%。没有文化的人，哪能听得懂那么高深的东西？他能听懂的，就是离奇热闹好玩的东西而已。好玩里可能有一些趣味，有一些惩恶扬善的基本观念，让听众通过故事能获得一些对社会及人生的基本认知。小说早期的娱乐化功能怎么实现？其内容无外乎怪诞传奇之类故事，什么神魔小说、志怪传奇、侠义鬼神，都是奇奇怪怪的东西。为什么要讲这些奇奇怪怪的故事？就是热闹、好玩、吸引人。小说这个功能在它的发轫之初就种在它的基因里了。

　　人们通过小说看到了各种各样的奇闻逸事，各种各样的人物命运，于是对人对社会的理解，就多了一点宽容，不能以一己之好恶，要求天下人天下事；不能由此对一切事物下判断，认为不符合自我判断认知的，都是错的。通过小说人物的各种不同人生，我们认识了自己，提升了精神境界，深化了对人类社会的观感。人们认识了人性，认识了自己，自我也有了提升。这一切，发生在娱乐化趣味化的过程中。古人的娱乐化活动较少，你讲一个离奇动听的故事，就已经构成了娱乐效应。当然这个认知机理也不这么简单，但人在接受动听故事时，故事里的人生就会走入听众的内心，这是无疑的。比如《水浒传》里林冲的命运，其媳妇怎么被高俅义子高衙内看上，高俅又怎么设计让林冲误闯白虎堂，然后将其打入大牢，又怎么派了两个亲信陆谦与富安在押送途中谋害他，谋害未成，又放火烧了他羁押沧州的草料场，企图烧死他。在这样的境况下，这个朝廷的八十万禁军教头，终于杀了陆谦、富安，死心踏地上了梁山。个人的命运里，有着怎样的苦难和厄运的启示。人通过这样不同的人生获得教益，在人物的命运故事里来反观自身，反观人生世相，小说的隐性功能就彰显实现了。

　　回过头来，我们再看《野女镇》。这部长篇写的是20世纪80—90年代中国改革开放后的故事，以此时代为背景写陕西关中平原上一个村庄的社会形态，抒写村民们的现实生活，刻画乡村中芸芸众生相。在这样一个乡村生活画面里，作者将人与人之间错综复杂的关系，相互间的矛盾和冲突，写得非常有趣好玩。从《野女镇》这部作品里，我见到了当代乡村浓郁的生活气息，见到了鲜活有趣的人物形象，见到了一幅乡村生活的风俗画。

日常生活里人际关系的争斗，如拨弄是非、打架骂仗、偷情搞怪等，这些农耕文明中的乡邻相处之道与鸡鸣狗吠之态，在小说中都生动地得到还原。作者还原了乡村生活的一个原生的空间场域，把一个本然的乡村生活空间还原出来。在他的作品里，读者可以重温农耕生活样态。假如说现在中国人，包括大多数乡村的年轻人，多数已不在乡村生活，但这种重现的乡村面貌，仍有一种亲切的温馨在其中。现在的农村越来越空壳化了，人们从《野女镇》里却可以重见农耕文明下的那种状态。李印功是一个有激情有趣味的作者，他笔下写的那些故事和人物，常常令你忍俊不禁，你似乎感到他那副充满俏皮幽默的神采，他也就是以这样一种风趣的眼光看取生活的。作为小说的叙事者，你感觉他在叙事时，那种嘲弄式的笑意，仿若以一种很好玩的心态，怪怪地笑着讲他肚子里的故事。看他笔下的人和事，觉得他仿佛将这样一丝内心的表情荡漾在脸上。作者曾是他笔下人物中的一分子，但是在叙事时，却反观自身且超越了曾经的生活，林林总总的人物故事，一一被刻画出来，你觉得逗乐得很，觉得他带着一种幽默风趣的姿态，描写了笔下的这一幅幅乡村风情。作家的叙事无疑带有作家对生活的审美和观感，还带有作家对生活本质的认知。这部小说本身的调质就是以风趣幽默的风格性，再现了一个历史段落中农耕文明下一个村庄的生活图景。

主持人：你认为《野女镇》之所以有这么大的动静，赢得如此多的读者喜欢，原因是什么？

仵埂：我把《野女镇》归为草根作品。细细品读作品本身，我们能够看到作者对他笔下这块土地的热爱和对乡村生活的熟稔，都到达了透彻的地步。作者本人就在他笔下的生活之中，但他又能够有距离地观照这个生活，带有一些超然的姿态，风趣地打量笔下的生活。当然，你也可以说他所描写的这些草根生活登不了大雅之堂，这是李印功对自己作品的说辞。记得跟他聊天时，他说他就"属于草根作品"，他的断语很好。他自谦说自己作品"登不了大雅之堂"，但我要说的是，他的这种努力，委实触摸的是农民的喜怒哀乐，诉说的是农民的酸甜苦辣，探索的是农民的百味人生。我觉得在这一点上，李印功达到他的目的了。

他能够获得这样的反响，我不敢说什么大获成功，但不能不说，他至少是获得了读者听众的普遍关注和热情的肯定，此刻的点击量达到51万就是一个明证。所以，我想他多少是达到了自己欲达之目标。他说他的作品"没有章法，随性而为"，这倒使作品更具有了活气，少了模式化的束缚，让他内心的感受自然涌流。这样涌流出来的东西恰恰切中了生活的本真，让普罗大众都那样喜欢，我觉得就是一种成功。

哪一个作家不希望自己的作品拥有广大的受众？谁不喜欢呢？我了解到，现在好多业余作家，写得还不错的，自费出版以后，能印个三五千册就行了，赠发给亲朋好友完事。一部长篇小说出版之后，能够发行1万册以上，那就很不错了，很让人高兴了。《野女镇》点击量能达到50多万，这是多么喜人的现象，是多么让人感到吃惊的一件事。这仅仅是"喜马拉雅"上的点击量，再加上前面在文谭网上的阅读人数，那就更多了。

再者，以这次火热的现象作为分析实例，得出的结论是：中国的民众特别是广大的草根民众，对通俗小说是有强烈的需求的。这一点需引起注意。其实过去在中国的广大区域，存在着一个深厚的通俗文学或者通俗艺术的土壤。比如说，在陕西秦腔的传统戏曲舞台上，就保留了一系列作品，本就是扎根在传统文化里，叫作通俗文学通俗戏曲那样一个路径。秦腔里的《懒婆娘》《屎巴牛招亲》《看女》，仅听这个小戏的名字，就能猜出来它的大体内容。《看女》是丑角戏，也是独角戏。舞台上这个婆婆要去看望出嫁的女儿，听说她在婆家受了委屈，就打算去女儿婆家给女儿撑腰，活灵活现地塑造出一个偏爱女儿而嫌弃媳妇的婆婆形象。一说女儿就心疼得不得了，一说媳妇，嘴就撇到一边了。女儿多好，媳妇多糟。小戏讽刺了人间这样一种偏狭心理。还有什么《张古董借妻》《钱五舔尻子》《打脏婆娘》，光听这戏名，你就知道它是植根于大众的戏曲。当然，这是传统的东西，里面也少不了旧时代的痕迹。我们只是借此就大众化通俗化来言说问题而已。

这样的故事就是深深地扎根在民间的。我强调它的民间性，但我们把民间性的创作路径给断了。现在我们看不到这样的作品，找不到非常好玩有趣的东西了。东北的二人转为什么那么火爆？它就是通俗化大众化，你也可以说它就是民间化，它不那么高大上，它不是那样的东西。它就是打情骂俏、家长里短、民间趣味，它就是那些俗文化的东西。但它具有深厚的民情基础，老百姓就是要有趣好玩，我们的生活里也有这些故事的深厚土壤。但我绝不是以这个来否定我们的精英文化。我们也清晰地看到，有一些人终其一生也达不到精英文学所要求的那样一个层级，他就是在这个层级之下。广大的民众所处的那样一种文学接受状态是有不同层级划分的，我们过去把草根所需要的娱乐性的东西压制了，这一块被忽略太久了，这是我的感触。

主持人：你觉得未来像李印功这类作品，还有没有一个较大的受众群？

仵埂：我的回答是肯定的。中国的民间草根文学一定会有一个广泛的受众群体，而且此刻正方兴未艾。大家可能忽略了一个事实——网络小说的活跃程度。正规出版的作品卖不了两三千册，但网络那些写手，在纸媒作家眼里可能登不上台面，其点击量往往令人吃惊。网络提供了一个极其广阔的空间，在我们的未来发展中，一定要有一个明晰的认知：这就是分级分层。对作家来说，自己须得明白，你的作品的读者是哪一层级；对我们搞评论的来说也一样，你在下判断时，是以哪一层级的标尺在下判断。这一点我们要搞明白。天下所有的东西都是分层的，不要想着我用一个尺度衡量尽天下的一切。这就好像买东西一样，有极高端的消费，叫奢侈品消费；也有极低端的消费，那就是最基本生活面的消费。从极低端到极高端，中间还有多个层级划分。物质化的商品消费如此，文化的消费也是这样，也有一个丰富的消费层级。有的人总是习惯于用一个尺度衡量天下所有人的消费愿望，就好像文化的消费必然都是高级的，都是高大上的，都是最高顶级的那一种。他们认为读者都是喜欢看到深刻的、形而上的、充满理想的宏大作品，实际上，那些东西距离底层大众十分遥远，难道不是这样吗？

所以说，我们对大众文化消费这一块确实长期忽略了。主持人提的这个问题，也激发了我。我觉得未来我们的文化消费，其实就是各找各的好，各爱自己所爱。你喜欢精英文学，那你就找精英作品去读；我喜欢市井言情小说，就找市井言情小说去看，每一个人都能获得自己的满足。我不能因为我喜欢《红楼梦》，就来贬低那些喜欢张恨水《啼笑因缘》的读者，两者就不是一个道上的东西，完全不一样，是两个不同的路径。文学在发展中是分有层级的，网络提供了一个极其广阔的可能性，你可以在平台上找到极高级的哲学讲座，也可以找到普通大众喜欢的穷小子娶了富豪女的香艳故事。我说通俗小说有未来性，也是从社会的发展趋向做推断的。《野女镇》当然就属于借助于网络而走红的通俗小说。

现在新一代年轻作家，如80后90后们，他们写出的那些通俗化作品，题材发生了重大变化，人物故事的发生背景，不再是乡村而成了都市。他们笔下的都市，不是严肃文学那种写法，而是通俗小说写法，追求的是热闹好看，也可能你说它胡编乱造，但它有一些非常大的受众群。当然我们也希望它有所提升，通俗小说也有通俗的标尺，有通俗的提升版，不能比烂，认为写得烂就是通俗，显然不是。我想，在通俗小说的未来发展中，在它的自然竞争之中，会有好作品胜出。好多写手都去写，放到网上竞争，让读者筛选，那样就会有好多好作品呈现。好比说《野女镇》这部小说，大家喜欢，于是点击量就上去了。差的作品，自然点击量很低，这样一个竞争性，会形成一个良性的结果。通俗里也有高下之分。

这样观察通俗文学的发展，让它自由竞争，其中一些质地比较好的作品当然就出来了。好比我们买一个商品，尽管也在大众化层级，但有多个生产厂家在做，我们有选择余地，最后选出的就成为大众品牌了。哪怕我买一个杯子，这个杯子属于普通老百姓消费的范围，一个10块钱。同类价格有好几个厂家的产品，在这几个厂家中，就有做得好的厂家，肯定它的产品就卖得好。通俗小说也是一样，我用消费层级来表达这一观念，一个是商品消费层次，一个是精神文化消费层次，但道理是一样的。

文化消费也是分层次的，我一讲大家都明白，不是说只有一个高级的东西，只有豪车作为唯一标尺，大众消费的那个东西也有旺盛需求。50万元以上的好车，好尽管也好，但它不是我的财力所及的范围。高端、中端、低端，我只选我想要的那一端。大家能这样理解商品消费，却不理解精神消费，认为精神消费人人都在高端的那个层级，不是这样的。你做深入的调研统计，就能理解这一点。我认为，网络给我们提供了这样一个好平台，这个平台是杂树生花的，各种各样的花都同在竞放盛开，跟杂草拥在一起，相竞而长。各开各的花，你开你的大红花，我开我的小蓝花，它开它的野菊花。各是各的色，各有各的好。各自开放，才构成百花齐放，构成春天。

我觉得是这样，所以说我认为这一块一定要关注，我也曾经有意识去了解。网上那些通俗读物，有很大的受众群。当然也有待提升，很多作品也存在问题，但是我觉得应该给它发展的空间，不要一棍子打死，因为现在看起来比较烂，然后马上禁止它发展。我觉得让它自然竞争，不好的东西就会被慢慢淘汰。所以说通俗文学这一块，我认为还是有一个远大未来的。

主持人：我们的时间到了，谢谢您跟大家分享您的观点，谢谢您的精彩点评。

仵埂：好，谢谢主持人，谢谢听众朋友！很高兴跟大家有这样一段时光，分享我对小说艺术的看法，谢谢大家。再见。①

---

① 2022年7月31日8:21，《野女镇》在网上播放点击量达51万！本对话整理之时，点击量已经超过100万。

V.
小说流变与理论探微

陕西短篇小说 60 年之流变

　　陕西短篇小说的发展,从 1954 年作家协会成立到 2014 年,整整走了 60 年。60 年一个甲子,按照国人宿命的说法,60 年就是一个轮回了。细细思之,小说也的确走了一个轮回。当然,这个轮回,是体现在抽象意义上的相类,是"见山还是山"式的新阶段,尽管它有惊人的相像之处。以短篇小说而言,其从 20 世纪 50 年代国家命题式的主题立意,走到了现今的丰富驳杂、漫无边际,其在叙事手法上,由写实主义到当今的各种写作手法并陈的多元化格局;在人物形象上,从当年的高、大、上人物,发展到当今功利化,以个人利害欲念为唯一动因的人物。上述发展脉络,可见小说艺术在社会历史的流向裹挟中,实为敏感的艺术形式,它总是强烈地将时代印痕留取下来,以生动鲜活的人物和故事为历史立此存照,留下一个个永不泯灭的标本样态。从更深的意义上讲,小说也开拓了我们的生活视野,拓宽了我们对于自身的认知。

一

　　陕西短篇小说,在 20 世纪 50—60 年代,当以王汶石、杜鹏程为其代表。彼时,陕西作家群体里,当然还有一个无法忽略的人物,那就是柳青。但是柳青从《种谷记》和《铜墙铁壁》之后,已经有了更加宏伟的想法,其目光已经从短篇里脱出,凝视着前方的鸿篇巨制,欲以其承载宏大开阔的社会历史画卷。所以,1954 年之后,小东西他只写了一个,就是《狠透铁》,但这个作品,几易其稿,到最后定型,已经有了

4万字，是一个中篇的规模了。短篇小说他几未涉及。陕西这三位作家里，对短篇小说用力最勤的，当是王汶石了。王汶石的短篇，描写的还是村庄里的农民故事，这也是当时大势，农村题材在那个时代占有绝对优势。所不同的是王汶石在小说艺术的建构上，能别出心裁，塑造出具有鲜活个性特征的新颖人物，如《新结识的伙伴》中的腊月、吴淑兰，《大木匠》中的大木匠，都能以活灵活现的形象呈现在读者眼前。

20世纪50—60年代，王汶石的短篇受到文学界普遍关注，大获好评。杜鹏程的《夜走灵官峡》也被选进各种选本。当然，除了他的短篇外，他的长篇《保卫延安》也为他获得了巨大的艺术声誉。在这个特定的历史时期，王汶石的短篇小说艺术成就，达到了那个时代的高点。毋庸讳言，作家所抒写的对象，大都具有一定的时代规定性。但即使在这种规定性之下，戴着镣铐跳舞，他还是能跳出自己的精彩来，这已经十分不易了。今天，我们回头来看王汶石的作品，时代气息扑面而来，这个气息有这样两方面的特征：一方面，是这个时代的人群。我们通过小说感受到的时代的氛围，是热火朝天的社会主义建设。在这个洪流里，小说主人公的精神特征就是克己奉公，无私奉献。人物之间的冲突，也必是先进与落后、进步与倒退之间的冲突。今天，我们冷静地审视那个时代，感知那个时代的特殊氛围，就会发现，在狂热的理想激情下，人们对未来对当下的所作所为，还是有着发自内心的真情，有着诚恳性在其中。就是说，人们在面对时代所描画的未来理想时，是真诚地相信那个未来美景就在前面，个人为那个未来宏图做出牺牲是有价值的，这是那个时代作家笔下人物的共性。王汶石笔下的那两个亲密而又带有竞争关系的女伙伴——吴淑兰和腊月。吴淑兰性格内敛，不多言语，但是心性要强；腊月活泼大方，快人快语。为了争得红旗，腊月明着叫板，吴淑兰暗中使劲，但都为着这样一个明亮目标而使出浑身解数。杜鹏程的《夜走灵官峡》中，作者以采访者的视角进入故事，写"我"到铁路建筑工地去采访，深入到一个工人宿舍，看到宿舍里只有一个男孩和一个熟睡的女孩。通过这个七八岁男孩的眼睛和感受，抒写战斗在铁路建设工地上的工人生活。爸爸开山放炮，妈妈指挥工地运输线上的交通。小说通过对话的形式侧写工人的建设热情和精神风貌。小男孩问我明天还会不会下雪，"我"说："成渝！明天还下雪，是不是你就不能出去玩啦？"他懒得看"我"，说："爸爸说，明天还下雪，就要停工哩！"用小孩视角，反映爸爸对停工的忧虑和对工程进度的急切牵挂。小说中还有一个细节，说"我"冻得不行，为了取暖，跺着脚。"成渝咬住嘴唇，又抡手，又瞪眼睛。我懂得他的意思了：怕我把他的妹妹惊醒。我说：'你对妹妹倒挺关心！'他说：'妈妈说，我的印（任）务是看妹妹。妈妈回来，我就下班了！''啊！你也天天上班！'我把他搂在怀里说，'妈妈干啥去啦？'他指了指石洞下面的运输便道。我顺着他的手望去，只见一个人站在便道旁边的电线杆子下，已经变成一个雪人，像一尊石像。看样子，她是指挥交通的。"这样一个家庭，包括小男孩在内，都在为三线建设各司其职，勤奋努力着。那个时代忘我工作的氛围，跃然纸上。王汶石笔下的大木匠，也是这样一个忘我的人。女婿第一次上门，桃叶妈让丈夫大木匠上街去采办物品，他竟蹲在铁匠铺子前出神了，把媳妇交代给他买物品的钱买了条铁，他心里只惦记着对新式农具的发明。等回到家里，才想起自己去集镇要置办的货物。当然免不了受到桃叶妈的一顿数落责难。好在女婿通情达理，也跟他一样对新式农具着迷，最后是皆大欢喜。权宽浮的《牧场雪莲花》，描写一个叫薛莲花的姑娘，跟随牧场老人老梁学剪羊毛的故事，她爽朗热情，不嫌苦不怕累，夜晚也偷偷学艺，与老人建立起深厚情感，成为雪域一朵名副其实的纯净高洁的雪莲花。

曾经历经那个时代的人，一定会有切肤的感受。作家在创作他笔下的人物时，也是真诚相信笔下的现实，因为笔下的现实不是作家的随意捏造和杜撰，而是人物在现实生活中的忘我奉献，以及群众的劳动热情和牺牲精神。所以说，作家笔下的人物，并不全是作家无奈地依照时代的规定性而凭空想象出的。在社会主义建设热潮烘托之下，人物的这种精神，也多少真实地呈现在现实的大地上。虽然以今天的眼光来观察判断，认为合作社是我们所走的弯路，但它无疑也是一场失败而宏伟的实验。

所以，这个时期的作品，也反映了它主流的生活现实和社会现象，是那个时代社会面貌的写照。我想，再过若干年，当中国人再回头审视自己曾经走过的这一段道路时，一定会有比现在更为复杂更为丰富也更为深刻的感受，因为他们曾经怀抱伟大理想，为着这个理想而充满激情而奉献而舍身，为之去战斗去奋争，去流血流汗。这在一个极为自私的时代，一个功利主义横溢的时代，一个将个人的利害打算作为唯一准则的时代，仿佛是虚构杜撰而不可想象的。

另一方面，这个时代也的确具有了一些我们不愿看到并且在此后的发展中成为灾难的东西，就是在这种激情下所形成的狂热，这股狂热带来诗情一般的"大跃进"和人民公社，进而形成了灾难性的后果。所以，作家笔下的规约，比如，作家所描写的对象，所描写的生活，对生活和人物的理解和看法，实际上缺少了作家的自我选择，因为其标准已经悬在那儿了，没有作家自我选择的余地。比如，对于入社，那当然是只能说好，不能说坏，正面人物必然是说入社好，只有落后人物和反面人物才会反对入社。这样的人物，作家笔下只能赞誉而不能贬抑，如此，作品中人物的生活就成为提前被设定的生活。作家的创作自由，只是有限地写出符合社会大潮的正面人物，或者加上对这个潮流质疑或反对的反面人物。不同作家笔下刻画出的人物，因其趋同性或者对生活世相的一致性而失去本质差异，失去光泽，失去了生活另一面的真容真相。这一点发展到最后，到达"文革"时，也就只剩下了八个样板戏。其余的艺术作品艺术形态，全都有了问题。即使没有问题，在此严酷的氛围下，让作家去写，恐怕也只能写出《金光大道》《艳阳天》之类的东西。

王汶石的作品《风雪之夜》，曾在一个时段内，产生了较大的影响。这个短篇的背景是1956年的第一个黎明，在北方，正是隆冬季节，天还下着雪，乡支书杨明远风风火火验收新建社，在很短时间内大家都入社了，验收都来不及，人们的热情高得很。然后是杨明远看着槐旺和振家制定生产计划书，两人争论不下，槐旺计划明年的亩产是360斤，而振家觉得槐旺简直是"胡抢哩"，怎么可能亩产360斤，他定的计划是亩产290斤。两人争执不下，杨明远支持槐旺，觉得定目标，高一些才能调动劲头。而后来上面的领导严区书来了，他给定的目标是亩产420斤，并且一一算过，最后大家都心服口服。在这样一个风雪之夜，严区书还是赶回区里，布置明天的动员大会，这时候已经是黎明五点，雄鸡已经叫第三遍了。雪越下越大，瑞雪兆丰年，又是一个好年头。在这种狂热驱动下，我们依稀可以看到1958年"大跃进"时期的症候，王汶石写作这个短篇的时候，还是1956年年初，发表在《人民文学》第3期。作家总是有一根敏感的神经，他的作品也预示了下一场巨大狂热的来临。

二

改革开放后，文学创作环境大大改变，小说创作呈井喷之势，而在改革开放初期，短篇小说成为小说创作的主要形式。陕西作家在全国的创作格局里，实力雄厚，算得上是重镇，因而广受关注。这时候涌现出的作家有陈忠实、贾平凹、路遥、京夫、邹志安、莫伸、高建群、王晓新、杨争光等等。全国优秀短篇小说奖从1978年开始评选，这是一个当时影响极为广泛的奖项，陈忠实、贾平凹、莫伸、京夫、邹志安、王戈等，都获得过这项大奖。足见陕西省在短篇小说创作中的实力。

贾平凹的《满月儿》、陈忠实的《信任》、莫伸的《窗口》、京夫的《手杖》和邹志安的《支书下台唱大戏》等作品，代表了这个时期创作的实绩。通过他们的作品，我们可以窥见创作的转向，也可见出当下小说与历史的传承关联，它承接了20世纪50—60年代创作的基调与风格。贾平凹的《满月儿》创作于1978年，表现的是一对农村姐妹的生活和志趣。姐姐叫满儿，是乡上农科站的技术员，爱学习，肯钻研，搞育种，还培育了新的小麦品种。她喜欢钻研英语，感觉英语是科研工作离不开的一门工具。妹妹月儿是一个活泼开朗的姑娘，人未到笑声先到，满院子都洋溢着她快乐的笑声。她与姐姐的性格构成强烈的反差。她不喜欢学习，不喜欢科研，帮姐姐采集小麦标本，结果不慎把几株小麦标本搞丢了，惹得姐姐大发脾气。看到姐姐经常收到来信，偷偷告诉"我"说，姐姐在谈恋爱，趁姐姐不在的时候，她将姐姐的来信让"我"看，"我"为她读了姐姐的来信，她一听，这些来信，原来都是讨论科研方面问题的。为之她深受感动，心生向姐姐学习的愿望。大队让她参加人造平原的测量，她决心学好测量方面的知识，也成为一个像姐姐那样优秀的人。《满月儿》在人物结构方面，受到了王汶石《新结识的伙伴》的影响，同是一对性格对比鲜明的人物，一明一暗，一内敛一明快，相映成趣。小说的主题，沿袭着20世纪50—60年代小说的叙事路径，从竞争搞建设，变为搞科研。人物的内心世界，显得单薄了一些，有着宏大叙事所遗留下的痕迹。陈忠实的《信任》，在小说主题设计上，具有强烈的问题意识，这是一个令人感到喜悦的时代变化。这篇小说写于中国刚刚解冻的1979年5月，作品所观照的问题是，过激的"四清"整风运动，造成了农村基层干部之间、干部与群众之间难以消弭的伤害。他塑造了罗坤这个老村支书的形象。"四清"运动中，罗坤被补划为地主分子，而贫协主任罗梦田老汉就是这一事件中的积极参与者。现在，十几年的冤屈终于昭雪，罗坤平反了，重新成为村支书。小说开头，作者通过一场打架斗殴事件引入故事。肇事者为罗坤的儿子罗虎，他找大顺的碴儿，寻衅将其打了一顿，出了多年窝在心头的一口气。大顺就是贫协主任罗梦田的儿子。作者以倒叙的方法，回忆了罗坤如何被错划为地主，如何被戴高帽游街，妻子如何不堪屈辱而自尽，儿子如何被别人欺负，等等。但是，罗坤面对儿子今天打大顺一事，秉公办事，叫来派出所，将自己的儿子依法拘留。这一处理，让贫协主任罗梦田老汉震动，也化解了他们之间多年构成的矛盾。小说描写了以罗坤为代表的乡村干部身上的高风亮节，在出现问题时，能够不计前嫌、秉公办事，这是这一时期作品的总体基调。在这样的总基调之下，我们还是看到不同作家所关注问题的侧重。陈忠实所着眼的问题是，在历次运动的不当整肃下，基层干部精神心理所受到的深重伤害。20世纪70年代末期发生影响的作品还有莫伸的《窗口》，京夫的《手杖》等。《窗口》写一个车站女售票员的故事。她工作极端负责，待乘客如亲人，有着超常的工作热情。在行业的一次技术竞赛中,她能一口报上来大大小小各个车站的距离和票价,能够准确地为顾客提供咨询服务,也因此争得时间,成功抢救了一个病危的人。她忘我工作的精神不被男朋友小路理解,两人因此而闹别扭,没想到她救的这个病人就是小路的妹妹,两人顿时前嫌尽释。京夫的《手杖》也是表现一个山区打柴老人的动人品德,他每次到"我"这儿卖柴只收两元钱,还要将粗的刹细,长的刹短,遇上吃饭的时候,他拿出自己带的干馍泡着吃,多给他一点钱或物,他一定要退回来。这是一个令人尊敬的老人,依靠自己的劳动,很有尊严地活着。他的勤劳善良和刚正人格,正是中华民族的一种传统美德。《手杖》写于1979年末,已能见出短篇创作开始向更深广的人性领域拓展,它已经不是简单的好人好事描写了。

三

短篇小说的发展,伴随着时代命题的展开而深化。到20世纪80年代后,已经有了根本性的变化,作品所触及的社会命题,尖锐而深刻;小说的创作手法,也大量吸纳域外艺术,呈现出异彩纷呈的景观。作品表现的视域,也颇为开阔,对比前一阶段的小说,具有明显的超越,可以说,构成了陕西省当代短篇小说发展的一个高峰阶段。这一时期的陈忠实、贾平凹、路遥,都有堪称精彩的作品呈现,同时也涌现出像杨争光、王晓新、高建群、叶广芩、冯积岐、王蓬、红柯、黄建国等一批优秀作家。

路遥的《姐姐》写于1981年,他不愧是一个具有卓识的作家。这个时候,他已经开始思考城乡差异化的问题。《姐姐》所表现的,正是城乡的撕裂和地位的撕裂所构成的爱情撕裂。姐姐已经27岁了,却一直不嫁,原来她在悄悄等待一个人,她所等待的这个心上人,是过去下乡到姐姐村子的知青。他父母是省级干部,被打倒了,他成了"黑帮分子"的后代。政治上没有前途,周围人也不待见,眼见一块儿下乡的同伴一个一个都被招工招走了,他还是无望地待在村里。这个时候,最能给他安慰和希望的就是姐姐对他的爱,他发誓要爱姐姐一辈子。但是,不久他的父母平反,他也考上了北京的大学。当姐姐为他要回来探望她而欣喜之时,却收到他的一封绝交信。这样一个悲戚的故事,1981年的路遥,没有为这样的撕裂而构筑起一个喜剧化的完满结局,而是将这个带血的伤口呈现出来,让读者看到了生活中令人震颤的感动和心悸,这是路遥厉害的地方。当然,他以此开始,1982年就发表了影响巨大的中篇小说《人生》。其中所关注的问题,依然是城乡鸿沟带来的人与人之间身份的差异性,以及这种身份的不平等带来的撕裂和疼痛,与《姐姐》里所思索的问题具有一致性。

杨争光的短篇小说创作,从1986年到20世纪90年代初,有一个爆发期。他曾经在陕北蹲了一段时间,回来后就创作了以陕北农村生活为题材的一系列作品。后来的作品主要写自己的生活母地——关中农民生活。他的短篇有极为鲜明的风格性,有点像海明威"冰山理论"下的实践,人物的对话和环境描写非常简约准确,而且把作者自己的情感与思想隐藏起来,让人看到的仅是浮出海面的八分之一。读者甚至见不到作家自我在作品中的讲述,不知道他的情感倾向。作者对笔下的人和事,只是冰冷冷地叙述出来,把自己藏在生活答案的背后。这样一种小说写法,在我们原来的小说格局里,还极为罕见。作者写了生存环境对人物的无形控制和制约,人的生存自然化动物化,生存的自然状态使人对生存的热情减弱,生存也因此极具脆性。在《高坎的儿子》中,高坎因为儿子多"喝了几杯",就在众人面前骂了他,儿子认为丢了脸,要"死给他看",说死就真的上吊了。死得随意而平静。作者不动声色地将这一切描写出来。没有渲染没有议论没有带有倾向性的暗示或解释,就这样不动声色。黄建国是一个只写短篇的作家,他与杨争光是同乡同学,其风格性非常接近相像。他的描摹对象主要是关中地区的农民生活。叙述简约含蓄,绝不渲染夸张、拖泥带水。人物的心理活动极原始极单纯。作者将小说具体的社会和道德内容轻轻推开,或者说将它悬置,重心去寻找人物动因的某个点。这个点甚至是孤零零的,没有具体社会背景和历史内容以及道德依凭。

这一时期小说风格的变化，还体现在具有西部风格的作品上。这方面的代表性作家有王观胜、红柯等。本选集收录了王观胜的《匹马天山》。王观胜的作品，表现西部汉子的粗犷豪放，他将人物放在天山下、牧场上，以粗粝的环境衬托现代文明的精致化。可以看出，人物豪放的生命情怀，是对过分政治化和文化禁锢的一个反叛，是在吁请被长期压抑的人性之解放。所以，《匹马天山》里的人物，大口喝酒大碗吃面，粗嗓门说话，满溢着一股子不事雕琢的生命豪情。对待感情，既热情奔放，洒脱随意，又执着炽热，令人难忘。红柯的《美丽奴羊》，也是写戈壁写牧场，写屠夫写牧人，写空中的鹞鹰。作品在审美趣味上，与王观胜相类，都是展示西部的雄奇苍劲，展示人物粗犷豪迈的禀赋个性。不同的是，红柯的作品，想象力更为丰富，表达意象具有了某种叙述的客观化成分。比如，他写屠夫宰羊，将屠宰写得像音乐节奏一样的美妙，在审美感受中，添加了另一种味道、另一些要素。这点在后来的作家作品里，更是发展为一种写作时尚。

冯积岐对生命有着特殊的体认，选集中收录了他的两篇作品，正是其对不同人生境遇的深刻挖掘，你总是感到他在观察感受生活时，具有独特的视角和价值取向。一个是失明的唢呐王三，一个是屠夫。唢呐王三钟爱他的唢呐，唢呐成为他倾吐心声的倾听者、对话者；屠夫钟爱他的柳叶刀，柳叶刀对屠夫也便具有特殊的情感要素。人在活动的对象中成为人自身。这些都是作家对人性的多种可能性的展开。这种展开，在冯积岐笔下，有着作家叙述的情感渗入，有着我们对唢呐王三的深切同情。但是在《刀子》里的屠夫，却具有了另一种味道和意义，是另一种我们所不熟悉的人性的展开。这种展开，提出了新的审美课题。就是说，放在小说的道德伦理中，他应该处于何种位置，这是一个问题。而此后小说描写域的转向，更是向着这一特征发展。

四

短篇小说创作在新世纪前后的表现，沿袭 20 世纪 90 年代的路径继续迈进,其主要表现特征为,作家们渐从原有国家意识形态的强固叙述框架中脱出,而进入一个相对自由的写作环境。作家笔下的人物形象,面貌各异,异彩纷呈。但是相伴而来的问题是,作品中具有伦理要素的主题普遍弱化,作家将描摹奇特人生和怪异心理作为叙事诉求。李春平在《脚》中,描写了一个叫牛头的男人,娶了大丫,心里爱得要死,但是却生出烦恼。原来大丫总是往娘家跑,并且穿回一双皮鞋,自己嘴里却含混说不清价钱。他知道这是那个温州卖皮鞋的商人送的,这让他看见大丫的脚就不舒服。于是,有一天他说要剁掉大丫的脚,大丫说:"你剁吧,你不剁就不姓牛。"结果,牛头果真将大丫的右脚剁掉了。牛头将大丫背去医院,然后到公安局自首,最后判了两年刑。大丫父母恳求监狱监外执行,说对牛头最好的惩罚就是让他伺候大丫,不然,大丫怎么生活呢?牛头回到了家,说他愿意为大丫做牛做马,给大丫端饭递水,剪指甲,洗裤头,好得不能再好了。他还继续在鞭炮厂管理库房。他将大丫的脚埋了,大丫还吩咐他给坟上栽了树。不久,鞭炮厂的库房发生爆炸,厂里唯独少了牛头,连他的一丁点儿痕迹都找不到。大丫不信,自己去找,最后果然有发现,牛头的一条左腿横在埋葬大丫右脚的坟上。这样一个故事,像是怪味胡豆,故事乖张离奇却颇有意味。

  许多70后、80后的年轻作家,在寻找叙事对象时,会从常态的生活里,逃向一种非常态的离奇的人生故事里。或者说,普遍性的社会生活冲突和矛盾,不是被有意回避,就是作家的审美取向改变,使得作家对时代所具有的命题,缺乏有效回应。迷离的故事与奇异的人生,易于使作家走向猎奇之路。当然,奇异人生也算是小说选材的路径之一,但是这一取向的扩展和势头,使我们在小说的发展中,不得不呼唤那些真正触动现实生活神经的作品。作家过多滑入猎奇和莫名的奇异故事里,是否偏离了小说之大道?进入一个作家视野的东西是什么,取决于作家的教养出身、个性禀赋、审美趣味等要素,但努力提升自己的境界,不失为扩展小说天地的有效途径。

  年轻作家免不了以自我的生活感觉作为叙事的中心,这当然也是一种局限。但是若能深深打动人物的内心深处,通达人物内心幽暗未明的区域，向人们展示出别一种灵魂状态，还是具有一种认识价值的。杨则纬的《文身》，就是一篇没有多少情节构架，但是涌满了海洋一般细节的小说。整个小说，仿佛是生活之流堆砌而成。她的故事大都是都市生活，是当下年轻人的生活形态。与前代"城籍农裔"的作者相比，人物活动的环境变了，或者酒吧或者夜店，或者宾馆或者商场。杨则纬有本领带你进入人物内心，让你从海洋一般的细节推动中对人物发生兴趣。她是一个敢于直面自我的青年作家。然而，由于年轻且生活阅历单薄，故事中的历史文化承载略显不足，但她的未来仍值得期待。

　　陕西短篇小说走了60年，就其叙事指向而言，开始是国家意识形态下的模式化，发展到改革开放后的人生经验和人物样态的复杂多元，再到今天的无所指向，所谓自然化纯客观化，作者有意藏匿了什么，带来模糊性暧昧性的生活再现，往往使读者在阅读中产生"意盲"之感。小说中主体性的隐匿，其实也是当代人失去强大自信的精神感召力的无力表现，信仰缺失，理想远逝，于是就只剩下——上场的物质化功利化人物，作家也不知笔下人物要走向哪里，为什么这样行动。在奇异的故事陈述里，我们看到了人物行动，但行动的逻辑必须性弱化了，我们在作品里不再容易见出作家的主张，人物仿若一个个行走的鬼魅，方可方不可，方不可方可。小说人物的行为动机，失去了一个更为坚实的依凭，人物降落在一个自己也含混不清的暧昧的世界里。这个时候，我们已经清醒地知道我们缺少什么，所缺的那些东西，正在导引小说发展进入一个新时期。

陕军小说创作方阵扫描[1]

提起新时期三十年来的陕西文学,当然,响当当的是路遥、陈忠实、贾平凹。他们三人,齐刷刷获取了国内最具权威的长篇小说奖项——茅盾文学奖,对他们研究的文字,大约和他们的著作一样多,甚或超过了他们著作的数量。但是,本文重点要梳理考察的却是除他们之外的陕西作家。看看这些在巨大身影遮蔽之下的作家的创作状态及未来潜力。

一

红柯[2],近几年来,是一位逐渐取得全国性影响的一个作家。他的一段奇特的经历为他的创作注入了一些异样的元素。红柯本是陕西岐山人,1985年毕业于陕西宝鸡师范学院中文系,以陕西人对故土的眷念情怀,他留在陕西倒合乎常规,然而他却于次年远走新疆,到伊犁州技工学校任语文老师,一待就是十年。1995年冬重回母校宝鸡师院任教。这十年带有漂泊意味的生活,使他游历了新疆的许多奇异的地方,住过哈萨克人居住的帐篷,游历过维吾尔人的牧场,跟锡伯族人谈天,他不是浮光掠影式的猎奇,而是深入他们的生活里,了解他们。这块奇异的西

---

[1] 本文原载于《宝鸡文理学院学报》2010年第1期。
[2] 红柯长篇小说:《美丽奴羊》,百花文艺出版社1998年11月版;《西去的骑手》,云南人民出版社2002年1月版;《天下无事》,河南文艺出版社2002年3月版;《乌尔禾》,北京十月文艺出版社2007年4月版。

域之地，构成了红柯取之不竭的创作源泉。他的一系列作品，《美丽奴羊》《西去的骑手》《乌尔禾》等等，都能看出天山南北对他精神世界的强烈影响。西部生活不仅给了他写作的源泉，而且赋予他奇特的力量，使他的作品里饱含超凡的精神张力。他笔下的人物，比如《西去的骑手》里的尕司令，身上就携带着洪流般的气势和力量。《乌尔禾》也具有着相同的审美情调。这是红柯刚出版的一部长篇，乌尔禾是一个地名，位于准噶尔盆地西北边缘，蒙古语里，乌尔禾意为"套子"。从前这里草木丛生，遍地野兔，当地牧民惯下套子猎兔，因此得名。小说《乌尔禾》叙述了在此地生活的两个男子和一个名叫燕子的女子之间的情感故事。红柯作品具有瑰丽雄奇的想象力，他善于将神话与现实融合，使现代与远古交相辉映。远古之时，蒙古族猎手海力布，从鸟儿那里听到灾难即将来临的消息，为了将这个消息告知草原上的每个牧人，不惜自己变成石头。作者将这个流传已久的动人故事赋予新的时代内容，一位乌尔禾的汉族战斗英雄具有了神话人物海力布的灵魂。借此作者为读者展现出一幅新疆戈壁草原蒙古族人的生活广阔画卷。红柯有许多神妙的感知和比拟，比如，他说站在戈壁滩上观察兔子，会觉得兔子就如同维吾尔人的手鼓，把大地都敲响了。

我尤为喜欢他的《天下无事》，他解构历史的力量让人感佩。同样的三国故事，同样的刘禅，在作者笔下，刘禅眼里是"天下无事"。你要天下我给你，不就无事了吗？为什么一定要打打杀杀呢？从现代人的眼里，我们重新认识了这段历史，重新认识了刘禅，觉得他实在是荒唐里带着可爱，也实在是谬误里含着真知。可惜天下充满了太多欲霸天下的人，这样只有杀得血流成河了。红柯凭借着《西去的骑手》和《乌尔禾》，连续在第六届、第七届茅盾文学奖评选中，都入围终评名单，离摘取桂冠大约只有一步之遥了。

马玉琛是一位极其低调的作家，他的长篇《金石记》[①]，由人民文学出版社出版，是一部不可多得的好作品。《金石记》写的是古董商，

---

① 马玉琛长篇小说《金石记》，人民文学出版社 2007 年 11 月版。

背景是长安城,那个叫齐明刀的,则是贯穿故事始终的人物。小说写的是现代生活,却营造了浓厚的古风遗韵,字里行间荡漾着中国传统文化的神韵。人物性格,气质神采,灌注着古代士人的气脉,他们仿佛系带着千古幽魂走向我们,让读者见识了什么是仁厚,什么是大义,什么是礼仪,什么是精神。金厅长去美国,古董行众人为之饯行,作者借齐明刀之眼,写出了一个高蹈凌虚的杜大爷。杜大爷和楚灵璧的爱恋,写得美轮美奂,荡气回肠。作者回避了在当代作品中常见的对性爱的煽情性刻画,而着力抒写人物的精神气韵。作者用诗一般的笔触,咏歌了他们隽永深沉又超凡绝俗的情爱,"杜大爷暗暗叹道:玉老天荒。楚灵璧轻轻嘘气:灵璧迟暮。两个人彼此都听到了对方心灵深处的声音。"杜大爷的临了遗恨,楚灵璧的动情诗句,写得丝丝入扣,幻矣美矣!情矣泪矣!这才是令人神往的情爱,是传承着千年古韵又具有现代意味的诗性之爱。

马玉琛在小说里构筑了令人着迷的古典文化情调,开创出了一条新路径。这条路径,从五四时代以降,就被荒疏了。连同我们的语言,也逐渐远离我们的传统。欧化的语言、欧化的人物特征、欧化的小说氛围,中国格调中国气派日益弱化。进入马玉琛的《金石记》里,我们仿佛回到了真正的中国,见到了我们熟悉亲切的人物和文化。难能可贵的是,他营造出了一个新的世界,新的价值,为人物的活动安排了一幅无限辽远的中国式天幕,他用大写的独特的中国文化酿造了一壶美酒。我对马玉琛的创作抱着深深的期待。

方英文[①]智慧而幽默,他出生于陕南镇安,但他的两部长篇,写的却全是都市生活,我总是奇怪地认为,一般说来,作家精神的生长之地大体总是和他的出生母地相关,所以,其写作常常是在其母地获取灵异的力量和资源。方英文的第一部长篇叫《落红》,故事和人物写得很有味道,主人公叫唐子羽,不期而然当了副局长,他有两朵玫瑰——妻子

[①] 方英文:《落红》,长江文艺出版社2002年2月版;《后花园》,上海人民出版社2008年1月版。

与情人,他既热爱红玫瑰也热爱白玫瑰,春风掠过之时,周旋于"红""白"之间而得意;背运倒霉之时,"红""白"相煎急,他就被架在了火上。他的命运,因了张贴在墙上的一份学习心得而转折,这份心得里,没小心加进一段黄段子,恰被检查团看见,丢了乌纱帽。在此心境下,他的红玫瑰要约见他,他口袋里带上了要送给她的纱巾,还没拿出却被红玫瑰误认为"是那个臭婊子送的"。回到家后,白玫瑰因为他没有帮她找熟人竞争工会主席而气恼,恼怒之下让他把她织的毛衣脱了,他在寒风中不期然走到了那块为自己定好的墓地,不由潸然泪下。在这部小说里,可以看出作家体悟人生命运的荒诞感和悲剧感,可以看出作家所具有的钱钟书式的幽默和推进人物运行的罗织细节的功底。他的第二部长篇《后花园》,在小说的故事结构上显得散漫,人物之间也缺乏紧张感,作者想表达的主旨似乎没有很好传递出来。但小说的语言实在精致,常逗引读者不能放下。

二

作协文联系统,不断显示其创作实绩且有广泛影响的作家有,高建群、叶广芩、冯积岐等。高建群[①]因《最后一个匈奴》而获得大名,其实在"东征"之前,高建群已经积蓄了多年的力量,他的实绩早已显现。我就极为喜欢他的那部中篇《遥远的白房子》。20世纪90年代末期,他还推出长篇《愁容骑士》。他在讲故事时,一环套一环,此刻埋伏着下一刻的伏笔,令读者喜爱。作品的内在张力颇大,叙述中可见其力度,北方汉子的豪迈,淋漓地体现在他的作品里。他的第一人称叙述运用得张弛有度,比如,在《愁容骑士》里,他说起当年在部队上驻守过的白房子边防站,说它就位于额尔齐斯河和界河的夹角里。然后说到额尔齐斯河的美丽,这种美丽有桃花源般的诗意想象,河流两边生长着

---

① 高建群:《遥远的白房子》,见《中国作家》1987年第5期;长篇小说《最后一个匈奴》,作家出版社1993年9月版;长篇小说《愁容骑士》,中国文联出版公司1998年10月版。

参天古木，杨树、柳树、白桦树，春潮季节，鱼儿溯流而上，到额尔齐斯河的河汊里产卵，先来的是红色的鲤鱼，最多的是狗鱼，还有五道黑、大白鱼、小白鱼、黄花鱼以及张着贪婪嘴巴的绵鱼。这样的美丽如画的描写之后，作者紧接说到，有一年，额尔齐斯河带给边防站一代小小的难题，而且这个时候正是中苏冲突一触即发的时期。春潮过后，额尔齐斯河与界河的交汇处，露出一块足球场大小的"三不管"地区。珍宝岛事件的导火索，就是中苏双方都认为乌苏里江上那个惹是生非的小岛是属于自己的一侧。作者说，这块小洲被茂密的树林遮蔽，第一个发现的是"我"。同时，"我"在这块绿茵靠近额尔齐斯河的地方，看见了那个后来一直纠缠着"我"的怪物。说穿了，他其实是一棵千年老树的树根而已。然后作者笔锋一转，放下这个"纠缠他的怪物"的悬念，然后叙述他在接受了一个新任务，给边防站雇用的一个哈萨克牧工帮工，接生羊羔。这是他小说的一个小节。从美丽如画的额尔齐斯河到河中冲积出一块小洲，再到人物发现纠缠自己的怪物，层层紧扣，环环推进，一个悬念套着另一个悬念。高建群就是这样，是一个很会设置故事悬念的作家。我还喜欢他作品中的第一人称叙述，跟作品相融得非常好，如但丁《神曲》里的"我"，引着读者去经历地狱天堂。高建群的作品在内容上处于历史与现实之间，既没有亲近当下生活，也不像是历史或传奇，有点儿将现实荡开而去的感觉。

叶广芩有着特别的出身，她属于清朝的叶赫那拉家族，她以家族系列为题材的小说，为自己获得了良好的声誉。其中有《本是同根生》《谁翻乐府凄凉曲》《采桑子》等。叶广芩曾到周至县挂职，写了《老县城》和《青木川》[①]。长篇《青木川》是2007年出版的一部有分量的作品，讲述一个土匪的故事。这个土匪在小说里叫魏富堂，现实原型是魏辅唐。他成为这个三省交界的地方青木川的头领之后，发展地方经济，办绸缎商店，销售油盐布匹，收购山货，使客商云集。还开设了辅友社手工皮革厂、茶馆、旅店、钱庄等，这些理应出现在大城镇的店铺

---

① 叶广芩：《青木川》，太白文艺出版社2007年1月版。

商号，却坐落在这个群山包围的化外之境。更让人惊异的是，这个土匪，自己不大有文化，却对文化一往情深，不满足于简单的商业繁荣，还要办学校、修水利、办剧社。学校也是由小学办到中学，在汉中宁强县是当时唯一的一所私立中学。这个土匪仿佛要在他统治的这个小小区域，建成一个桃花源式的家园，一个理想国。这是我从小说里读出来的联想，本是一个非常值得开掘的地方，但作品似乎写得太实了一点。对人物这一具有纵深感的地方，缺乏大观照。人类的天赋里遗传着构建社会组织形态的自觉追寻，几千年的人类文化史，正是一个不断探索寻求社会制度、组织结构的历史，因而，一个可以从小说中升腾出来的伟大思想，从作家的笔尖溜走了。尽管如此，我还是非常惊异于叶广芩的敏感和卓识。

冯积岐非常勤勉努力。近几年比较重要的能代表他的创作高度的作品是中短篇小说集《我的农民父亲和母亲》、长篇《沉默的季节》《村子》①。他在《我的农民父亲和母亲》自序中说，"我虽然生活在城市里，我写作的背靠点是我的故乡……我在那里度过了美好的童年、伤感的少年和青年中最艰难的岁月，感受和体验了我以后未曾感受和体验的人生的多汁多味。"②冯积岐是一个非常诚挚的作家，我说的不仅是他的为人，更说的是他的作品，是他的作品里体现出的诚挚性。从他的作品里，你可以看到他的精神世界，他对生活和艺术的虔诚。他是将自己深深打进作品里的作家。《沉默的季节》写一个叫周雨言的人，他是一个"黑五类"子弟，属"狗崽子"行列，是被社会所压制的对象。这种压制不仅仅停留于外在形式，也包含在这种外在压制内化为心理的摧残。小说借用周雨言同几个女人的性关系，描写了他的性渴望和性压抑，以及由此而带来的性放纵。特别写了他与宁巧仙的性关系，因为他的被压抑，使他在与宁巧仙的性关系中，也相应呈现出性压抑和性无能。当社会变革之后，他内心的力量逐渐被唤醒，与宁巧仙的性爱又加

---

① 冯积岐：《沉默的季节》，长江文艺出版社 2000 年 12 月版；《村子》，太白文艺出版社 2007 年 1 月版。
② 见《我的农民父亲和母亲》自序，北京燕山出版社 1999 年 2 月版。

进了性宣泄和性放纵的成分。冯积岐在叙述上,人物情感显得细密而黏稠。

《村子》是冯积岐2005年写成的一部长篇,表现在时代变革的过程中,发生在关中西府松陵村几个家族里的故事,描写发生在改革开放后二十年间的事件。这部长篇里,作者重心揭示人物的心理及文化冲突,揭示社会的变革给农民生活方式、情感方式、价值观以及世界观带来的变化。村子里千年累积而成的传统的文化心理,却很难伴随着现代化的进程而彻底发生变化。在这二者冲突中,困惑苦楚萦绕着乡民们。小说中涉及的这一问题,实际上是民族文化的再造再生的大问题。早先农村中作为社会支撑的地主乡绅构成的文化及社会伦理框架,在20世纪50年代之后的革命化和改革开放之后的商品化冲击下崩溃,现代农村需要有什么样的一种文化力量来重建乡村文明?重树乡村人物典范?用什么来安妥农民破碎的灵魂家园?作者认为,《村子》这部长篇的结构、叙述语言及其风格,均有新尝试。"在结构上采用顺时序按编年推进的方式,在叙述上采用节奏较快的钉子式的短句式,并以关中方言来突出小说的地域特性;在写作手法上以写实为主,强化故事的同时,又吸收了西方小说创作中放大西部的手法。"① 作者所敏锐感知的乡村文化建设,的确是一个重大命题!

三

陕西新生代作家,有寇挥、李春平、高鸿、刘晓刚、王晓云、爱琴海等等,他们大都出生于20世纪60年代之后,作品特征及创作方式已有了截然的不同面貌。寇挥②的作品呈现出浓厚的象征主义色彩,比如写"文革"故事,将历史、现实与传说嫁接起来,力图在其中寻觅一种源头,一种解答。寇挥是一个善于哲思的作家。对"文革"的深刻思

---

① 见向红文《和冯积岐一起走进村子》,《陕西日报》2007年3月16日。
② 本文所涉及的寇挥作品有《奇思异想尤骨子》《虎日》《伯邑考新考》等。

考，构成了他作品挥之不去的阴霾，这片乌云是这样执着地笼罩在寇挥头上，让他难以忘怀，并且在作品里怀着极其敏感的警惕。我想，以寇挥的年龄，对"文革"应该记忆淡漠，他毕竟是 60 年代之后出生，在他懂事之后，那场革命已到尾声，但是这个中华民族千载也不能忘却的灾难，却种子一般种在了寇挥的心田里，构成了他一系列作品的背景。在《奇思异想尤骨子》和《虎日》里，作者写了一个改革开放后，一心革命的人物尤骨子，他穿上红军的服装，拿上了标枪，要革村里大款尤今潮的命。有点像堂吉诃德，有点像阿 Q，让人发笑，又促人深思。他的举止，他的理由，恰是前一场革命的充分理由和条件，阅后魂灵震颤。

李春平①是生活在陕南安康的一位作家，从他的作品也可看出，他曾经是政府机关里的一位干部。这样的生活在他的作品里打上了深深的烙印，他写起机关办公室来，显得得心应手，人与人之间的钩心斗角，官场上的表面的波澜不惊，底下的暗潮汹涌，写得很到位。他的长篇《步步高》，塑造了一个县级市领导古长书的形象，这好似一个具有领导艺术和领导智慧的官员，他心里有百姓，也想往上走，既要对付好上级，又要让百姓满意，所以，把它称为具有领导艺术的领导。他有一段名言："做人怎么做？你看那花，人人喜欢。把人做成一朵花，就是做人的最高境界。要让反对你的人理解你，让理解你的人支持你，让支持你的人忠诚你，让忠诚你的人捍卫你。允许有人不喜欢你，但不能让他恨你。万一他要恨你，也要让他怕你"。李春平是一个有着宏大野心的作家，他在提升自己思想境界方面，具有相当自觉的意识，他为自己定的目标是要将小说写成大说。所谓大说就是作品要具有"大境界，大视野，大痛苦、大欢乐"，还须有百姓能够关心的大背景。李春平有一段上海经历，这段经历对他从农村背景到城市的转变起了关键作用。他写了几部城市题材小说，像《上海是一个滩》《情人时代》《我的多情玩

---

① 李春平：《步步高》，春风文艺出版社 2005 年 11 月版；中篇小说《遍地谎言》，《小说月报》2008 年中篇小说专号（3）。

伴》等作品。新近在《小说月报》2008年中篇小说专号（3）上，读到他一个中篇《遍地谎言》，写一个官员巧妙地借助于他的一个在外省当组织部部长的亲戚，巧妙爬上教育局局长位置。写出了人心的欲望，也写出了官员的"艰辛"。但是，其作品总觉失之单薄，人物面目脸谱化，缺乏丰富性和大关照。强烈的主题意识损坏了人物多向度开掘。人物精神暗影中的东西，缺乏烛照。

高鸿[1]的写作之路更具有现代特征，作为一位业余写手，他原本在高新区的一家大公司里办企业刊物，业余时间写小说，写完了就放到"天涯论坛"网站去。自己也没有想到竟弄出那么大的动静来。网友们狂热跟帖，褒贬故事中的人物，出版社在网上看到此情形，上门找他，付稿费版税，促其第一部长篇《沉重的房子》出版。第二部《农民父亲》刚刚面世，竟是多家出版社争抢。《沉重的房子》以陕北生活为背景，写了一个叫秀兰的女子，嫁给穷后生茂生的故事。秀兰是一个现代版的贤妻良母，其忠贞和贤惠打动人心。高鸿的写作还是传统现实主义的写法，但能赢得这么多热情喜爱的读者还是让人感到意外。

生于20世纪70年代的刘晓刚[2]，有两部长篇，第一部是《活成你自己》，第二部是《天雷》。以《天雷》看来，他是一个对城市生活有着充分体验的年轻作家，笔下的都市生活故事，有着宏大蓬勃的阳刚之气。写巨商，写高层领导，写黑社会，都市里的皱褶里爬满的虱子被他一一晾晒在阳光下。我觉得他是一个很有潜力的作家，我特别注意到他的生活阅历，他曾任美国马赛特钢制品公司北京代表处首席代表，后来自己创办了北京天基上安机电公司。在商海大潮里是一个弄潮儿，反过来写小说，更具有丰富深厚的体验。他是一个可期待的作家。

---

[1] 高鸿：《沉重的房子》，文汇出版社2007年2月出版；《农民父亲》，时代文艺出版社2008年5月出版。

[2] 刘晓刚：《活成你自己》，花城出版社2003年8月出版；《天雷》，上海文艺出版社2006年10月出版。

王晓云①是安康走出来的一位女作家，曾到上海打工，故乡安康和上海生活的映衬，构成了她目前小说写作的一个触点，激发着她的想象力。王晓云的《海》，以其细腻敏锐的笔触，描写了漂泊上海的打工女沈莺莺，出色刻画出人物在生存与爱情上的双重困境：想尽力成为一棵扎根上海的树，但终了还是一片飘零的树叶。作者对弱势群体苦涩困境的写照，表达出人物在改变自我命运中艰苦卓绝的奋斗，其悲凉震动令人久久萦怀。

上面是我对截至目前陕军创作方阵的粗线条勾勒，伴随着作家队伍的发展变化，相信一定会有令人眼前一亮的新人新作出现，老作家也会志在千里，焕发出新貌来。

---

① 王晓云：《海》，《钟山》杂志 2004 年第 2 期，《北京文学中篇小说月报》2004 年第 4 期转载，入选 2004 年中国中篇小说年选。

2015—2016年陕西文学创作掠影

在全国文学创作的格局里，陕西作为文学大省强省，这两年的创作依然持续地发挥着它旺盛的创作活力和强大的影响力。盘点陕西省2015—2016年的创作，可以发现这样几个特点：20世纪50—60年代的作家，其成熟的新作力作不断；70年代的作家正在跃上新的发展阶梯；80年代的作家也正突飞猛进，在不断开拓自己的创作领地。尽管社会各界对陕西文学队伍的断代隐忧依然存在，怀疑陕西省能否持续保持文学强省大省的位置，但希望还是存在。也正因为如此，政府层面也开始加大了新人队伍的扶持力度，"百优计划"、签约作家等等，也构成合力，使陕西文学这棵大树常青不衰。

就长篇小说创作而言，贾平凹的《老生》，2015年获得文学界的普遍关注和好评，沿袭了他对小说创作的持续性探索。《老生》在创作模式和主题表达上，均有新的发展。可以看出贾平凹在文体叙事上寻求变异的自觉追求，与自己以往的创作风格模式相比，有了新的突破。这部小说采用混搭式结构，以一个民间百岁唱师（即老生）的视角，勾连起陕南山区发生的四个故事：革命、土改、"文革"、当下。在四个故事的讲述中，不断有《山海经》片段穿插进来，作者借师长与弟子传道授业的方式，解读这部古书，并让其镶嵌在小说的各个章节之间，构成有意味的空间感。从20世纪30年代一直写到21世纪，同时还融进了一些新闻事件。所有这些互为张力，扩展了小说叙事的边界，引起人们的热议和兴趣。

红柯的《少女萨吾尔登》，写的是关中的人物故事，但是扭结小说神韵的却是天山巴音布鲁克草原，主人公周健最初恐惧搅拌机，而终了还是被搅拌机致残。他来到天山脚下的蒙古族婶子家，婶子金花用卫拉特人的歌舞"萨吾尔登"医治了周健，而美丽的"未婚妻张海燕就成了天山雪莲的化身"。作者将"萨吾尔登"歌舞推向了生命的顶峰，"在那里动物与人成为兄弟，天地万物融为一体"。这是作者对生命的一曲深情的赞歌，也是红柯在创作中形成的对人与万物关系的独特理解。他对西域歌舞、岩画中对生命神秘美好的庄严领悟，构成了思考社会人生的原初动力，也化为他笔下的动人描述。

多年倾力于戏剧创作且取得丰硕成果的陈彦，近年来却将笔墨转向了小说创作，继长篇《西京故事》之后，2015年10月出版长篇《装台》，赢得了极大的社会声誉和评论界的肯定。小说讲述了刁顺子这个为剧团装台者的人生故事，刁顺子这个人物，可以说是宽厚仁义、勤苦肯干、忍辱负重的典型。作者写他的遭际，笔触是温爱深情的。在小说叙事中，你能感受到作家那一份对人世的悲悯情怀。刁顺子这个小人物连同他的女人蔡素芳，都是我们生活里习见的那种善良、勤劳、困顿、负重的人物。前妻水性杨花，生下女儿菊花后，跟着一个贩彩电的广东佬跑了，从此无影无踪。女儿菊花渐渐养成刁蛮横暴的脾性，搅得所有人不得安生。人物的境遇，更大地带有个人命运的偶在性，与历史的纵深关联似乎少了些。作者的叙事视点及深层关切，有着从内里生长出的悲悯情怀，使作品始终洋溢着一种温暖的底色。

70后作家里，周瑄璞因了《多湾》而获得关注并产生较大影响。《多湾》成功地塑造了以女主人公季瓷为代表的一群鲜明的人物形象。季瓷是一个峥嵘倔强、自尊自爱的女子。作品以传统文化价值为依归，人物在自己所持守的生活信仰下，坚守人的尊严和道德底线，持守自己为人做事的原则，显示了强烈耀眼的人格光辉。小说场面开阔，人物众多，具有丰厚的历史文化信息。周瑄璞坚持小说创作十余年，之前写有多部短篇、中篇和长篇，有着长期的生活积累和创作训练。无疑，《多湾》是周瑄璞创作中一部具有转折意义的标志性作品，可以说，周瑄璞自此步入了一个新阶段。

在陕西文坛默默无闻的严步青,突然拿出一部《龙尾堡》来,还是让人感到意外。他的小说走的还是家族叙事的路径,写民国年间一个村子三户大姓的兴衰命运,就其所达之境,尽管还有些许问题,但在没有任何宣传包装的情况下,作品能够重印,足见作品在读者中的接受度。铜川作家吕学敏的《腿林》,以一条狗的视角来写乡村生活,在叙事结构上比前大有提升。据了解,民间一些酷爱文学的创作者,潜心用力,寂然无闻,等其冒出头来,其实已经有着数十年之艰苦修炼,这是我们应该关注且应予鼓励的。

杨则纬是80后一代用力极勤且成绩突出的一位。2015年9月在《人民文学》发表长篇《于是去旅行》,并于2016年12月出版发行。她的作品重在通过年青一代的情感生活,表达他们的困境与愿望。这部小说在作者看来,表面是"一次说走就走的旅行",其实"是一种忽然想要摆脱和释放的心情"。认为这种"情绪是这样的一代人共有的一个特征"。

陈忠实2016年4月的离世,不能不说是陕西乃至中国文坛的重大损失。邢小利作为陈忠实的研究专家,积十余年材料收集整理之功,于2015年11月创作出版了《陈忠实传》。作品甫一面世,即引起社会极大反响,加印数次,在传记文学领域,成为陕西近年来的一大收获。传主本人生前看到了本书,并给予充分的肯定,这也是一件聊可告慰陈公之举。邢小利的《陈忠实传》,既有很强的追溯传主人生阅历的形象化叙述,也有很强的理论性思考,通过传主的创作实践,作者令人信服地回答了陈忠实之所以能够从一个农民业余作者,走向一个伟大作家这一问题。邢小利在2016年6月的新收获是《柳青年谱》的出版,柳青研究者今后将有一本扎实翔实的资料工具作为有力参照支撑。这本封面泛着深蓝色调的小书,看着都令人心生喜爱。

诗歌理论家沈奇,花甲之年却研究激情涌动,于2016年8月出版《诗心、诗体与汉语诗性》,从不同方向探讨20世纪中国新诗发展之百年历程,从诗歌作为时代革命之工具到寻找诗之本体,探索诗歌与启蒙、诗歌与时事政治的关系,还有诗歌的民间性等问题,这些都进入了他的理论视野。沈奇关于诗的语言本体进行的有效辨析，提出了"字思维"这样触发人兴致的问题。就诗歌在形式上的不断创新，沈奇反向思考了"常与变"的问题，意欲寻找稳定的评价尺度，建立起新的"典律"，为读者在诗歌欣赏过程中寻找稳定的形式规范而努力。

因《送你一个长安》而出名的薛保勤，多年来坚持走新格律诗派之路，2016年7月出版《读悟天下》，还是沿袭他一贯的诗风追求：大体整齐的句式，大体押韵，语义明朗，适于朗诵等特点，逐渐形成了自己的稳定风格。

散文创作中，朱鸿于2015年6月出版了《长安大录》，延续自汉魏以降的长安叙述与研究之余脉，"大录"里涉及长安的地理、建筑、宗教、艺术、民俗诸方面，既是散文笔法，也带有史实性的考证纪实，是一部融知识、趣味与识见为一体的著作。高亚平于2016年6月结集出版的《草木之间》，以乡村的物事、果木、菜蔬为描摹对象，细腻动人，倾注了对往日生活的深情回望。青年散文创作队伍这几年如雨后春笋，迅猛发展成长，其中突出的有邢小俊、扶小风、范超、史飞翔、史鹏钊等。

小说的生成、叙事及边界[①]

——关于小说与冯积岐的对话

小记：2016年12月27日晨，我与作家冯积岐及两位年轻人唐大麟、任烜昕，驱车至终南明舍，去做一次对话访谈。此意早存，尚无良缘，半月前决定要去了，积岐忽然身体不适，又等十余日，方始成行。积岐是一线作家，创作颇丰，成绩斐然。对他的创作，我一直抱有浓厚兴趣，欲通过深入对谈，观察了解其创作思想及作品形成之背景。也欲通过轻松自如的对话，就小说创作所面临的诸种问题做交流和探讨。于是，在终南山下的明舍壁炉前，我们用一整天的时间，展开了深入的交谈碰撞，既漫无涯际又不离文学鹄的。下面是我们对谈的内容。

一、人是偶然性存在还是扭结在社会历史中

仵埂：我们说到北方作家和南方作家。南方作家好像有一个特征，特别关注人物命运的偶在性，写个人命运在历史中的偶在感。他和北方作家那种把个人命运镶嵌到历史大幕上的写法非常不一样。我看获茅盾文学奖的苏童的《黄雀记》，同是人物命运的展开，但感觉南方作家有一种普遍的趋向，当然也不是全部，即他们更多关注人物的个人命运，因为某一个偶然事件的推动，人物命运随之发生极为重大的位移，走向

[①] 任烜昕记录整理。

了令人惊讶的结局。北方作家更多地关注个人命运和历史的关联，写出了个人命运因大时代的变迁而发生的重大改变。我觉得这两者之间有非常大的不同，我不知道你有没有这方面的感受？

冯积岐：把人物放在历史进程中去写，本身没有什么错。关键在于作者要紧紧贴住人物写，把人物的性格写出来，把人物的精神写出来，把人性的多面性写出来。路翎的长篇小说《财主的儿女们》和巴金的《家》三部曲相比，路翎的笔触全在人物身上，抗战前后的历史只是人物活动的舞台，而《家》三部曲的人物则被历史紧紧地抓住了。要命的是，我们一些作家作品中的人物被历史淹没了，人物成为传达政治目的的工具。

仵埂：我看了《黄雀记》以后，颇有感触。苏童以少年保润的视角来叙事。小说一开始，说他爷爷的魂丢了。爷爷有个毛病，年年照遗像。连续多年从无间断，最后一次照相时，照相的姚师傅连照三次，他突然觉得自己脑子里的气泡破了，魂飞了。魂丢了，怎么样才能找回来，他想把他老祖先的骨头找出来，安放好，他的魂才能安然。他记得自己当年从祖坟上捡了几根祖先的遗骨，装在一个手电筒里，埋在香椿树街的某棵树下了，于是在村子里到处挖。家里人把他送到了精神病院，然后就带来孙子保润到精神病院照顾爷爷。爷爷延续了到处乱挖这份执着，不断在精神病院松树旁挖掘，继续寻找祖先的骨头。医院是个模范医院，树都是名贵的树，一棵100块，共500块赔偿费。保润妈很生气，这可是天大的数字。这样，保润的任务就变成看守爷爷，不能再让爷爷挖树了。于是，每天捆爷爷就成了必修功课。这个过程中，他练就了很多捆绑的招法，什么民主结、法制结、香蕉结、菠萝结，还有什么梅花结和桃花结，等等，保润捆爷爷像玩儿一样，捆得如此花样迭出。当他牵着爷爷游走在精神病院的时候，就成为一道风景。开始有人找保润帮忙了，再难对付的疯病人，保润三下五除二就解决了，在医院有了大名。他的文明结捆法，很惹人兴趣，人被捆住了，还可以自己小便。

小说写到这里，由保润捆爷爷捆出花样，引出后面一系列事件。和保润命运相关的是,他被同学柳生请去捆姐姐,因保润不愿干,柳生便请出仙女,进而保润与仙女交往——看电影、溜冰、押金被仙女拿走、保润追钱,最后将仙女捆在水塔上,然后仙女被强暴,被诬告的是保润,他因之坐牢……

仵埂: 在我的感觉里,这种写故事写人物的手法,注目于人物命运的偶在性。人物命运的起落和社会历史的运行没有什么关联,作家关注的是某个细小得不为人道的事件,进而一步一步将人物推向了他的终点。比如,保润爷爷乱挖东西与带来保润捆绑爷爷,一个捆的行为,带来一系列的连锁反应,由此逻辑性地将保润推向完全不同的命运轨道。保润的命运和外在的社会因素几无关涉。北方作家却极为不同,他们笔下的个人命运和历史紧紧扭结在一起。田小娥(《白鹿原》人物)的命运和整个中国社会历史扭结在一起,她厄运的起点就是族长不让她跟黑娃进祖宗祠堂,得不到承认。这个意味深长的事件是社会的、历史的,个人命运就是历史的映像。南方作家不这样,社会历史仅仅是其背景,甚至是可以虚化的背景,这如何做出评价?

从艺术观来看,西方现代和后现代作家,他们作品中的时代感极强,个人命运和历史时代的关联更为纵深,比如说卡夫卡式的关联是更内在的关联。《变形记》中,人变成了甲虫后,感知他人和社会的冰冷,直接反映了人类历史进程中后工业时代的特征,焦虑、压抑、绝望、无助,它直接和当下历史意识相关。这样说来,历史与个人的关系可分为几个维度,我们暂且将它划为三层:第一层,个人命运和社会历史直接关联,如《白鹿原》《平凡的世界》等,也包括你的作品《村子》。第二层,就是个人命运和社会历史不怎么关联,作者倾注心思的完全是个人命运的偶然性、自在性。第三层,就是后现代小说家的这种内在深层关联。表面看来,人物命运和社会历史不相关,但是细究发现,它是整个人类的历史进程到达某一阶段的抽象性、概括性表达。这样呢,我们评价整个中国当代小说,是不是应该放在这样的框架里来展开?

冯积岐: 我觉得这和每个作家的出身、教养、接受的艺术美学观有关系。其实每个人的命运都是和历史政治有关联的,苏童这样写,和他的艺术美学观是有关系的,他接受的可能就是卡夫卡、福克纳这些人的艺术美学观,认为人的命运在偶然之中。你在西方现代作家的作品中看到的人的命运都有偶然性。比如说福克纳所处的那个时代,正是经济大萧条时代,20世纪30年代,咱国内就是民国十八年前后,世界经济大萧条,美国工人失业,农民生活艰难。福克纳从来不关注现实的东西,他只关注人命运的偶然性,只关注个体,他笔下的人物和历史进程关联不大。但是同时代作家,斯坦贝克关注美国当代社会,关注现实。斯坦贝克写的《愤怒的葡萄》《伊甸之东》,关注的是美国当时的社会、美国的工人和农民艰难的生活。

仵埂: 这个问题是不是这样,在历史进程当中,作家本身感觉到的个人命运体验已经和整个社会历史扭结得很厉害的时候,或者说,直接地书写无法表达自己的深层体验时,他反而不写自己生命体验这种直接感受,他写这种完全的偶在性,而且是自己也不认可的那种偶在性。这种创作方法,总觉得它来得轻飘一些。当然,它也有纵深的渊源,如言情小说、武侠小说、公案小说等等,都有着命运的偶然性作为叙事的根底。对于这点你怎么看?

冯积岐: 用我个人的命运来说,我的命运和这个时代紧紧相连,时代造成了我个体命运的跌宕起伏,比如说,在"文化大革命"期间,不准我再读书,不准我当工人、当兵,我只能是农民。我的体验是,个体的命运与时代是紧紧关联着的,我不能抛弃我的体验去写这个东西,所以我的小说中的人物命运也是和这个时代紧紧关联在一起的,所以说,这和个体的体验有关系。

仵埂: 这个问题是一个重要问题。社会历史对个人构成了强烈影响,自我也明明体验到了社会历史对自我命运的改变,那么一个巨大影响的存在,不能忽略不计,去写完全偶然性的存在。

冯积岐: 但是我心里也很明白,我的关注点在哪里。福克纳、卡夫卡这些东西我读得不少,我知道他们怎么弄,但是我不能那样写,那样写就抛弃了个人体验。自己地里满是金子,你不能把锄头拿上到别人的地里乱刨。你自己的体验那么深刻,社会的事和个体的关联那么紧密,

343

你不去写，你偏偏要把社会和个体剥离开来写，这是不可能的事情。我觉得创作的规律就是写自己体验最深刻的，这也是文学创作的基本原则，不是说国家意识指导了你去写啥，你就去写啥。我并不是说，国家意识指导错了，关键在于你有没有那种体验。写你自己体验最深刻的，也是心灵对自己的吩咐。现在有些人写不好的原因就是，把自己体验深刻的抛弃在一边不写，别人写什么他就写什么。我的体验，我命运的颠簸、起伏，这完全是时代造成的，是政治造成的。我把这个抛弃了不写而去写别的，这不可能。我觉得这和个人体验、艺术师承有关系。

仵埂：我感觉，你的作品，除了现实主义的路径外，在你的短篇小说中，我还看到一些现代主义的尝试。

冯积岐：确实是这样，现实主义的路子很宽。现实主义和现代主义不是一道墙可以隔离的。现代主义是一种精神，不只是艺术手法。我在许多小说中张扬过现代主义精神。

仵埂：比如说，尽管我刚才分析偶然性，认为这不是北方作家的主流写法，但是你的作品也提供了另外的样本。比如，我印象很深的你写《刀子》的那个短篇，写屠夫对他的柳叶刀的钟爱，柳叶刀对屠夫便构成某种特殊的情感要素。人在活动对象中成为人自身。这些都是作家向着人性的多种可能性的钻探和展开。屠夫便具有了另一种我们所不熟悉的人性幽深。这样写现代感就很强，是一种现代主义的叙事方法。你笔下的人物生存的社会背景，也就有点模糊了。但就你探索人物的纵深心理来说，当时你是什么样的创作心理？是怎么考量的？

冯积岐：我回忆我的创作，就是一个阶段一个阶段的。中短篇小说写了250多篇，短篇小说写二三百篇的作家，在全国没有多少。我写这么多读者还喜欢，就是因为我不断地变换自己。有段时间我会觉得不应该这样写，应该那样写，就像我刚才说的，纯粹写个人体验的东西；有段时间就觉得，人的命运确实是有偶然性的。一段一段地，不停地在变化，不断地剥离。我总结别人的经验教训，就是不能写得面目相同，不能停留在同一个地方。读我的短篇小说集，你会发现，有些非常现代，非常荒诞，比如我有一篇小说，叫作《一幅画》，写摘辣子，一幅画上有一片辣椒,那年遭了冰雹之后,地里的辣子全被冰雹打坏了,打坏了之后朋友就给他送了一幅画,画上全部是辣椒。他有一天在画上一摸,就把辣子摸到手了,于是就开始在画上不断摘辣子,拿到街道上不断地去卖,好多村里人就奇怪今年辣子都打坏了,这家人怎么还每天都卖辣子呢?这可能是偷来的,派出所就把这人当贼抓了,问他是哪偷的。这就比较荒诞。就是不断地变化自己,用各种手法去写。也是因为我不断地阅读,受国外作家的影响。这段时间受这个人影响,那段时间受那个人影响。

仵埂:我看了你的《沉默的季节》,当时留下的最强烈的印象是作品的情感化叙述。情感特别黏稠,密度极大,长句式,叙述不断跳跃,就是这样一种表达。其实这部作品和你的《村子》很有区别,是完全不同的风格。你对这两个长篇的自我评价是什么?

冯积岐:《沉默的季节》是我的第一个长篇,那时候我正沉迷于现代主义作品,那是1992年写的,我刚从西北大学作家班毕业,对现代主义非常着迷。那时候很多人都在用现实主义的手法写作,我就故意尝试着写比较现代主义的小说。我那部小说虽然和历史政治距离很近,但我很清楚,我要表达什么,我要写一部心理性的小说,审视人们内心深处很隐秘的东西。这点我认为我和其他作家还是有区别的。我的小说,不管长篇短篇,不管写什么类型,写人物心理的比较多。因为我一直认为小说是写人物内心的,比如意识流、心理分析、内心独白,这些东西我现在都在尝试着,都很感兴趣,后来到写《村子》的时候,就有意识地用很写实的手法了。

仵埂:比较现实主义的东西?

冯积岐:对,现实主义的东西,《村子》中也有些象征性的东西,比如我写马秀萍的母亲的鞋,反复地写,写这些象征性的东西,做一些变化,有意识的变化。如果每一篇小说都是一样的,特别是短篇小说和中篇小说,出版了一本中短篇小说集子后,别人看见就会觉得都是一样的。

仵埂:我特别喜欢听作家对作家的评判,你刚才这个看法我就觉得很有意思，说得很好。这种作家对作家的点评，他的眼光和视点很有意思，你会发现他的那种直觉非常准确。

冯积岐：对，杨争光写得很好，我读过他好几部中短篇，很好，是一流的。他的作品和政治离得很远，在结构形式和叙事上变化不大。

二、小说的叙事视角、视点转换、主观介入等问题

仵埂：问一个问题，小说创作当中，关于叙事视点的问题。传统现实主义叙事视点，类似《红楼梦》中的全知式的视点，与现代小说中，从一个角度切入这种写法，有何不同？或者说它们的长处和短处各有哪些？再者，你认为自己创作中的叙事视点，一般是怎么设计的？

冯积岐：这是一个大问题，你这个问题提得很好，从叙事角度来讲，全知这个角度是比较好写的，比方说你从他者的角度写我，相对比较困难。如果用第一人称"我"的视角写，比较笨拙的作者，把"我"和他塑造的作品中的人物分不开，容易搅混在一起。比如我自己在《沉默的季节》里边，是"你""我""他"三者综合，一会是你的角度，一会是我的角度，一会是他的角度，这就是看是什么情景下，不同的情境下有不同的角度去叙事。因为我是写心理的，用全知的角度写人物心理比较好写，因为我全知道你的心里是怎么想的。但是用第一人称写他者就不好写了，这一点我还是比较佩服菲茨杰拉德的《了不起的盖茨比》，用第一人称写他者，他叙事是从第一人称开始的。所以说用全知角度写，我想啥就写啥，我写的那个人物咋想的我就咋写，但是用我来想你是怎么想的，这就有难度，需要作者高度的智慧。《了不起的盖茨比》用第一人称去写盖茨比就写得非常好，活灵活现的，可以说是世界名著，这里面是有诀窍的。我也用第二人称写过短篇小说，用你写，你是如何如何，用这个视角，也不好把握。你或我这个角度容易进入人的心里，容易给人一种身临其境的感觉，读者能感到直接进入这个人物。但这样写，是有危险、有难度的。

仵埂：能否拿你的长篇来做一个叙事方面的例子？

冯积岐：比如说，我的长篇小说《逃离》，就是多角度、多人称叙述的。每一个出场的人物，都用自己的视点讲述同一件事和不同的感受，一个人一个角度，这很难驾驭。我的长篇《遍地温柔》，三个主要人物没有什么纠葛，他们各自用各自的视角去讲述各自的故事，然后用内在的关联把三个人扭结在一起。这样写，也是有难度的。我想，所谓的艺术探索，就该是这样。

仵埂：您评论一下您写《非常时期》那个长篇，就是你前几年写的那个非典时期的故事。《非常时期》也是全知视角。

冯积岐：《非常时期》是全知角度，在长篇中，我写全知角度的比较多。但是在结构上，《非常时期》还是有变化的，不再是一条线的线性结构，而是用非典这个事件结构展开几条线索。《非常时期》的看点在于时间和空间的跳跃、变化。

仵埂：还有一种方法，常常在现代小说里出现，就是以一个主要人物作为视点进入小说。就这个问题，我向陈忠实请教过他的写作经验，也与高建群探讨过这个问题。叙事视点是个很重要的写作技巧，我对这点非常留心关注，因为这一点和整个小说创作的质量有关，准确地说，和质感有关。一部长篇小说，人物众多，动辄十几人、几十人，人物活动的场景也处在不断变换中，不同场景下有不同的人。假如说这个场景下活动的主体是一个村长，那就以这个村长的视点为这个章节的叙事视点，这是从柳青的《创业史》以来所探索的叙事视角转换问题。柳青过去一直在研究这个问题，也终于在《创业史》中获得成功运用。不同场景有不同人物作为视点，但是即使在不断变换的视点下，也有各个不同人物背后作者的总的思想情感判断。这样两者之间怎么融合？你关注他们这些尝试吗，或者你自己想过没有？

冯积岐：我对这个太关注了，马尔克斯的中短篇，非常讲究视点。

仵埂：不断地转换视点？

冯积岐：不断地转换视点。

仵埂：《百年孤独》？

冯积岐：不是《百年孤独》。

仵埂： 你所说的是哪些小说？

冯积岐： 比如《恶时辰》，一会儿是神父的视角，一会儿是镇长的视角，一会儿是塞萨尔的视角。比如《枯枝败叶》，就三个人物，一个祖父，一个孙子，一个祖父的女儿，等于是他舅家爷，这三个人物是分开叙事的。这一段以祖父角度叙事，这一段以女儿视角叙事，这一段以孙子视角叙事，一段段分得非常清楚，这样子比较好弄。但是南美作家科塔萨尔，大叙事家，他有一个短篇小说叫《克拉拉》。这个小说没有故事，作品中克拉拉是个护士，负责给一个男孩儿做阑尾手术。一个短篇小说中，用了四五个叙事角度，一个护士克拉拉的角度，一个男孩儿的角度，一个男孩儿他母亲的角度，还有另外一个医生的角度。他在这个短篇中不分段，比如说开水很烫，这是一个角度；然后第二句话就说茶水很好喝，他喝了几口，这是另一个角度；下面几句就是说他把茶杯放下了，然后你说你把茶叶换一下，茶叶没味儿了，这是第三个人的角度。三四个人的叙事都在一块粘连着呢，这需要高度的构架。20多年前，我在《沉默的季节》里，也将多角度叙述运用了很多。我用一个我的短篇小说举例来说，《去年今日》，这个短篇在结构上是有高度的技巧的，去年今日和今年今日，其实就是写了两个今日。我受到摄影作品的启发，当时拿到一些照片，这个就是教授现在的照片，但是左边的角上贴了个不同颜色的照片，是几年前的，等于把两张照片弄到一张照片上。当时我看后对我启示很大，就是把不同时间放到一个空间，那之后我就把这个用到小说里边，尝试把去年今日和今年今日粘在一起，这一段是去年今日叙事，紧接着是今年今日叙事，比如说写这个主人公今年今日牵着一只羊走在路上，然后女主人跟羊说，"你快点走"，这部分已经成了去年今日，羊在这儿吃草又成了今年今日，我在这里把叙事视角不断变换，把去年今日和今年今日放在一块儿叙事，这需要高度的技巧。

仵埂： 有一次我跟陈老师（陈忠实）说起这个话题，对这个问题我有非常浓厚的兴趣。因为从不同人物的视角进入叙事，显示着叙事的客观有效性，自然真切。读者很容易进入每一个人物的内心，感受并触摸到人物的情感温度，就是现代叙事的客观化。同时，在这种客观化呈现之中，加上作家本人的主观化介入，作品也显示着作者对人生世相的价值评判，这种价值判断却是寄生在人物的客观化呈现中，但它是通过对人物的尊重而介入的。所谓对人物的尊重是指尊重不同人物对社会世相的理解，甚至是与作家观念相对立的思想，这样，丰富的小说世界才丰盈饱满。叙事的奥妙和高超的技巧就是这样生成的。所以，叙事切入点非常重要，一般写作者不大容易解决。我参加过许多作家的作品研讨会，好多人就把这一块没有解决好，或者他就根本不清楚。

冯积岐：他们确实不懂，这方面我做过好多试验。

仵埂：一般来说，小说中有作家意识构成的叙事，有些时候，人物的活动与作家的意识指向相融合，也有对立面人物构成的对比性色调。柳青做了个精彩的呈现。《创业史》中，郭世富盖房子上梁，村子里许多人跑去看，梁三老汉也去了，他"把自己穿旧棉衣的身体，无声无息地插进他们里头……在大伙中间，仰起戴破毡帽的头看着"。然后他看见了姚世杰，"他的一双狡猾的眼睛，总是嘲笑地瞟着看景的人。他那神气好像说：'你们眼馋吗？看看算喽！甭看共产党叫你们翻身呢，你们盖得起房吗？'"这是作者从梁三老汉的眼里看出的姚士杰的潜台词，而梁三心里的猜度，又是作家叙述出来的。作家随之写道："梁三老汉从姚士杰的脸上看得出：富农是这个意思。准是这个意思！一点不错！"这是梁三老汉的视角看富裕人家盖房上梁的整个场景，包括每一个人的形貌心理。这有一个好处，读者感觉像是亲历现场，和人物之间的气息通透，仿若看到了人物各种复杂的眉眼表情。

冯积岐：在叙事学上，这就是对象化叙事，人物对象化，完全是人物自己的视角和自己的感觉，对象化叙事就是有这种好处。不是作者站在这里纯粹地讲故事，这是现代小说家必须重视的问题。我刚才说，马尔克斯和科塔萨尔和欧洲拉美这些作家，很讲究叙事，他们将对象化叙事运用得很娴熟。对象化叙述不是作者站在这里去说，而是人物自己在讲故事，关键的区别就是人物自己在感觉、在体验，不是作者站出来用第三者、他者在讲故事，比如说我的《去年今日》中完全是女主人公在叙事。我最近写了个小说叫《女警官叙事》，是监狱的女警官和女犯人的故事，我没有用作者的角度，完全用女警官的视角，讲她眼中的女犯人是怎么回事。如果用我的角度，那就不太真实，其实我是在用女警官的视角讲故事。叙事角度、切入点，这很重要。当前年轻的作家，有些都不知道这些东西。没入门。

仵埂：这种不研究叙事不懂叙事的作者真是不少，有时看一些作者的作品，会觉得这些作者的小说根本没达及格线，不懂小说。

冯积岐：国外的作家对叙述的角度特别讲究，他不断地变换叙述角度，比如说马尔克斯的中篇《恶时辰》，这个里面也是多角度，马尔克斯很多小说都是多角度，都是以人物自己的眼光在这里看问题，不是以马尔克斯这个作者的眼光看。我在小说里也是不断地变换叙述角度，不是用我这个作家的角度去叙事，而是不断变换，以人物自己的角度去叙事。我在20世纪90年代时有个大困惑，关于时间空间的问题，困惑了我好长时间。小说里面最难处理的就是时间空间问题，我的小说进行时都很短，有些是早上开始，晚上就结束了，特别是中短篇小说，进行时越短，故事越紧凑。我看过的几本翻译小说，比如说，海明威的《丧钟为谁而鸣》，作品的进行时也就是四五天；福克纳的《我弥留之际》，就是母亲临死前几个儿子把她抬到老家去，这个过程非常长，而作品的进行时非常短，只有三四天。我的《逃离》里的进行时也只有四五天，却写了几十年的时间，把几十年的人物命运压缩到四五天完成。把过去发生的故事掺杂在当下的时间里，这是非常不容易的，要呕心沥血，要处理好，就像马尔克斯所说的，要"煎熬"，要不断地探索，自己给自己出难题，然后，想办法解决。

仵埂：《逃离》一打开，就特别吸引人。现代感很强。

冯积岐：在《逃离》中，不同的人物有不同的切入点。

仵埂：这一下子就解决了一个问题，从原来上帝的视角看，到现在用不同人物的视角看。这样，读者透过人物的视角看到的事物很透亮，和场景人物之间不隔。阅读起来就不感觉到模棱混沌、没有来由。从人物出发，看他所感知的事物。从这点看，整个小说的创作，不仅在思想意蕴上，而且在小说的叙事技巧上，都是很有想法和追求的。

冯积岐：那是下了大功夫的，难弄得很。今天的访谈，用你的角度说一遍，再用我的角度说一遍，同时说一件事情，几个人角度不一样，难度非常大。在这方面，我在不断追求和探索。

仵埂：不同人的不同视角，对作家是一个巨大挑战。举例来说，你要写一个疯疯癫癫的人，就要进入疯子的视角，不是写我的感觉咋样，而是看疯子是怎么看的，要感觉他。作者是一个很正经的女子，而要写一个很不正经的女人所看出来的世界，而且以她的角度来理解这个世界，这对于作家来说是很大的考验、是挑战，那就是你必须对不同人能够熟悉，体会他们对整个世界的理解。

冯积岐：比如说我在《逃离》里面，用南兰的目光去写牛天星，一会儿是用牛天星姑姑的女性视角，一会儿用侄儿牛天星的角度写南兰，一会儿用那个十八九岁风情万种的南兰的视角写山里的其他人，这个难度是很大的，如果你用全知角度写的话，有些毛病就可以遮掩过去。这样写，你没有办法遮掩。我写小说可以很自豪地说是经过了熬煎、下了功夫的，不是轻易把素材拿到手就写。这对自己的体验、艺术修养、毅力等，各方面都是很大的挑战。

仵埂：我曾打算专门选择几个作家，研究他们作品中的叙事手法，以及他们在叙事上所做出的探索。

冯积岐：一本文学本体论的书。啥叫文学本体？文学本体就包括叙述、语言、结构、切入点、时间、空间，这都属于文学本体。当下的文学评论经常关注小说反映了啥，写了啥，对文学本体关注得少。西方作家则特别关注文学本体，文学本体就是怎么样写。怎么样写和写什么一样重要。

仵埂：我们在这方面确实重视不够。

冯积岐：大作家都关注文学本体。沈从文就是沈从文的文体，你一看就和别人不一样；张爱玲就是张爱玲的，鲁迅就是鲁迅的，他们有属于自己的文体。当下的一些70后、80后不注重文体，作品的面目都差不多，包括叙述的口味、语气几乎是一样的。

忤埂：他们在这一方面就没有好好思考，不想。

冯积岐：一个好作家要主动把自己和别人区别开来，要在文学本体上下功夫。我的小说，就是我的，不是别人的。

忤埂：看得多了你就会发现，不同的叙述会产生多么不同的效果，太不一样了。比如帕慕克的《我的名字叫红》，尽管是翻译作品，但是写得太好了，跟我以前读到的国内小说很不一样。看国内小说有时觉得没劲得很。关于现代小说，这一点你谈得很好，对我也很有启示。现代小说是一种给予，它必须深入人物的内心。通过阅读小说，我见识了不同类型不同状貌的人物内心以及他们对这个世界的感知。这样，小说提供给读者多种人生参照，使我们更加明白他们是怎样的人。小说家试图不断地、更深地进入人物灵魂深处，去察看这个世界。所以说，现代小说在这一点上走得很深，走得很远。这与传统小说比起来非常不同。比如《水浒传》《三国演义》，都是经典，但是看这些小说和看现代小说的感觉不一样，往往感觉自己与小说人物的心理之间有一道隔膜，你不能很清楚他行为的动机。好比说李逵，一有不平，拿起板斧就抡将起来，是那种粗豪之人。施耐庵写人物，已经是最为出色的了，但却并未进入人物丰盈的内心世界。写人物种种曲折复杂的内心活动，并成为作家的自我意识，我觉得这和人类生产方式的改变有关，也和城市化、工业化进程有关。现代人的内心愈来愈丰富，小说和人的现实境遇相关。

冯积岐：我的现实主义也是经过不断演变的。过去讲现实主义是再现的，现在讲现实主义是表现的。表现和再现是不一样的，中国传统的现实主义，表现手法非常单一，就是通过对话写人物性格，通过人物肖像写人物性格，通过动作写人物性格，通过所谓的心理描写写人物性格，中国传统的写法就这么简单。从陀思妥耶夫斯基开始，他就写内心独白和人物心理分析，后来的乔伊斯、福克纳、卡尔维诺等人把这些运用得非常娴熟，他们直接进入人物内心，把人物内心剖析得一览无余。比如说《罪与罚》，我看过至少五遍，拉斯科尔尼科夫把老太太和她的妹妹砍死之后产生了非常复杂的心理，又恐惧又有罪恶感，作者写得太细致了，简直钻到人物心里去了。

三、人性、欲望与"晚期风格"

仵埂：你对人本身的发展、人的历史的发展有什么样的体验和思考？

冯积岐：我很坦诚地说，我对人这个东西是绝望的。我对人本身没有信心，人是语言存在，我的小说里面也多次强调这个东西，语言这东西具有很大的欺骗性。再则，人是个欲望性的东西，有欲望存在就有残酷的竞争。竞争的过程也是展示人性的过程。展示人性之美，也展示着人性的丑陋和残忍。人太残酷了，我对人本身不抱希望。我的人生观和卡夫卡、加缪等人是一致的。你看加缪的小说《局外人》，他母亲死了，他该干啥还是干啥，和情人约会。加缪对人是很绝望的，卡夫卡也是。卡夫卡让人一觉睡醒就变为甲虫了，他对人不抱希望。人还有个毛病就是心里想的和嘴里说的不一样。再一个，人的欲望是无法满足的。我在小说里面也写了很多人性的弱点，我对人是绝望的。所以，我很能理解人，人这个东西本来就是这样。

仵埂：人类那些圣贤大哲，很多跟你一样，都觉得看不到人的未来和希望。鲁迅也是如此，他要"用这希望的盾，抗拒那空虚中的暗夜的袭来，虽然盾后面也依然是空虚中的暗夜"。"绝望之为虚妄，正与希望相同。"他硬要在虚妄中为自己找希望。仿若西西弗斯，不断地推石头上山，滚落下来再推上去，不断做这种徒劳的努力。

冯积岐：但是绝望不等于不奋斗、不生存，正因为绝望着，所以才不断地奋斗。我认为，生命的质量和生命的长度是两回事，所以还是要不停地奋斗。我身体非常不好，但还是不停地写作，万一哪天动不了了，也不遗憾，因为奋斗过。如果你不奋斗，也是死，奋斗了，也是死，我觉得就是这样。

仵埂：面对死亡，无人能够逃避。从人类整体看，生生不已，绵延不断。从个体角度看，活着的人，你的前面就是一堆黄土，一把骨灰。所以活着就是"向死而生"，如海德格尔所言。

冯积岐：人本身就是一种悲剧，人本身就是痛苦的。从你落生的那一刻起就在走向死亡，所以我对物质的东西看得很淡，生不带来死不带去，只是一个过程，所以我很不理解那些贪官，贪那么多，毫无意义。《逃离》里边写那个教授，1989年的政治风波之后，牛天星教授领着一个画画的女孩到山里去。这女孩是个晚辈，年龄比他小得多，他去了之后就想坚守自己，寻找清净。他开始想不和女孩发生性关系，保持一份纯洁，结果进了山以后，发现山里也不是清净的，也安静不下来，最后就和这个女孩同居了。这个环境让你逃到哪里去都逃不出自己的欲望。最后这个女孩怀孕了，在女孩儿临产的前夜，山里人把女孩儿抬到了县医院，结果医生不负责任，女孩死了，牛天星就站在医院的五楼用拳头把自己的眼睛打瞎了，他绝望了，他不愿意面对这个世界。

仵埂：没见到对《逃离》这部作品好的研究文章，没人去认真解读这个长篇。应细细体察作者对牛天星这个人物的设置，你借牛天星表达了自己对这个世界的认知和情绪。

冯积岐：我不张扬，这和我的艺术态度有关系，我不想那样做，不是媒体和评论界不宣传，而是我自己不想那样做，所以我没有往这方面努力。一个作家，只能面对两种东西，一种是时间的考验，一种是读者的考验，不是奖牌的考验。过了几十年，还有人读我、研究我，我觉得就是成功的。我写小说，就是想着怎么把这个小说写好。

仵埂：作为艺术，面临时间淘汰的残酷法则。作家要想到自己的作品在50年后是否还会有人看，即使是曾经红极一时的作家，人们也会很快把他忘记了。20世纪50—60年代的人，都经历过看到过，有些东西就是那样，瞬间就被历史遗忘掉了。历史的选择，往往是一个更大更广的尺度，以50年、100年来衡量。

冯积岐：《文艺研究》杂志的主编方宁跟我说过，你不红火无非两种原因，一种是你没有写好，大家不接受；一种是你写得太超前，大家没有意识到你作品的意义，对你的作品没有认知。所以你把你自己掂量一下，是你写得太超前，大家跟不上，还是你写得不好，大家不认可。方宁先生这样跟我说，把作品写好就行了，评价是读者和评论家的事情。每年春节的初一到初七，我和陈忠实老师在办公室，每次长假、周末，我俩也如此。早上互不干扰，下午就一块儿聊天。陈老师在世时跟我说了很多话，有一句话说："有些话装在心里是永远不能说的。"他对陕西的每个作家都有自己的看法，但是不说。陈老师说："如果我不写《白鹿原》，谁知道我陈忠实是干啥的？因为有了《白鹿原》，才有了陈忠实，不是有了陈忠实才有了《白鹿原》。"陈老师说得很实在。言语朴素，启示很大。只要你写出好作品，不怕不被人知。

仵埂：人有时也有机运，机运就是在你创作的某部作品上，恰遇一个时代性选择。这很有意思。举例来说，陈忠实在1992年初，《白鹿原》写完后，恰遇邓小平的南方谈话，社会的转型和宽松的环境，给他提供了出版这部作品并赢得社会赞誉的机会。当然，他的这部作品的酝酿和写作，是在整个80年代的启蒙氛围下孕育成形的，在1992年这个节点拿出来了，前一点后一点都难说。

冯积岐：机遇的契合恰到好处，也许，这就叫命运。

仵埂：运气好，当然东西也要好。比如说余秋雨，他在上海戏剧学院待了几十年，当院长也好久，写了不少戏剧理论方面的著作，《戏剧理论史稿》还获得国家级大奖，但少有人知。1992年他出版了散文集《文化苦旅》后，一举成名。当时写完后还没地方出，后来还是巴金的女儿帮忙找人出了书。书刚出来时，我买了一本，读了，确实耳目一新。不管怎么说，在20世纪90年代初，用这样的笔法来观照中国历史文化的作品好像还没有过。余的文笔优美，形象生动，有历史感，又有理论高度。这个时候，时代对历史文化急切呼唤。从90年代之后，中国人爱读历史了，节点好得很！就一本书，奠定了余秋雨的文化位置，将他从一个戏剧研究者的位置推至公众人物。

冯积岐：不少作者都模仿余秋雨写文化散文。

仵埂：后来有的人也写得非常好，但总归是余秋雨开创这条路的。

冯积岐：就像家族小说，写了那么多，最好的只能是《白鹿原》。

仵埂：要说写得好啊，张浩文的《绝秦书》就蛮为出色，也是民国时期家族小说这个路径，但有《白鹿原》的光耀在，这个东西就被淹没遮蔽了。

冯积岐：小说就是发现生活，别人已经发现了，你没有发现，这就是差别。

仵埂：一个是发现，一个是结构形式，人家都已经放在那里了，就没办法了。

冯积岐：我现在认为路遥写得最好的小说就是《人生》，当路遥把《人生》写完之后，咱就恍然大悟，咱也能这样写，但咱没写，人家就把这写出来了。

仵埂：其实你的小说《逃离》里面，有一个东西，用我的眼光来看，特别吸引人。这就是"晚期风格"构成的那些要素。我不知道前边你准备了多久，《逃离》自觉不自觉地选择了这个人类境遇中的普遍性困境作为主题。这种创作意向，在我的视野里，几乎是所有大家思虑和抒写的对象。我看到了一批"晚期风格"的东西。举例来说，歌德的《浮士德》，仔细想想这部诗剧写了什么？浮士德老博士在中世纪的书斋里待得烦闷，于是在复活节那天，他和弟子瓦格纳出外郊游，置身民众中，领受他们的敬仰。在那里遇到一条黑狗，这黑狗原来是魔鬼靡非斯特变的。他在天上和上帝打过赌，要把浮士德诱入魔道。跟浮士德一起回到书斋以后，靡非斯特显出人形，和浮士德定下契约：甘做他的仆人，满足他的一切要求，但是只要浮士德表示满足不想再追求了，那奴役便被解除，浮士德的灵魂将反为恶魔所有。交换成功，浮士德首先的追寻就是青春，恢复青春后，就开始与甘泪卿谈恋爱，这样，就开始了浮士德后来的一系列追求：爱的追求、政治追求、美的追求、理想的追求等。

我说的"晚期风格"中，有一种普遍性的东西藏于其中，就是人到晚年，面对青春活力的失去，有一种绝望性困境，艺术家就表现人在这种困境下的心理情绪及精神状貌。不仅作家，一批西方知名电影导演，其晚年作品都涉及了这一主题。也由之出现了一系列极有影响力的作品，如美国导演斯坦利·库布里克的《洛丽塔》、法国导演路易·马勒的《雏妓》、法国导演让-克洛德·布里索的《白色婚礼》、韩国导演金基德的《弓》等电影。萨义德还写有一本书，叫《论晚期风格》。人的这个晚境是你所无法逃避的，是你个人生命体验的真命题，所以你要"逃离"，题目抓得太好了。

冯积岐：说老实话，我还没想到这一点，很有启示，我虽然进入老境，但我还没想到"老年"这两个字。原来是这样。

仵埂：这个"晚期风格"中，包括莎士比亚的晚期创作，其中涉及的问题，和年轻时候大不一样。晚期的莎士比亚写了《泰尔亲王配力克里斯》《冬天的故事》《暴风雨》等。作品具有了传奇色彩，超自然的力量在矛盾的解决中起重大作用，神话和幻想等，成为剧中常用之手法。这显然和他悲剧时期的风格大相径庭。歌德年轻时候写爱恋，写《少年维特之烦恼》；他83岁去世，在去世前不久，完成了他的《浮士德》第二部。第二部的完成尤其突出地表现了歌德晚年思想上和艺术上的新发展。没有晚年的创作，歌德就不是我们今天看到的歌德。上天给一个人长久的生命时，也将一些机遇藏在其中，我们要把它想清想透。

冯积岐：我初次读《浮士德》是20世纪80年代，这次我要把《浮士德》好好再读一遍。

仵埂：歌德80岁还在写《浮士德》，他一生的体验感知，使他对笔下人物的命运把握更加精准，赋予他们深刻的人性意蕴。

冯积岐：邵燕祥老先生最近给我寄了一本书：《我死过，我幸存，我作证》。这个书里面就写1951—1958年他个人经历的一些事情，主要内容就是忏悔，我觉得人到老年确实要有一种忏悔意识，要勇于面对自己。

仵埂：说到这儿，我忍不住插进一个话题。我觉得有些作者，特别是一些年轻作家，压根儿就没有面向自我的反省意识，更别说忏悔。他往往一拿起笔来，就给自己身上裹上一层套子，回避自己内心的真实体验和表达。这种作品缺的就是起码的真诚，没有真诚，哪有作家？敢于直面自己内心，敢于揭示人性最深处的幽深隐微，敢于在自己不忍直视的地方下笔，这种作家才是有希望的作家。有些作家，写到自己内心隐微处就跳开了，这如何能触及人心？作家就是要借人物表达出自己内心体验中的最深刻的痛点、耻点，这痛点、耻点深藏于心，羞于示人。具有天赋直觉的好作家，他的笔会不加掩饰、毫不犹豫坚定地直书下去，这样的作家肯定厉害。

冯积岐：你看鲁迅写的《狂人日记》里边，不只是写这个吃人的社会，他觉得自己也是个吃人者。鲁迅对自己的那种剖析，忏悔意识，是好多同时代作家没有的。这是作家的修养问题。一个大作家，自己内心的修养问题也是很重要的，你自己修养达不到那个高度，作品也到达不了那个高度。我总觉得陈老师能写出《白鹿原》，就是他个人修养也达到了，个人的人格品性到了一定的境界。

仵埂：所以他才能写出白嘉轩这样的人，一个乡村绅士，一个儒家文化的践行者。陈忠实在晚年是一个对自己很有要求的人，有刚正的原则，就是要做一个正大的君子。他身上确实有了白嘉轩这个人物身上呈现出的傲岸峥嵘的品格。到最后他整个人都立起来了。白嘉轩的威严建立在他践行儒家思想的基础上，陈忠实也如此，行为方正，腰杆峭立，为人作文，道德文章都成了。

冯积岐：我觉得好作家一辈子都在写自己，不好的作家一辈子在写别人。

仵埂：刚才我说的那个《洛丽塔》，小说改编成了电影。讲的都是人晚年的精神困境问题。晚年一个人的精神、欲望和他的追求，就是人性的悲剧底色。从这个点出发来写，就通向了对人精神的绝望性症状的认知。

冯积岐：纳博科夫早期写了不少现代主义的作品，如《微暗的火》《斩首之邀》，不是很好读。55岁以后，拿出来了《洛丽塔》。这部经典之作，是一部赎罪的记录，但已超越了赎罪，写出了人性深处的东西。

仵埂：大作家在关键处都敢下笔，其实作家面对自己内心的时候，要敢撕开。有人精神极度怯懦，不敢面对。因之，我常用"勇敢"二字，表达作家写作时的内心勇气。

冯积岐：我觉得我勇气越来越小了，我写《沉默的季节》坦诚得很，写出了人性的扭曲，亮出了人的内心世界。后来，越写离自己越远了。

小说艺术向我们打开的视界

一、小说是讲故事的艺术

大家知道,小说是讲故事的,讲故事是小说艺术具有的基本特征之一。既然是讲故事,那么就牵扯一个问题,讲什么样的故事,离奇曲折是其一,感天动地是其一,神鬼古怪是其一,艳情妖媚是其一……总之一句话,小说要讲的常常是生活中没有的或者是少见的故事,这就是说,我们在小说里,见到的虽然也是人的世界、人的生活,即使是妖魔鬼怪,也是人生活的变形而已。暂且就将这一切都称为人的生活吧,但是,我在这儿强调的是,小说艺术选择的正是我们生活中稀缺的东西,日常生活中常见的东西,我们往往不稀罕,稀罕的是我们不常见的东西。即使是现实主义作家,他们以人基本的现实生活的描写为能事,也必是在现实生活里见到了我们习焉不察的物象或事实,必是在我们见惯了的生活里看见了令他们疼痛的东西,他们能敏锐地感到这个疼痛。所以说,艺术家都有一颗敏感的心灵,心灵迟钝的人,难以作为艺术家。我们常常将艺术家叫作时代的良心,就是因为他有这样一颗敏感的心。再回到我的问题上来,小说家在小说故事的选择中,常常以超出现实生活作为目标,为什么呢?这就是人的本性使然。人的本性就是欲望的无限性与现实的有限性之间的矛盾,小说正是立足于现实性之上,向人打开未来的无限性,打开目下暂且还无法实现和满足的生活理想。它满足的正是这些,它也凭借这一点让人喜欢它并具有久远的生命力。

大家知道，现实生活常常呈现出庸常化的一面，吃喝拉撒、锅碗瓢盆，今天是无数个昨天的翻版，我们总想在这样凡庸的日子里，寻找激荡我们魂魄的东西。就说爱情吧，她多么令人心魂激荡，但是爱情之后就是婚姻，婚姻就是归于平常，生孩子，过日子，一切的如鲜花般的浪漫，最后终究要落到现实的大地上。人们似乎无法摆脱这一魔法，大多数人都是如此，一直到生老病死，黄土一堆。这样一说，就让人泄气，生活常常以这样的日常性向我们显示着某种稳定的常态，但是，这样的常态是无趣的、缺乏诗意的，我把这个称为日常性沦落，或者叫作日常性陷阱。小说艺术反抗的正是这样一种现实，反抗平庸，反抗日常，创造浪漫，创造奇异，创造新鲜，创造未知。小说里的故事和我们的现实生活有一定距离，它昭示的是另一种生活形态，让你从透不过气的现实中，长长舒几口气。所以我说小说是对现实的反抗，它如果同现实一模一样，就没有存在的必要了，也早就该消亡了。

现实生活，总是那么贫乏和苍白，哪儿那么多离奇好玩的事让你碰着。但是蒲松龄的笔下，就给我们讲了一大堆妖狐鬼魅的故事，这些狐妖鬼魅，非常正直，非常迷人，非常美丽，它是我们生活中可望而不可即的。我们常常将那些具有寻找奇异生活特征的小说艺术，奉为我们日常生活中的珍宝，比如，蒲松龄的《聊斋志异》、吴承恩的《西游记》等等。《聊斋志异》是一部短篇小说集，其中有一篇叫《席方平》，故事说的是一个叫席方平的人，其父与一个姓羊的富贵之家的人有过节。姓羊的人死后数年，他的父亲病危，弥留之际，说姓羊的贿赂了阴间的小鬼，鞭打他。不久显得疼痛异常，呼号而死。儿子席方平不干了，说他这样欺负人，不行，我父亲是个老实人，我不能让我父亲这样受他欺负，于是下到阴间去跟他论理，替父申冤。于是，这个席方平就时坐时立，变得痴痴呆呆的样子，魂离身了。大家看到，席方平是一个执着的人。然后他就下到阴间为父申冤，先见城隍，再见郡司，后见冥王，还是不行，就去见上帝的属下二郎神，终于为父申冤成功。

现实中，我们常常遭遇各种困窘，遭遇被权贵或恶人加害，但是我们无法反抗，或者正如蒲松龄所写的地狱中的种种情形——一层一层，官官相护。一层一层的官吏被买通串通，到终了也不能沉冤伸张，这也是现实中底层人的普遍情态。小说艺术中，这种不可能化为可能，为我们勾勒了一幅理想图景，既鞭打黑暗，又预示光明。

《红楼梦》《三国演义》《变形记》《复活》《高老头》等等，都展现出一种变异的生活形态，这种变异的生活在当时具有常态性质。大家都不以为意，觉得应该如此。但是小说一定是反对这些当然如此的现实。小说讲的故事，一定是个别性的，这个个别性就是它不见容于当代，不兼容当下人们的识见，但是它构成了未来的发展趋势，未来一定是兼容的，所以说，小说艺术具有未来性特点。这引起我下面要讲的一个问题。

二、小说艺术是照进现实里的一束亮光

蒋勋说："文学是照进现实的一道光，弥合了世界与内心的缝隙，成就了更加丰盛的自己。"比如，《红楼梦》里的男欢女爱。曹雪芹的想法是，男欢女爱应该遵循于个人的选择。两人相爱，结果爱不成，被周遭的环境抑制打压，周遭的势力比如贾母，贾母为孙儿选择孙媳，那也一定是要精挑细选的，但是选的不是孙儿想要的，你说应该尊崇什么原则呢？曹雪芹的情感向背是站在林黛玉一边的，这么冰清玉洁的旷世难得的奇女子，与宝玉心心相印、臭味相投，诗书趣味，非是一般品格，但是，王夫人却看不上，说薛宝钗宝姑娘多好，知书达理、体态丰盈，会做人会说话，有一套与世相浮沉的观念看法，深得王夫人喜欢。宝姑娘的人生理想，是与世同步的，比如说，建议宝玉好好读书，将来能中举，走科举仕途，走大家都走的道路。偏是林妹妹不这样看，觉得读那些劳什子的书，实在厌恶得很，不如偷偷读读《西厢记》《牡丹亭》之类有趣，科举之途毁坏实在无趣，令人生厌。林妹妹这样看，实在得了宝哥哥的心意，宝哥哥为能有这样一个心意相通的人而喜悦。林黛玉性情高洁，非世间凡物，她与宝玉都有抗拒世俗文化的心。而世俗文化是大众文化，是主流文化，在每一个时代都是如此。在我们这个时

代，父母亲为自己的孩子选择婚姻，当然凭借的还是主流文化。主流文化是什么？是看财富，看权势，看孩子的家境和父母，看他们是干什么的，等等。小说骨子里有一种反叛性力量，是通向未来的反叛性力量，正因为它为我们勾勒了未来性，我们才对它非常喜欢。人在精神上是反俗的，尽管我们自身无不带有庸俗化的东西。媚俗是一切真正的艺术的大敌！什么是媚俗的东西，什么是格调不高的东西，举例来说，比如，琼瑶的作品就是媚俗的作品。为什么这样说呢？她的作品里，写的什么呢，写的就是上层社会中富家子弟之间的误会呀，恩怨呀，以此作为对整个社会生活的阐释，它提供不了未来性，提供不了让人思考的东西，展示不出亮光，哪怕灰姑娘最终找到王子的故事，也可以提供给我们架通不同等级之间的桥梁。它是通向理想的，它是现实界的批判。

我这样说，有一个很大的话语背景，凝聚为一句潜台词就是，假如你承认现实的一切都是应该如此的，那你就不要看小说了，那人类就不要艺术了，艺术并不是将现实中的一切都翻版出来，成为诗的。当一个人承认现实中的一切，认可现实中的一切时，这个人至少当不了艺术家，因为艺术需要有激情，面对污浊现实时有改变的勇气，艺术家在艺术里寄托自己对未来世界的向往，希望未来能变得好一点。所以，假如你认可了现实的一切，就无从汲取力量，只能沉溺于现实的庸俗和日常性之中。比如，你认为现实中就是这样，人都喜欢有钱有权的人，所以，你认可现实的趋炎附势是正常的，没有什么。那么，你没有那种尖锐的疼痛，你哪儿来尖锐的批判和反抗？哪儿来勾勒出人人平等彼此尊重的世界未来生活？你认为人见了市长，就应该满脸堆笑，毕恭毕敬，见了普通人，就应该冷漠和傲慢，不把他当回事，那么，你能写出对底层普通人充满同情的具有深厚的人道主义精神的作品吗？这样的话，能有托尔斯泰、巴尔扎克、鲁迅这样的人吗？不会。因为，艺术的未来是趋向于一个平等自由的美好所在，而我们现实的生活，总是存在着这个那个令人不满意的地方，奴性成为习惯的时候，对自己已经是奴隶状态，还觉得理应如此，所以，鲁迅曾说中国有两个时代，一个是欲做奴隶而不得的时代，一个是坐稳了奴隶的时代。我在这儿说的意思是，等差等级社会，是人类不断努力消除的社会，人与人存在等级关系，这是现实，谁说不是呢？在理论上不是，在现实中是。但是，它正在不断地努力消除之中。比如 30 年前，我们的身份分为三大类，干部、工人、农民，这三大级别像一条鸿沟，很难逾越。当我是农民身份的时候，想当工人，比登天还难。改革开放之后，这个身份界限被打破了，农民可以进城，可以成为城里人。尽管现在人的身份等差还存在，公务员、事业单位、私营企业主、普通职员、农民等等，但已经有了很大改善。所以说，艺术家一定有一个极其敏感的心，对现实一定有着尖锐的痛感。感觉迟钝的人，做不了艺术家，当然，可以做的。艺术的诗意，是艺术的先天基因，人类创造现实中没有的东西，人类正因为对这些没有的东西如此痴迷、如此倾心，这才推动社会的文明不断向前演进。诗意成为现实，如同盛开的鲜花，很快凋零，于是我们又期待下一次的开放。这是人类欲望的不断发展，推动人类大踏步前进，视现实为灰暗，总是看到前行的亮光，艺术就是人类为自己营造的诗意亮光。

三、小说将遮蔽的现实为我们敞亮

艺术还有一个功能——总是凸显被现实遮蔽的东西，它打开让你看，令我们看见被日常忽略的东西，以此引起我们的反思。

小说是一门打开心扉的艺术，这是因为，小说艺术是这样，它的创造，尽管作家是隐藏在人物背后的，但是作家的才识、作家的格局、作家的修养、作家的世界观等等，显露无遗，他无法在小说里隐藏自己。正因为这样，一个好作家，你在他的作品里，会见到一个极为真诚的人，他向你真诚地袒露一切心迹，一切忧虑，一切人的毛病和缺陷，他会忏悔，忏悔人的一切罪恶。我在读《复活》的时候，大约是 1973 年，十六七岁，在农村下乡，干农活，昏天黑地，那是什么年代，"文革"时期，批林批孔，你读不到书。我有幸，父亲从西安带回来一本这样的书，我当然不知道这本书的作者是何许人，更不知道他在世界文学史的地位，就这样糊里糊涂看下去。当我看到小说里的主人公聂赫留朵夫，为了玛丝洛娃的境遇而苦苦努力时，十分感动，我感动的是，世界上还有这样一种人，他能够将别人的苦难主动承担下来，将别人忘记的罪恶说出来并承担下来。这是多么高尚的人格，在此之前，我压根儿不知道人间还有这样高尚的人格，这样高贵的精神，所以受到很大的震动和冲击。因为，在我的世界里，我所看到和经历到的，对于自己所犯的错误，都是能逃尽管逃，能躲尽管躲，哪有不疼的指头往碾盘底下塞的傻子。我被远在天边的一个叫作托尔斯泰的人所震动，我知道了一种人类的精神，就是这样，就是高贵的精神，我想，我也要学做这样的人，至少不要做蝇营狗苟的小人吧，做一个普通但是具有高尚品质的人。这是这部小说给我的启示，它给我的人生增添了新的元素。它让我开始思考人生的存在和人生的意义，使我变得和普通的农民不一样了。正是这样的存在，使我走出了全然不同的人生。

厨川白村说，小说是苦闷的象征。那么小说就是解决苦闷的，或者说是向苦闷发难的。比如，人类的爱恋，这本来是古往今来小说的一大主题，但是，今天的小说面对这一主题时，它的指向发生了变化，因为原有的两性自由相恋而不得的现状在现代性发展之后，即"五四"之后，得到了解决。《西厢记》《红楼梦》《梁山伯与祝英台》里提出的问题得到了解决，当然更远地说，从《孔雀东南飞》就开始的这个主题终结于当代。为什么这么说，现在年轻人在一起相恋，难道还有父母的阻隔而不能实现吗？显然不是了。只要你们男女两人喜欢，要结婚，没有人能拦得住你。这不是从法律意义上，从现实意义上就解决了吗？但是，男女之间就再没有问题了吗，显然也不是，有更深的问题。

四、小说人物的运行逻辑

我欲以钱锺书的小说《围城》的一个章节，来剖析小说人物的运行动因，看看他们在相互纠葛扭结中构成了何种性状，以期观察小说人物行为的非线性运行方式，以及所具有的混沌模糊特征。《围城》写方鸿渐回国时，在船上认识了苏文纨，当然还有那位姓鲍的女郎。但两相比对，觉得鲍小姐实在太俗了点，还是苏文纨更为雅致有趣一些，即使这时候，他也并未断然将苏文纨确定为择偶对象，但是此刻他的"女朋友太缺乏了"，于是就想起了她，也就心怀莫名去拜访，这个莫名的冲动里，的确含着某种模糊的愿望。在拜访苏文纨的过程中，不提防认识了苏文纨的表妹唐晓芙，方鸿渐一下子爱火中烧，迷上了她。唐晓芙美丽而妩媚，脸庞上两个浅酒窝，不事雕饰，纯净而有活力。方鸿渐瞬间着了魔。但是，不幸的是，苏文纨理所当然以为方鸿渐是冲着自己来的，心里也将方鸿渐列入中意郎君的人选行列，于是频频向他抛撒绣球。方鸿渐此时心系唐晓芙，唐晓芙也对他好感有加。这样，方鸿渐同时被两个女人选中，而且这两个女人恰恰是一对表姐妹关系，而且两人行动起来也相当一致。当关系还没有达到捅破窗户纸的时候，方鸿渐想邀唐晓芙吃饭，须得搭上苏文纨，而且还须让苏文纨不察痕迹。但苏文纨将方的邀请当成是对自己的示爱，苏文纨的误解愈深，便愈是主动进攻。她愈主动进攻，方愈想加速逃跑，也就愈想赶快将自己洗刷清白，因为他更怕爱心所系的唐晓芙误以为自己心系表姐。一方在追，一方且退，当方鸿渐终于修书一封，将心事和盘托出，苏文纨还以为是求爱信呢。及至大白，羞恨交加，觉得对方实在可恶，是一个骗子！让自己上当受骗。于是，妒恨之火燃起，在表妹唐晓芙面前恶意中伤方鸿渐，说他如何勾引鲍小姐，又如何勾引她；已经订过婚，住在岳丈家；在欧洲留学却拿着美国假文凭；等等。苏文纨的中伤显然使唐晓芙受到屈辱，她见到方鸿渐，勃然爆发，一一数落。本希望自己的这番攻击，能换来方鸿渐的有效反击和辩护，这样也就驱除了表姐攻击的阴影，她也才心底安然慰藉。但是，她激烈的攻击换来的是方鸿渐委屈的泪水，绝望的神情，还有赌气式的决绝："你说得对。我是个骗子，我不敢再辩，以后决不来讨厌。"方鸿渐站起来就走，唐晓芙多想他留下来分辩，但是说出口的是，"那么再会"。一场爱恋就此落幕。

后来方鸿渐找了孙柔嘉结婚，孙柔嘉偶见苏文纨，觉得她论长相、论才学、论出身，均属上乘，闹不清方鸿渐当初为何不跟她好。命运就在这样的状态中，攫住了方鸿渐。假如他去找苏文纨时，没有碰到唐晓芙，也许一来二去，会萌生爱意，走到一起也未可知。但偏偏斜插入一个唐晓芙。假如苏文纨当初对他没有那样的迫切与火热，也就不会恶意中伤，方鸿渐跟唐晓芙的美梦没准能成。但结局却是他既失去了爱他的苏文纨，也失去了他爱的唐晓芙。三人在一丝一缕的兴冲冲交往中，在彼此情感的推移演进中，爱也一丝一缕地抽身而去。每人都想留住，但是如同绵绵秋雨，氤氲着，连雨丝也蔓延着哀动人心的氛围，浸泡着丝丝缕缕的迷蒙，让人觉得有某种东西在其中生成了。混沌里潜伏大道，混沌里演绎多元，多重意味在读者的心底蔓延滋生。

方鸿渐与太太孙柔嘉感情裂痕呈现，狠狠吵了一架，然后离家。街道上冷冷清清，黄叶翻飞，方鸿渐无依无着，踟蹰街头，渐渐远去。画外音是这样："曾经爱过唐晓芙，骂过苏文纨，又被鲍小姐诱惑过的方鸿渐，一个个的全死了。如今的方鸿渐，已是没有梦，没有感觉，没有愿望，他只想找个能睡觉的地方。"这是多么凄苦无奈的人生故事！

《红楼梦》结尾，作者对贾宝玉的命运终点这样讲述：贾政从外地赶回，为自己的家族正在欣喜，一个贾兰，一个宝玉，竟然都高中了，这是家族兴旺的征兆，而且皇帝还特意点到了他们家族，这是何等的荣光！正在欣喜，却忽然看见三个僧人，朝自己走来，其中的一个有点儿面熟，却一下子令他纳闷，那人分明是宝玉，宝玉怎么在这儿？又怎么是这副模样儿？只见宝玉趋前，向着爹爹就拜，贾政慌忙向前扶起宝玉，正要问个究竟，宝玉却不作答，转身同那两个和尚径直去了。贾政看得目瞪口呆，呆呆地看着宝玉三人消失在视野里。他忽然觉得这像是一场梦，却又看得真真切切。

宝玉远逝的背影消失在贾政目光里，让我们感到极其悠远，浓缩着这个叫贾宝玉的人的一生，更浓缩着这部小说作者对人生意蕴的感知。苍凉而无限辽远的悲辛味道，从心头泛起。从结尾回溯生命和故事的开端缘起，大观园花鸟一般的青春，青春一般的欢畅与惆怅，欣然和结束。结尾处，贾宝玉给我们的就只是一个背影，一个远逝的遁入空门的僧人，划开了和俗世的两重天。

我们要学会欣赏小说的妙处，各种不同类型的小说，各有自己的妙处，我们要学会欣赏。你不能说，《白鹿原》好，于是《白鹿原》就成为唯一的尺度，凡是不符合这个写法的都不是好作品，那就非常褊狭，那不行。这样的话，只能说明你的阅读和口味太单一，有问题，不够宽阔。《白鹿原》当然是非常优秀杰出的好作品，但是我也会喜欢海派张爱玲、王安忆的作品。一桌子菜，你只能品尝一种菜，那就不是完美的、健全的审美口味。这是我从品的角度，谈我对阅读的一点看法。刚才听了大家的自我介绍，知道在座的各位，大家都能写点东西，当你能写点东西、算是一个作家的时候，意味着你理应对品读对象有良好的鉴赏力，你要能看出来作家在写作时的用心，看出来那些妙处。这就好像你把玩一个物件，能喜悦于这个物件的各种奇妙的细部和章法结构，意味着你在阅读时，能看出作品里的妙处。从品这个角度说，你要能看出来，作家在创作时的用心。假如我们把作家的用心和作品的妙处，都粗粗掠过，看不出来，那就不是一个好的欣赏者，品的过程是一个提升的过程。就好像画家，你把人家的笔墨情趣都看不见，那你品了个什么？

今天我谈苏童的《黄雀记》。从品的角度来看作家的创作，看看妙在何处。我先简单叙述一下故事，看看故事中的哪些玄机在作品里暗藏着，这些玄机给读者提供了哪些人生的参照？我从苏童作品的隙缝里，觉悟到人生往往有另外一个暗影，如影随形，暗暗藏在命运里，人往往习而不察，但它不仅存在着，而且影响了人的一生。粗心的、不动脑子而活着的人，往往习以为常。你不细细体察，是感觉不到这些暗藏的命运玄机的。大凡好的东西，都有这样的意味暗藏其中。

苏童的《黄雀记》，这部小说一开始，说"我"爷爷的魂丢了。爷爷有个毛病，爱照相，年年都照，照遗像。爷爷的这些怪异的行为，是谁在看，在叙事？现在小说一般都有个叙事人，也就是小说视点，是谁的眼睛在看这个事件的发生。《黄雀记》小说的叙事，它的视点是保润，保润的眼睛看出去的，是我爷爷、我父亲、我母亲，一家四口。小说前面的部分，围绕着这一家人展开。我爷爷年龄大了，70多岁了，年年要跑去照相馆照一次相，说是照遗照，连续多年从无间断，把他妈照烦了，干吗呐，像丢了魂，年年照。我爷爷的命运在前面有个铺垫——在他45岁那年，曾经两次想自杀，死不了，两次都死不了了，死不了就赖活着。当他赖活着的时候，儿媳保润妈巴不得他早死，但是死不了，死不了照遗照。他最后一次照相的时候，照相的姚师傅连照三次，他突然觉得自己脑子里的气泡破了，魂飞了。魂丢了，怎么样才能找回来，他想把他老祖先的骨头找出来，安放好，他的魂才能安然。他记得自己当年从祖坟上捡了几根祖先的遗骨，装在一个手电筒里，埋在香椿树街的什么地方了。在村子里到处挖，疯疯癫癫，神经不正常，家里人要把他送到精神病院，然后就带来孙子保润到精神病院照顾他爷爷。他爷爷延续了到处乱挖这份执着，不断在精神病院挖人家的松树，找东西。小说里面描写的这种执着，也是很可玩味的。苏童这个作家，在20世纪80年代末期，就被称为先锋派小说家。先锋派小说，不是说乱写神神忽忽就成了先锋派，有人可能不喜欢。先锋派小说特征有两点，首先你必须先把"形"抓住，然后才能"变形"。作品中没形，变形就无法进行。记得一次研讨会上，贾平凹委婉地批评一个作家写细节写得太老实了。只是现实中的样子，太"实"而缺乏了"虚化"。先锋派写作必须先把形抓住才行。比如，作品中保润的母亲嫌弃老人，她的音容笑貌、行为方式，一看就是农村女人中比较厉害的角色，看公公不顺眼，把丈夫收拾得服服帖帖，老公在她面前说话，唯唯诺诺的。这个人的形很准，也为她在故事中的位置定了调子。从我爷爷的命运逻辑开始，先是卧轨自杀，被一条狼狗惊起，未成。然后跳护城河，又被一群中学生救起，不成。他很生气，两次想死死不了，死不了就赖活着，命运里潜藏着什么东西，赖活着的时候，他的境遇是什么？这也像画画，先把形抓住；胡乱涂抹然后说自己是现代派，那谁都可以做现代派了。

爷爷到了精神病院，继续寻找祖先的骨头，找着了魂才能回来。他不断损坏医院的树，在树下到处乱找，医院是个模范医院，树都是名贵的树，一棵树100块，损害了家人去赔偿。儿媳妇很生气，绝对不愿意赔，500块钱呀，天大的数字。不赔就得领人回去，她不干了，打死也不能把人领回去。这个时候，轮到保润看守他爷爷，他的目标就是不能再让爷爷挖树了，家里赔不起。于是，每天把爷爷捆住，在这个过程中，练就了很多捆绑的招法，什么民主结、法制结、香蕉结、菠萝结，还有什么梅花结和桃花结等等，他把捆爷爷当成玩儿一样，捆得如此华丽如此讲究。保润这个孩子大概就十六七岁，当他由捆绑祖父捆绑出名堂来的时候，变形就发生了，意味就到来了。当他牵着爷爷游走在精神病院的时候，就成为一道风景。有人收拾不了疯病人，就来找保润，保润三下五除二就解决了，在医院有了大名。比如他的文明结捆法，很惹人兴趣，人被捆住了，但还可以自己小便。

小说写到这里，引出另一个人物——柳生。柳生本来是保润的同学，但保润对他并没有多少好感，算不上朋友。保润在医院里看见柳生找他来了，开始很警惕的。原来柳生的姐姐也住到医院来了，柳生请他去捆姐姐。保润不去，说女人我不捆，我只捆男人，给钱我也不愿干。柳生总之要把保润拿下，他灵机一动，说咱们都是朋友，你曾经邀请一个女孩子看电影是不？这个女孩子叫仙女，对吧？我可以让你见到她。保润有点惊异，你怎么知道？还能让我与她见面？柳生说，我让仙女陪侍我姐姐。然后他把保润带过去。玄机在哪儿呢？最后，保润跟仙女之间发生了一系列的事情，这些事情，影响了保润的生命走向。柳生答应他，不是你要约仙女看电影，不是人家没跟你去嘛，这回我保证给你约到，够朋友吧？几点几分你在那儿等着就行。保润按时到地方，仙女果然来了。但看到是保润，骑了个自行车。说怎么是你？我不要你，我要罗院长的儿子，他骑摩托车带我，我能戴白头盔。保润也倔强，你愿意看就看，不愿意看，我走。仙女又追上来。仙女能追，与人物的出身背景相关。小说人物的背景与她的环境，决定了人物的行为方式，是这样的逻辑。仙女是爷爷奶奶收养来的孩子，爷爷奶奶是干啥的，是给精神病院当花工收拾院子的。在这样的贫寒家庭环境下，她给自己取名字仙女。保润是一个诚实倔强的孩子，你不看算了，我走。不知道往哪走，回医院呢还是继续去电影院。后来仙女追上来，两人说着说着又不高兴了，他把电影票绑在一个柳枝上，自个儿去了电影院。电影开了后，他发现仙女也悄悄来了，坐在后排。

看完电影，他们去了旱冰场。保润为仙女租了溜冰鞋，押金80块。

但是仙女瞄上了场上的一位帅哥，让这个帅哥拉着她的小手，教她溜冰。仙女压根儿就没有看上保润。保润很生气：我给你租旱冰鞋，你跟别人玩，跟别人勾搭，欺人太甚。他过去拍了男孩一下，男孩害怕了，躲开仙女，仙女生气了，斥责保润一番，继续跟那个男孩子玩。保润想想，干脆自己走算了。临走前，他喊仙女：你记着把那 80 块押金要回来。这 80 块钱，到最后成为导火索，推动了故事发展。

后来保润找仙女想要回他的押金。仙女总是躲着不见，怎么要都要不到。跟仙女爷爷要，爷爷说他敲诈。真是气不打一处来。后来碰见柳生，柳生见他很不高兴，问他为什么，他说了因由。柳生说，这还不好办，我有办法再把她约来见你，要回你的钱。柳生带他到一个僻静的水塔前面，爬上去，上有席子、烟头，仿佛是情人幽会的地方。他把仙女的两只小白兔偷出来，放到水塔上面，柳生约来了仙女。保润说，你把我的 80 块钱还我，我还你小白兔，咱俩就两清了。小白兔是仙女的最为心爱之物。上去后，他们发现小白兔不见了。仙女吵起来，算了算账，说现在是你还欠我 15 块钱，并骂他是"国际大傻逼"。在这个过程中，保润动手了，看见了水房窗户上有一条拴狗的铁链子，你信不信，你从一数到十二，我就会把你捆得结结实实，他有点得意，把仙女捆了个莲花结。他想，兔子肯定和柳生有关，他去找柳生。碰见柳生，车头上挂着塑料袋，袋里装着饭盒，饭盒里是兔子肉。

苏童的书名叫《黄雀记》，什么意思？螳螂捕蝉，黄雀在后。柳生就相当于保润的黄雀。这样一件事发生了，保润捆了仙女，仙女被人强暴了，有医院对她的处女之身的化验为证，仙女告公安局了。保润自己清楚，就是把人家捆起来，什么事也没干。但是仙女不告柳生，就告保润。柳生家做足了工作，令保润替柳生蹲了 12 年监狱。这是这部小说的前半部分，我重心讲的是这个关节点，是什么导致了保润这样的命运走向？

故事当然很长，后面我就不讲了。会写小说的人，他知道人物在运行中，是具有逻辑性的，沿着这一点走的时候，人物没有选择，就是这样。当人物的命运在起点上，沿着他的逻辑往下运行的时候，你眼看着保润不经意走到了这样的地步，心就突突跳。柳生是一个不简单的孩子，但是柳生始终在其后。他在每一件事上都给保润出谋划策，似乎都是为满足保润的想法，但是最后，却将保润引向了那样一个结局。好的小说都是这样。柳生自己呢，在母亲的警示下，夹起尾巴做人，后来竟到医院帮助照看保润爷爷……

　　苏童笔下的人物，没有大善大恶，人物各有自己的困窘。

　　李曼瑞认为柳生、保润和仙女，他们互为黄雀。这样看来，她的理解还是蛮深刻的。

　　接下来的问题就是，谁在看这一场互为黄雀的命运游戏？我所说的谁在看，是指作品的叙述者，以自己的洞察，还原人生世相，能如上帝的眼睛，在俯视这一切吗？似乎是又不是，上帝的眼睛是有取舍、褒贬和强烈选择的，是有大关怀和大悲悯的，但是站在《黄雀记》外看黄雀捕蝉的苏童，是不是有了一双悲悯的眼睛？是否为人物无奈的命运流下了一滴泪水？

文学创作的个性气质与审美境界[①]

——从大学教育看文学创作素养之养成

文学创作，最能显示出一个人的精神气象和个性面貌，这是不言而喻的，因为文学本身就是以个性化气质示众面世的。一部长篇小说里，很难隐藏住一个作家的真容。就是说，一部长篇里，作家的个性气质、人文素养和审美趣味会淋漓尽致地展现其中，几斤几两，清清楚楚，如何也躲避不开。通过阅读作品，读者甚至可以判断出这个作家的癖好与脾性。当我们用"成熟"这个概念指认一个作家时，就可以判断他的作品具有了自己的个性面貌，也可以将之称为"可识别度"。他的作品，让人一眼望去，就知道他是他，从而与别的作家作品无法混淆。文学创作就是要将作家的个性气质强烈地呈现在他的作品里，可以说，他的个性在作品里呈现得愈强烈、愈鲜明，作品就愈是成功。

这是就作品的形式层次而言的。我这儿所言的形式层次，是指作家的天赋秉性、气质个性在作品中的自然呈现，就如同任何人都有自己的天赋秉性、气质个性一样，但并不是任何人都能成为作家。进一步说，也并不是作家只要写出自己的气质禀赋和个性面貌，皆可达到优秀这个层级。创作实践和文学批评中，我们都看到了这一种现象。甚至可以说，这仅仅是作家在自己的创作中，有效地运用了自己天赋能力、个性气质之一面。但一个作家怎样将自己的性格气质、个性面貌有效运用，运用到何种程度，并让它大放异彩，其中倒是暗含一个大问题——是什

[①] 本文为 2021 年 9 月 18 日在陕西师范大学召开的校友作家论坛上的主题发言。

么将你的个性面貌导向一个灿烂的前方，从而使你的个性气质和禀赋获得淋漓尽致的绽放，并且使其具有了高贵的价值形态？在我看来，这就是审美境界。文学作品，可以有千姿百态，问题是，对一个作家而言，能否以自身的一姿一态达到文学的高点，就是说作家怎样以自己的个性世界，通达人性普遍之根，形成具有人类共有之普遍价值，这才是关键所在。

　　作家的审美境界就是他们以良知、道义、怜悯、诚挚等为主导，对人生世相形成的认知和看法。说它是审美的，是因为这些方面关系或决定着你对美的判断和认知，在你的笔下，不会呈现出冷血般的残酷，你对一个柔弱的生命会自然产生温爱，因为你有怜悯心。你笔下的情势所指，不会站在恶势力或强权一边，市侩般地出卖良知。你诚挚地面对生活世界，尽管因为诚挚被世俗力量冲撞而疼痛，但你还是无法改变你童稚般的纯净。所有这些，决定着你小说的趣味和所可能达至的人生境界。我常常看到一些失去审美判断力的作品，比如，有一位青年作家，才气横溢，文字能力和小说叙事都不错，但是，他无法将他的小说导向一个审美的聚焦点，就是说，他无法使他笔下的人物和故事，凝聚为一个有价值的发力点，或者说是构成一个核心意象，营造出一个浓密地笼罩于小说故事之上的氛围，哪怕是表达一种忧伤的情绪也行，但是，这一切都未能形成，而这些都理应渗透在作品里，成为作品的魂魄。一个作家不能在人物争斗中，仅仅让人们看到了那种残酷的争斗，他应赋予人物行为以某种意义，或肯定或否定，或厌恶或赞赏。我想说的是，这样的作家，他的审美境界无法赋予笔下的生活现实以某种形式，他没有力量或能力为他笔下的世界赋形。作家为他笔下的世界赋形，是需要具备一个必要条件的，这个条件就是他有能力为他所感知到的这个世界赋形安魂，形在魂聚，一部真正的艺术品才能诞生，这部艺术品才能成为独立于作家自身之外的一个活的生命体，然后等待读者参与其中，点燃唤醒。

　　一个作家写出了精彩的故事，也写出了蛮生动的人物，但是却不知这故事和人物通向哪里，带来的结果就是作品表达的紊乱，作品魂魄的离散。这是许多创作者的致命伤,混乱表现出了杂乱,没有了浑圆的整一感,作品也就缺乏了生气活气。问题出在哪儿呢?细细检视,就是这样的作家,其审美境界必然出现问题,或不具备高远的境界,或其审美情调庸俗低下。就作家自身阅历而言,他也许曾做过官,对行政运作了然于心;或许经过商,做过企业家,对商场的明操作与潜规则洞幽烛微;或者他长期做职员,了解人世间的势利冷暖。所有这些,可以成为一个作家创作的重要的生活积累,但作家如何运用这些生活,如何使这些个人的宝贵体验具有了艺术化的形式,高下立现。我们常常见到的问题是,一个作家在其作品里,对人物所处境遇里的世俗原则运用得烂熟,但是,就叙事者而言,他与笔下人物处在同一水平线和同一价值尺度下,这使创作主体没能超逾这一世俗原则。这一点,指在他的审美世界中,他认为人与人之间的阿谀奉承、尔虞我诈,甚至不择手段地贪婪攫取,就是他所理解的现实世界的样貌,也是他认为人与人之间关系的常态。似乎他看到的现实就是如此,于是这样写了,还非常坚定地认为,他是写实的。在他心里,有时还有那么一点良知公道和怜悯被唤起,于是他认为的冷酷现实与自我存有的那一点良知,两者搅成一锅粥。从这锅粥里,你看不到生活的逻辑,看不到人物的内在推动,故事人物呈现出混乱杂糅之象,看完作品,不知所云。在这样的写作里,升腾不出什么大道来。类似这样的作品,在审美气象上非常孱弱,别看他写了那么复杂的故事和宏大的场面,但是失道无魂,对人的真实处境没有自己的思考。审美境界高扬的旗帜是人的境界,人的本质的境界,是作品背后那一双充满深情和怜悯的双眼。一个作家,对人生的困境,对人精神深处的彷徨和焦虑、痛苦与矛盾,没有深切的领悟和观察,没有切肤之触动,没有以良善诚挚之心去表达,怎么可能写出好作品来?所以说,作品里的个性气质和禀赋面貌,理应在审美境界的加持下,才可达至创作之高点,创作出为读者所喜爱的大作。

  大学教育,这儿我特指中文学科,正是人格气质和生命境界的积蓄涵养之地。大学校园里,不仅有着草地凉亭,有着石桌古松,有古今中外的图书珍藏可借阅浏览,还有着满腹经纶饱读诗书的教授学者和一群群意气风发的学子。这些特有的人文气场，酿造出浓厚的学术氛围，师生之间的互动探讨，学子之间的相较相竞，这些都构成人生在一个特殊段落不可替代的场域培育效果。这种养育会为作家未来的发展，埋藏一颗经过沉淀涵养的优良种子。我认为，一所大学要培养学子的浩然正气，须通过教育的熏陶，塑造年轻学子的人格。这里有对真理探索的勇气，有自由想象的空间，有志存高远的理想，有互相启迪的论辩驳难，还有对未来的热切向往。勇于探索从而也就勇于发现自己，养成敢于在精神思想上开拓创新的胆气。

  古人云，有胆有识。胆在前而识在后，一个有自己创见的人一定是一个有勇气的人，他敢于力排众议坚持自己，敢于挑战前辈先贤的现成结论。大学期间，我认识了两个极有个性才华的朋友，很多时候，他们并不好好听课，不听课干什么？泡图书馆。这样下来，每每考试成绩总在末尾。但在毕业后看他们的学术业绩，还是蛮令人敬佩。它启示我们，人才的发展，特别是具有强烈的个性气质锋芒的人才，他们的行为往往会逾出规矩，若以规章来衡量，他们当然不是好学生，但这些学子中必潜藏着某些有大才华的人。规矩适宜于普遍性的人才教育，对于个别具有强烈个性的人，这一评价尺度有时会失效。因为他们的天赋太超越常人了，这个规章可能就构成了某种限制。对于这样的学子应如何对待处理，这当然是一个大命题。我想说的是，一个具有强烈的创造渴望的人，怎么与大学教育的氛围相一致相融洽？反过来说，大学教育，应该给予这样的学生以什么样的利于其发展创造的学习条件和生长环境？大学校园中，理应弥漫创造的、欢乐的、探索的、自由的空气，理应营造出强烈的人文情怀，让学子们无忧无虑地乐于探索和关切国家的发展与人类命运的走向，我觉得营造出的这样氛围的大学校园，会成为人才在其中健康发育成长的摇篮。